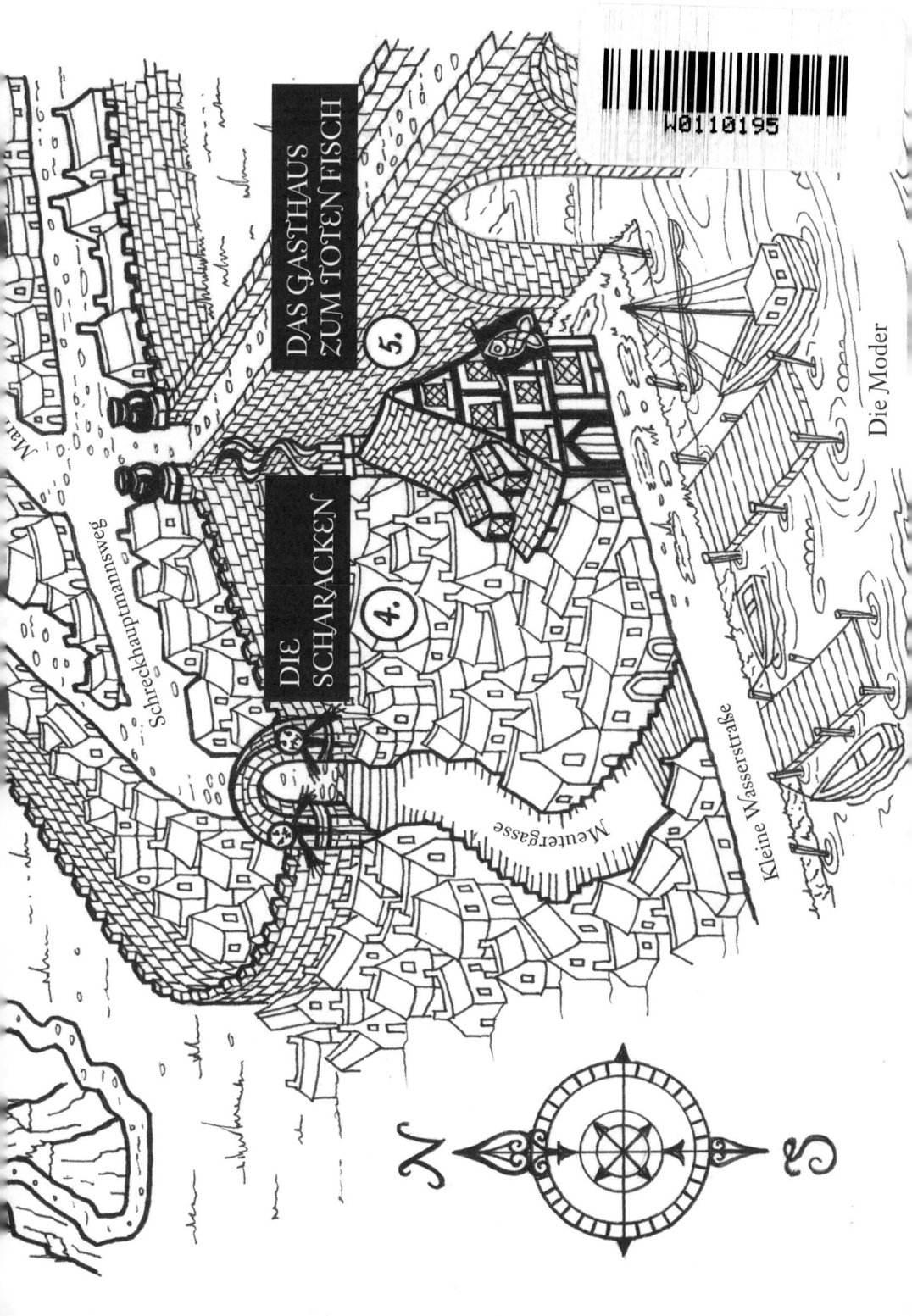

DAS GASTHAUS ZUM TOTEN FISCH

5.

DIE SCHARACKEN

4.

Schreckhauptmannsweg

Meutergasse

Kleine Wasserstraße

Die Moder

DRAGONFLY

Paul Durham

DIE UNGEHEUER LICHEN

DAS BÖSE IST AUF DEINER SEITE

Aus dem Englischen von
Bettina Arlt

DRAGONFLY

1. Auflage 2020
Deutsche Erstausgabe
Copyright © 2020 DRAGONFLY
in der HarperCollins Germany GmbH, Hamburg
Alle Rechte für die deutschsprachige Ausgabe vorbehalten
First published in English in Great Britain
by HarperCollins *Children's Books*,
a division of HarperCollins *Publishers* Ltd.
under the title: THE LUCK UGLIES.
Copyright Text © Paul Durham 2014
Copyright Karte © Sally Taylor 2014
The author/illustrator asserts the moral right to be identified
as the author/illustrator of this work.
Umschlaggestaltung von Alexander Kopainski
Umschlagabbildungen: pixelparticle, warpaint, Runa0410, Luria,
Sergey Nivens, Ingegvin, faestock, Vectorpocket,
Sergey Sukhorukov, Gordana Sermek, LaineN, Jacek Chabraszewski,
I WALL, Michal Chmurski / Vladimir Ceresnak / Shutterstock
Satz: GGP Media GmbH, Pößneck
Printed in Germany
Dieses Buch wurde auf FSC®-zertifiziertem Papier gedruckt.
ISBN 978-3-7488-0013-2

www.dragonfly-verlag.de
Facebook: facebook.de/dragonflyverlag
Instagram: @dragonflyverlag

Für Caterina und Charlotte,
die so zauberhaft sind, dass Träume wahr werden.

Und für Wendy, die drangeblieben ist.

INHALT

EIN PAAR WORTE ÜBER SCHURKEN ...

Meine Mutter erzählte mir, die Finsterlinge kamen nach Mitternacht. Lautlos glitten sie die Dachfirste herab oder stiegen ungesehen in der Nacht des Schwarzen Mondes aus der Kanalisation empor. *Die Ungeheuerlichen* nannte meine Mutter sie – und sah sich rasch um, um sicherzugehen, dass sie uns nicht belauschten. Mein Vater sagte, die Ungeheuerlichen seien keine Monster. Gesetzlose, Kriminelle, Schurken, das schon. Aber sie seien doch Menschen, genau wie wir.

Ich weiß noch, wie die Armee des Grafen eines Abends durch das Dorf marschierte und sie Richtung Norden auf die gezackten Schatten des Waldes zutrieb. Die Soldaten wurden ihnen nachgeschickt. Keiner von ihnen kehrte je zurück. Nach und nach verblassten die Ungeheuerlichen in der Erinnerung der Dorfbewohner und wurden zu Geistern, zu einem Flüstern. Und schließlich, nach vielen Jahren, war es, als hätte es sie nie gegeben.

Anonymer Dorfbewohner

DER WASSERSPEIER

Riley und ihre beiden Freunde hatten nicht vorgehabt, das verbotene Buch aus dem *Zornigen Dichter* zu stehlen. Sie wollten es bloß lesen. Eigentlich hatten sie den wunderlichen kleinen Buchladen zwischen dem Grogverkäufer und dem Sargmacher nur aus Neugierde aufgesucht. Doch der Ladenbesitzer hatte sich so dermaßen aufgeregt, dass sie weggelaufen waren, ohne nachzudenken, und jetzt klemmte der gesetzeswidrige Band noch immer unter Rileys Arm.

Die Diebe wider Willen rannten auf die Marktstraße und rempelten ein paar Dorfbewohner an, die sich den gewundenen Kopfsteinpflasterweg mit Pferdekutschen und nach Essensresten wühlenden Schweinen teilten. Die enge Straße war während der Mittagszeit immer voll, und auch die von ihr abgehenden Gassen waren verstopft, was ihnen die Flucht erschwerte. Der Dichter selbst, korpulent und wild entschlossen, mähte alles nieder, was ihm in den Weg kam. Die Kinder nickten sich kurz zu – ihr stummes Signal – und änderten die

Richtung. Sie stoben auseinander und suchten nach Vorsprüngen an den kaputten Ziegelsteinen und im abgebröckelten Putz der Geschäftsfassaden, um an ihnen hochzuklettern.

Riley hatte sich auf den Dächern noch nie besonders wohlgefühlt. Sie und ihre Freunde waren schon ein- oder zweimal hinaufgeklettert, aber nur, wenn es keinen anderen Ausweg gab. Sie kraxelte die steilen Giebeldächer hoch und schoss zwischen den schiefen Schornsteinen, den grimmig dreinblickenden Wasserspeiern und tropfenden Regenrinnen von Moderfurt hindurch. Von den Geschäften und Märkten stieg schwarzer Rauch auf, der sie mit dem starken Geruch von Räucherfleisch und Birkenrinde umhüllte. Riley hielt sich nicht damit auf, über die Schulter zu sehen und nach ihrem Verfolger Ausschau zu halten. Sie war schon oft genug gejagt worden, um zu wissen, dass das keine gute Idee war. Sie kletterte über den First eines Giebels. Als sie die andere Seite des Daches hinunterlief, bekam sie so viel Schwung, dass sie sich kaum auf den Beinen halten konnte. Am Rand des Daches aus Stroh und Schindeln kam sie ruckartig zum Stehen und sah – an den Spitzen ihrer übergroßen Stiefel vorbei – auf das erbarmungslose Kopfsteinpflaster unter sich.

Vor ihr lag die Freiheit. Quinn Quartermast hatte sich bereits über einen Spalt auf das gegenüberliegende Dach gerettet. Es wirkte, als bestünde er nur aus Armen und Beinen. Der perfekte Körperbau für einen Springer.

Irgendwo, nicht weit hinter Riley, befand sich ein Dichter mit bösen Absichten, der sich – trotz seines massigen Körperbaus – als geschickter Kletterer erwies.

»Ich glaub, ich schaff das nicht«, sagte Riley.

»Klar schaffst du das«, rief Quinn und winkte sie heran.

»Nein, echt. Ich kann so was nicht.«

Riley schaute hinab aufs Dorf. Eigentlich war Moderfurt eher eine rasch wachsende Stadt als ein Dorf. Eine Stadt, die auf Geheimnissen, Regeln und Lügen gebaut war, aber hauptsächlich auf Morast. Sie erstreckte sich am Ufer des Flusses Moder, der hauptsächlich Brackwasser führte, und lag nahe genug am Meer, dass die Bewohner morgens die Flut riechen und die frechen Möwen dabei beobachten konnten, wie sie in den Laden des Metzgers watschelten und mit einem Schwanz oder einem Huf davonflogen. Nördlich des Flusses und der Stadtmauer lag das Moor, verborgen unter einer Decke aus Salz und Nebel. Dahinter erstreckte sich der unendliche Kiefernwald, in dem sich angeblich Wölfe, Banditen und unglückselige Gestalten tummelten. Die Dorfbewohner bezeichneten diese Gegend lediglich als *Hinter dem Schiefer*. Wem Aberglauben fremd war, der war längst nicht mehr überzeugt, dass in dem Wald verzauberte Wesen herumspukten. Doch alte Legenden sind schwer totzukriegen, und so hielt sich hartnäckig die Vorstellung, dass der große Wald von bösen Geistern und Reichtümern wimmelte, die man nur mutig oder verwegen genug sein musste zu erhaschen.

Hinter Riley erklangen Schritte auf dem Dach. Doch es war nicht der zornige Dichter, sondern eine kleine Gestalt mit Umhang und Kapuze, die mit schwingenden Armen an ihr vorbeistürmte. Sie sprang in die Luft und landete mit einem dumpfen Aufprall und einer anschließenden Rolle auf dem gegenüberliegenden Dach direkt neben Quinn. Die Gestalt stand auf und zog sich die Kapuze vom Kopf. Darunter wurde ein wirrer Strubbelkopf mit blondem Haar – so hell, dass es fast weiß war – sichtbar. Ihre großen blauen Augen glänzten wie Murmeln.

»Er war direkt hinter mir«, rief Folly Flood zwischen zwei Atemzügen.

»Nimm Anlauf und spring«, sagte Quinn zu Riley. »Der Spalt ist gar nicht so breit.«

»Unten bist du schon hundertmal so weit gesprungen«, fügte Folly hinzu.

»Ja, aber das ist was anderes«, erklärte Riley und schaute wieder in die Tiefe. »Irgendwas wird passieren. Das ist immer so.«

»Du schaffst das. Jetzt mach schon!«, rief Quinn.

»Ich bin eben ein bisschen tollpatschig.«

»Quatsch«, sagte Quinn ohne große Überzeugung.

»Albern«, brummte Folly, ebenfalls wenig überzeugend.

»Jetzt spring endlich!«

»Er ist Dichter«, sagte Riley. »So schlimm wird das schon nicht werden.«

»Aber er ist sauer«, sagte Quinn.

»Und riesig wie ein Elefant«, fügte Folly hinzu.

Als hätte er auf seinen Einsatz gewartet, zog der Dichter seinen voluminösen Bauch genau in diesem Moment auf die andere Seite des Daches. Er wirkte tatsächlich ziemlich sauer. Und zwar, wie Riley vermutete, aus mehreren Gründen. Erstens wurde Dichtern zurzeit nicht mehr viel Beachtung geschenkt.

Die Dorfbewohner zogen es vor, Geschichten in Form von Liedern mit Harfenbegleitung zu hören oder als Theaterstücke anzuschauen, von lauten Schauspielern in Strümpfen und mit Federhüten auf die Bühne gebracht. Soweit Riley wusste, wurden die Bücher den Händlern von Moderfurt nicht gerade aus den Händen gerissen. Die Bewohner verbrachten ihre Zeit lieber mit Angeln, Prügeleien oder der Jagd nach dem Glück. Der Graf, der Moderfurt regierte, hatte nicht nur ein Leseverbot für Frauen und Mädchen ausgesprochen. Gewisse Bücher waren sogar ganz verboten. Und das verbotenste von allen war das Buch, das Riley sich gerade an den Körper presste: *Tams Buch der Lügen rund um die Moder-Mündung, Teil II*, ein Geschichtsbuch, das weitgehend unbeachtet geblieben war. Bis der Graf es als niederträchtige Sammlung unerhörter Beschuldigungen, gefährlicher Unwahrheiten und frecher Lügen bezeichnete. Selbst eine Elfjährige war in der Lage, daraus zu schließen, dass das Buch zumindest ein Fünkchen Wahrheit enthalten musste.

Die Soldaten des Grafen hatten jedes Exemplar, das sie finden konnten, beschlagnahmt und zerstört. Riley hatte Gerüchte gehört, dass der Dichter eine Ausgabe von *Tams Buch* in einem Hinterzimmer versteckte. An manchen Abenden veranstaltete er Privatlesungen für rebellische Edelleute mit neugieriger Veranlagung. Riley und ihre Freunde hatten keine Silbermünzen, um sich den Zugang zu diesen Veranstaltungen zu erkaufen. Also hielten sie ihre eigenen geheimen Lesungen in der Besenkammer des Buchladens ab. Leider hatte der Dichter einen ungünstigen Zeitpunkt gewählt, um die Buchhandlung zu fegen. Und er schien nicht sehr erfreut zu sein, dass sie mit *Tams Buch* abgehauen waren, böse Absicht hin oder her.

»Jetzt komm schon, Riley«, riefen Quinn und Folly im Chor. »Los!«

Riley holte tief Luft. »Dann wollen wir mal.«

Sie trat fünf Schritte zurück, um genug Anlauf nehmen zu können, zog ihre Leggings hoch, holte tief Luft, klatschte in die Hände und machte dann einen entscheidenden Fehler.

Sie sah über ihre Schulter.

Der Dichter war über den First hinter ihr gestiegen. Das Dach vibrierte unter seinen schweren Schritten, während er auf sie zustapfte. Als er ausholte, um sie zu packen, entging Riley seinem Griff nur knapp. Er taumelte und segelte mit Schwung an ihr vorbei. Riley riss entsetzt die Augen auf, während der kräftige Mann auf die Dachkante zustolperte und mit den Armen wedelte, um das Gleichgewicht zu halten. Er kam auf seinen Zehenspitzen zum Halten und konnte den Sturz in die Tiefe gerade noch verhindern. Vorwurfsvoll starrte er sie an.

Riley drehte sich um und kletterte über den nächsten Giebel zum höchsten Glockenturm des Dorfes. Die verrostete Wetterfahne in Gestalt eines Wals ragte über ihr auf, als sie sich zwischen den Wasserspeiern und grotesken Figuren aus Stein hinhockte, um sich im Schatten des Turms zu verstecken.

Quinns und Follys Rufe wurden übertönt vom lauten Pochen in ihren Ohren. Die Wasserspeier starrten sie mit aufgerissenen Mäulern an und warteten, was sie als Nächstes tun würde. Eine Krähe saß auf der Schulter eines Wasserspeiers und putzte ihr pechschwarzes Gefieder mit ihrem spitzen grauen Schnabel. In diesem Versteck konnte Riley nicht lange bleiben.

Sie hörte den näher kommenden Dichter japsen und wusste, dass sie weiterlaufen musste. Sie wischte sich die Hände an ihren Leggings ab, doch ihre Muskeln versagten ihr den Dienst.

Die einsame Krähe drehte ruckartig den Kopf zu ihr und machte ein klickendes Geräusch mit dem Schnabel. Riley verzog wütend das Gesicht und zeigte der Krähe ihre Faust, um sie zum Schweigen zu bringen. Ganz Moderfurt war bevölkert von den hässlichen schwarzen Vögeln. Die Bewohner nannten sie die Ratten der Lüfte.

In diesem Moment fiel Riley auf, dass der Wasserspeier, auf dem die Krähe hockte, sich von den anderen unterschied. Es sah aus, als hätte er anstelle von Flügeln einen Umhang, der ihm über die Schultern fiel. Seine eckigen schwarzen Augen, die lange Nase, die zwischen seinen Wangen hervorragte, und sein Gesicht, das eher aussah wie aus Leder und nicht wie aus Stein, wirkten … wie eine Maske.

Bei Riley zu Hause gab es nicht viele Regeln. Doch die wenigen Regeln, nach denen sie lebte, waren unverhandelbar und in jedem Fall einzuhalten. Ihr ging die erste Hausregel durch den Kopf.

Hausregel Nr. 1: Bring dich nicht um Kopf und Kragen, meide Männer, die Masken tragen.

Riley schluckte. Die Krähe krächzte aufgeregt. Da hob der Wasserspeier unerklärlicherweise einen behandschuhten Finger und hielt ihn an seinen maskierten, lippenlosen Mund, als wollte er den Vogel zum Schweigen bringen.

17

Plötzlich konnte Riley sich wieder bewegen.

Sie stürzte aus dem Schatten hervor und raste auf den Dichter zu, der vor Schreck zusammenzuckte. Sie warf ihm *Tams Buch* vor die Füße, rannte an ihm vorbei und rief ihren Freunden zu: »Folly! Quinn! Ich komme. Fangt mich auf!«

Riley hörte Follys Kreischen und das kehlige Krächzen der Krähe. Sie passte ihre Schritte ab, rannte los, und voller Konzentration und Kraft ... blieb sie mit dem Stiefel hängen und fiel das Dach hinunter.

2

DER WEIDENLADEN

Rye war Expertin, wenn es ums Fallen ging. Beim Landen sah das anders aus. Da konnten schon mal Knochen brechen, wenn man rückwärts fiel und auf gefrorenem Boden aufkam. Oder es konnte ganz schön stechen, wenn man kopfüber in einen Dornenbusch fiel. Weiche Landungen waren selten. Da sie diesmal aus großer Höhe fiel, ging Rye davon aus, dass dies ihr letzter Sturz sein würde. Doch zu ihrer großen Überraschung fühlte es sich nur nass an.

Rye holte tief Luft, wie um sich zu vergewissern, dass sie noch heil war, verschluckte sich aber und spuckte aus. Ihr Mund war voller Schmutzwasser, das übler schmeckte als Moorbrack. Sie schleppte sich zum Ufer und raffte ihr triefendes Kleid hoch bis zur Brust. Die Wäscheleine hatte einen flammend roten Striemen auf ihrem Bauch hinterlassen. Sie sah rasch nach oben. Bisher kamen weder der Dichter noch der Wasserspeier hinter ihr her.

»Riley, zieh bitte dein Kleid wieder herunter«, hörte sie eine scheltende Frauenstimme. »Das ganze Dorf kann deine Unterhose sehen.«

Rye hatte Glück gehabt, denn ihr Sturz vom Dach war durch mehrere dicht behängte Wäscheleinen aufgefangen worden, bevor sie in dem übel riechenden Kanal gelandet war, in dem das Dreckwasser des Dorfes in den Fluss geleitet wurde. Was nicht so gut war: Mrs. O'Chanter hatte sie gefunden. Rye ließ ihr Kleid wieder herunter und versuchte zu lächeln, während sich zu ihren Füßen eine grüne Pfütze bildete.

Mrs. O'Chanter runzelte die Stirn und streckte die Hand aus. Sie war davon überzeugt, dass Rye als Baby ein Hufeisen verschluckt haben musste. Hätte sie nicht immer so ein unverschämtes Glück, wäre sie schon zehnmal zum Krüppel geworden. Auf dem Weg zurück zum Weidenladen nutzte sie die Gelegenheit, Rye das zum wiederholten Male zu sagen. Rye behielt derweil die Dächer im Auge.

Nachdem Rye sich umgezogen hatte und wieder schön trocken war, glaubte sie schon, das Schlimmste überstanden zu haben. Da schickte Mrs. O'Chanter sie in den Kriechzwischenraum unter dem Laden, um die Wirre zu fangen, die dort ihr Unwesen trieb. Rye glaubte nicht an Wirren und Mrs. O'Chanter auch nicht, soweit sie das beurteilen konnte. Trotzdem teilte sie Rye diese Aufgabe ein- bis zweimal in der Woche zu. Meistens nachdem diese entweder gegen ein Regal mit Glaswaren gestolpert war oder einmal zu oft nach dem Johannisbeerwein gefragt hatte, der unter der Theke stand. Händler aus dem Dorf zu bestehlen und von Dächern zu fallen schien in die gleiche Kategorie zu fallen.

Rye ließ ihr Kleid ordentlich zusammengefaltet zurück und hob die Falltür zum Kriechzwischenraum unter den Holzdielen. Sie trug ihr ärmelloses Unterhemd und die engen schwarzen Leggings, um ihre ohnehin schon arg ramponierten Schienbeine zu schonen. Damit sie sich die Haare nicht aus Versehen an der Laterne versengte, machte sie sich einen Zopf und stopfte ihn unter ihre Kappe. Mehr als einmal sollte einem das nicht passieren. Sie hatte die klammen Lederstiefel ihres Vaters an, die er getragen hatte, als er in ihrem Alter war, für den Fall, dass sie auf etwas Spitzes trat oder auf etwas, das Hunger hatte. Sie waren ihr viel zu groß und wohl verantwortlich für einige der Narben auf ihren Knien. Aber sie stopfte jeden Tag frisches Stroh vorne in die Stiefel und trug sie immer, wenn sie das Haus verließ. Sie setzte sich – mit einem eisernen Schürhaken bewaffnet – an den Rand der Falltür und ließ ihre Füße als Köder in der Dunkelheit baumeln. Für den unwahrscheinlichen Fall, dass tatsächlich ein scheußliches Viech da unten herumlaufen würde, hatte sie die Absicht, den kleinen Störenfried aufzuspießen.

Rye verbrachte die meisten Nachmittage damit, Mrs. O'Chanter im Weidenladen zu helfen, dem schönsten Schmuckladen in ganz Moderfurt. Es war auch der einzige Schmuckladen im Dorf und eigentlich mehr ein Kuriositäten-Geschäft. Hier würde man keine Adeligen antreffen, die prächtigen Goldschmuck oder silberne Hochzeitskelche kaufen wollten. Die wenigen Adeligen, die sich nach Moderfurt verliefen, waren in der Regel auf der Flucht vor irgendjemandem, der sie in ein Verlies sperren oder ihnen den Kopf

21

abschlagen wollte. Moderfurt zog eher Streuner, Lumpen, Gauner oder andere abenteuerlustige Gesellen an, denen es zwar nicht an Mut fehlte, aber dafür oft an Verstand. Im Weidenladen bekamen sie die Glücksbringer und Talismane, die sie brauchten – oder zu brauchen glaubten.

Nach einer Stunde hatte Rye vier Spinnen gefangen, eine blinde Ratte und etwas, das aussah wie ein Wurm mit Zähnen, aber keine Wirre. Doch mit ihrer Langeweile war es zu Ende, als sie über sich Schritte hörte. Sie legte ihre Jagdutensilien beiseite und beschloss, Nachforschungen anzustellen. Die Kunden des Weidenladens hatten immer spannende Geschichten über ihre schiefgelaufenen Abenteuer zu erzählen oder zumindest den neuesten Klatsch und Tratsch.

Aber der Mann mit der Hakennase, den triefenden Augen und den strähnigen Haaren, der im Laden stand, sah nicht besonders abenteuerlustig aus. Eher wie jemand, der die meiste Zeit in einem Raum voller Bücher verbrachte. Und er hatte sogar eins dabei. Er beugte sich über die in schwarzes Leder gebundene Kladde, die er auf eine Werkbank gelegt hatte, und hielt eine Feder in der Hand. Die beiden Soldaten, die mit ihm gekommen waren, gingen im Laden umher – eine Hand auf dem Knauf ihres Säbels, der in der Scheide steckte – und betrachteten misstrauisch die Kuriositäten auf den Regalen.

»Und wie heißt du, Junge?«, fragte der Mann mit einer Stimme, die knarrte wie eine alte Eisentruhe.

»Ich bin ein Mädchen, wenn Sie es genau wissen wollen«, sagte Rye. Sie trug immer noch ihre Leggings, und ihre Arme,

Beine und ihr Gesicht waren schmutzig von der Wirrenjagd im Keller.

»Oh. Tatsächlich«, sagte er und musterte sie missbilligend.

»R-y-e«, buchstabierte sie. »Reimt sich auf *Blei*.«

Mrs. O'Chanter runzelte die Stirn und sah sie streng an.

»Entschuldigung«, sagte Rye. »Reimt sich auf *frei*.«

Das gefiel Mrs. O'Chanter noch weniger, und sie warf Rye einen bösen Blick zu, während der Mann etwas in sein Buch kritzelte.

Dann hob er eine Augenbraue und sah hoch. Seine Augenbrauen erinnerten Rye an die Staubflusen, die unter ihrem Bett lagen.

»Das Mädchen kann buchstabieren«, bemerkte er. »Interessant.«

»Natürlich kann ich buchstabieren«, sagte Rye.

»Aha«, sagte er und machte noch mehr Notizen.

»Sie meint nur«, warf Mrs. O'Chanter ein, »dass sie ihren Namen buchstabieren kann. Sie wissen ja, wie neugierig Kinder heutzutage sind, Wachtmeister Boil. Wenn man ihnen nicht ab und zu einen Brocken hinwirft, hat man keine ruhige Minute.«

»In meinem Haus«, sagte der Wachtmeister, »greife ich in solchen Fällen zur Rute. Eine kräftige Tracht Prügel kann wahre Wunder bewirken.«

Mrs. O'Chanter schien nicht erfreut über den Verlauf der Unterhaltung. Sie stand da und starrte die Soldaten unter ihrem dichten, schwarzen Haar an. Es war mit einem blauen Band und zwei Holzklammern hochgesteckt, die sie im Laden verkaufte. Einer der Soldaten befummelte eine Reihe von

Glücksbringern aus Bienenwachs und Alligator-Haut. Dabei war er alles andere als vorsichtig. Rye wusste, dass Mrs. O'Chanter es hasste, wenn Leute in ihrem Laden die Ware anfassten, ohne etwas kaufen zu wollen. Das gab sie ihnen meist deutlich zu verstehen. Doch diesmal hielt sie sich zurück.

»Mrs. O'Chanter«, fuhr der Wachtmeister fort und hielt dann inne, um sie zu mustern. »Soll ich noch ›Mrs.‹ sagen oder bevorzugen Sie inzwischen ›Miss‹?«

»›Mrs.‹, bitte.«

»Wie geduldig von Ihnen. Na gut. Heute gab es einen gehörigen Tumult beim *Zornigen Dichter*.«

»Hat er wieder seine schlüpfrigen Limericks vorgelesen?«

»Nein, Mrs. O'Chanter. Er wurde bestohlen. Und zwar von Kindern.«

»Du meine Güte«, sagte Mrs. O'Chanter ohne große Anteilnahme.

»Nicht wahr?«, sagte Wachtmeister Boil. »Sie haben zwei Beutel mit Goldstücken und zwei Flaschen mit seltenem Wein mitgehen lassen.«

Ryes Ohren wurden ganz heiß. Das war gelogen. Sie knibbelte an ihren Fingernägeln, während sie weiter zuhörte.

»Goldstücke?«, fragte Mrs. O'Chanter. »Ich wusste gar nicht, dass der Buchladen so gut läuft. Ich habe noch nie gesehen, dass irgendjemand sein Geschäft betreten hat.«

Mrs. O'Chanter legte Rye eine Hand auf die Schulter, und Rye hörte auf, an ihren Nägeln zu knibbeln.

»Ja, wie dem auch sei«, sagte der Wachtmeister, wobei er Rye betrachtete. »Graf Longchance nimmt die Erziehung der

Dorfjugend sehr ernst. Ungeratene Kinder müssen früh in die Schranken gewiesen werden. *Gezähmt* werden. Das Jugendlager des Grafen ist eine gute Einrichtung, um eigensinnigen Kindern den Kopf zurechtzurücken.«

Mrs. O'Chanter sah den Wachtmeister an, ohne mit der Wimper zu zucken.

»Dieses Kind ...«, fuhr der Wachtmeister fort. »Wo hat es sich heute aufgehalten?«

Rye fing wieder an, hinter ihrem Rücken an den Nägeln zu knibbeln.

»Sie ist seit Sonnenaufgang hier bei mir und hilft mir im Laden.«

Rye hielt den Atem an.

»Den ganzen Tag, sagen Sie?«

»Ganz recht.«

»Verstehe«, sagte der Wachtmeister und tippte sich an das knochige Kinn.

»Halten Sie die Augen offen, Mrs. O'Chanter. Umherziehende Kinderbanden sind für uns alle eine Plage. Ich werde Ihren Laden jedenfalls im Auge behalten.«

»Danke, aber das ist nicht nötig.«

»Kein Problem. Es wird mir ein Vergnügen sein«, fügte er mit einem anzüglichen Grinsen hinzu.

Dann drehte er sich um und ging hinaus. Rye wollte schon erleichtert aufatmen, als der Wachtmeister innehielt und sich auf dem Absatz umdrehte.

»Ach ja«, sagte er noch. »Wo ich schon mal hier bin. Die Begutachtung fängt zwar offiziell erst nächste Woche an, aber ich kann mich ja jetzt schon mal umsehen. Dann muss ich nicht noch einmal wiederkommen. Sie haben sicher keine Einwände, Mrs. O'Chanter.«

Der letzte Satz konnte unmöglich als Frage missverstanden werden.

»Nein, natürlich nicht«, sagte Mrs. O'Chanter.

»Hervorragend.«

Der Wachtmeister schlenderte mit den Händen hinter dem Rücken durch das Geschäft, als würde er etwas kaufen wollen. Vor der Tür blieb er stehen und sah auf die Straße.

»Wie Sie wissen, ist es verboten, die Schweine auf der Marktstraße zu füttern. Darauf steht eine Strafe von zehn Bronzestücken.«

»Das ist Vogelfutter«, flüsterte Rye Mrs. O'Chanter ins Ohr.

Doch diese gab ihr zu verstehen, dass sie lieber still sein sollte.

Wachtmeister Boil lehnte sich hinaus und blickte mit seinen tränenden Augen über die Tür. Die anderen Geschäfte, die die Marktstraße säumten, waren verwittert und grau, mit langweiligen, nichtssagenden Schildern. Der Weidenladen war der einzige mit einer farbenprächtigen Fahne. Farben waren früher von gewissen skrupellosen Gestalten als Signale eingesetzt worden, und inzwischen sah es der Graf gar nicht gerne, wenn jemand anders als seine Schneider sie benutzten. An diesem Tag hing vor dem Laden eine tiefgrüne Fahne mit der weißen Silhouette einer Libelle.

»Die Fahne ist zu bunt«, sagte der Wachtmeister und zeigte auf die grüne Fahne über der Tür. »Fünfzig Bronzestücke.«

Fünfzig Bronzestücke! Ryes Ohren wurden wieder heiß.

Wachtmeister Boil kam zurück in den Laden. Er näherte sich Mrs. O'Chanter und betrachtete sie von Nahem, wobei er seine Staubflusen-Augenbrauen zusammenzog.

»Keine Frau darf ohne die ausdrückliche Erlaubnis des ehrenwerten Graf Longchance etwas Blaues tragen.«

Rye blickte auf das Band im Haar von Mrs. O'Chanter.

»Zwei Münzen«, sagte der Wachtmeister in strengem Ton. Dann lächelte er und entblößte seine stummeligen, gelben Zähne. »Und entfernen Sie es bitte.«

»Das hat er sich gerade ausgedacht«, flüsterte Rye wieder, ein wenig zu laut diesmal.

»Riley«, wies Mrs. O'Chanter sie flüsternd zurecht.

Rye kochte vor Wut. »Das ist –«

»Riley«, unterbrach Mrs. O'Chanter sie. »Bitte geh nach hinten und mach dort sauber, bis ich hier fertig bin.«

»Aber ...«

»Sofort.«

Rye spürte, dass jeder Widerspruch zwecklos war. Also drehte sie sich um und stapfte in Richtung Abstellraum. Als sie durch den Vorhang nach hinten ging, sah sie Boil und die Soldaten böse an. Aber kaum war sie draußen, drehte sie sich wieder um und lugte hinter dem Vorhang hervor.

Normalerweise schickte Mrs. O'Chanter sie nur nach hinten, wenn sie etwas vorhatte, das Rye nicht sehen sollte. Vielleicht würde sie den Wachtmeister und die Soldaten so zusammenstauchen, dass jeder auf der Marktstraße hören konnte, was sie in ihrem Laden trieben. Rye hoffte, dass sie sie auf die

Straße jagen würde. Obwohl es gegen das von Longchance eingeführte Gesetz verstieß, wusste Rye, dass Mrs. O'Chanter unter ihrem Kleid ein Stiefelmesser an den Oberschenkel gebunden hatte. Sie nannte es Letzte Warnung. Rye hatte einmal zugesehen, wie sie eine Diebesbande damit in die Flucht geschlagen hatte. Einer von ihnen hatte dabei fast seinen Daumen verloren. Das war sehr lustig gewesen.

Doch stattdessen hörte sie Mrs. O'Chanter sagen: »Natürlich, Wachtmeister Boil.«

Rye runzelte die Stirn, als Mrs. O'Chanter das blaue Band entknotete und dem Wachtmeister reichte. Sie entfernte auch die Klammern, und ihr schwarzes Haar fiel ihr auf die Schultern, während Boil das Band in seine Jackentasche stopfte. Dann schloss Mrs. O'Chanter eine kleine Schatulle auf, nahm ein Säckchen heraus und ließ die Bronzestücke in seine Hand fallen.

Rye trat vom Vorhang weg und hockte sich frustriert in eine Ecke. Sie verschränkte die Arme, und ihre Ohren wurden vor Wut scharlachrot.

Ihre Mutter überraschte sie immer wieder.

3

DIE O'CHANTERS
AUS DEM SCHLAMMTÜMPELWEG

Das Haus der O'Chanters war das größte im Schlammtümpelweg, was nicht hieß, dass es besonders geräumig oder schick war. Nur dass es drei Zimmer hatte anstatt zwei und einen Dachboden, den Rye nicht mehr betreten durfte, seit sie einmal durch die Falltür geplumpst war und beinahe ihre kleine Schwester zerquetscht hatte. Dort befand sich auch eine geheime Werkstatt, von der Rye eigentlich nichts wissen durfte, aber sie wusste es trotzdem.

Der Schlammtümpelweg lag am nördlichsten Zipfel der Stadt, recht weit von der Marktstraße und dem Weidenladen entfernt. Von hier aus konnte man das Salzmoor sehen und vom Dach, wo Ryes Taubenschlag stand, den Rand von Hinter dem Schiefer, wo sich hoch aufragende, jahrhundertealte Kiefern im Wind wiegten. Der Schlammtümpelweg war die einzige Straße außerhalb der schützenden Stadtmauern. Der Teil der Mauer, der sie eingeschlossen hatte, war vor Jahren bei einem Unfall zerstört und nie wieder aufgebaut worden. Aber Ryes Mutter hatte Mauern ohnehin noch nie ausstehen können.

Nicht vielen Menschen gefiel der Ausblick aufs Moor, und die meisten hätten lieber so weit wie möglich vom Waldesrand entfernt gelebt. Der Schlammtümpelweg galt als erste Anlaufstelle für hungrige Bestien, die zwischen den Bäumen hervorgekrochen, -geschlüpft oder -geschlängelt kamen. Die Nobolde waren die übelsten und bösartigsten unter ihnen. Von ihren zerklüfteten Zähnen und scharfen Krallen tropfte krank machender Eiter, der ihre Bisse vergiftete. Sie waren drei Köpfe größer als ein ausgewachsener Mann, hatten hervortretende, triefende Augen und verlauste, orangerote Haare, die überall dort wuchsen, wo sie nicht hingehörten. Wenn es im Winter am kältesten war, vergruben sie sich tief im Moor oder im Wattenmeer und konnten mehrere Monate ohne Nahrung auskommen. Im Frühling jedoch begann ihre Jagdsaison, zum Leidwesen von Moderfurt und seinen Bewohnern.

Rye war zu jung, um sich daran zu erinnern, wie das letzte Mal ein Nobold durch das Dorf gelaufen war, aber sie hatte die Geschichten gehört. Erst waren ein paar zurückgezogen lebende Waldbewohner und verirrte Reisende verschwunden, wofür man zunächst einen hungrigen Bären oder eine Meute Wölfe auf der Jagd verantwortlich gemacht hatte. Als Nächstes kam das Vieh von außerhalb liegenden Bauernhöfen an die Reihe, gefolgt von den Bauern selbst. Schließlich verschwanden Kinder aus dem Dorf, manchmal sämtliche Kinder aus einem Stadtteil. Keins von ihnen war je wieder aufgetaucht.

Zum Glück war das alles schon lange her. Trotzdem fragte Rye einmal, nachdem ihre Freundin Folly Flood ihr ein paar haarsträubende Geschichten erzählt hatte: »Mama, was ist eigentlich Hinter dem Schiefer? Können da keine Ungeheuer herkommen?«

Darauf hatte Abby O'Chanter geantwortet: »Riley, hast du jemals ein Ungeheuer aus dem Wald kommen sehen?«

»Äh, nein.«

»Siehst du«, hatte Abby gesagt und augenzwinkernd hinzugefügt: »Und wenn doch, würdest du nicht die Erste sein wollen, die es sieht?«

»Ja, stimmt«, hatte Rye zugegeben und war erst einmal beruhigt gewesen.

Als sie an diesem Abend beim Essen zusammensaßen, war Rye allerdings nicht sehr froh darüber, wo sie lebten. Sie war insgesamt eher unzufrieden. Mit ihrer Mutter und ihrer kleinen Schwester Lottie saß sie an dem großen Tisch am Kamin und stocherte in dem weißen Fleisch zwischen den Krustentierschalen auf ihrem Teller herum. Ihr Platz war ungewöhnlich sauber. Wenn Rye hungrig war, sahen Tisch und Boden für gewöhnlich aus wie eine Speisekammer, die von Eichhörnchen geplündert worden war.

»Schon wieder Seespinnen?«, stöhnte Rye. »Können wir nicht mal was anderes essen?«

Seespinnen wurden jeden Morgen massenweise ans Ufer geschwemmt. Sie waren braun und grau, bis man sie in einen Topf mit kochendem Wasser warf. Dann kreischten sie, wurden rot und versuchten verzweifelt, aus dem Topf zu springen.

31

Rye konnte nicht behaupten, dass sie der geisteskranken Person dankbar war, die die Seespinnen zum ersten Mal am Ufer erblickt und sie zu einer Moderfurter Spezialität erklärt hatte.

»Gackerball!«, rief Lottie aus und schlug mit dem Löffel auf den Tisch. Rye fragte sich, ob Lottie nach ihrem dritten Geburtstag wohl mit dem Wirbel, Lärm und Geschrei aufhören würde. Bis dahin war es nicht mehr lang, aber für Ryes Geschmack immer noch *zu* lang.

»Eier gibt es nur morgens«, klärte Abby sie auf. »Außerdem wirken die Hühner unruhig. Sie haben die ganze Woche keine Eier gelegt.«

»Oh-oh«, sagte Lottie, beugte sich über die große Krebsschere auf ihrem Teller und stocherte darin herum. Ihr wuscheliges rotes Haar stand in alle Richtungen ab wie die Flammen bei einem Scheunenfeuer. Es war ganz anders als das braune, kinnlange Haar von Rye oder das Haar ihrer Mutter, das dicht und schwarz war und ihr in langen Locken über den Rücken fiel.

»Und was dich betrifft …«, sagte Abby und zeigte mit dem Löffel auf Rye. »Sei froh, dass wir Seespinnen und Brot haben. Wir können es uns nicht leisten, jeden Abend Rindfleisch oder Huhn zu essen.«

»Könnten wir *wohl*«, murmelte Rye.

»Was soll das denn heißen?«

Rye biss sich auf die Lippe. »Gar nichts.«

Abby schien immer zu wissen, wenn Rye etwas auf der Seele lag. Und anstatt ihr eine Ohrfeige zu verpassen oder ihr zu verbieten, Widerworte zu geben, war Abby stets bemüht, ihr zu helfen. Es war nicht leicht, in Ryes Haut zu stecken. Abby schien das zu verstehen.

»Was ist los, Rye? Du bist schon den ganzen Tag schlecht gelaunt.«

»Es ist … wegen des Wachtmeisters. Er hat uns angelogen. Du wusstest genau, dass er sich die Hälfte der Gesetze bloß ausgedacht hat, und du hast nichts gesagt.«

Ihre Mutter nickte.

»Aber warum nicht?«, fragte Rye. »Er hat uns behandelt, als wären wir blöd.«

»Ich nicht blöd, ich Lottie«, sagte Lottie. Sie machte ein zorniges Gesicht und schlug mit der Faust auf den Tisch.

»Natürlich, Lottie«, sagte Abby und tätschelte ihren roten Schopf.

Dann sah sie Rye wieder an. »Das sind die Gesetze von Longchance, Riley. Du weißt genau, dass wir – Frauen und Mädchen – diese Dinge nicht wissen dürfen. Wir sollen weder lesen noch schreiben können.«

Es sei denn, man ist die Tochter von Longchance, dachte Rye. In dem Fall gelten die Gesetze nicht. Ihre Mutter hatte ihr erzählt, dass an anderen Orten Mädchen und Frauen tun und lassen konnten, was sie wollten. Abby war an solch einem Ort aufgewachsen. Als Rye sie fragte, warum sie nicht dorthin zurückziehen konnten, antwortete Abby, dass das nicht so einfach wäre. Als sie sie erneut fragte, sagte Abby, dass es schlimmere Dinge gäbe, als nicht lesen und schreiben zu können. Beim dritten Mal schickte Abby sie weg, um die Wirre unter dem Weidenladen zu fangen.

»Dämliche Gesetze«, brummelte Rye, während ihre Ohren rosa anliefen.

»Die Gesetze sind dumm, altmodisch und grauenvoll und müssen geändert werden«, pflichtete Abby ihr bei. »Und wie du weißt, weigere ich mich, sie zu be–«

»L-O-T ...«, fing Lottie an, ihren Namen zu buchstabieren. Abby zeigte auf sie, als wollte sie sagen: *Siehst du?*

»Aber«, fuhr Abby fort, »das heißt nicht, dass wir damit angeben sollten. Es nützt uns nichts, wenn der Wachtmeister oder irgendjemand sonst weiß, was wir wissen.«

»Aber du musstest Strafe zahlen.«

»Für die Begutachtung, Rye. Das Strafgeld wird für das Wohl des Dorfes eingesetzt«, sagte Abby, doch es klang, als würde sie selbst nicht daran glauben.

Auch Rye hatte den Eindruck, dass das Wohl des Dorfes vor dem Schlammtümpelweg haltmachte. Sie hatten nachts nicht mal Straßenlaternen wie in den anderen Teilen der Stadt.

»Es waren doch bloß ein paar Bronzestücke, Riley. Es könnte viel schlimmer sein. Denk daran, warum der Wachtmeister *eigentlich* in den Laden kam.«

Rye verschränkte die Arme. Ihre Mutter hatte absolut recht.

»Und jetzt hör auf, vor deiner Schwester über solche Dinge zu reden«, sagte Abby.

»Na gut. Aber wenn ich noch ein Stück von dieser Seespinne essen muss, wachsen mir selbst Scheren.« Rye runzelte die Stirn und schaute auf den hässlichen Schalentierkopf mit den Knopfaugen auf ihrem Teller.

»Wie du willst«, sagte Abby. »Dann gib es Shady.«

Shady Pelzpopo O'Chanter war das dicke schwarze Fellknäuel, das eingerollt neben dem Kamin lag. Aber alle nannten ihn nur Shady, weil das kürzer war. Er schlief so nahe beim Feuer, dass Rye Angst hatte, dass ein Funke überspringen und seinen buschigen Schwanz entzünden könnte. Zusammengerollt konnte man ihn leicht mit einem kleinen Bären verwechseln. Doch Shady war ein Kater, der größte und pelzigste Kater, den je ein Mensch gesehen hatte. Sein Fell war von solch einem satten Schwarz, dass es wie Samt glänzte, und er war so warm wie eine Wolldecke, wenn er sich an einem kalten Winterabend auf dem Schoß der Mädchen zusammenrollte. Shady war sich seiner eigenen Stärke nicht bewusst und steigerte sich oft so ins Spielen hinein, dass es wehtat. Alle Mitglieder der O'Chanter-Familie hatten Narben, um das zu belegen.

»Shady raus?«, fragte Lottie.

Beim Klang ihrer Stimme machte Shady ein großes gelbes Auge auf und war ganz Ohr, als hätte er verstanden, was die jüngere O'Chanter-Tochter gesagt hatte.

»Nein, nein, Lottie«, verneinte Abby und hob warnend den Finger. »Denk an Hausregel Nr. 2: Shady darf das Haus nicht verlassen.«

»Warum? Katzen gehen spielen«, sagte Lottie.

Und das stimmte. Die meisten Katzen streiften nachts durch die Straßen und Gassen des Dorfes und jagten Mäuse und Ratten.

»Zu gefährlich«, sagte Abby. »Nein, nein.«

»Nein, nein, nein«, ahmte Lottie sie nach und drohte Shady mit dem Finger. Dieser gab sich geschlagen, streckte sich und verschwand im Schatten.

»Ganz recht, Mädchen. Wie heißt die Regel? Sagt sie mit mir auf«, forderte Abby sie auf. Und das taten sie.

»Hausregel Nr. 2: Shady darf laufen, schlafen, prassen, aber nie das Haus verlassen.«

»Gut«, lobte Abby. »Shady, nimm deine Schnurrhaare aus meinem Wein.« Sie schob sein buschiges Gesicht von ihrem Glas weg.

Dann hoben sie ihre Gläser zum allabendlichen Trinkspruch.

»Nehmen wir an, was der Tag morgen bringt«, sagte Abby.

Sie trank Johannisbeerwein aus ihrem Lieblingskelch. Rye und Lottie tranken aus kleineren Bechern, die ähnlich aussahen wie ihrer, und hatten danach dicke Ziegenmilchbärte über den Lippen.

Lottie O'Chanter ins Bett zu bringen war kein leichtes Unterfangen. Es gab Geschrei und Wutausbrüche – und zwar in erster Linie von ihrer Mutter. Schließlich zog Lottie ihr Nachthemd an und kletterte in das Bett, das sie sich mit Rye in ihrem kleinen Zimmer hinten im Haus teilte. Aber sie wäre nie einverstanden, schlafen zu gehen, wenn sie wüsste, dass Rye noch aufblieb, also musste Rye ebenfalls ihr Nachthemd anziehen, zu ihr ins Bett steigen und so tun, als würde sie schlafen gehen.

Abby beugte sich über sie und gab jedem ihrer Mädchen einen Gutenachtkuss.

»Mona, Mona«, sagte Lottie und hielt ihr die abgenutzte Puppe hin, mit der sie jede Nacht ins Bett ging. Mona Monster war ein kleiner pinkfarbener Kobold mit roten Tupfen. Abby hatte sie selbst genäht und mit Stroh gefüllt, nachdem Lottie geboren worden war. Seitdem waren Mona und Lottie unzertrennlich.

Abby gab Mona einen Kuss auf den rosafarbenen Mund mit den großen Zähnen. »Zeit zu schlafen, Lottie.«

Lottie wollte, dass Rye Mona auch einen Kuss gab.

»Und jetzt schlaf schön«, sagte Abby. »Lass dich nicht von den Wanzen beißen.«

Lottie biss die Zähne zusammen und griff nach dem dünnen Lederband um ihren Hals. Daran hingen ein Glücksbringer in Form einer Libelle und ein paar Runensteine.

Dann berührte sie das Lederband, das ihre Mutter um den Hals trug und das genauso aussah wie ihres.

Abby lächelte. »Ja, ich habe auch eins«, sagte sie.

Rye trug ebenfalls ein identisches Lederhalsband. Tagsüber waren die Bänder unter der Kleidung der Mädchen versteckt. Sogar Shady hatte solch ein Band, und auch zu den Halsbändern gab es eine Hausregel.

Hausregel Nr. 4: Ob am Tag oder bei Nacht, nie wird das Halsband abgemacht.

»Pass gut darauf auf«, sagte Abby immer zu Rye. »Es ist der Glücksbringer der Familie O'Chanter und unserer Vorfahren. Es wird uns in finsteren Zeiten beschützen.«

»Zeit zu schlafen«, flüsterte Abby nun und legte Lotties Arm um Mona Monster.

Dann beugte sie sich zu Riley hinüber und flüsterte ihr ins Ohr: »Ich muss noch mal raus und etwas erledigen. Du passt auf Lottie auf.«

»Gut, Mama«, sagte Rye. Abby blies die Bienenwachs-Kerze aus, und das Feuer im Kamin verbreitete gedämpftes Licht im Zimmer.

Lottie wälzte sich noch ein paarmal herum, trat Rye mit dem Fuß in den Bauch und streckte ihr ihren runden Po ins Gesicht, bevor sie endlich einschlief. Leise schlüpfte Rye aus dem Bett, ging in den Hauptraum des Hauses und setzte sich neben dem Ofen auf die angenehm duftenden Kräuter und Gräser, die ihre Mutter auf den Holzdielen verteilt hatte, um Insekten fernzuhalten.

Shady setzte sich auf ihren Schoß, und Rye kraulte seine großen Ohren, die sowohl außen als auch innen mit Fellbüscheln bewachsen waren. Diese ruhigen Zeiten, wenn sie alleine im Zimmer saß, nachdem Lottie eingeschlafen und Abby weg war, um irgendwelche Sachen zu erledigen, waren für sie am schwersten. Soweit Rye sich erinnern konnte, hatte Abby sich schon immer alleine um die Mädchen gekümmert. An ihren Vater konnte sie sich nicht erinnern. Abby hatte erzählt, dass er ein Soldat im Dienste des Grafen gewesen war. Vor zehn Jahren war er mit der Armee in das Gebiet Hinter dem Schiefer gezogen. Ein paar Monate lang hatten sie noch Nachrichten und Briefe von dort erhalten, doch irgendwann kam nichts mehr. Abby hatte nie mehr darüber erzählt, aber Rye war alt genug, um zu wissen, was das bedeutete.

Lottie war eine ganz andere Geschichte. Niemand schien zu wissen, wer ihr Vater war. Niemand außer ihrer Mutter natürlich. Und die sprach nicht darüber.

Sich allein um die Mädchen und das Geschäft zu kümmern

war schwer, und Rye machte sich Sorgen um ihre Mutter. Abby verließ immer öfter nachts das Haus. Vielleicht half ihr die Nachtluft, ihre Gedanken zu ordnen. Abby sah es nicht gerne, wenn Rye nach Einbruch der Dunkelheit draußen herumstreunte. Aber vielleicht hätte ihre Mutter gerne ein bisschen Gesellschaft. Rye gab Shady einen Kuss und setzte ihn auf den Boden.

»Du riechst nach Wein«, sagte sie und wischte ihm die Schnurrhaare ab. »Bleib hier.«

Sie warf ihren Umhang über und zog sich die Kapuze über den Kopf. Dann öffnete sie die knarrende Tür und schaute hinaus. Ihr Haus war umgeben von trostlosen grauen Gebäuden, aus denen ihre glänzende lila Tür herausstach. Die eingeschnitzte Libelle wechselte je nach Lichteinfall und Tageszeit die Farbe. Jetzt war sie schwarz, denn bis auf das schwache Licht, das die hauchdünne Mondsichel verbreitete, lag die Straße im Dunkeln.

»Du bleibst hier, Shady«, sagte Rye noch einmal und zeigte mit dem Finger auf ihn. »Und weck Lottie nicht auf.«

Sie schloss vorsichtig die Tür hinter sich und schlich um das Haus. Die Ziege und die Hühner schliefen in ihrem Gehege. In der Ferne wurde das Moor lebendig, Nebelschwaden stiegen vom Wasser auf wie Geister. Doch ihre Mutter war nicht hinter dem Haus.

Rye stieg die Leiter zu ihrem Taubenschlag hinauf, um zu schauen, ob sie eine Nachricht bekommen hatte. Rye und Folly hatten den Tauben beigebracht, zwischen ihren Häusern hin- und herzufliegen, und manchmal schrieben sie sich gegenseitig

Briefe, die sie den Vögeln an die Füße banden. Doch nach ein paar Stufen hielt sie mit klopfendem Herzen inne. Da oben war schon jemand.

Leise stieg sie die Leiter herunter und drückte sich an die Hauswand. Dann sah sie wieder hoch. Die Person trug einen Umhang, der so aussah wie ihrer. Es war ihre Mutter. Sie stand ganz still und sah zum Wald hinüber, der Hinter dem Schiefer lag. Es sah aus, als würde sie etwas beobachten ... oder auf jemanden warten.

Abby schien sie nicht zu sehen. Rye hielt den Atem an und schlich auf Zehenspitzen zum Haus zurück, ganz langsam und leise. Da erklang plötzlich ein lautes, schreckliches Geräusch. Es war wie der Schrei eines wilden Tieres, aber auch wie das Wimmern eines Babys. Rye zuckte zusammen und hielt nach einem Versteck Ausschau. Das Geräusch war weit weg, aber nicht weit genug. Sie sah hoch. Ihre Mutter hatte es auch gehört. Sie beugte sich fast unmerklich nach vorne und spähte durch den Nebel.

Da erklang das Geräusch von Neuem. Rye hatte das Gefühl, als würden tausend Ameisen ihre Wirbelsäule entlangkrabbeln. Sie stolperte ins Haus, so schnell sie konnte, und knallte die Tür hinter sich zu.

GEREDE UND GEHEIMKAMMER

Rye und Quinn saßen auf dem Holzzaun vor Ryes Haus und sahen dem Treiben im Schlammtümpelweg zu.

»Hast du so was schon mal gesehen?«, fragte Rye und schlang die Beine um die Zaunlatten.

»Nicht seit dem Haifischschwarm im Fluss vor ein paar Jahren.«

Als die Dorfbewohner an diesem Morgen aufgewacht waren, lief ein Haufen wilder Truthähne durch die Straßen. Hunderte von Vögeln, mindestens sechs Schwärme, waren über Nacht aus dem Moor gekommen. Der Schlammtümpelweg wimmelte nur so von Menschen, die – mit Netzen und Äxten bewaffnet oder mit bloßen Händen – die durcheinanderstolpernden gefiederten Geschöpfe jagten. Solch eine Chance auf ein Festmahl ließ sich im Schlammtümpelweg keiner entgehen.

Die Krähen aus der Nachbarschaft schauten dem Treiben

vom Dach eines Hauses aus missbilligend zu, als würden sie sich des unwürdigen Gebarens schämen.

»Glaubst du, sie werden was fangen?«, fragte Quinn.

»Ich glaub schon. Früher oder später«, antwortete Rye. Sie ließ sich nach hinten fallen und hing jetzt an Armen und Beinen am Zaun wie ein exotisches Tier, das sie einmal im Hafen gesehen hatte. Der Matrose, dem es gehörte, hatte *Faultier* dazu gesagt.

»Sollen wir es auch versuchen?«

»Meine Mutter hat gesagt, wir sollen es lassen. Sie ist heute Morgen schon früh in den Laden gegangen und hat Lottie mitgenommen. Irgendwas scheint sie zu beschäftigen.«

Rye fragte sich, wie viele Nächte ihre Mutter wohl schon auf dem Dach verbracht hatte. Hatte sie das gruselige Heulen aus dem Moor auch so erschreckt? Den Morgen über war Rye durch ihre häuslichen Aufgaben abgelenkt gewesen, aber die Nervosität ihrer Mutter und der Aufruhr auf der Straße hatten sie wieder an das unheimliche Geräusch erinnert.

»Hast du letzte Nacht was gehört?«, fragte sie Quinn.

»So laut, wie mein Vater schnarcht?«, fragte dieser spöttisch. »Ich kann nicht mal die Hähne krähen hören. Warum? Hast du was gehört?«

»Ich dachte, ich hätte einen Schrei gehört. Oder ein Weinen. Schwer zu sagen.«

»War das nicht Lottie?«

»Diesmal nicht.«

Einer von Ryes Nachbarn wollte sich auf einen Truthahn stürzen und fiel vornüber in den Matsch. Der große, ungelenke

Vogel flatterte mit den Flügeln und landete auf dem Dach seines Hauses. Rye und Quinn prusteten los. Rye verlor vor Lachen den Halt, schlug mit den Beinen aus und trat Quinn gegen die Rippen, sodass sie ebenfalls beide auf dem Boden landeten.

»Hast du dir wehgetan?«, fragte Quinn und rieb sich die Seite.

Rye rollte herum und schnappte nach Luft. »Alles gut«, keuchte sie.

Die beiden sahen sich an, schauten dann zu den Truthahnjägern hinüber und fingen wieder an zu lachen.

Doch Rye wurde ernst, als sie darüber nachdachte, was die Truthähne wohl dazu gebracht hatte, aus dem Moor zu fliehen und stattdessen lieber zu riskieren, von den Dorfbewohnern verspeist zu werden.

»Die schaffen das nie«, sagte Quinn. »Komm, wir gehen was lesen. Ich hab eine Überraschung für dich.«

Neben dem Kamin hingen Bilder von Meerjungfrauen, Abenteurern und Ungeheuern an der Wand. Zwar war Abby sehr stolz auf ihre talentierten Töchter, doch ihre Kunstwerke hatte sie aus einem anderen Grund aufgehängt. Sie verdeckten eine Geheimtür, die sich öffnete, wenn man an der richtigen Stelle drückte. Diese Tür führte über ein paar flache Stufen in Abby O'Chanters geheime Werkstatt. Jedenfalls nahm Rye an, dass sie geheim war, denn ihre Mutter hatte sie ihr gegenüber noch nie erwähnt und sie hatte sie auch noch nie hineingehen sehen. Abby hatte Rye auch nie verboten, die Werkstatt zu betreten, theoretisch verstieß sie also nicht gegen irgendeine Hausregel.

Trotzdem würde Rye ihrer kleinen Schwester nichts davon erzählen. Lottie machte die besten Verstecke kaputt.

Rye und Quinn saßen an dem schweren Holztisch, der fast den gesamten winzigen, eingesunkenen Raum ausfüllte, und bemühten sich, weder die Werkzeuge noch die halb fertiggestellten Schmuckstücke in Unordnung zu bringen. Shady lag zu einem großen schwarzen Knäuel zusammengerollt unter dem Tisch. Ohne ihn hätte Rye niemals von der Werkstatt erfahren. Eines Tages hatte sie nämlich gesehen, wie Shady am Boden schnüffelte und mit der Pfote an Lotties Bild von Mona Monster in einem Prinzessinnenkleid kratzte. Und plötzlich war er vor ihren Augen in der Wand verschwunden, als hätte sie ihn verschluckt. Erstaunlich, welche Überraschungen das eigene Zuhause bereithalten konnte.

Rye und Quinn saßen im Laternenschein und hatten die Köpfe in ein dickes Buch gesteckt, in *Tams Buch der Lügen rund um die Moder-Mündung, Teil II*. Quinn erzählte, dass der zornige Dichter den Band nach der Verfolgungsjagd aufgehoben hatte, ihn aber in einem Schornstein verstecken musste, bevor er hinunterkletterte und die Fragen des Wachtmeisters beantwortete. Quinn hatte es auf sich genommen, das Buch vor brütenden Vögeln und Kaminfeuer zu retten. Rye war beeindruckt. Sonst taten so was nur Folly und sie selbst.

»Was macht der Dichter wohl, wenn er merkt, dass das Buch nicht mehr da ist?«, fragte Quinn.

»Keine Ahnung«, sagte Rye. »Er hat uns sicher nicht erkannt, deshalb wird er kaum an unsere Tür klopfen. Und er wird es nicht riskieren, das Buch als vermisst oder gestohlen zu melden. Deshalb glaube ich nicht, dass er es irgendwem erzählen wird.«

»Wahrscheinlich nicht«, sagte Quinn und kaute auf der Lippe.

»Wir sollten es sicher aufbewahren«, sagte Rye. Und so viel darin lesen wie möglich, dachte sie.

»Kann sein«, sagte Quinn.

»Gut«, sagte Rye, bevor er es sich anders überlegte.

»Wir verstecken es in eurem Haus«, fügte sie rasch hinzu.

Quinn und sein Vater wohnten drei Häuser weiter. An den Wänden dort stapelten sich Quinns Bücher, aber auch die ansehnliche Waffensammlung seines Vaters, mit denen er jemandem die Knochen brechen oder Körperteile abtrennen konnte. Angus Quartermast war Schmied und hatte Arme wie Ambosse und eine ständig gerunzelte Stirn. Doch er hatte immer ein freundliches Wort für Rye und ihre Mutter übrig. Quinns eigene Mutter war schon vor vielen Jahren am Schüttelfieber gestorben, und weder Quinn noch sein Vater waren hauswirtschaftlich begabt. Im Haus der Quartermasts verlief nur ein schmaler Grat zwischen *versteckt* und *verloren*.

Im Gegensatz zu seinem Vater war Quinn so dünn, dass er seine Hose mit einem Seil zusammenhalten musste. Er tendierte dazu, Dinge zu vergessen, wie zum Beispiel sein Frühstücksbrot, den Einkaufszettel oder auch, wie er zurück nach Hause kam. Aber er war schwer in Ordnung und einer von Ryes besten Freunden auf der ganzen Welt. Dreimal in der Woche kam er mit einem Buch zu ihr und half ihr, lesen zu lernen.

Jetzt, da sie die Muße hatten, sich *Tams Buch* näher anzuschauen, sahen sie, dass viele der Seiten verbrannt oder zerrissen waren oder komplett fehlten und dass der Einband voller
Ruß war. Doch die verbliebenen Seiten waren anders als alles,
was sie je in Büchern gesehen hatten. Auf dem dünnen Pergament waren verschiedene Handschriften zu sehen, und es
war so eng bekritzelt, dass die Zwischenräume zu ganz eigenen
geisterhaften Bildern wurden. Rye versuchte, Formen darin zu
erkennen, aber das war genauso schwer, wie bei Sturm Gesichter in Wolken zu erkennen: Verlor man sie eine Sekunde aus
den Augen, waren sie verschwunden.

»Schauen wir mal, ob da was über Schreie aus dem Moor
steht«, sagte Rye, und mit *wir* meinte sie Quinn. Sie selbst
kämpfte noch damit, normal große Buchstaben zu entziffern.
Quinn seufzte und versuchte, die Wörter zu lesen. »Das wird
eine Weile dauern.«

Zum Glück war das Textlabyrinth gelegentlich von äußerst
detaillierten und lebensechten Zeichnungen durchbrochen,
wie Rye sie noch nie zuvor gesehen hatte. Es gab Porträts von
Menschen, die sie nicht kannte, und Karten von Orten, an denen sie noch nie gewesen war. Skurrile und bedrohliche Lebe-
wesen schienen ihnen aus den Buchseiten entgegenspringen zu
wollen.

Ein Bild jedoch verschlug ihnen die Sprache. Das Wesen
sah entfernt menschlich aus, und seine langen orangefarbenen
Haare hingen in verfilzten Strängen von seinem Schädel herunter, der aussah, als wäre er zerbrochen und achtlos wieder zusammengesetzt worden. Seine ungesunde Haut klebte an den

Rippen und hing locker von seinem Gesicht herab. In seinen kalten Augen stand Wut, aber auch Traurigkeit, und sein Gesichtsausdruck wirkte uralt und kindlich zugleich. Zwischen den knochigen Fingern hielt er eine winzige Stoffpuppe, und um seinen Hals hing eine Schnur mit kleinen, verschrumpelten Füßen. Ein Nobold!

Rye schauderte, drehte die Seite rasch um und drückte die Hand auf die Rückseite, als könnte das furchtbare Bild aus dem Buch herauskriechen. Quinn protestierte nicht.

Sie hatten fast den ganzen Morgen in *Tams Buch* gestöbert, als Shady die Ohren spitzte und seinen pelzigen Kopf hob. Da kam jemand. Rye und Quinn sahen erst Shady und dann einander an. Dann beugte Quinn sich nach vorne und versuchte, *Tams Buch* mit den Armen zu verdecken.

Die Geheimtür ging auf. Im Laternenlicht erschienen rosige Wangen und zwei große blaue Augen.

»Folly«, sagte Rye erleichtert. »Wo warst du? In diesem Buch sind ein paar tolle Sachen.«

»So ein verrückter Tag!«, rief Folly und zog sich einen Stuhl heran. »Wusstet ihr, dass Truthähne eure Straße belagern?«

»Die sind gestern Nacht aus dem Moor gekommen«, klärte Quinn sie auf.

»Im Gasthaus ist der Teufel los«, sagte Folly. »Ich musste meiner Mutter helfen, alles für das Schwarzmond-Fest heute Abend vorzubereiten und die Wirrenscheuchen auf der Straße aufhängen.«

Follys Familie gehörte das Gasthaus Zum Toten Fisch, die berüchtigtste Spelunke in den Scharacken. Es ging das Gerücht, im Toten Fisch gebe es alles, was man für Geld kaufen konnte. Die Flood-Familie wohnte im dritten Stock über den Gästezimmern, und Folly war das jüngste von neun Kindern und das einzige Mädchen. Ihre Brüder galten als die härtesten Jungs im Dorf, und das war gut so, denn die Stammgäste des Toten Fischs waren dafür bekannt, zu zechen, sich zu prügeln und den Laden auf den Kopf zu stellen. Rye beneidete Folly. Der Tote Fisch war viel spannender als der Schlammtümpelweg, und keine Truthähne der Welt konnten daran etwas ändern.

Folly ließ die Hände auf den Tisch fallen. »Ihr werdet nie erraten, was ich heute beim Frühstück gehört habe.«

Und wie immer wartete sie nicht darauf, dass es einer von ihnen versuchte.

»Heute Morgen kamen zwei Männer ins Gasthaus. Sie waren nicht aus dem Dorf. Sie sahen schmutzig und müde aus, und sie hatten Waffen. Viele Waffen. Sie sagten, sie hätten seit Tagen nicht geschlafen.«

Rye und Quinn waren ganz Ohr.

»Ich hörte, wie sie zu meinem Vater sagten, dass sie Hinter dem Schiefer waren. Und dort sahen sie …« Folly hielt inne, als würden ihr die Worte im Hals stecken bleiben.

»Was sahen sie?«, fragte Rye.

»Was denn?«, schloss Quinn sich an.

»Einen Nobold«, hauchte Folly mit einer großen Portion Panik und einer kleinen Prise Begeisterung.

»Du willst uns aufziehen«, winkte Rye ab. »Die sind längst ausgestorben.«

»Es stimmt aber.«

»Im Wald?«, fragte Quinn.

»Nein«, sagte Folly. »Da draußen.«

Sie drehte den Kopf in die Richtung, wo – wie sie alle wussten – das Moor lag. Rye und Quinn sahen sich ungläubig an.

»Hör auf, Folly«, sagte Rye. »Das ist Unsinn. Du willst uns bloß veräppeln.«

Aber Rye wusste genau, dass Folly sie nicht veräppelte. Sie hatte die Nervosität in ihrer Stimme gehört.

Quinn stand die Sorge ins Gesicht geschrieben. Er blätterte in *Tams Buch* und zeigte auf die aufgeschlagene Seite. Der Nobold mit der Kette aus Füßen starrte ihnen entgegen.

Quinn verzog das Gesicht, als müsste er eine nasse Maus verschlucken.

»Puh, ganz schön knorriger Geselle, was?«, sagte Folly.

Beim Anblick der Zeichnung bekam Rye Magenschmerzen. Sie klappte das Buch zu. »Das ist bloß Kneipentratsch, Folly«, sagte sie nüchtern. »Es gibt keine Nobolde mehr.«

Die drei Freunde schwiegen. Quinn wand sich unbehaglich auf seinem Stuhl.

»Du kommst doch trotzdem heute Abend zum Fest, oder?«, fragte Folly Rye schließlich.

Rye wollte schon immer mal zum Fest des Schwarzen Mondes. Sie hatte gehört, dass die Dorfbewohner in verrückter Verkleidung durch die Straßen zogen und bis Sonnenaufgang schlemmten und zechten. Doch heutzutage gab es die Gesetze von Longchance – Ausgangssperren, Geldstrafen und Auspeitschungen –, was den Feierlichkeiten zu Ehren des Neumonds einen Dämpfer aufsetzte. Außerdem war da noch die lästige Hausregel Nr. 3 der O'Chanters.

Hausregel Nr. 3: Beim Schwarzen Mond am Himmelszelt: Schließ ab die Tür, schließ aus die Welt.

»Vielleicht«, sagte Rye. »Ich muss warten, bis meine Mutter aus dem Haus ist.«

Ihre Mutter plante einen Schwarzmond-Sonderverkauf für besondere Gäste im Weidenladen. Deshalb sollte Rye auf Lottie und Shady aufpassen. Aber wenn ihre Mutter die Hausregel brach, dann durfte sie das auch. Und sie würde ja nicht lange wegbleiben.

»Du musst kommen«, quengelte Folly. »Das wird kein normaler Schwarzer Mond. Ich hab gehört …«

Rye und Quinn erwarteten ein weiteres Schauermärchen.

»… dass es ein Geheimtreffen geben wird über …« Sie sah über die Schulter, als hätte sie Angst, dass jemand sie belauschte. »… die Ungeheuerlichen«, sagte sie tonlos.

Dieser Name wurde selbst im Hafen und in den finstersten Spelunken, wo Männer das Gesetz nicht so ernst nahmen und sich bisweilen um Kopf und Kragen redeten, nur geflüstert. Jemanden einen *Muschelschubser* oder *Fischkopp* zu nennen konnte einem Kind eine Behandlung mit der Pferdebürste einbringen. Aber die Ungeheuerlichen vor den falschen Leuten zu erwähnen hatte mindestens eine Woche am Pranger zur Folge. Natürlich hatte Rye – wie alle Kinder – schon Geschichten über die Ungeheuerlichen gehört, abends am Feuer oder an der Schwelle zum Friedhof, wenn der salzige Nebel langsam über die Grabsteine kroch. Doch ihre Mutter hatte noch nie über sie gesprochen. Follys ältere Brüder erzählten gerne die Geschichte von einem Ungeheuerlichen, der seine Zähne mit einem Schleifstein zu spitzen Reißzähnen schärfte und nach Einbruch der Dunkelheit Herumtreiber verspeiste. Und Quinns Vater hatte ihm einmal gedroht, wenn er seinen Kohl nicht aufäße, würden die Ungeheuerlichen kommen und ihm seinen Hund wegnehmen, während er schlief.

Es waren die Ungeheuerlichen gewesen, die zehn Jahre zuvor den letzten Nobold zur Strecke gebracht hatten, bevor sie selbst auf Nimmerwiedersehen verschwunden waren. Weder sie noch die Nobolde wurden besonders vermisst.

»Die Ungeheuerlichen?«, wiederholte Rye leise.

Folly nickte nachdrücklich. »Vielleicht hat das was mit dem Nobold zu tun.«

Quinn verdrehte die Augen. »Und wann findet das Treffen statt, bei dem über Hexen und Seeungeheuer gesprochen wird?«, fragte er und kicherte dabei nervös.

»Ich komme«, sagte Rye, die sich soeben entschieden hatte. Den Tratsch über die Ungeheuerlichen und die Nobolde wollte sie auf keinen Fall verpassen.

»Was ist mit dir, Quinn?«, fragte Folly.

»Ich glaube, das wär meinem Vater nicht recht.«

»Eltern soll auch nicht recht sein, was wir machen«, entgegnete Folly. »Das ist nicht ihre Aufgabe.«

Quinn biss sich auf die Lippe und dachte nach, schüttelte dann aber den Kopf.

»Bist du sicher?«, fragte Rye. »Wir könnten zusammen hingehen.«

Sie hoffte, dass er sie begleiten würde. Sie war noch nie im Dunkeln in den Scharacken gewesen, aber sie hatte … Sachen gehört. Die Scharacken waren der einzige Stadtteil, in dem die Gesetze von Longchance nicht galten, weil sich die Soldaten des Grafen nicht dorthin trauten. Dort wohnte eigentlich niemand außer ein paar zwielichtigen Gestalten, die sich versteckten, auf den richtigen Augenblick warteten oder Pläne aussheckten. Und den Floods, die von Leuten wie ihnen profitierten.

»Ich glaube nicht«, sagte Quinn.

»Was ist los mit dir?«, fragte Folly spöttisch. »Hast du Angst, dass die Ungeheuerlichen dich holen?«

»Nein«, erwiderte Quinn rasch. »Es gibt keine Ungeheuerlichen mehr, stimmt's, Rye?«

»Stimmt«, murmelte Rye, klang dabei aber nicht sehr überzeugend.

»Natürlich gibt es keine mehr«, sagte Folly. »Genauso wenig wie Nobolde.« Sie kniff die Augen zusammen und beäugte Rye und Quinn skeptisch. »Seid ihr sicher, dass ihr da draußen im Moor nichts gesehen habt?«

»Nein, nichts«, sagte Quinn mit weit aufgerissenen Augen. »Du, Rye?«

Rye schüttelte den Kopf. Sie hatte auch nichts gesehen. Aber sie war sicher, dass sie in der vergangenen Nacht etwas gehört hatte. Einen Schrei, wie er ihr nie zuvor zu Ohren gekommen war.

5

DER SCHWARZE MOND GEHT AUF

An jenem Abend ging Lottie ins Bett, ohne zu murren, was Rye über alle Maßen erstaunte. Ihre Schwester kuschelte sich an Mona Monster und fing an zu schnarchen, kaum dass Abby die Kerzen ausgeblasen hatte. Rye brauchte sich nicht einmal neben sie zu legen. Abby fachte das Feuer im Kamin der Mädchen an, und sie schlichen sich lautlos aus dem Zimmer.

Shady dagegen war hellwach. Er strich unruhig durch das Haus wie ein Panther im Käfig, kratzte mit den Pfoten am Boden und jaulte. Mit ausgefahrenen Krallen kletterte er an ihren Beinen hoch. Schließlich schloss Abby ihn in ihrem Schlafzimmer ein.

Als sie zurückkam, trug sie einen schweren Umhang und war bereit zu gehen.

»Ich weiß nicht, was in ihn gefahren ist«, sagte sie ratlos.

Rye sah zu, wie ihre Mutter sich ein dickes Bündel über die Schulter warf. Sie hatte sich das Gesicht gewaschen und ihre

Haare zu einem ordentlichen Pferdeschwanz zusammengebunden. Rye konnte sich ein Lächeln gerade noch verkneifen: Abby hatte schon wieder ein blaues Band im Haar. Sie fand, dass ihre Mutter noch ziemlich gut aussah, obwohl sie schon so alt war, fast einunddreißig. Und dass die Leute im Dorf sie immer anstarrten, schien ihr recht zu geben.

»Wessen Schuhe sind das?«, fragte Abby.

»Von Quinn«, antwortete Rye.

»Wie kann jemand seine Schuhe vergessen?«

Doch Abby wartete nicht auf die Antwort. Rye erkannte in ihrer Körperspannung dieselbe nervöse Energie, die Shady den ganzen Abend schon umtrieb.

»So, Riley. Du musst unbedingt auf Lottie achten. Kümmer dich um sie, wenn sie aufwacht.«

»Ja, Mama.«

Abby zündete eine Laterne an. »Es ist sehr wichtig, dass du im Haus bleibst. Dies ist kein Abend, an dem Kinder draußen herumstreunen sollten, auch nicht im Hof. Lass die Tauben heute mal in Ruhe. Wie lautet Hausregel Nr. 3?«

»Beim Schwarzen Mond am Himmelszelt«, sang Rye und verdrehte dabei die Augen. »Schließ ab die Tür, schließ aus die Welt.«

Abby lächelte und kniete sich hin.

»Ich weiß, es ist nicht konsequent, dir zu verbieten, das Haus zu verlassen, wenn ich selbst mein Bündel packe. Aber ich treffe mich mit ein paar wichtigen Kunden, die nur ein- oder zweimal im Jahr hierherkommen. Ich bin so schnell wie möglich wieder da.«

Rye runzelte die Stirn. »Dann … sei vorsichtig.«

Abby lächelte wieder und strich Rye über die Wange. »Mir wird schon nichts passieren, mein Schatz. Mach dir keine Sorgen.«

»Hast du keine Angst vor den …«, setzte Rye an und verstummte dann wieder.

»Vor wem?«

Rye knibbelte an ihren Fingernägeln. »Folly hat gesagt, jemand hätte einen Nobold im Moor gesehen. Kann das sein?«

»Ich hab Folly genauso gern wie du. Aber du musst zugeben, dass sie dazu neigt, ihre Geschichten ein wenig auszuschmücken.«

Die Antwort ihrer Mutter war sehr vage.

»Aber kann das sein?«, wiederholte Rye. »Ich dachte, es gibt keine Nobolde mehr.«

»Als der letzte Nobold unser Dorf in Atem hielt, konntest du noch nicht laufen. Mach dir ihretwegen keine Sorgen.«

Rye hätte ihre Mutter gern noch nach dem schrecklichen Schrei gefragt, den sie gehört hatte. Aber weil sie an diesem Abend selbst noch hinauswollte, erwähnte sie lieber nicht, dass sie in der Nacht zuvor im Hof gewesen war. Auch wenn sie noch so gute Absichten gehabt hatte.

Abby war fast fertig, und Rye hatte keine Fingernägel mehr, an denen sie knibbeln konnte. Aber es gab noch etwas anderes, das sie beschäftigte.

»Mama«, sagte Rye, »was ist mit den Ungeheuerlichen? Hast du vor denen keine Angst?«

Abby zuckte zusammen, als hätte Rye sie mit einer Nadel gestochen. Doch sie fing sich schnell wieder und fuhr fort, ihre Schnürsenkel zuzubinden.

»Riley, mein Schatz, warum sollte ich vor ihnen Angst haben?«

»Wegen des Schwarzen Mondes. Da kommen sie doch immer aus ihren Löchern gekrochen.«

»Wo hast du das denn gehört?«

Rye zuckte mit den Schultern. »Ich weiß nicht. Ich glaub, ich hab es irgendwo gelesen.«

So weit war sie in *Tams Buch* noch nicht gekommen, aber jeder wusste, dass die Ungeheuerlichen früher immer in der Nacht des Schwarzen Mondes, am dunkelsten Abend des Monats, im Dorf ihr Unwesen getrieben hatten. Sie hatten furchterregende Masken getragen, um ihre Identität zu verbergen, und waren immer in kleinen Gruppen durch die Gassen gestreift oder von den Dächern geflogen wie Fledermäuse.

»Schätzchen, du brauchst keine Angst mehr vor den Ungeheuerlichen zu haben«, sagte Abby und stand auf. »Sie sind weg. Für immer. Graf Longchance hat dafür gesorgt.« Ihre Stimme klang flach.

Doch ganz beruhigt war Rye immer noch nicht. Sie musste an den maskierten Wasserspeier denken, den sie auf dem Dach gesehen hatte. Sie wusste genau, dass es sich weder um eine Statue handelte, die zum Leben erwacht war, noch bloße Einbildung gewesen war. Konnte das ein Ungeheuerlicher gewesen sein?

Abby hob die Laterne hoch und zog sich die Kapuze über den Kopf.

»Riley«, sagte sie. »Wenn du die Hausregeln befolgst, versichere ich dir, dass kein Nobold und kein Ungeheuerlicher jemals eine Gefahr für unsere Familie darstellen wird.«

So wie sie das sagte, konnte Rye nicht anders, als ihr zu glauben.

Abby machte die Eingangstür auf und zog einen Schirm über die Laterne, um das Licht zu dimmen. Von draußen blies eine kalte Windböe hinein. Mit Umhang und Kapuze konnte man Ryes Mutter kaum erkennen. Ihre Schultern schienen sich zu entspannen, und ihre Augen blitzten aufgeregt unter ihrer Kapuze hervor. In ihrem Zimmer kratzte Shady wie wild an der Tür.

»Lass Shady lieber da drin. Ich weiß nicht, was in ihn gefahren ist.«

Sie warf Rye einen Luftkuss zu, und Rye tat so, als würde sie ihn fangen.

»Sei schön brav, mein Schatz«, sagte Abby und verschwand in die Nacht.

»Ich weiß ja nicht«, sagte Quinn zweifelnd.

»Lottie schläft tief und fest«, versicherte Rye ihm. »Und wenn sie einmal weggetreten ist, wacht sie nicht wieder auf.«

Rye war entschlossen, Folly im Toten Fisch zu treffen, wollte aber nicht, dass Lottie alleine blieb. Es war nicht ganz leicht gewesen, ihn zu überreden, aber dann hatte Quinn sich doch bereit erklärt, auf Lottie aufzupassen. Rye und Quinn hatten sich Lichtzeichen mit der Laterne gegeben, nachdem Abby aus dem Haus und Angus eingeschlafen war.

»Hast du keine Angst rauszugehen?«, fragte Quinn.

»Du hast es doch auch geschafft, oder nicht?«, sagte Rye.

»Aber ich wohne nur drei Häuser weiter. Du musst einmal quer durchs Dorf.«

»Ich schaff das schon«, versuchte Rye, ihn und sich selbst zu beruhigen. Sie zog sich den Umhang um die Schultern und die Kapuze über den Kopf. »Danke für deine Hilfe, Quinn.«

»Dafür schuldest du mir was. Und komm bald zurück. Wie soll ich das deiner Mutter erklären, wenn sie vor dir nach Hause kommt?«

Rye schnappte sich die Laterne. »Ich bleib nicht lange weg. Aber denk dran: Lass Shady nicht raus.«

Während des Schwarzen Mondes war Rye noch nie draußen gewesen. Nach den Gesetzen von Longchance war das für Frauen und Kinder verboten. Bei Neumond war der Schlammtümpelweg noch viel finsterer als sonst. Rye leuchtete sich zunächst mit der Laterne den Weg, hatte aber vor, das Licht abzuschirmen, sobald sie in belebtere Gebiete kam. Normalerweise brauchte sie eine halbe Stunde bis zu Follys Haus. Heute beeilte sie sich, um so wenig Zeit wie möglich hier draußen zu verbringen.

Die ungepflasterte Straße war menschenleer, doch hinter den Türen konnte sie Stimmen und Gelächter hören, und aus den Schornsteinen stieg der Geruch von würzigem Bitternussholz. Jemand musste ein Festmahl zubereiten.

Am Ende der Straße kletterte sie vorsichtig über den Teil der Stadtmauer, der eingebrochen war und auf dem inzwischen Unkraut und Moos wucherten. Rye und Quinn spielten jeden Tag auf der Mauer, deshalb hatte sie selbst im Dunkeln keine Probleme, ihre Füße sicher zu setzen.

Sie ließ den Schlammtümpelweg hinter sich, überquerte das Niederöhr und das Alte Salzkreuz, wo die Zwischenräume zwischen den Häusern kleiner wurden und die Kopfsteinpflasterstraßen enger. Im Alten Salzkreuz ragten die zweiten und dritten Etagen der Häuser über die Straßen wie Äste in einem dichten Wald. Hier beleuchteten Straßenlaternen die Ecken, wenn auch nur wenige, und Rye konnte das Licht ihrer Laterne abschwächen. Sie blieb im Schatten und eilte von einer Gasse zur nächsten. Es waren noch andere Leute unterwegs, doch die meisten von ihnen bewegten sich lautlos und waren allein. Rye ging ihnen so weit wie möglich aus dem Weg. Wenn ihr jemand entgegenkam, trat sie in einen Hauseingang und wartete, bis er vorbeigegangen war. Es gab kürzere Wege zum Gasthaus von Follys Eltern, aber sie wollte die Marktstraße um jeden Preis meiden. Es graute ihr noch mehr davor, ihrer Mutter über den Weg zu laufen, als von einem Nobold erwischt zu werden.

Als sie sich an die Dunkelheit gewöhnt hatte, legte Rye einen Schritt zu. Sie hüpfte von Kopfstein zu Kopfstein und stellte sich vor, sie würde über die Dächer springen. Bei der Vorstellung, dass sie von dort oben ein Wasserspeier mit Maske beobachtete, lief es ihr kalt den Rücken herunter.

An der Ecke zum Schreckhauptmannsweg rannte sie fast

in eine große Gestalt. Sie verlor das Gleichgewicht, plumpste rückwärts auf den Po, und ihre Laterne fiel scheppernd zu Boden. Das Licht flackerte noch kurz und erstarb dann.

Die Gestalt beugte sich zu ihr hinunter. Sie war in schwarze Kleider gehüllt, und ihre orangefarbenen Augen glühten wie Feuer.

6

DIE WIRRENSCHEUCHE

Rye schützte ihr Gesicht mit den Händen und spähte durch die Finger. Dürre Handgelenke reckten sich ihr aus aufgebauschten schwarzen Ärmeln entgegen, und lange Klauen lauerten darauf, ihr die Augen auszukratzen. Eine gemeine Fratze mit spitzen Zähnen blickte sie mürrisch aus den Löchern ihres gelben Kürbiskopfes an. Das Gesicht war geschnitten wie das einer wilden Katze, mit Schnurrhaaren und schrägen Augen, deren Glühen von der Kerze im Innern herrührte.

Rye ließ die Hände wieder sinken. Die Klauen waren bloß Äste, und die bedrohliche Gestalt war nur eine Wirrenscheuche auf einem Holzgerüst. Offenbar erschreckten diese Figuren nicht nur die Wirren. Auf jeden Fall konnte es zum Toten Fisch nicht mehr weit sein. Wahrscheinlich hatte Folly selbst mitgeholfen, die Scheuche aufzustellen.

Rye strich ihre Kleidung glatt und ärgerte sich, dass sie sich so leicht hatte erschrecken lassen. Doch bevor sie aufstehen

konnte, hörte sie schlurfende Stiefel, Metall, das auf Stein aufschlug, und eine Stimme, die schrie: »Habt ihr das gehört? Es
kam von da vorne.«

Der Mann, zu dem diese Stimme gehörte, kam in ihre Richtung geeilt. Rye musste sich ein Versteck suchen. Sie warf sich
auf den Boden und rollte unter ein verlassenes Fuhrwerk, auf
dem das Heu schon zu faulen begonnen hatte. Keine Sekunde
zu früh, denn kurz danach kamen drei Gestalten aus der Gasse
gelaufen, aus der sie auch eben gekommen war.

Rye drückte sich auf das kalte, feuchte Kopfsteinpflaster.
Die Dorfbewohner waren nicht besonders reinlich. Überall um
sie herum lag faulendes Gemüse, anderer Abfall und ein alter
Schuh. Sie hielt sich die Nase zu und spähte durch die Speichen
des riesigen Rades.

Ein Mann im braunen Umhang führte die Gruppe an. Er
kam aus der Gasse gestakst wie ein Krebs, lief gebeugt und
hatte O-Beine. Doch er war viel schneller, als man bei seiner
Statur vermutet hätte. Hinter ihm trotteten zwei schwer bewaffnete Soldaten, von denen einer eine riesige Axt über der
Schulter trug. Sie hatten das schwarz-blaue Wappen des Hauses von Longchance auf ihren Schilden: eine Eisenfaust und
eine zusammengerollte Schlange, die aussah wie ein Aal, mit
aufgerissenem Maul und spitzen Zähnen. Ihre Rüstung rasselte
wie Lottie, die zwischen Abby O'Chanters Töpfen und Pfannen herumwütete. Rye hatte noch nie so schwer bewaffnete
Soldaten im Dorf gesehen oder gehört.

Der Mann, der ihnen voranging, spähte durch die Dunkelheit. »Bring mir ein Licht«, rief er. »Wo bleibst du, Ratte?«

Aus der Gasse kam eine viel kleinere Gestalt gelaufen, die eine große, laut scheppernde Laterne trug. Rye hatte noch nie zuvor eine gesehen, aber Folly hatte ihr von den Straßenratten erzählt. Sie waren Kinder, meist Waisen, die dafür bezahlt wurden, Reisende nach Einbruch der Dunkelheit durch Moderfurts Straßen zu führen. Es klang nach einer ziemlich gefährlichen Arbeit für Kinder, aber wenn eines verschwand, verletzt oder verschleppt wurde, gab es immer schnell Ersatz. Waisen waren in Moderfurt im Überfluss vorhanden. Rye wusste, dass Quinn eine Weile Albträume gehabt hatte, weil er fürchtete, eine Straßenratte zu werden, nachdem seine Mutter gestorben war. Deshalb hing er so an seinem Vater.

Diese Straßenratte war ein Junge, nicht viel größer als Rye selbst. Seine Kleidung hing in Fetzen von seinen schmalen Schultern, und seine glatten schwarzen Haare hatte er hinter die Ohren gesteckt. Im Schein der Laterne konnte Rye auch das Gesicht des ersten Mannes besser sehen. Sie erkannte die Staubflusen-Augenbrauen von Wachtmeister Boil.

»Hierher«, befahl der Wachtmeister und winkte die Straßenratte zu sich heran. »Was ist das?«

Der Junge kam vor und richtete die Laterne auf die Wirrenscheuche. Boil schlurfte vorwärts, und das Scheppern mehrerer metallbeschlagener Stiefel verklang etwa einen Meter von Ryes Nase entfernt. Von ihrem Versteck unter dem Heuwagen aus konnte Rye nur die Beine der Männer sehen.

»Schon wieder so eine«, brummte Boil. »Abergläubische Einfaltspinsel! Reißt das Ding herunter.«

Rye hörte, wie die Axt zuschlug. Sie verzog das Gesicht, als die Wirrenscheuche ächzte und zersplitterte.

»Du«, sagte Boil zu einem der Soldaten. »Halt die Augen offen. Ich hab hier gerade Geräusche gehört.«

Rye hielt den Atem an und sah zu, wie die Füße des Soldaten um den Wagen herumliefen. Die Straßenratte schien etwas auf dem Boden entdeckt zu haben. Wachtmeister Boils Füße schlurften um den Wagen herum und in die entgegengesetzte Richtung. Sie war von allen Seiten umzingelt. Als sie sich umdrehte, blieb ihr fast das Herz stehen.

Die Straßenratte starrte sie an, ohne zu blinzeln. Die Augen des Jungen leuchteten im schummrigen Laternenlicht in verschiedenen Farben. Dann wandte er sich zu Ryes Laterne um, die auf der Straße lag, wo sie sie fallen gelassen hatte, nicht weit von der Stelle entfernt, wo der Wachtmeister und die Soldaten gerade suchten. Der Junge drehte sich wieder zu Rye. Sie schüttelte den Kopf und flehte ihn schweigend an, sie nicht zu verraten. Aber es kam ihr vor, als würde der Junge sie gar nicht an-, sondern durch sie hindurchsehen.

Schließlich hob der Junge den Zeigefinger, als wollte er dem Wachtmeister zeigen, wo sie war. Doch dann legte er ihn an die Lippen, wie um ihr zu versichern, dass er nichts sagen würde. Mit dem Fuß schob er Ryes Laterne vorsichtig unter den Wagen.

»Junge!«, rief der Wachtmeister ihm zu. »Steh nicht da herum. Bring mir die Laterne.«

Die Straßenratte sah ein letztes Mal in Ryes Richtung und ging dann weg, um dem Wachtmeister zu gehorchen.

Rye hörte einen weiteren Schlag und ein lautes Krachen,

und die Wirrenscheuche fiel auf die Straße. Ihr Kürbiskopf löste sich vom Holzgestell und blieb nur wenige Zentimeter von Ryes Gesicht entfernt liegen. Er zerplatzte mit einem Platschen, als der Stahlabsatz eines Soldaten ihn zerquetschte. Bah, dachte Rye. Es würde ewig dauern, die Kürbisinnereien wieder aus den Haaren zu bekommen.

»Gehen wir«, bellte Boil. »Es gibt noch mehr von diesen hässlichen Gestalten.«

Rye lauschte, während Boil und seine Soldaten auf der Straße weitergingen. Erst als ihre Schritte leiser wurden, krabbelte sie unter dem Heuwagen hervor. Sie sah, wie das Laternenlicht der Straßenratte um die Ecke verschwand, und fragte sich, warum der Junge sich in Gefahr gebracht hatte, um ihr zu helfen. Rye konnte sich eine bessere Art vorstellen, die Nacht zu verbringen, als durch die Kälte zu trotten und sich vom Wachtmeister und seinen beiden Holzköpfen von Soldaten herumkommandieren zu lassen.

Kurz überlegte sie, ob sie umkehren und zurück nach Hause zum Schlammtümpelweg gehen sollte. Doch sie war schon näher am Haus von Follys Eltern als an dem ihrer Mutter und wollte nicht noch länger durch die Dunkelheit schleichen. Rye schnappte ihre Laterne, sah erst nach links und rechts und lief dann den Schreckhauptmannsweg entlang, so schnell sie ihre Beine trugen.

Die Meutergasse war eigentlich gar keine Gasse, sondern eher eine Steintreppe, die vom Schreckhauptmannsweg im eigentlichen Dorf hinunter zu den ungepflasterten Straßen, Läden und Wirtshäusern der Scharacken führte. Normalerweise war sie schwer zu finden. Es sei denn, man wusste, wo man suchen musste. Aber in der Nacht des Schwarzen Mondes hingen zwei Wirrenscheuchen an beiden Seiten des Torbogens, und offene Fackeln beleuchteten den Eingang. Papierlaternen mit fratzenhaften Gesichtern säumten die Stufen und tauchten den Weg hinunter zur Moder in ein dämonisches Licht.

Rye atmete tief ein und begann ihren Abstieg. Jetzt gab es kein Zurück mehr.

Die Hauptstraße der Scharacken war ein unbefestigter Weg namens Kleine Wasserstraße, der parallel zum Flussufer verlief. Er war viel belebter als die Straßen im Dorf selbst. Männer und Frauen liefen allein oder in Gruppen umher, und über ein junges Mädchen, das im Dunkeln allein unterwegs war, schien sich keiner groß zu wundern. Rye fiel der Ratschlag ein, den ihre Mutter ihr einmal gegeben hatte: *Strahl Selbstbewusstsein aus und benimm dich, als würdest du dazugehören, dann fällst du nicht auf.*

Rye zog Umhang und Kapuze fester um sich und bewegte sich, als wüsste sie genau, wohin sie wollte. Sie fing den Blick eines Passanten auf, nickte kurz und ging weiter.

Auf den Straßen der Scharacken sah Rye Umhänge in Farben, die im restlichen Dorf nie zu sehen waren: Knallrot, Tiefgrün und kräftiges Lila. Die Leute blieben für sich, aber sie waren nicht leise. Sie hörte eine Frau lachen, die mit ihrem Begleiter Arm in Arm in eine dunkle Gasse stolperte. Ein humpelnder Mann zog sein Holzbein hinter sich her, das auf den Steinstufen laut klapperte.

Die Ladenbesitzer waren auch zu dieser späten Stunde nicht untätig. Ihre Fenster standen offen, um Kunden anzulocken. Ein Künstler tätowierte den riesigen Rücken eines Mannes mit einer Nadel. Sein Kunde verzog bei jedem Zwicken das Gesicht und trank einen Schluck Bier. Ein Gauner zog Passanten Bronzestücke aus der Tasche, indem er geschickt einen kleinen blauen Stein unter zwei Kokosnusshälften verschwinden und wieder auftauchen ließ.

Die Menge wurde unruhiger, als Rye das Ende der Straße erreichte. Sie stürzte sich ins Getümmel und sah hoch. Im Schatten des eindrucksvollsten Bauwerks des ganzen Dorfes – der großen Bogenbrücke über die Moder – erhob sich ein düsteres Gebäude aus schwerem Holz und Stein. In jedem Fenster brannte eine Kerze, und das Gebäude war so gut besucht, dass die Gäste auf die beleuchtete Straße quollen und dort weiterfeierten. Rye hatte den Toten Fisch noch nie so voll erlebt. Ausgelassene Unterhaltungen erfüllten die Luft und wurden bis über den Fluss getragen, wo hier und da Lichter auf dem Wasser tanzten. Die Anlegestellen waren voller Boote und Floße. Rye sah viele fremde Flaggen und vermutete, dass Menschen aus anderen Städten über den Fluss gekommen waren, um mitzufeiern.

Eine Windböe blies Rye vom Wasser her ins Gesicht und ließ die schwarze Flagge mit dem weißen Fischskelett über der massiven eisenbeschlagenen Kneipentür flattern. Rye hatte sich schon immer gewundert, wofür ein Gasthaus so dicke Türen brauchte. Am Eingang standen zwei kräftige Türsteher Wache, die wie durch einen finsteren Zauber an der Hüfte zusammengewachsen waren. Ihre Gesichter ähnelten sich wie ein Ei dem anderen, und beide hatten dichtes weißblondes Haar. Jeder Neuankömmling wurde von ihnen genau unter die Lupe genommen. Rye wusste, dass es sich bei den einschüchternden Wächtern um Follys Brüder Fitz und Flint handelte, die sich seit ihrer Geburt ein Paar Beine teilten. Sie hatten die Entscheidungsgewalt darüber, wer in den Toten Fisch eingelassen wurde und wer wieder hinausdurfte. Bei ihrem scharfen Blick und ihren flinken Fäusten hatte keiner eine Chance, ungesehen an ihnen vorbeizukommen. Zum Glück kannte Rye einen anderen Weg hinein.

Unbemerkt schlüpfte sie um eine dunkle Ecke und lief auf Zehenspitzen die Gasse hinter dem Gasthaus entlang. Sie versuchte, leise zu sein, bis sie über einen Körper stolperte, der auf dem Boden lag.

»Aua«, brummte eine Stimme, und eine schmutzige Hand griff nach Ryes Bein.

»Baron Dusselfeld?«, flüsterte Rye. »Bist du das?«

»Ja!« Aus dem Schatten schlug ihr der Geruch von Bier und Zwiebeln entgegen.

»Lass mein Bein los und schlaf weiter«, befahl Rye ihm, und er gehorchte.

Baron Dusselfeld war ein alter Mann, der in der Gasse hinter dem Toten Fisch lebte. Eigentlich wohnte er in einem der Gästezimmer, aber immer, wenn er die Miete nicht zahlen konnte, warfen die Flood-Jungs ihn auf die Straße. Er verbrachte mehr Zeit hinter dem Toten Fisch als darin. Er behauptete, er wär ein Edelmann aus einem Land im Süden, aber aus irgendeinem Grund ging er nicht dorthin zurück.

Rye hob einen Stein auf, sah zum dritten Stock hinauf und zählte bis zum dritten Fenster von links. Sie zielte und warf den Stein, der scheppernd vom Fensterglas abprallte.

Nichts passierte.

Dann nahm sie einen anderen Stein, einen größeren, und versuchte es noch einmal. Diesmal ging er glatt durch die Scheibe hindurch.

»Dreckmist«, flüsterte Rye.

Ihre Mutter hätte ihr die Zunge mit Seife abgewaschen, wenn sie den Fluch gehört hätte, aber Rye war ziemlich sicher, dass Baron Dusselfeld das nicht störte.

»Hey!«, rief eine ärgerliche Stimme von oben. Ein Mann steckte den Kopf aus dem Fenster, konnte Rye im Dunkeln jedoch nicht sehen.

Vielleicht war es ja das dritte Fenster von rechts, dachte Rye.

»Hier«, sagte Baron Dusselfeld. Er gab Rye einen neuen Stein. »Wirf diesmal in größerem Bogen.«

Rye warf den Stein gegen das dritte Fenster von rechts.

Da ging eine Laterne an. Das Fenster wurde knarrend geöffnet und eine Strickleiter heruntergelassen.

7

DAS GASTHAUS ZUM TOTEN FISCH

D u bist schmutzig«, sagte Folly.

»Es war ein langer Weg.«

»Ist das Kotze in deinen Haaren?«, fragte Folly.

»Nein, Kürbis. Lange Geschichte«, sagte Rye. »Schönes Kleid.«

»Danke«, sagte Folly und drehte sich im Kreis. »Mum lässt es mich beim Schwarzmond-Fest tragen.«

Es war aus dunkelgrünem Samt mit goldener Bordüre. Wie Rye trug auch Folly nicht oft Kleider.

Follys Zimmer war klein, aber sie hatte es für sich allein und brauchte es mit niemandem zu teilen, so wie ihre Brüder. Überall standen Glasflaschen in allen Formen und Größen herum, darin potenzielle Zutaten für ihre Elixiere: Froschsamen, Belladonna-Blüten, kleine Mengen Ohrenschmalz. Folly war dauernd damit beschäftigt, neue Zauberelixiere zu brauen. Sie funktionierten zwar nicht, aber Rye hatte große Hochachtung vor Folly, weil sie es immer wieder versuchte. Und Follys Eltern hatten scheinbar nichts dagegen. Bei acht Söhnen und einem Gasthaus fiel ihnen kaum auf, wenn es im Zimmer ihrer Tochter gelegentlich zu chemischen Feuerausbrüchen und übel riechender Rauchentwicklung kam.

»Bist du so weit?«, fragte Folly.

Rye nickte. Gleich würde sie für ihren abenteuerlichen Hinweg mehr als belohnt werden.

»Okay«, sagte Folly. »Bleib nahe bei mir und versuch, keine Aufmerksamkeit zu erregen. Mein Vater wird zu beschäftigt sein, um dich zu bemerken, und allen anderen ist es egal.«

»Verstanden«, sagte Rye.

Folly machte die Tür auf, und sie traten nach draußen auf den Flur. Von unten drangen Lärm und Hitze zu ihnen herauf. Das dreistöckige Gasthaus war vom Boden bis zur Decke offen, und in die verschiedenen Stockwerke gelangte man über eine zentrale Treppe. Rye und Folly gingen zum Geländer und schauten hinunter. An der Balkendecke hing ein Kronleuchter aus dem sonnengebleichten Skelett eines längst ausgestorbenen Seeungeheuers an einer Ankerkette. Auf seinen Knochen prangten Hunderte von Bienenwachs-Kerzen, die das Gasthaus in sanftes Licht tauchten.

Alle Tische waren besetzt, und die Leute standen Schulter an Schulter an den Theken. Kellnerinnen drängten sich durch die Menge und trugen Tabletts mit Krügen und Kelchen, deren Inhalt alle fröhlich zu machen schien. In einem offenen Kamin drehte sich ein riesiger schwarzer Hai an einem Spieß. Sein Maul, aus dem ein Haufen spitzer Zähne hervorblitzte, war so groß, dass ein ganzer Mensch hineingepasst hätte. Hin

71

und wieder schnitt eine Kellnerin ein Stück ab, klatschte es auf einen Teller und setzte es einem hungrigen Gast vor. Mit jedem Schnitt tropfte der Saft des Haifischfleisches ins Feuer, eine große Flamme schoss in die Luft, und alle Gäste jubelten fröhlich.

»Komm mit«, sagte Folly, und sie stiegen die Treppen zum ersten Stock hinunter.

Hier ging es noch geschäftiger zu als im zweiten Stock. Gäste kamen aus ihren Zimmern oder gingen hinein, und manche verschwanden hinter verriegelten Türen. Durch den Lärm der Menschenmenge hindurch konnte Rye Musik hören. Sie erkannte Trommeln und eine Laute. Rye war wie gebannt von den Festlichkeiten. Sie schlug die Beine übereinander, lehnte den Kopf ans Geländer und ließ die Szenerie und die Geräuschkulisse auf sich wirken.

Der Tote Fisch lockte ungewöhnliche Gäste an. Anders als die meisten anderen Dorfbewohner sahen diese Leute aus, als wären sie weit herumgekommen und hätten viel erlebt. Überall wurde gewettet und gespielt. Die Trinkfesten wetteten, wer seinen Krug als Erster leeren oder sich mehr Spinnen in den Mund stecken konnte. An einem Tisch in der Ecke saß man bei einer Runde *Haken* zusammen, und die Stimmung war hitzig. Ein Mann mit Gel im Haar und einem kleinen schwarzen Affen auf der Schulter schien eine Glückssträhne zu haben. Der Affe mischte die Karten und sammelte nach jeder Runde, die der Mann gewann, die Bronzestücke ein. Dann warf jemand dem Affen Betrug vor. Beleidigungen wurden ausgetauscht, und jemand wurde gebissen.

Follys Vater Fletcher bediente die Gäste an der Haupttheke, was ihn zur beliebtesten Person im ganzen Gasthaus machte. Seine Hände waren immer in Bewegung, und er hörte nie auf zu lächeln. Alle Münzen und Stücke wanderten in seinen ledernen Münzgürtel um seine Taille, sobald die Kunden sie auf den Tresen gelegt hatten. Auf dem Regal hinter ihm füllte sich die untere Hälfte eines Stundenglases langsam mit schwarzem Sand. So etwas hatte Rye noch nie gesehen. An welchem Strand gab es schwarzen Sand?

Wenn Fletcher Flood der beliebteste Mann im Toten Fisch war, dann war der Mann im Nixenwinkel – so schien es Rye – der zweitbeliebteste. Im Nixenwinkel stand der beste Tisch im ganzen Haus. Er war nahe am Kamin und leicht erhöht in einer separierten Ecke, von der aus man das gesamte Gasthaus im Blick hatte. Folly sagte Rye, dass das ihr Lieblingsplatz sei, wegen der wunderschönen lebensgroßen Nixe, die in die Tischplatte geschnitzt war.

Der Mann im Nixenwinkel hatte einen kurz geschnittenen, stoppeligen, mit Grau durchwachsenen Bart und schwarzes langes Haar, das jedoch nicht ungepflegt war. Seine Nase war zwar ein wenig krumm, aber sie passte perfekt in sein Gesicht. Er hatte viele Narben. Einige kreuzten seine Augenbrauen, und eine verlief quer über seinem Hals. Seine Augen blitzten vor Vergnügen – oder war es Wachsamkeit? Rye folgte seinem Blick, mit dem er das Gasthaus musterte, als wollte er alles erfassen, was sich darin befand. Seine Augen blieben auf Rye haften, und sie sah weg, bis sie spürte, dass sein Blick weiterwanderte.

Die Frau an seinem Tisch saß mit dem Rücken zu Rye. Ihr Kleid, das die Farbe von frischen Johannisbeeren hatte, brachte ihre zarten, weißen Schultern zur Geltung. Rye sah zu, wie alle paar Minuten jemand am Nixenwinkel stehen blieb, um den Mann und seine Begleiterin zu begrüßen. Die anderen Gäste schüttelten ihm die Hand, schlugen ihm kräftig auf den Rücken oder berührten beinahe ehrfurchtsvoll seine Schulter. Wenn er winkte oder jemandem die Hand gab, sah Rye die grünen Tätowierungen oberhalb der Lederarmbänder, die um seine Handgelenke gewickelt waren. Sie schlängelten sich an seinen Unterarmen in die Höhe und verschwanden unter seinen Ärmeln. Die Silberringe und Ketten um seinen Hals glitzerten im Lichtschein. Nach jedem Gast, der ihren Tisch wieder verließ, schien er sich zu entschuldigen und beugte sich vor, um seiner Tischnachbarin etwas ins Ohr zu flüstern.

»Folly, da bist du ja«, sagte eine Stimme. »Oh. Hallo, Rye.«

Das war Fifer Flood, der netteste von Follys Brüdern.

»Hallo, Fifer«, sagte Rye.

Fifer war dreizehn, und aus irgendeinem Grund bekam Rye immer ganz heiße Wangen, wenn sie ihm begegnete.

»Folly, wärst du so nett, die hier zu Mum runterzubringen?«, bat Fifer seine Schwester und drückte ihr eine Ladung Thekenlappen in den Arm. »Ich muss in Zimmer sieben sauber machen. Der Schwertschlucker hatte einen üblen Unfall. Heute Abend wird es leider keine weitere Vorstellung geben.«

Folly rümpfte die Nase und nahm die Lappen entgegen.

»Danke«, sagte Fifer. »Und handel dir keinen Ärger ein.«

Rye ging hinter Folly die letzte Treppe zum Erdgeschoss des

74

Gasthauses hinunter. Der junge blonde Mann an der Bar sah sie, lächelte aber nur und winkte sie zu sich herüber. Es war Jonah, ein Freund der Zwillinge. Er war immer freundlich zu Rye und Folly und ließ sie manchmal am Honigmet nippen, wenn kein Erwachsener in der Nähe war.

»Was habt ihr denn für Dummheiten im Sinn?«, fragte er.

Warum dachten das immer alle?

»Keine Dummheiten. Oder vielleicht doch …«, sagte Folly lächelnd. »Aber sag's nicht meinem Dad.«

Jonah machte eine Schnute und tat so, als würde er seinen Mund abschließen. »Der wird nichts merken. So viel war beim Schwarzen Mond schon lange nicht mehr los. Das Gerede um die Nobolde macht alle nervös. Und wenn die Nerven blank liegen, kriegen die Leute Durst.«

»Hast du auch Angst, Jonah?«, fragte Rye.

»Ich hab bloß Angst, dass sie mich aufknüpfen, wenn uns das Bier ausgeht. Aber vor Nobolden? Nö, ich nicht.« Er hob eine Augenbraue. »Seid ihr auch wegen ihnen hier? Dann geht mal da vorne hin.« Er zeigte auf eine kleine Gruppe in einer Ecke, die sich um einen hochgewachsenen Mann scharte.

»Jonah«, sagte Folly mit verschwörerisch klingender Stimme. »Hat jemand was von … Ungeheuerlichen gesagt?« Aus Gewohnheit schaute sie über die Schulter, als sie das Wort aussprach.

Jonah schnaubte und zupfte sich am flaumigen Kinnbart. »Die Leute erzählen viel, wenn der Tag lang ist. Aber das kennen wir doch alle schon. Die Ungeheuerlichen zu rufen, um unsere Probleme zu lösen, ist, als würde man einen Schwarm

Wespen in die Küche lassen, um die Fliegen zu vertreiben. Was glaubt ihr, wen die Wespen stechen, wenn die Fliegen weg sind?« Er schlug aus Scherz mit einem Lappen nach ihnen.

Rye und Folly kicherten nervös und gingen weiter.

»Was meinte er damit?«, fragte Rye ihre Freundin, als sie außer Hörweite waren.

»Keine Ahnung, aber in die Küche gehe ich jetzt erst mal nicht mehr«, sagte sie, und sie fingen wieder an zu kichern.

Zwischen Hüften und Oberschenkeln hindurch kämpften Folly und Rye sich zu der Ecke vor, auf die Jonah gezeigt hatte. Dann blieben sie an der kleineren Seitentheke stehen, wo Faye Flood in einem Trog mit bräunlichem Wasser einen schmutzigen Kelch nach dem anderen spülte.

»Hier, Mum«, sagte Folly und knallte die schmutzigen Lappen auf die Theke.

Faye steckte die einsame graue Strähne, die ihr blondes Haar durchlief und die ihr ins Gesicht hing, nach hinten. Sie lächelte kurz, winkte ihnen zu und machte dann mit ihrer Arbeit weiter. Ihr Gesicht war rund und hübsch, doch Rye stellte fest, dass ihre Hände durch jahrelanges Waschen und Schrubben dick und rau geworden waren.

Schließlich kamen sie zu der Ecke, wo ein großer, bärtiger Mann, der offenbar viel herumgekommen war, einer kleinen Gruppe von Gästen bei einem Krug Bier Geschichten erzählte.

»Der Muschelschubser mit der fahlen Haut kam aus dem Moor gesprungen und griff uns an, während wir beim Essen waren«, sagte er und hob eine Hand wie eine Klaue.

Sein Publikum hörte ihm gebannt zu.

»Zum Glück hab ich nicht den Kopf verloren«, fuhr der Mann fort. »Ich sah ihm in die Augen, wie es uns immer geraten wird.« Dann machte er eine theatralische Pause. Sein Publikum hörte auf zu trinken und hing an seinen Lippen, was nicht oft vorkam.

Schließlich ließ er seine Faust vorschnellen. »Und dann gab ich ihm einen kräftigen Schlag aufs Maul!«

Die Männer grölten begeistert, und ein paar Frauen schnappten erschrocken nach Luft.

Über dem Lärm erklang eine nüchterne Stimme: »Unsinn.«

»Wer war das?«, fragte der große Mann.

»Totaler Quatsch«, wiederholte die Stimme.

Ein paar Kneipengäste traten zur Seite, und Rye sah, dass es der Mann mit dem Affen war. Er saß mit übereinandergeschlagenen Beinen auf seinem Stuhl und sah über seine Finger hinweg, die er vor dem Kinn aneinandergelegt hatte.

»Willst du sagen, ich lüge, du Zigeuner?«

»Wenn du tatsächlich einem Nobold begegnen würdest«, führte der Mann mit dem Affen aus, »was ich für höchst unwahrscheinlich halte, würdest du dir in die Hose machen und höchstens ein Hühnerbein nach ihm werfen. Wenn du ihm aufs Maul geschlagen hättest, stündest du heute nicht hier.«

Der Geschichtenerzähler trat drohend einen Schritt vor, woraufhin der Mann mit dem Affen von seinem Stuhl aufstand und der Affe die Fäuste hob. Die Männer, die zwischen sie traten, fingen an, sich gegenseitig zu schubsen und zu stoßen, und bald darauf hatten offenbar alle vergessen, wer den Streit eigentlich begonnen hatte.

Rye und Folly machten sich aus dem Staub und verschwanden in einem Wald von Beinen. Jemand trat Rye auf den Fuß, ein anderer stieß sich den Ellbogen an und verschüttete Wein auf dem Kopf der Mädchen. Sie kreischten, sahen sich dann an und lachten.

»Und was machen wir jetzt?«, fragte Rye.

»Hast du Hunger?«, fragte Folly.

»Ich könnte was essen.«

Sie wühlten sich durch die Menge und blieben neben den Schwingtüren stehen, die zur Küche führten. Kurz darauf kam eine Kellnerin herausgelaufen, die ein schweres Tablett mit Essen trug. Folly griff nach oben, als die Kellnerin gerade nicht hinschaute, und schnappte sich zwei grauschwarze Stücke Fleisch vom Tablett. Die Mädchen tauchten schnell wieder in der Menge unter, bevor die Kellnerin bemerkte, dass der Teller leer war.

»Probier mal«, sagte Folly. »Die sind heiß.«

Rye biss ab und kaute. Sie kaute weiter. Es schmeckte salzig.

»Was sagst du?«, fragte Folly.

»Zäh wie Gummi«, sagte Rye und schluckte den Bissen hinunter. »Was ist das?«

»Seelöwe«, antwortete Folly.

Seelöwe gab es bei ihnen im Schlammtümpelweg nicht. Und auch sonst nirgendwo, soweit Rye wusste. Sie betrachtete das dunkle Fleisch in ihrer Hand. Plötzlich fühlte es sich an, als hätte ihr jemand in den Magen getreten. Der Schmerz war so stark, dass sie das Fleisch fallen ließ.

»Ich glaub, mir wird schlecht.«

»Dann bleibt mehr für mich«, sagte Folly und hielt ihr Stück Fleisch in die Luft.

»Nein, wirklich, Folly.« Rye hielt ihre Hand an den Bauch. »Ich muss mich übergeben.«

Folly legte ihren Seelöwen weg und nahm ihre Hand. »Aber nicht hier. Komm, wir gehen nach oben.«

»Schnell«, sagte Rye, die schon ganz grün im Gesicht war. Ihr Magen brannte wie Feuer.

Folly zog sie hinter sich her, und sie hatten fast die Treppe erreicht, als Rye gegen ein Bein knallte. Die zum Bein gehörige Frau prallte ab und stieß mit einer Kellnerin zusammen, die ein volles Tablett mit leeren Krügen fallen ließ. Es gab einen gehörigen Knall, und die Gäste johlten.

Rye wollte stehen bleiben, aber Folly zog sie mit sich fort. »Komm, weiter«, sagte sie.

Als Rye über die Schulter blickte, sah sie, dass sie gegen die Frau im johannisbeerroten Kleid gestoßen war. Die Frau, die im Nixenwinkel mit am Tisch gesessen hatte. Sie entschuldigte sich gerade bei der Kellnerin. Offenbar hatte sie nicht gesehen, wer sie aus dem Gleichgewicht gebracht hatte.

Rye dagegen sah, dass die Frau zarte Gesichtszüge und pechschwarze Haare hatte, die sie mit einem blauen Band zu einem Pferdeschwanz zusammengebunden hatte. Sie hielt einen Weinkelch in der Hand, und um ihren Hals trug sie ein schwarzes Band mit Runensteinen. Es sah genauso aus wie das, das Rye selbst trug.

»Dreckmist«, rief sie aus und blieb ruckartig stehen. »Das ist meine Mutter!«

Rye und Folly lagen im Flur des dritten Stocks auf dem Bauch und spähten durch das Geländer hindurch auf das Gasthaus unter ihnen. Das war die einzige Position, in der Rye es aushalten konnte. Der Seelöwe hatte sich bereits dreimal zu Wort gemeldet, zusammen mit ihrem Abendessen. Jetzt hatte sie nichts mehr im Magen, und trotzdem fühlte es sich an, als hätte sie einen alten Stiefel verschluckt.

»Bist du sicher, dass sie dich nicht gesehen hat?«, fragte Folly. Ihre Stimme klang schläfrig, und ihre Augen waren halb geschlossen.

»Ja«, antwortete Rye. »Glaub mir, wenn doch, wäre der Seelöwe mein geringstes Problem.«

Abby O'Chanter saß wieder im Nixenwinkel, zusammen mit dem tätowierten Mann. Sie unterhielten sich leise über die geschnitzte Nixe hinweg, doch Rye konnte nicht sagen, ob Abby froh oder traurig war. Sie wusste nur, dass sie ihre Mutter noch nie zuvor in solch einem Kleid gesehen hatte. Und so viel Schulter und Hals hatte sie auch noch nie in der Öffentlichkeit gezeigt.

»Hast du eine Ahnung, wer der Mann ist?«, fragte Rye.

»Nein«, antwortete Folly. »Aber die anderen scheinen ihn zu kennen.«

»Meine Mutter hat gesagt, sie hätte einen Sonderverkauf im Weidenladen«, sagte Rye. »Was macht sie dann hier?«

»Vielleicht ist sie mit dem Verkaufen fertig«, sagte Folly, die immer schläfriger wurde. »Oder er ist einer ihrer Kunden.«

Das Gasthaus fing an, sich zu drehen, und Rye dachte, sie müsste sich wieder übergeben, bis sie feststellte, dass das an dem riesigen Kronleuchter lag, der vor ihren Augen hin und her schwang. Eine Krähe hüpfte zwischen den Knochen und Kerzen umher und versuchte, mit ihren kleinen Füßchen im Gleichgewicht zu bleiben. Rye rümpfte die Nase. Das Mistviech war sicher durch ein Fenster hereingeflogen. Nach Einbruch der Dunkelheit einen schwarzen Vogel zu sehen brachte Unglück. Und zwar richtig großes Unglück. Im Schnabel hatte die Krähe einen großen, metallenen Fischhaken, der im Kerzenlicht funkelte. Seine Spitze glänzte noch, als hätte der Vogel ihn gerade erst einer Makrele aus dem Maul gerupft.

Rye zuckte zusammen, als die Krähe ihre Flügel ausbreitete und von ihrem Aussichtspunkt hinabglitt. Von den Gästen unbemerkt flog sie über ihre Köpfe hinweg. Im Nixenwinkel fiel ihr der Haken aus den Krallen und landete mitten auf dem Tisch, während sie selbst wieder in die Höhe stieg und in einer dunklen Ecke zwischen den Balken verschwand.

Rye beugte sich vor. Ihre Mutter hatte ihren Stuhl ein Stück vom Tisch weggeschoben, aber ihr Begleiter nahm den Haken hoch und betrachtete ihn mit großem Interesse. Und dann – so unglaublich es auch schien – hielt er ihn sich unter die Nase und roch daran.

Ein lautes Läuten unter ihr lenkte Rye ab. Follys Vater war auf die Theke gestiegen und schlug auf eine Schiffsglocke aus Messing. Er machte weiter, bis alle Gäste still waren. Dann legte er die Hände an den Mund und rief: »Letzter Aufruf, Leute! Letzter Aufruf!«

Man hörte Gepolter und Pfiffe. Fletcher Flood zeigte auf das riesige Stundenglas hinter sich. Der schwarze Sand war beinahe vollständig nach unten gerieselt.

»Trinkt eure Becher aus und haut ab«, schrie er. »Gleich verrammeln wir die Tür, und wer dann noch hier ist, muss bis zum Morgengrauen weitertrinken.«

Die Gäste grölten bekräftigend. Dann erhoben sie ihre Gläser und stimmten ein Lied an.

»*Ist der Schwarzmond aufgegangen: mitgefangen, mitgehangen!*«

»Folly«, sagte Rye. »Was passiert jetzt?«

Doch Folly schnarchte laut neben ihr.

»Folly!« Rye rammte ihr den Ellbogen in die Seite. »Was ist hier los?«

»Hä?«, fragte Folly. »Oh. Beim Schwarzen Mond wird die Tür um Mitternacht verschlossen. Jeder kann entscheiden, ob er gehen oder bleiben will. Aber wenn die Tür erst mal zu ist, kommt keiner mehr rein oder raus.«

»Was? Es ist schon Mitternacht? Aber warum verschließen sie die Tür?«, fragte Rye.

»Keine Ahnung. Aus Tradition, nehme ich an«, sagte Folly. »Die meisten Leute bleiben. Und es geht hoch her, wenn die Tür erst mal zu ist.«

Rye sah zum Nixenwinkel hinüber. Abby und der Mann waren aufgestanden. Selbst aus der Entfernung konnte Rye die Sorge auf dem Gesicht ihrer Mutter sehen. Abby warf sich ihren Alltagsumhang über die Schultern und ließ ihr dunkelrotes Kleid verschwinden, wie man Schlamm auf ein Feuer wirft, um es zu löschen. Der Mann hatte auch einen Umhang, so schwarz wie der verkohlte Hai am Spieß, und als er sich umdrehte, sah Rye, dass er zwei Schwerter auf den Rücken

82

geschnallt hatte. Mit einer Handvoll anderer Gäste eilten sie auf den Ausgang zu.

»Warte«, sagte Rye. »Wo will sie hin?«

Fitz und Flint standen mit verschränkten Armen neben der massiven Tür. Ryes Mutter und ihr Begleiter zogen ihre Kapuzen über den Kopf und gingen mit einer kleinen Gruppe von Leuten hinaus in die Nacht. Rye sah, dass der Mann mit dem Affen auch zu ihnen gehörte. Er hatte sich unauffällig hinter ihnen eingereiht. Als alle draußen waren, schoben Fitz und Flint mit ihren breiten Schultern die Türflügel zu und legten einen dicken Eisenbolzen darüber, um die Tür zu verrammeln. Genau in dem Augenblick, als das letzte Sandkorn durch das Stundenglas lief, knallte der Riegel ins Schloss. Die Menge jubelte.

»Folly«, rief Rye. »Ich kann nicht hierbleiben!«

»Keine Sorge«, sagte Folly. »Du kannst bei mir schlafen.«

»Nein, Folly, hör zu.« Rye packte sie bei den Schultern. »Meine Mutter geht jetzt nach Hause. Ich muss hier raus.«

8

SELTSAME GESCHÖPFE

Rye sprang von der Strickleiter auf den Boden und landete hart auf dem Pflaster. Bei ihrem überstürzten Aufbruch hatte sie ihre Laterne vergessen. Aber es war keine Zeit mehr, um noch mal zurückzugehen. Sie passte auf, um nicht auf Baron Dusselfeld zu treten, doch der war weit und breit nicht zu sehen. Vielleicht hatten sie ihn wieder ins Gasthaus hineingelassen.

Rye versuchte, ihren protestierenden Magen zu ignorieren, während sie auf die Kleine Wasserstraße zueilte, in ständiger Angst, ihrer Mutter über den Weg zu laufen. Aber irgendetwas war anders. Und das war gar nicht gut. Die Straße war dunkel und leer. Eine Krähe pickte an einer Girlande mit Glasperlen herum, die jemand achtlos am Bootssteg weggeworfen hatte. Sie betrachtete Rye mit einem kohlschwarzen Auge, bevor sie wegflog und unter der Brücke verschwand. Auf dem Fluss waren keine Lichter mehr zu sehen, kein Boot war mehr auf dem Wasser. Die Moder war ganz still und ihr Wasser pechschwarz.

Die Geschäfte waren alle geschlossen. Sie sah zum Toten Fisch hinüber. Selbst das Kerzenlicht in den Fenstern war gelöscht worden.

Rye atmete tief ein. Es war auch kälter geworden. Ihr Atem bildete kleine Nebelwolken. Aus dem Augenwinkel glaubte sie zu sehen, wie sich im Schatten der Häuser etwas bewegte. Aber kaum schaute sie hin, rührte sich nichts mehr.

Sie rannte los.

Rye war nicht die schnellste Läuferin im Schlammtümpelweg, aber sie hielt am längsten durch. Immer wenn sie mit Quinn von ihrem Haus zum Friedhof Zum toten Pfennigfuchser um die Wette lief, gewann er. Doch wenn sie hin und zurück liefen, hatte Quinn keine Chance. In der Nacht des Schwarzen Mondes waren Ryes große Lunge und ihre kräftigen Beine sehr hilfreich, auch wenn sie zweimal über lose Steine stolperte und hinfiel. Aber sie stand sofort wieder auf und lief weiter.

Als sie das Loch in der Stadtmauer erreichte, raste ihr Herz und ihre Kapuze klebte an ihrer verschwitzten Stirn. Ihr Kopf drehte sich jetzt schlimmer als ihr Magen, aber sie war erleichtert, den Schlammtümpelweg erreicht zu haben, ohne dass sie jemand gesehen, verschleppt oder ihr anderweitig Angst eingejagt hatte. Noch erleichterter war sie, als sie die Tür zu ihrem Haus aufmachte und ihr Stille entgegenschlug. Sie hatte es geschafft, vor ihrer Mutter nach Hause zu kommen.

Dann ging ihr auf, was das Problem war. Es war auch sonst keiner im Haus.

»Quinn?«, rief Rye.

Die Tür zum Schlafzimmer ihrer Mutter stand offen. Rye steckte den Kopf hinein, doch es war leer.

»Quinn!«, rief sie erneut. Sie machte die Tür zu ihrem eigenen Zimmer auf. Die Bettdecke war zurückgeschlagen, und Lottie war nirgendwo zu sehen.

Rye knibbelte an ihren Fingern und spürte Panik in sich aufsteigen. Sie rannte ins Wohnzimmer zurück und riss die Eingangstür auf. Sie wollte zu Quinn nach Hause laufen, um zu sehen, ob er Lottie mit zu sich genommen hatte. Dann kam ihr ein Gedanke, und sie blieb stehen. Sie ging zu der Wand neben dem Kamin und drückte auf das Bild von Mona Monsters Bauchnabel.

In der geheimen Werkstatt saß Quinn mit Lottie auf einem Stuhl. Sie hatte die Arme um seinen Hals geschlungen, und ihr Kopf mit dem wuscheligen roten Haar lag auf seiner Schulter. Sie schnarchte wie ein ganzer Stock fauler Bienen. Der arme Quinn sah furchtbar aus. Seine Haare waren ebenso zerzaust wie Lotties, und sein Gesicht war voll blauer Farbe.

»Du hast gesagt, du würdest nicht lange bleiben«, sagte er vorwurfsvoll.

»Es tut mir leid«, sagte Rye reumütig.

»Du hast gesagt, sie würde nicht aufwachen.«

»Das macht sie sonst auch nicht«, verteidigte sich Rye. »Was war denn los?«

»Sie hat gesagt, sie müsste Pipi machen.«

»Und hat sie?«, fragte Rye.

»Gemacht hat sie. Aber kein Pipi«, sagte Quinn.

»Oh«, sagte Rye. »Ist sie aufs Töpfchen gegangen?«

»Nein«, sagte Quinn resigniert und zeigte auf seine Schuhe in der Ecke.

»Uh«, sagte Rye.

»Es war furchtbar, Rye. Was gebt ihr dem Kind zu essen?«

»Ich mach deine Schuhe wieder sauber.«

»Sie hat irgendwas von einer lauen Babyrache gebrüllt«, sagte Quinn.

»Sie meinte *blauer Babydrache*«, korrigierte Rye.

»Und Zauberburmeln«, fügte Quinn hinzu und schüttelte den Kopf. »Sie wollte erst schlafen, wenn ich ihr eine Zauberburmel gebe. Wo kriegt man die her?«

»Eine *Zaubermurmel*«, sagte Rye. »Das sind einfach nur Kiesel vom Strand. Lottie kriegt jedes Mal einen, wenn sie aufs Töpfchen geht. Wenn ihr Murmelglas voll ist, bekommt sie einen blauen Babydrachen, hat Mum ihr gesagt.«

Rye hatte keine Ahnung, wo man Babydrachen herbekam, ganz gleich in welcher Farbe. Aber Lottie schien ohnehin nicht besonders scharf auf ihr Töpfchen-Training zu sein. Eher ging sie in den Gemüsegarten ihrer Mutter, setzte sich auf eine Bratpfanne oder eben auf den Schuh des armen Quinn. Bisher hatte sie nur drei Murmeln gesammelt. Da blieb noch genug Zeit, um sich über die Beschaffung der Belohnung Gedanken zu machen.

»Und der da«, sagte Quinn und zeigte in die Ecke, »war den ganzen Abend unausstehlich. Ich dachte, er reißt die Tür ein.«

Shady streifte ruhelos in der Werkstatt auf und ab. Als er hörte, dass über ihn gesprochen wurde, drehte er sich um.

»Er hat mich gekratzt«, klagte Quinn. »Zwei Mal.« Er hielt seinen Arm hoch. Es waren vier lange rote Striemen zu sehen.

»Tut mir leid, Quinn«, sagte Rye. »Wo hat er dich noch erwischt?«

»Ich sitze drauf.«

Shady blinzelte und maunzte selbstzufrieden.

»Quinn«, sagte Rye. »Warum bist du mit Lottie hier reingegangen? Sie wird es meiner Mutter verraten.«

»Bin ich gar nicht«, protestierte Quinn. »Ich bin hinter ihr hergerannt und wollte meinen Schuh zurück. Sie wusste, wo die Tür ist. Sie ist hier reingelaufen und hat sich versteckt. Ich war selbst ganz überrascht.«

In diesem Augenblick flackerte die Flamme in der Laterne von einem Luftzug.

Shady bemerkte es auch. Er stellte die Ohren auf und schoss aus der Werkstatt.

»Dreckmist«, sagte Rye. »Die Eingangstür.«

Die Eingangstür war tatsächlich offen, aber nicht, weil Abby nach Hause gekommen war. Auf der panischen Suche nach Quinn und Lottie hatte Rye vergessen, sie zu schließen. Rye lief aus der Werkstatt ins Hauptzimmer und sah gerade noch, wie Shadys fluffiger schwarzer Schwanz durch die Tür verschwand.

»Shady, nein!«, rief Rye ohne große Wirkung.

Quinn kam hinter ihr aus der Werkstatt, ohne Schuhe und mit Lottie, die kopfüber und fest schlafend in seinem Arm hing.

»Quinn, du bleibst hier. Ich muss hinter ihm her«, sagte Rye.

»Auf keinen Fall«, widersprach Quinn und schüttelte den Kopf. »Du lässt mich nicht noch mal mit ihr allein.«

»Bitte, Quinn«, bettelte Rye, wartete seine Antwort aber sicherheitshalber nicht ab.

Sie lief hinaus in die Nacht. Mitten im Schlammtümpelweg blieb sie stehen und rief nach Shady, erst flüsternd und dann immer lauter. Mit seinem schwarzen Fell war er im Dunkeln so gut wie unsichtbar. Rye überlegte, was sie tun würde, wenn sie eine Katze wäre, die zum ersten Mal das Haus verlassen hatte. Katzen waren vorsichtig, deshalb würde sie sich wahrscheinlich langsam vortasten und sich umsehen. Und dann würde sie versuchen, einen Vogel zu fangen. Die Hühner!

Rye rannte um das Haus herum und in den Hof. Zuerst sah sie nichts, hörte aber, wie die Hühner unruhig in ihrem Stall herumliefen. Auch die Ziege meckerte. In der Nacht des Schwarzen Mondes war alles in Aufruhr. Dann sah sie auf dem Gras neben dem Haus ein seltsames blassblaues Leuchten.

Sie versuchte, im Dunkeln mehr zu erkennen. Ob das eine Wirre war? Es bewegte sich nicht. Sie schlich sich an. Als sie näher kam, sah sie zwei glänzende Augen über dem blauen Leuchten. Sie waren gelb. Es war Shady. Er drückte sich flach auf den Boden und starrte in den Hof und den Bereich dahinter. Vielleicht hatte sie recht gehabt, und er wollte tatsächlich dem Hühnerstall einen Besuch abstatten. Das blaue Leuchten ging von dem Band um seinen Hals aus. Die Runensteine strahlten ein überirdisches Licht aus.

Rye zog den Kragen ihres Umhangs zur Seite und sah auf das Band um ihren Hals. Auch das leuchtete blassblau. Das war ihr vorher noch nie aufgefallen. Wenn sie nachts im Bett lag, leuchtete es jedenfalls nicht. War das heute schon den ganzen Abend so gewesen?

Auf Zehenspitzen ging sie auf Shady zu und flüsterte mit Engelszungen auf ihn ein. Sie wollte ihn gerade hochnehmen, da raste er in den Hof – und zwar schneller, als sie ihn jemals erlebt hatte. Sie sah nur noch sein blaues Halsband, das am Hühnerstall vorbeischoss. Sie lief ihm hinterher, doch das Halsband entfernte sich weiter und sprang über den Flechtzaun des Hofes. Jetzt waren es keine Engelszungen mehr, mit denen Rye sprach.

Sie sprang über den Zaun und sah das Halsband weit vor sich. Shady war auf dem Weg zum Trollersberg. Wenn er oben ankam, hatte er zwei Möglichkeiten. Rechts lag Zum toten Pfennigfuchser, der verlassene alte Friedhof, von dem alle sagten, dass es dort spukte. Rye hoffte, dass er dorthin laufen würde. Das blaue Halsband hielt oben auf dem Hügel inne. Und dann riss Rye entsetzt die Augen auf. Shady entschied sich für die linke Seite und lief los in Richtung Moor.

Das Moor war unter keinen Umständen angenehm, und selbst tagsüber versuchte Rye, es möglichst zu meiden. Dort war es feucht und voller Torfmoos, stellenweise hüfttief. Wenn man nicht aufpasste, konnte man leicht stecken bleiben. Schlangen und blutsaugende Insekten waren dort zu Hause, und wenn einen die Tiere nicht bissen, dann taten es die Pflanzen. Fleischfressende Moorpflanzen fingen ganze Frösche und Vögel mit ihren Blättermäulern. Folly hatte erzählt, ihre Brüder hätten mal eine gefunden, die so groß war, dass sie fast einen ihrer Jagdhunde verschlungen hatte. Rye konnte das nicht ganz glauben. Aber es war nicht das Schlimmste, was Folly über das Moor erzählt hatte.

Doch Rye musste Shady einholen und hatte keine Zeit, über solche Dinge nachzudenken. Sie wusste, wenn sie das blau leuchtende Halsband aus den Augen verlor, wäre Shady für immer fort. Er hatte einen großen Vorsprung und vergrößerte ihn noch, während sie durch das knietiefe Wasser stolperte. Langsam stieg der Salznebel auf, was es ihr nicht leichter machte, das blaue Licht im Blick zu behalten. Sie zitterte, und ihre Kleidung war pitschnass, weil bei jedem Schritt das Wasser hochspritzte. Sie trieb sich selbst an, aber ihre Füße sackten in tiefe Schichten von Torfmoor und Matsch ab, bis sie sich kaum noch rühren konnte. Das blaue Licht wurde immer schwächer.

Rye blieb stehen und ließ frustriert die Arme zur Seite fallen. Es hatte keinen Sinn mehr weiterzulaufen. Außerdem rumorte ihr Magen, als müsste sie sich wieder übergeben. Ihr war schwindelig, und sie hatte die Orientierung verloren. Sie lauschte. Frösche. Und das Summen von tausend Insekten, selbst jetzt noch, so spät im Jahr. Irgendwo in der Ferne hörte sie ein Platschen.

»Shady!«, rief sie verzweifelt und so laut sie konnte.

Im Moor wurde es still. Die Frösche – und auch die Insekten – verstummten. Rye lief ein kalter Schauer über den Rücken. Etwas krabbelte ihren Hals hinauf. Ein Tausendfüßler. Igitt. Sie wischte ihn sich vom Körper.

Dann sah sie etwas. Ein schwaches Leuchten am Boden in der Ferne. Sie konnte nicht sagen, ob es ein blaues Licht war, nur dass es leuchtete. Rye kämpfte sich durch den Matsch, so gut sie konnte. Als sie näher kam, erkannte sie, dass das Licht von einem Erdhaufen stammte, einem Fleckchen trockener Erde auf einer Erhöhung inmitten des feuchten Moors. Vorsichtig schlich sie auf die Lichtung zu. Es war ein kleines, schwelendes Feuer aus losen Ästen und Holzscheiten in einem Ring aus Steinen. Über dem Feuer garte ein Tier an einem groben Spieß.

Rye kam ein furchtbarer Gedanke, doch sie konnte bald sehen, dass es sich nicht um eine Katze handelte. Eher eine große nackte Ratte oder ein Wiesel. Es sah noch unappetitlicher aus als der Seelöwe. Da hatte wohl jemand großen Hunger gehabt, denn die Keulen des Tieres wiesen große Bissspuren auf.

Das Feuer schien erst vor Kurzem verlassen worden zu sein. Rye sah sich nach Hinweisen darauf um, wer es gebaut haben konnte. Es war kein richtiges Lager, aber in dem gedämpften Licht konnte sie neben dem Feuer einen kleinen Lederbeutel erkennen, nicht größer als ihre Faust. Er war mit einem Band aus Pferdehaar zugebunden. Sie kroch darauf zu, hob ihn vorsichtig auf und spähte hinein. Darin waren vier Gegenstände, die höchst ungewöhnlich waren. Rye betrachtete sie so fasziniert, dass sie die lange, übel aussehende Keule nicht sah, die auf dem Boden neben ihr lag. Sie war gespickt mit verbogenen Eisennägeln, die in alle Richtungen abstanden.

Wieder hörte sie ein Platschen. Rye starrte ins Dunkel. Fünf oder sechs Meter vom Lager entfernt blitzten auf Höhe des Wassers zwei Augen auf. Etwas beugte sich vor und trank mit den Händen Wasser aus dem Moor. Eines der Augen, das sich unabhängig von dem anderen bewegte, sah plötzlich in Ryes Richtung. Das zweite folgte ihm, und beide erhoben sich über dem Wasser, als das Wesen sich aufrichtete. Selbst vornübergebeugt waren die Augen schon auf der gleichen Höhe gewesen wie die eines ausgewachsenen Mannes. Als das Wesen aufstand, wusste Rye sofort, dass es sich nicht um einen Menschen handelte. Sie wollte wegrennen, aber es war zu spät.

Das Wesen legte den Abstand zwischen ihnen in drei Schritten zurück. Es hatte ledrige graue Haut, große Ohren und eine spitze Nase, die am Ende nach oben zeigte wie die eines Schweins. Seine Brust war mit dichtem Haar bewachsen, und obwohl es sehr groß war, war es regelrecht knochig. Zwischen seinen flachen Atemzügen konnte Rye seine Rippen erkennen. Von seinem breiten Kinn hing ein langer orangefarbener Bart herab, der wie ein Seil geflochten und am Ende mit einem Kinderschnürsenkel zusammengebunden war. Sein Kopf war knorrig und länglich wie ein Tannenzapfen, und es hatte einen Schopf mit grobem Haar, das zu seinem Bart passte und Rye an eine Möhre erinnerte, auch wenn dies nicht der Augenblick für alberne Gedanken war. Die elende Kreatur hatte sich metallene Fischhaken durch die Ohren gesteckt und einen dritten durch die Nase, und an einer Augenbraue, die zerfurcht und schartig war, sah sie einen kleinen roten Einstich, der nässte und eiterte. Um den Hals trug das Wesen die abscheulichste Halskette, die Rye je gesehen hatte. Auf einer Messingkette waren Objekte aufgezogen, die aussahen wie drei menschliche Fußpaare.

Rye hatte Zeit, das Wesen genau zu betrachten, denn zu ihrem Unglück kam sie hier gerade nicht weg. Das schreckliche

Wesen mit dem knorrigen Kopf hielt sie an ihrem Kragen hoch und musterte sie mit seinen bei Weitem gruseligsten Körperteilen, seinen Augen. Im Vergleich zum übrigen Kopf waren sie sehr klein, doch sie standen hervor, als ob ihm jemand den Hals zudrücken würde. Jedes Auge drehte sich in eine andere Richtung, während sie Rye studierten. Das Wesen leckte sich mit einer langen, schwarzen Zunge die Lippen und hinterließ Speichel auf den Haaren an seinem Kinn.

Nach einer Weile hatten sich die beiden Augen offenbar geeinigt und kamen auf Ryes Hals zur Ruhe. Mit seiner freien Hand und einem krummen Finger schob das Wesen den Kragen ihres Umhangs beiseite.

Rye schlug wild mit Armen und Beinen, um sich zu befreien, aber es gelang ihr nicht.

Da zog das Wesen die Augenbrauen zusammen. Seine Augen wurden kleiner, und sein Mund ging auf. Rye konnte seine zerklüfteten, unförmigen Zähne sehen.

Plötzlich schoss sein linkes Auge in eine bestimmte Richtung und wurde groß. Das rechte Auge tat es ihm gleich. Das Wesen stieß einen furchtbaren Schrei aus. Es klang wie ein Tier, das große Schmerzen hatte, und das Heulen eines Babys zugleich. Rye hielt sich die Ohren zu.

Aus dem Augenwinkel sah sie einen dunklen Blitz. Dann fiel sie zu Boden. Ihre Schulter landete hart auf dem matschigen Boden, und ihr Hinterkopf prallte auf die Erde auf, die zwar feucht, aber nicht weich war.

Es wurde dunkel um sie.

9

PASS AUF, WAS DU ISST

Noch bevor Rye die Augen aufschlug, wusste sie, dass sie an einem warmen und vertrauten Ort war. Sie hörte das Prasseln eines Feuers und spürte weiche Decken um sich herum. Vom Kissen neben ihr sah sie ein rosa Kobold mit großen Zähnen an. Mona Monster.

Dann spürte sie einen Druck auf der Brust. Als sie den Kopf hob, um zu schauen, was es war, durchzuckte sie ein Schmerz. Es war Shady. Das große schwarze Fellknäuel berührte ihr Kinn mit seiner feuchten Nase und leckte sie. Aber noch etwas anderes bewegte sich im Zimmer. Rye nahm an, dass es ihre Mutter war, aber als sie den Kopf drehte, wäre sie vor Schreck fast aus dem Bett gesprungen – wenn sie die Kraft gehabt hätte.

Über sie gebeugt stand ein Mann. Er war groß, und seine dunklen Haare hingen ihm bis auf die Schultern. Er hatte Narben im Gesicht. Sie konnte sie durch die Bartstoppeln hindurch sehen. Er schien überrascht, dass sie wach war, und musterte sie aufmerksam mit seinen dunklen Augen. Er kam ihr bekannt vor. Rye hatte ihn schon mal gesehen. Im Toten Fisch. Das war entweder Stunden her oder schon Wochen. Ihre Erinnerung war undeutlich und verschwommen.

Der Mann streckte seine Hand nach Rye aus, und sie sah die grünen Tätowierungen an seinen Armen. Als er sie berührte, schauderte Rye, und als er seine große Hand auf ihre Augen legte, wurde alles wieder schwarz.

Beim nächsten Aufwachen herrschte um Rye ein großes Durcheinander.

»Meins, meins«, schrie Lottie.

»Lottie«, ermahnte Abby sie. »Leg sofort das Schwert wieder hin.«

»Nein!«

Dann knallte eine Tür.

»Du hackst dir noch den Fuß mit dem Ding ab«, rief Abby. Und dann, etwas leiser: »Riley, bist du wach?«

Sie kam, setzte sich zu ihr auf den Bettrand und legte ihre kühle Hand auf Ryes Stirn.

»Wie geht es dir, mein Schatz?«, fragte sie.

Rye versuchte zu sprechen, aber sie brachte keinen Ton heraus. Sie berührte ihren Hals.

»Ja, deine Stimme«, sagte Abby. »Keine Sorge, die kommt bald wieder.«

Im anderen Zimmer gab es einen lauten Knall, gefolgt von Lotties gackerndem Lachen. Es klang, als würde eine kleine Armee gegen Töpfe und Pfannen in den Krieg ziehen.

»Wir könnten hier wirklich ein wenig Ruhe gebrauchen«,

sagte Abby. Sie stand auf und füllte eine dampfende Flüssigkeit aus einem Kessel, der über dem Feuer gekocht hatte, in eine Tasse. »Hier. Torftee. Der wird dir helfen.«

Rye setzte sich auf und trank einen Schluck. Der Tee schmeckte bitter und war so heiß, dass sie sich beim Herunterschlucken fast die Speiseröhre verbrühte. Doch er half und ließ sie ruhiger atmen.

»Ein Mann«, krächzte Rye so laut sie eben konnte. Es war kaum mehr als ein Flüstern. »Er hatte eine Narbe im Gesicht und ...«

Rye zeigte auf ihre Unterarme. Das war leichter als *Tätowierung* zu sagen, vor allem ohne Stimme.

Ihre Mutter schien erst nachzudenken, bevor sie antwortete. Sie lächelte angespannt. »Er ist ein Freund, Riley«, sagte sie schließlich. »Er kommt manchmal vorbei. Aber keine Sorge. Er ist harmlos.«

»Mama ...«, flüsterte Rye, doch bekam kein weiteres Wort mehr heraus. Sie trank noch einen Schluck Tee. »Mama ... da war ein ... Nobold. Ich hab ihn gesehen.«

Ihre Mutter legte Rye eine Hand auf die Wange und schüttelte den Kopf.

»Doch, bestimmt«, flüsterte sie. »Im Moor.«

»Ich glaub dir ja«, sagte Abby. »Wir haben dich bewusstlos und fiebrig auf dem Trollersberg gefunden. Gut, dass Quinn uns sagen konnte, in welche Richtung du gelaufen warst, sonst hättest du die ganze Nacht dort gelegen.« Zwar lächelte Abby beruhigend, doch Rye meinte zu sehen, wie ihre Lippen unmerklich zitterten.

»Es tut mir sehr leid, dass du das miterleben musstest«, sagte Abby. »Aber jetzt bist du in Sicherheit. So sicher, wie du nur sein kannst.«

»Mama«, sagte Rye und schob die Hand ihrer Mutter von ihrem Gesicht. »Wir müssen es den Soldaten sagen. Bevor es … es …« Rye schauderte. »… wiederkommt.«

»Sei jetzt ruhig, Schatz«, sagte Abby und drückte sie zurück in die Kissen. »Deine Begegnung solltest du lieber für dich behalten. Nobold-Angriffe erregen zu viel Aufsehen. Wenn wir es melden, wollen der Wachtmeister und der Graf mit dir sprechen. Und das wollen wir nicht.«

Rye verstand nicht, was sie meinte. »Aber was ist mit den restlichen Dorfbewohnern?«, fragte sie, bevor ihre Stimme völlig versagte.

»Riley«, sagte ihre Mutter. »Jetzt hör mir mal gut zu. Ich sorge dafür, dass die richtigen Leute davon erfahren. Aber du musst dich jetzt erst mal ausruhen. Deine Begegnung im Moor war nicht dein einziges Problem beim Schwarzen Mond. Du hast vergiftetes Essen gegessen.«

Rye erschrak und riss die Augen auf.

»Ja, mein Schatz.« Ihre Mutter warf ihr einen wissenden Blick zu. »Du musst aufpassen, was du an Orten wie dem Toten Fisch isst.«

Rye schluckte, und zwar aus verschiedenen Gründen.

»Die Seelöwen-Pastete, die du gegessen hast, war mit Vipernzunge versetzt. Ein tödliches Gift, das natürlich nicht für dich bestimmt war. Du hast dir bloß das falsche Tablett ausgesucht, um davon zu naschen. Hättest du mehr davon gegessen, wäre das tödlich ausgegangen. So hast du nur Fieber und Magenkrämpfe bekommen. Und du hast dir den Kopf angeschlagen, sodass du ein paar Tage im Bett lagst.«

Rye war baff. Sie wusste nicht, was sie sagen sollte.

Ihre Mutter lächelte wieder. Sie beugte sich zu ihr herunter und gab Rye einen Kuss auf die Stirn.

»Mach dir nicht so viele Gedanken, Liebling.« Sie stand auf. »Wir sprechen darüber, wenn es dir wieder besser geht. Und wir haben eine ganze Menge zu besprechen und zu erklären, meinst du nicht?«

Rye nickte.

Abby nickte auch. »Gut«, sagte sie. »Du hast übrigens zwei Besucher, die lange geduldig darauf gewartet haben, dich zu sehen. Ich hab ihnen versprochen, dass sie eine Viertelstunde zu dir dürfen, sobald du aufgewacht bist. Aber nicht länger. Du brauchst noch Ruhe.«

»Rye«, sagte Quinn. »Deine Mutter bringt uns um, wenn sie sieht, dass wir dich aufstehen lassen.«

»Er hat recht, Rye«, stimmte Folly zu. »Los, schnell wieder unter die Decke, bevor sie zurückkommt.«

Rye stand im Nachthemd neben dem Feuer und goss sich frischen Torftee in die Tasse. Dabei sprach sie ununterbrochen und musste zwischendurch immer wieder nach Luft schnappen. Aber sie konnte nicht anders. Es gab so viel, das sie erzählen musste. So viel, das sie verstehen wollte.

»Wie lange habe ich eigentlich geschlafen?«, flüsterte Rye.

»Vier Tage«, sagte Quinn. »Aber zwischendurch bist du

immer wieder aufgewacht und hast von Ungeheuern und Wasserspeiern mit Masken gebrabbelt. Und von Fifer Flood.«

»Was?«, stieß Rye erschrocken hervor, und ihre bleichen Wangen bekamen sofort Farbe.

»Hör nicht auf ihn«, beruhigte Folly sie. »Er will dich nur ärgern.«

»Stimmt es, dass ich Gift gegessen habe, Folly?«

»Ich fürchte, ja«, sagte diese betrübt. »Gut, dass dein Magen so empfindlich ist. Wahrscheinlich kam das meiste schon wieder raus, bevor es wirken konnte. Einer von den Küchenhunden hat nur am Teller geleckt und ist direkt umgefallen.«

Bei dem Gedanken kam Rye gleich wieder alles hoch.

»Mein Vater und meine Brüder sind stinksauer«, fuhr Folly fort. »Im Gasthaus ist immer viel los. Das macht ihren Charme aus, sagt Mum immer. Aber vergiftetes Essen ist ganz schlecht fürs Geschäft.«

Rye verzog mürrisch das Gesicht. »Tut mir leid, dass meine Nahtoderfahrung euch das Geschäft verdirbt ...«

»Du weißt genau, dass ich das nicht so gemeint habe.«

»Wissen ...«, Rye musste husten. »Wissen sie, für wen das Gift bestimmt war?«

»Mein Vater und meine Brüder sagen nicht viel dazu«, antwortete Folly. »Aber ich glaube, sie wissen noch nicht, wer es war. Die Zwillinge versuchen, es herauszufinden, und wenn sie den Schuldigen haben, will ich nicht in seinen Schuhen stecken. Es gibt nicht viele Händler, bei denen man Vipernzunge bekommt.«

»Ich muss mich mal hinsetzen«, sagte Rye und kroch zurück ins Bett. Vorher drückte sie Folly ihre Tasse in die Hand.

»Kein Wunder, dass du so reagiert hast, wenn Gift im Seelöwen war«, sagte Folly. »Normalerweise ist Seelöwe nämlich ziemlich lecker, wenn man sich an den Geschmack gewöhnt hat. Aber das hier ist widerlich.« Folly sah in die Tasse, von der sie gerade getrunken hatte. »Darf ich was davon mit nach Hause nehmen, für ein Experiment?«, fragte sie.

»Tu dir keinen Zwang an«, sagte Rye. Ihr Hals fühlte sich an, als hätte sie Sand geschluckt.

Dann hörte sie lautes Schnurren am Boden, und kurz darauf sprang Shady aufs Bett und kuschelte sich in ihren Schoß. Es war so eine Erleichterung, ihm die Ohren zu kraulen. Das Letzte, woran sie sich erinnerte, war, dass sie fürchtete, ihn nie wiederzusehen. Sie untersuchte sein Halsband mit den Runensteinen. Im Augenblick sah es ganz normal aus.

»Quinn«, fiel Rye dann ein. »Was ist in der Nacht des Schwarzen Mondes eigentlich passiert? Wie bin ich nach Hause gekommen?«

»Kurz nachdem du Shady hinterhergelaufen warst, kam deine Mutter nach Hause«, sagte Quinn. »Ich hatte keine Wahl und musste ihr sagen, wo du hin warst. Ich sollte bei Lottie bleiben, und es hat ziemlich lange gedauert, bis sie mit dir und Shady zurückkam. Shady ging es gut, was man von dir nicht sagen konnte. Sie brachte dich ins Schlafzimmer und sagte, ich solle nach Hause gehen. Sie machte mir einen Vorschlag. Wenn ich nicht erzählen würde, was passiert war, würde sie meinem Vater auch nichts sagen.«

»War das alles?«, fragte Rye.

»Ja«, antwortete Quinn. »Ach ja. Und ich darf dir nie wieder bei deinen verrückten Plänen helfen.«

»Bist du sicher, dass du sonst nichts gesehen hast?«, fragte Rye ungeduldig.

»Doch, eine Sache«, sagte Quinn. »Als deine Mutter mit dir zurückkam ... war sie nicht allein.«

»Was?«, stieß Folly aus. Sie war ganz Ohr. Bis dahin hatte sie das Moos betrachtet, das im Tee herumschwamm.

»Wer war denn bei ihr?«, fragte Rye.

»Ein Mann. Den hab ich vorher noch nie gesehen. Er hat dich getragen.«

»Hatte er Narben im Gesicht?«, fragte Rye.

»Sah er gut aus?«, fragte Folly.

»Folly!«, sagte Rye empört.

»Was ist mit Tätowierungen?«, fragte Folly. »Hast du welche gesehen?«

»Jetzt, wo du es sagst ...«, antwortete Quinn. »Ja, ich glaube, er hatte Narben im Gesicht. Und Tätowierungen auf den Armen.«

Rye und Folly sahen einander an. Es war der Mann aus dem Toten Fisch. Derselbe Mann, den Rye in ihrem Zimmer gesehen hatte.

»Eine Minute!«, rief Ryes Mutter von draußen.

Es gab noch so vieles mehr, das Rye mit Quinn und Folly besprechen musste. Sie war nicht mal zum Wichtigsten gekommen.

»Folly. Quinn«, flüsterte sie. »In der Nacht im Moor. Da hab ich ihn gesehen. Den Nobold.«

»Rye«, sagte Folly und berührte ihren Arm, wie es Eltern manchmal taten, wenn sie nicht wollten, dass man sich dumm vorkommt. »Deine Mutter meinte, dass du im Fieberwahn vielleicht komische Sachen sagst.«

»Ja, Rye«, sagte Quinn. »Du hast Gift geschluckt. Da hat dein Gehirn dir sicher alles Mögliche vorgegaukelt.«

»Nein. Er war echt. Er hat mich angefasst. Er hat mich gepackt.«

»Wenn dich ein Nobold gepackt hätte, hätte er dich aufgefressen«, wandte Quinn ein.

»Er hat recht, Rye«, sagte Folly. »Er hätte eine Kette aus deinen Füßen gemacht und den Rest von dir zu Eintopf verarbeitet.«

»Hört zu«, sagte Rye nachdrücklich. Langsam kehrte ihre Stimme zurück, auch ohne den Tee. »Ich kenne euch schon mein ganzes Leben lang, und ich hab euch noch nie angelogen. Ich habe einen Nobold gesehen, und ich kann es beweisen.«

Folly und Quinn sahen sie skeptisch an.

»Wie?«, fragte Quinn.

»Bring mir meinen Umhang.«

Quinn holte Ryes Umhang, der neben dem Feuer hing. Er reichte ihn ihr, und sie wühlte in den Taschen herum. Aus dem Geheimfach, das sie hineingenäht hatte, holte sie schließlich einen kleinen Lederbeutel hervor, der mit einem Pferdehaarstrang zusammengebunden war.

»Was ist das?«, fragte Quinn mit großen Augen.

»Das riecht wie Stinkkohl«, bemerkte Folly mit gerümpfter Nase.

Rye machte den Beutel auf und kippte seinen Inhalt auf ihr Bett.

Die drei Freunde starrten auf einen kleinen Schädel, ein eisernes Fußkettchen, eine kleine hölzerne Figur und einen verfaulten gelben Zahn an einer Schnur.

10

DER MANN AUF DEM FRIEDHOF

Am Morgen nach Quinns und Follys Besuch fühlte Rye sich ein wenig besser. Zumindest sagte sie das ihrer Mutter, und die nahm das zum Anlass, um wieder in den Weidenladen zu gehen, wo sie seit dem Schwarzen Mond nicht mehr gewesen war. Abby wirkte nervös und hatte noch nicht mit ihr über die Nacht im Toten Fisch gesprochen, worüber Rye nicht allzu traurig war. Zum Glück nahm Abby Lottie mit, sodass Rye nicht auf sie aufpassen musste.

Abby befahl Rye, im Bett zu bleiben, und natürlich versprach Rye ihr zu gehorchen. Aber tatsächlich wollte sie unbedingt mehr über Nobolde und den geheimnisvollen Beutel herausfinden. Sie kletterte aufs Dach und schickte Folly per Taube eine Nachricht, mit der Absicht, die Geheimnisse der vergangenen Woche zu lösen. Quinn hatte es leider sehr eilig, als er an diesem Morgen vorbeikam.

»Tut mir leid, Rye«, sagte er. »Heute kann ich erst später

zum Lesen kommen. In der Werkstatt geht es drunter und drüber, und ich muss meinem Vater helfen.«

»Was ist denn los?«, fragte Rye.

»Ich erzähl dir nachher mehr, aber er kann mit der Nachfrage nicht mehr mithalten. Alle wollen Schwerter, Pfeile und Schilde und was es sonst noch alles gibt.«

»Was? Warum?«, fragte Rye.

Da wurde laut Quinns Name gerufen, und kurz darauf folgte ein ungehaltenes »Sofort!«.

»Der Nobold«, sagte Quinn rasch. »Ich komme heute Nachmittag wieder.«

Rye hob die Augenbrauen. »Was?« Doch Quinn war schon durch die Tür. »Vergiss nicht *Tams Buch*«, flüsterte sie ihm laut hinterher.

»Ja, ja. Ich muss los.«

Rye zog ihre Stiefel an und ging nach draußen. Es wurde nun schnell kälter, und das Laub, das noch an den Bäumen hing, war rot und orange verfärbt, in den Farben des Herbstes. Auf keinen Fall würde sie heute im Haus bleiben. Es würde nicht mehr viele gute Tage geben, bevor der erste Frost kam.

Im Schlammtümpelweg herrschte große Geschäftigkeit. Ihre Nachbarn standen in großen Gruppen zusammen und redeten erregt aufeinander ein. Die einen schienen Vorräte zu sammeln. Andere verstärkten ihre Türen und Fenster. Die Erwachsenen waren zu beschäftigt, um Notiz von Rye zu nehmen, die ihre Gespräche belauschte.

»Gestern Nacht wurde die alte Apfelwein-Mühle angegriffen. Schon der dritte Bauernhof diese Woche«, sagte einer.

»Der Hof lag bisher am nächsten«, sagte ein anderer.

Rye ging von ihnen weg und stellte sich zu einer anderen Gruppe von Nachbarn.

»Was hat er erwischt?«, fragte ein Nachbar.

»Zwei Lämmer, alle Ziegen und eine halbe Kuh.«

Rye verzog das Gesicht. Hieß das, die andere Hälfte hatte er zurückgelassen?

»Hat der Bauer was gesehen?«

»Ich weiß nicht. Ihn hat seitdem auch noch keiner gesehen.«

Rye ließ auch diese Gruppe stehen und ging den Schlammtümpelweg weiter Richtung Dorfende. Ein paar Nachbarn starrten schweigend auf den durchbrochenen Teil der Dorfmauer. Ein Straßenfeger in schwarz-blaukarierter Weste machte sich mit Bürste und Eimer an der Mauer zu schaffen. Rye trat einen Schritt vor, um besser sehen zu können. Obwohl der Feger die Malerei an der Wand schon zum Teil beseitigt hatte, konnte Rye das Bild noch deutlich erkennen.

Jemand hatte ein vierblättriges Kleeblatt daraufgemalt.

»An deiner Stelle würde ich das nicht tun«, sagte ein Dorfbewohner zum Straßenfeger.

Er hielt inne und wischte sich die Stirn. »Verzieh dich. Ich mach nur meine Arbeit.«

Doch kaum hatte er das gesagt, gesellte sich zu der Wandmalerei ein dicker weißer Klecks Vogelkacke. Die Menge brach in Lachen aus.

Der Übeltäter, eine dicke Taube, flog gemächlich über ihre Köpfe hinweg. Rye drehte sich um und lief, so schnell sie auf ihren wackeligen Beinen konnte, zum Haus zurück. Sie kletterte die Leiter zum Dach hoch und griff in den Verschlag, wo sich der Vogel niedergelassen hatte. Melasse, ihre langsamste Brieftaube, gurrte. Sie hatte eine Nachricht ans Bein gebunden.

Kann jetzt nicht kommen. Im Gasthaus ist der Teufel los. Wir sehen uns heute Nachmittag.

Dreckmist. Folly würde auch erst später kommen. Rye strich über den grauen Kopf der Taube und setzte sie wieder in den Verschlag. Vom Dach aus konnte sie den Rand des Moors sehen. Es zog sie nicht wieder dorthin zurück. Aber ihre Mutter hatte gesagt, dass sie sie auf dem Trollersberg gefunden hatten. Sie sollte sich dort umsehen. Vielleicht würde sie etwas finden, das ihrer Erinnerung an jene Nacht auf die Sprünge half.

Rye schlüpfte durch ein Loch im Flechtzaun und ging den Weg zum Trollersberg hinauf. Die Sonne schien zwar warm vom Himmel herab, doch der einst vertraute Ort jagte ihr nun einen Schauer über den Rücken. An der Abzweigung suchte sie mit den Augen den Weg ab, der zum Moor hinunterführte, als ob der grauenvolle Nobold jeden Augenblick hier heraufkommen könnte. Der Wind raschelte im bunten Laub und riss ein paar von den Blättern mit sich zu Boden.

Sie sah den anderen Weg entlang, der zum Friedhof Zum toten Pfennigfuchser führte. Um sicherzugehen, dass ihre Augen ihr keinen Streich spielten, zwinkerte sie. Aber es gab keinen Zweifel. Auf dem Friedhof war jemand.

Zum Toten Pfennigfuchser war ein sehr alter und sehr kleiner Friedhof. Dort standen höchstens noch zwei Dutzend überwucherte Grabsteine, von denen die meisten halb verfallen waren. Außer Rye und ihren Freunden schien sonst nie jemand hierherzukommen.

Der Mann auf dem Friedhof saß auf einem Grabstein, der umgekippt war. Die Arme hatte er hinter sich ausgestreckt, den Kopf in den Nacken gelegt und die Augen geschlossen. Er schien die warme Sonne zu genießen.

Rye näherte sich dem Mann vorsichtig und blieb stehen, als sie etwa drei Meter von ihm entfernt war. Er machte die Augen auf, sah sie und lächelte schwach.

»Guten Morgen, Riley.«

»Guten Morgen«, sagte Rye.

»Ein schöner Tag, findest du nicht?«, sagte er.

Rye nickte. »Ja, ganz schön.«

Er sagte nichts weiter.

Schließlich fügte Rye hinzu: »Ich kenne Sie.«

»Das stimmt«, sagte der Mann. »Zumindest flüchtig. Komm ruhig näher, wenn du willst.« Er lächelte. Quer über der schiefen Nase hatte er eine Narbe und ein paar weitere auf Wangen und Kinn. Aber bei Tageslicht wirkten sie alt und verblichen. Und trotz der Narben sah sein Gesicht recht freundlich aus.

Rye ging ein paar Schritte auf ihn zu. »Wie soll ich Sie nennen?«, fragte sie.

»Was hat deine Mutter denn gesagt?«

Rye dachte einen Augenblick nach. »Sie hat gesagt, Sie wären harmlos.«

»Dann nehmen wir das. Nenn mich einfach Harmlos.«

Das war eine merkwürdige Bezeichnung für jemanden, den man gerade erst kennengelernt hatte. Vor allem für jemanden, der so aussah. Zu Quinn würde *Harmlos* gut passen. Aber ein Mann, der mehr Narben hatte als alle Brüder von Folly zusammen? Das war so, als würde man Lottie *Schweigsam* nennen.

Rye zeigte auf den Weg. »Waren Sie bei meiner Mutter, als sie mich auf dem Trollersberg gefunden hat?«

»Ja, war ich.«

»Gestern waren Sie in meinem Zimmer. Und haben meinen Kopf berührt.«

»Stimmt.«

Ein seltsamer Typ, dachte Rye. Aber immerhin war er bereit, sich mit ihr zu unterhalten. Den meisten anderen Erwachsenen fiel das nicht ein. Sie schrien sie höchstens an, wenn sie in ihren Gärten herumlief, oder verboten ihr, sich in der Nähe ihrer zerbrechlichen Gegenstände aufzuhalten.

»Wer sind Sie eigentlich?«, fragte Rye den Mann.

»Ich bin Harmlos, Riley. Wir haben uns doch gerade vorgestellt.«

Rye fand das gar nicht komisch. Harmlos setzte sich gerade hin und schlug die Beine übereinander. Er trug verwitterte Stiefel und denselben Umhang, den er auch im Toten Fisch angehabt hatte. Sie konnte noch immer den verkohlten Hai vom Schwarzmond-Fest an ihm riechen.

»Tut mir leid, Riley«, sagte Harmlos. »Ich wollte dich nicht auf den Arm nehmen. Ich beantworte dir gerne alle deine Fragen zu dem, was dir in jener Nacht passiert ist, aber du solltest vorher mit deiner Mutter sprechen. Bevor sie sich dazu geäußert hat, kann ich dir nichts darüber sagen.«

Das ist ja sehr interessant, dachte Rye. Selbst Harmlos hatte Angst vor ihrer Mutter.

»Ich hab Sie hier noch nie gesehen«, sagte Rye. »Ich hab Sie vorher überhaupt noch nie gesehen.«

»Kommst du oft hier auf den Friedhof?«, fragte Harmlos.

»Ich spiele hier im Sommer«, sagte Rye. »Die alte Mrs. Crabtree und ein paar andere alte Frauen sagen, es wäre respektlos. Aber Mama sagt, den Toten macht es nichts aus. Wahrscheinlich sind sie froh, wenn sie nicht so allein sind.«

Harmlos kicherte. »Sie hat sicher recht. Ich würde mich auch mehr über das Lachen von Kindern freuen als über das Geheule von ein paar alten Schachteln.«

»Es soll hier spuken«, fügte Rye hinzu.

Harmlos kratzte sich den kurzen Kinnbart. »Und ist das was Schlimmes?«

»Ich dachte schon«, sagte Rye. »Es heißt doch, dass die rastlosen Geister der Toten nachts durch den Wald spuken.«

»Wo sollten sie auch sonst hin?«, fragte Harmlos.

»Ich weiß nicht«, antwortete Rye. »Viele sagen, dass sie Frieden finden sollen. Und da hingehen, wo sie hergekommen sind.«

»Und wo soll das genau sein?«, fragte Harmlos.

Rye setzte sich auf einen Grabstein und überlegte. »Das weiß ich auch nicht so genau«, sagte sie dann. »Das hat mir bisher noch keiner gesagt.«

»Hm« war alles, was Harmlos dazu sagte, als ob das alles erklären würde.

»Was glauben Sie, wo sie hingehen?«, fragte Rye.

»Wer?«, fragte Harmlos.

»Die Toten«, ergänzte Rye.

»Ach, die«, sagte Harmlos. »Na ja, genau weiß ich das auch nicht. Das weiß keiner. Obwohl es viele Menschen gibt, die behaupten, es zu wissen. Aber unter uns: Ich glaube, sie gehen nirgendwohin.«

Rye sah auf die Grabsteine, auf denen sie saßen. »Sie meinen, das war's? Sie bleiben einfach in der Erde, wo sie begraben wurden?«

»Nicht ganz«, antwortete Harmlos. »Ich meinte eher, sie bleiben dort, wo sie die ganze Zeit waren. Nämlich hier.« Dabei berührte er seine Brust. »Und hier.« Er berührte seine Schläfe.

Rye hob eine Augenbraue.

»In unseren Herzen und in unseren Gedanken«, erklärte er.

Rye sah ihn nur an.

»Ich glaube, Riley, dass wir alle heimgesucht werden. Von denen, die wir geliebt haben, die aber nicht mehr bei uns sind. Dort gehen die Toten hin. Und je mehr Menschen man geliebt und auf irgendeine Weise berührt hat, desto mehr Menschen gibt es, in denen man weiterlebt. Für immer.«

»Und was ist mit den Geistern, die diesen Friedhof heimsuchen?«, fragte Rye. »Oder die Kerker von Burg Longchance? Oder den Weinkeller vom Toten Fisch?«

»Vielleicht sind die Geister, die auf diesem Friedhof spuken, nur einsam«, schlug Harmlos vor. »Vielleicht haben sie keine Herzen, zu denen sie heimkehren können.«

Rye dachte einen Moment nach und nickte dann. »Interessante Theorie«, sagte sie. »Interessant, aber auch unheimlich.«

»Das sagt deine Mutter ständig über mich.«

Rye lachte nervös und hörte wieder auf, als ihr klar wurde, wie viel Vertraulichkeit in seinen Worten mitschwang. Sie sah auf die Grabsteine um sie herum.

»Kannten Sie irgendwen, der hier begraben ist?«, fragte sie zögernd.

»Ja«, sagte Harmlos.

Rye wartete, doch er sagte nicht mehr. Er starrte bloß auf die Bäume. Es sah aus, als würde er auf etwas lauschen. Oder etwas versuchen zu riechen. Rye lauschte ebenfalls. Doch sie hörte nichts Ungewöhnliches.

Rye konnte langes Schweigen nicht gut ertragen. Wenn sie das Spiel *Wer schweigt am längsten?* mit ihrer Mutter spielte, verlor sie immer. Sie knibbelte an ihren Fingernägeln.

»Wohnen Sie hier draußen?«, fragte sie schließlich.

»Auf dem Friedhof?«, fragte Harmlos. »Nein, natürlich nicht.«

»Und wo dann?«

»Mal hier, mal da. Ich bin viel unterwegs.«

Rye fragte sich, ob Harmlos wie Baron Dusselfeld war. Obwohl sie sich das nicht vorstellen konnte. Im Toten Fisch hatten sich alle gefreut, ihn zu sehen, und keiner hatte versucht, ihn auf die Straße zu werfen. Außerdem roch Harmlos viel besser, auch wenn er noch verkohlten Hai an sich hatte.

»Möchten Sie zum Mittagessen zu uns kommen?«, fragte Rye.

»Das ist sehr nett von dir«, sagte Harmlos. »Aber ich darf nicht.«

»Wer sagt das?«

»Deine Mutter hätte was dagegen.«

»Warum? Sie hat doch gesagt, Sie wären ein Freund.«

»Schon, aber das heißt nicht, dass sie mich mag.« Harmlos stand auf und streckte die Arme in die Luft. »Ich fürchte, ich muss jetzt ein paar Dinge erledigen«, sagte er.

»Noch eine Frage«, sagte Rye.

»Ja?«

»Warum haben Sie so viele Tätowierungen? Tut das nicht weh?«

»Das sind zwei Fragen«, sagte Harmlos.

Dann zog er die Ärmel bis zu den Ellbogen hoch. Seine beiden Unterarme waren fast vollständig von grün-schwarzer Tinte bedeckt. Er hielt sie ihr hin, damit sie sie sich ansehen konnte. Rye konnte einen Schädel erkennen, eine Nixe, ein Frauengesicht, eine grobe Karte, ein Schwert mit Schild und einen Strauß Kleeblätter. Es gab noch mehr Motive, aber es war schwer zu unterscheiden, wo eine Tätowierung aufhörte und die nächste begann.

»Sie helfen mir, mich zu erinnern, wo ich war und wie ich dorthin zurückkomme«, sagte Harmlos. »Es tat weh, aber nicht mehr als ein Schlangenbiss oder der Stachel eines Seeigels. Bei denen hier sieht das anders aus.«

Harmlos zeigte ihr seine Handflächen. Auf beiden sah sie ein kreisrundes Muster aus Symbolen und Zeichen. Es waren Runen.

»Die hier«, sagte er, »fühlten sich an, als hätte mir jemand brennende Pfeile durch die Brust geschossen.«

Rye beugte sich vor, um sie näher zu betrachten.

»Was haben die zu –«, setzte sie an, doch er hielt einen Finger hoch, um sie zu unterbrechen.

»Du hast mehr Fragen, als deine Mutter Launen hat«, sagte er. »Ich muss mich um ein paar Sachen kümmern, die nicht warten können. Aber ich werde noch etwas länger in Moderfurt bleiben und will dir etwas vorschlagen, Riley. Ich werde jeden Morgen herkommen und dir alle deine Fragen beantworten. Aber das Wissen gibt es nicht umsonst. Zwei Dinge verlange ich als Gegenleistung.«

»Ja?«, fragte Rye.

»Erstens: Du bringst mir jeden Morgen etwas zum Frühstück mit. Muss nichts Besonderes sein. Ein Stück Brot oder ein Ei reichen vollkommen. Vorausgesetzt, du hast es selbst zubereitet.«

Rye nickte. Das war leicht.

»Zweitens: Wir leben in gefährlichen Zeiten. Es passieren Dinge, die du noch nicht verstehen kannst. Versprich mir, dass du nie mehr nachts alleine auf die Straße gehst. Wenn du es doch tust, werde ich davon erfahren, glaub mir. Und dann komme ich nie mehr zu diesem Friedhof zurück.«

Das würde schwieriger werden, doch Rye nickte. »Einverstanden«, sagte sie. »Ich verspreche es.«

»Hervorragend«, sagte Harmlos. Er stand auf und streckte sich.

»Und wie lange?«, fragte Rye.

»Wie bitte?«

»Sie haben doch gesagt, Sie würden noch etwas hierbleiben. Wie lange denn?«

Harmlos zog seinen Umhang zurecht und schüttelte etwas Schlamm von seinem Absatz.

»Nur so lange wie nötig. Wenn ich zu lange an einem Ort bleibe, setze ich Moos an.«

Rye wollte fragen, wofür nötig, aber Harmlos schnitt ihr das Wort ab.

»Es war mir ein Vergnügen, dich kennenzulernen, Miss Riley«, sagte er mit einer leichten Verbeugung. »Ich freue mich darauf, dich morgen wiederzusehen.«

»Ich habe mich auch gefreut, Sie kennenzulernen, Mr. Harmlos«, sagte Rye und machte einen wackeligen Knicks.

Damit drehte Harmlos sich um und stapfte durch das Gras ins Dickicht, das den Friedhof umgab. Rye sah ihm nach und bemerkte die beiden kurzen, aber sicher scharfen Schwerter, die auf seinen Rücken geschnallt waren und alles andere als harmlos aussahen.

11

WAS ALLES NACHTS SEIN UNWESEN TREIBT

Rye konnte sich nicht erinnern, jemals Soldaten im Schlammtümpelweg gesehen zu haben, schon gar nicht sechs oder sieben Mal an einem Tag. Aber an jenem Nachmittag waren sie nicht zu übersehen. Eine Patrouille aus zwei bewaffneten Soldaten in Rüstung marschierte jede Stunde die Straße auf und ab. Beim dritten und vierten Mal wirkten sie schon ziemlich gelangweilt, und beim fünften Mal benahmen sie sich geradewegs rüpelhaft. Sie bewarfen die nach Futter suchenden Krähen mit Steinen, und einer pinkelte draußen vor Quinns Haus ins Gras.

Rye, Folly und Quinn beobachteten, wie die Soldaten im Garten der alten Mrs. Crabtree stehen blieben und einen Apfel von ihrem Baum pflückten. Die alte Dame saß auf ihrer Türschwelle und sah die Männer durch ihre strähnigen weißen Haare hindurch böse an. Sie war verschroben und anstrengend, und die meisten Leute konnten es nicht lange mit ihr aushalten.

Doch aus irgendeinem Grund kamen sie und Lottie hervorragend miteinander aus.

Der Soldat biss in den seltsam geformten Apfel und zog ein Gesicht.

»Der Apfel ist sauer«, sagte er.

»Und vergiftet«, krächzte Mrs. Crabtree grinsend.

»Longchance sollte den Pakt erneuern«, fuhr sie fort. »Stattdessen schickt er euch nutzloses Pack, um durch die Straßen zu stolzieren und unsere Obstgärten zu plündern.«

»Zerbrich dir nicht den Kopf des Grafen, Alte«, höhnte ein Soldat. »Es gibt keinen Pakt mehr.«

»Die Ungeheuerlichen sind die Einzigen, die uns retten können«, sagte Mrs. Crabtree.

»Die Ungeheuerlichen sind Verbrecher«, brummte der andere Soldat. »Wir beschützen euch. Auch wenn ihr es nicht verdient.«

»Die Soldaten des Grafen könnten dieses Dorf nicht mal vor einer Maus beschützen, die es auf meine Vorräte abgesehen hat«, erwiderte Mrs. Crabtree.

»Kümmer dich um deine eigenen Angelegenheiten, du alte Schachtel«, sagte der Soldat und warf den sauren Apfel nach ihr. »Züchte deine stinkenden Äpfel und sei froh, dass wir überhaupt auf dieser elenden Straße patrouillieren.«

»Wir sind verflucht, ihr sturen Rüpel«, sagte Mrs. Crabtree und zeigte mit ihrem krummen Finger auf sie. »Ihr werdet es sehen.«

Rye, Folly und Quinn blieben still, bis die Soldaten an ihnen vorbeigestapft waren.

»In den Scharacken sprechen auch alle über die Ungeheuerlichen«, flüsterte Folly, sobald sie außer Hörweite waren, doch Rye unterbrach sie, indem sie den Kopf schüttelte.

»Nicht hier draußen«, sagte sie und machte eine Kopfbewegung hin zum Haus ihrer Mutter.

Die drei Freunde gingen in das Haus der O'Chanters und berieten sich bei Laternenlicht in der geheimen Werkstatt. Rye ließ auch Shady mitkommen. Dank seines scharfen Gehörs würde er sofort merken, wenn Abby und Lottie oder jemand anders sich auf zehn Meter dem Haus näherte. Momentan spielte er mit einer Fasanenfeder, die er aus Abbys Bestand stibitzt hatte.

»Ich habe gehört«, setzte Folly wieder an, »dass das Dorf einen Boten zur Burg Longchance geschickt hat, um den Grafen aufzufordern, den Pakt von Sturmquell zu erneuern und die Hilfe der Ungeheuerlichen zu erbitten.«

»Die Ungeheuerlichen gibt es doch gar nicht mehr«, sagte Quinn leise.

»Weißt du das sicher?«, fragte Folly und zog eine Schnute.

»Nein, sicher weiß ich es nicht«, sagte Quinn. »Aber mein Vater sagt, wir brauchen nicht noch mehr Ärger. Das Dorf ist dabei, sich selbst zu bewaffnen. Er kommt mit der Waffenproduktion gar nicht hinterher. Er hat mich sogar schon an die Schmiede gelassen.« Stolz streckte er seine geschwärzten Hände aus.

»Was ist eigentlich der Pakt von Sturmquell?«, fragte Rye und zog dabei Shady eine Rolle mit rotem Band aus dem Maul, bevor er sie verschlucken konnte.

119

»Das war eine Abmachung zwischen dem Haus von Longchance und den Ungeheuerlichen«, erklärte Quinn. »Ein Pakt, um Moderfurt vor den Nobolden zu retten.«

Tams Buch lag offen vor ihnen. Quinn blätterte darin.

»Seht mal«, sagte er. »Hier steht alles drin.« Und er fing an zu lesen. »Vor zwanzig Jahren schlossen die Ungeheuerlichen ein lockeres Bündnis mit dem Hause Longchance. Sie unterzeichneten den Pakt von Sturmquell und erklärten sich bereit, das Schiefertal von den Nobolden zu befreien, die die Landbevölkerung terrorisierten und drohten, die Lebensgrundlage der Städter, die auf Handel angewiesen waren, zu zerstören. Es dauerte zehn Jahre, aber die Ungeheuerlichen erfüllten ihren Teil der Abmachung. Doch kurz darauf brandmarkte der junge Erbe der Longchance-Familie, Graf Morningwig Longchance, die Ungeheuerlichen als Gesetzlose, und sie waren gezwungen, sich aufzulösen und zu fliehen. Manche mussten das Schiefertal sogar ganz verlassen.«

»Was nützt ein Pakt mit Longchance?«, fragte Rye ironisch. »Er macht doch sowieso seine eigenen Gesetze.«

»Ich habe gehört«, begann Folly, und Rye und Quinn tauschten skeptische Blicke aus, »dass der Pakt von Sturmquell unter einem Schwarzen Mond mit Blut unterzeichnet wurde.«

»Ist sicher schwer, etwas zu lesen, das mit Blut geschrieben wurde«, sagte Quinn.

»Und«, fuhr Folly fort und ignorierte die Unterbrechung, »es gab nur zwei Exemplare. Ein Vertrag soll noch im Besitz des letzten Obersten Stammesführers der Ungeheuerlichen sein. Der andere liegt verschlossen in der Schatzkammer von Burg Longchance.«

»Mein Vater sagt, da kommen unsere Sachen hin, wenn ich sie verliere«, bemerkte Quinn und imitierte dann die donnernde Stimme seines Vaters. »Wo ist der Schubkarren, Quinn? Lass mich raten … in der Schatzkammer des Grafen.«

»Aber warum hat der Graf sie zu Gesetzlosen erklärt?«, fragte Rye ungeduldig.

Quinn sah finster vom Buch auf. »Hier steht, dass sie seine Frau entführt hätten.«

»Welche?«, fragte Folly und verdrehte die Augen.

»Die vierte«, sagte Quinn. »Die Mutter seiner Tochter. Sie haben sie mitten in der Nacht aus ihrem Bett geraubt.«

»Ganz schön übel«, sagte Rye.

»Es wird noch übler«, verkündete Quinn. »Als das Haus von Longchance das geforderte Lösegeld nicht zahlen konnte, ketteten die Ungeheuerlichen sie in einer Winternacht an eine Sumpfeiche im Moor. Gräfin Longchance ward nie wieder gesehen.«

»Das ist ja schrecklich«, sagte Rye und schüttelte den Kopf.

»Es heißt, Longchance hätte fast eine Träne verdrückt, als er vor dem gesamten Dorf verkündete, was geschehen war. Er verbot, Gräfin Longchance je wieder zu erwähnen, und erklärte die Ungeheuerlichen fortan zu Verbrechern. Eine Armee wurde zusammengestellt und jeder einzelne Ungeheuerliche aus Moderfurt vertrieben. Es wurde die *Große Säuberung* genannt.«

Rye versuchte, die Information zu verarbeiten.

»Aber warum, Quinn?«, fragte sie. »Warum sollten sie so etwas Grauenvolles tun? Warum sollten die Ungeheuerlichen den Waffenstillstand brechen, nachdem sie sich solche Mühe gegeben hatten, den Vertrag zu erfüllen?«

»Ich weiß nicht, Rye«, gab Quinn zu. »Ich nehme an, sie waren einfach nicht sehr nett.«

»Aber das ist doch totaler Schwachsinn«, wandte Rye ein.

Quinns Miene hatte sich verfinstert. Auch wenn er eher ängstlich war, hatte Rye nicht gedacht, dass er so empfindlich wäre. Doch dann fiel es ihr ein. Quinn wusste, wie es war, seine Mutter zu verlieren.

Quinn blätterte mit dem Daumen durch die Seiten. »Vielleicht steht ja hier noch mehr dazu.«

»Was ist mit den Sachen, die wir in dem Beutel vom Nobold gefunden haben?«, fragte Rye rasch, in der Hoffnung, Quinns Laune zu verbessern.

Der kleine Beutel lag neben *Tams Buch*, und sein Inhalt war säuberlich auf dem Tisch ausgebreitet. Es roch nach Brackwasser und Verwesung.

»Nichts gefunden«, sagte Quinn und runzelte die Stirn. »Hier drin steht nichts über winzige Schädel oder Fußkettchen. Ich hab was zu Mitteln gegen Zahnschmerzen gefunden, aber nichts zu Zähnen an einem Band. Und über kleine Holzpuppen steht da auch nichts. Ich hab gelesen, dass Nobolde überaus abergläubisch sind und an Zauberei glauben. Deshalb lieben sie Schmuck, Glücksbringer und alles, was glänzt.« Quinn sah vom Buch auf. »Doch das hilft uns nicht weiter.«

»Nein«, sagte Rye.

»Das Buch ist dick. Ich suche weiter.«

Rye hatte eine andere Quelle, die sie am nächsten Morgen befragen wollte. Ihren Freunden hatte sie noch nicht von Harmlos erzählt. Sie wusste nicht, warum, aber irgendwie wollte sie ihn für sich behalten. Vorläufig wenigstens.

Abrupt ließ Shady von der Pergamentrolle ab, die er gerade zerfetzte. Seine Ohren zuckten, und er drehte den Kopf. Rye, Folly und Quinn erkannten das als Alarmsignal und schwiegen.

Einen Augenblick später gab es einen Tumult auf der Straße: Eine Glocke läutete, die Glocke des Dorfschreiers. In ihrem Viertel wurden so gut wie nie wichtige Mitteilungen verkündet. Und wenn doch, waren es meistens schlechte Nachrichten.

»Es gibt was Neues«, hauchte Quinn.

»Gehen wir«, sagte Rye und legte die vier Gegenstände wieder zurück in den Lederbeutel. »Beeilen wir uns, sonst verpassen wir die Ankündigung.«

Die Bewohner des Schlammtümpelwegs kamen aus ihren Häusern geströmt und versammelten sich neben dem Loch in der Dorfmauer. Der Straßenfeger hatte es wohl aufgegeben, die Wandmalerei zu beseitigen, denn auf der Mauer prangte nun eine frische Schicht weiße Farbe, durch die das vierblättrige Kleeblatt noch als hellgrauer Schatten zu sehen war. Rye, Folly und Quinn drängelten sich durch die Menge nach vorne. Weder Abby O'Chanter noch Angus Quartermast waren zu sehen. Sie hatten die Mitteilung wahrscheinlich schon in ihren

Läden vom Marktstraßenschreier gehört. Der Schlammtümpelweg war stets die letzte Straße, die informiert wurde.

Der Dorfschreier war mit Wachtmeister Boil und zwei Soldaten des Grafen gekommen. Als sie Boil sah, versteckte Rye sich hinter einem hochgewachsenen Dorfbewohner, um nicht von ihm entdeckt zu werden. Boil hob seine buschigen Augenbrauen und beäugte die versammelten Dorfbewohner argwöhnisch und verächtlich zugleich.

Der Ausrufer entrollte eine lange Pergamentrolle und räusperte sich. Er war klein, aber seine Stimme war so laut wie eine Trompete.

»Tümpler«, setzte er an, denn so bezeichnete der Graf die Bewohner des Schlammtümpelwegs. »Die folgende Erklärung verkünde ich auf Befehl des Herrn dieser Grafschaft und unseres Bezirks, des weisen und ehrenhaften, des modischen und gut aussehenden …«, bei diesem Teil verdrehte der Dorfschreier die Augen, »… Graf Morningwig Longchance.«

Ein missmutiges Brummen stieg aus der Menge auf.

»Bewohner von Moderfurt«, fuhr der Schreier fort. »Es wurde bestätigt, dass ein Halbwasser-Tiefland-Nobificus – allgemein bekannt als Nobold – von glaubwürdigen Quellen im und um das Dorf herum gesichtet wurde.«

Die Menge stöhnte und kreischte. Eine alte Frau neben Rye sah aus, als würde sie gleich in Ohnmacht fallen. Der Wachtmeister hob die Hände, um die Menge zum Schweigen zu bringen.

Der Dorfschreier fuhr fort. »Ab sofort gilt im ganzen Dorf eine Ausgangssperre. Wer nach Einbruch der Dunkelheit ohne einen offiziellen Auftrag auf der Straße aufgegriffen wird – das gilt für jeden Mann, jede Frau und jedes Kind –, wird auf der Stelle verhaftet und eingesperrt. Auch bei Tageslicht müssen die Dorfbewohner zu allen Zeiten wachsam sein. Verdächtiges Verhalten muss unverzüglich dem Wachtmeister Ihres Bezirks gemeldet werden.«

Bei der Erwähnung seines Titels streckte Boil seine knochige Brust heraus.

»Typisches Verhalten der Nobolde ist Kratzen, Beißen, Knurren, das Verzehren von Menschen und Vieh, Vandalismus und Verstümmelung zum Zeitvertreib.«

Die Menge wurde wieder unruhig. Folly und Quinn sahen einander nur an. Rye hob einen abgeknibbelten Fingernagel an den Mund und begann zu kauen.

»Was ist mit dem Pakt?«, rief ein Dorfbewohner.

»Wir brauchen die Ungeheuerlichen!«, rief ein anderer.

»Den Ungeheuerlichen sind wir genauso egal wie Graf Longchance«, wandte eine dritte Person ein.

»Von denen brauchen wir keine Hilfe«, krächzte eine vierte.

Ein paar andere Bewohner verfluchten die Ungeheuerlichen leise, aber diese Querdenker wurden schnell niedergeschrien.

Der Dorfschreier räusperte sich laut. »Ich bitte um Ihre Aufmerksamkeit. Wie Sie wissen, haben die Ungeheuerlichen schon vor langer Zeit den Vertrag gebrochen ...«

»Unsinn!«, rief eine neue Stimme. »Longchance hat Angst vor ihnen!«

»Der Graf erinnert alle Bewohner daran, dass die Ungeheuerlichen gesuchte Verbrecher sind und bleiben.« Der Schreier sah auf seine Schriftrolle und las die Worte ab, wobei er deutlich artikulierte. »Die Ungeheuerlichen sind Gesetzlose, Diebe, Lügner, Halunken, Raufbolde, Nichtsnutze, Truthahnhintern und nichts als ein Haufen schwarzer Schafe.«

Jemand tippte Rye auf die Schulter. »Ich nehme an, der Graf wird sie nicht zu seinem Winterfest einladen.«

Rye drehte sich um. Hinter ihr stand ein Mann mit Kapuze. Er sah sie an und zwinkerte. Es war Harmlos.

»Außerdem …«, brüllte der Schreier, und Rye drehte sich wieder zu ihm um, »… und um jeden Zweifel aus dem Weg zu räumen, bestätigt das erlauchte Haus Longchance, dass es von nun an der einzige Bewahrer von Gesundheit, Wohlstand und Wohlfahrt der großartigen nördlichen Grafschaft Schiefer und des nicht so üblen Dorfes Moderfurt sein wird. Die Gesetze von Longchance besagen, dass jeder Bewohner, der dabei ertappt wird, einem Ungeheuerlichen Obdach zu gewähren, unverzüglich in den Kerker von Burg Longchance gesperrt wird, und zwar mindestens für ein Jahr.«

Bei diesen Worten geriet die Menge völlig außer Kontrolle. Folly stupste Quinn an und sagte lautlos: »Sag ich doch.«

Der Dorfschreier kam schnell zum Ende. »Der Herr dieser Grafschaft und dieses Bezirks, der weise und ehrenhafte, der modische und gut aussehende Graf Morningwig Longchance …«, er atmete tief ein, nachdem er die letzten Worte ausgespuckt hatte, »wünscht Ihnen allen einen schönen Tag.«

Wachtmeister Boil betrachtete die aufgebrachte Menge mit einem selbstgefälligen Grinsen und schwelgte in ihrem Unmut.

Er ließ den Blick über ihre armseligen Häuser und überwucherten Gärten schweifen. Doch plötzlich wurden seine Wangen bleich, und die Gesichtszüge entglitten ihm.

»Was ist das?«, brüllte er.

Aber die Dorfbewohner des Schlammtümpelwegs konnten ihn aufgrund ihres eigenen ohrenbetäubenden Geschreis nicht hören.

»Wem gehört das Haus?«, kreischte er so laut, dass die Menge leiser wurde und Ryes Nachbarn ihn hören konnten.

Der Wachtmeister packte einen Soldaten an der Schulter und schob ihn durch die Menge vor sich her, zum Ende des Schlammtümpelwegs. Vor einem baufälligen Haus ganz am Ende der Straße blieben sie stehen. Die Fenster waren zerbrochen, und Schlingpflanzen überwucherten das eingestürzte Dach.

»Wem gehört dieses Haus?«, brüllte Boil mit einer Aggressivität, die man nicht ignorieren konnte.

»Niemandem«, antwortete jemand, was der Wahrheit entsprach. Das Haus war schon verlassen, seit Rye denken konnte.

Aber jetzt hing über dem hohlen Türrahmen eine zerfetzte schwarze Flagge mit einem Emblem: zwei gekreuzte Schwerter hinter einem vierblättrigen Kleeblatt.

»Runter damit«, befahl Boil. »Sofort!«

Ein Soldat zog einmal fest daran, riss den Flaggenmast von der Tür und zerbrach ihn über seinem Knie.

Rye drehte sich um, weil sie Harmlos fragen wollte, was das alles zu bedeuten hatte, aber der war verschwunden.

In dieser Nacht kuschelte Rye sich im Bett an ihre Mutter und legte den Kopf auf ihre Schulter. Gemeinsam betrachteten sie das Feuer im Kamin. Lottie schnarchte zwischen ihnen und lag mit dem Kopf nach unten, sodass ihre kratzigen kleinen Zehennägel gegen Ryes Brust drückten. Shady hatte sich zu einem warmen Fellhaufen an Ryes Füßen zusammengerollt. Draußen war Wind aufgekommen, und das Knallen der losen Fensterläden hallte durch die Nacht.

»Mama«, sagte Rye. »Sind wir sicher vor den Nobolden?«

Shady raschelte am Fuß des Bettes, leckte sich eine Pfote und machte sich sauber. Abby sah ihm zu und lächelte.

»Die Türen sind verschlossen, und die Fensterläden sind zu-gezogen. Es gibt keinen sichereren Ort im ganzen Dorf.«

»Warum schläfst du dann nicht?«, fragte Rye.

Abby seufzte. »Ich sorge mich um jemand anderen. Aber das lässt sich jetzt nicht ändern. Komm, machen wir die Augen zu und schlafen ein bisschen.«

Rye fragte sich, ob ihre Mutter Harmlos meinte. Ihre Augen waren noch weit offen, als Abby wieder sprach.

»Riley, morgen früh hätte ich gerne, dass du mit mir in den Weidenladen kommst. Lottie nehme ich auch mit.«

»Okay«, sagte Rye.

»Es ist viele Jahre her, seit das letzte Mal eine Nobold-Hysterie im Dorf ausgebrochen ist«, sagte Abby. »Damals warst du noch ein Kind. Und gegen Ende wurde es schlimm. Richtig schlimm …«
Abby verstummte einen Moment. »Manchmal verlieren die Men-schen den Kopf. Für das Geschäft ist so eine Panik nicht schlecht. Es wird viel los sein. Und vielleicht brauche ich deine Hilfe.«

»Soll ich wieder Wirren fangen?«, fragte Rye.

»Nein, echte Hilfe«, sagte Abby und kicherte. »Außerdem fühle ich mich besser, wenn ich weiß, dass du und Lottie in der Nähe seid.«

Sie machten beide die Augen zu. Rye wollte ihre Mutter noch fragen, ob sie Harmlos wiedergesehen hatte. Sie wünschte, sie könnte ihrer Mutter von ihrem Gespräch mit ihm erzählen. Aber Abby hatte noch nicht wieder von ihm gesprochen. Warum musste Rye ihr bloß immer alles aus der Nase ziehen?

Rye beschloss, die Augen zuzumachen. Schließlich hörte sie ein sanftes Summen aus der Nase ihrer Mutter und wusste, dass Abby eingeschlafen war. Doch das Knallen der Fensterläden in der Ferne hielt Rye noch eine ganze Weile wach.

12

GRAF LONGCHANCE

Die hier«, sagte Harmlos und zeigte auf die kleine weiße Narbe, die sich durch seine Augenbraue zog, »stammt von den Zähnen einer furchterregenden Bestie.«

»Wirklich? Was denn für eine?«, fragte Rye mit großen Augen.

»Ich wurde von unserem Haushund gebissen, als ich so alt war wie du.«

»Das klingt ja nicht so aufregend«, sagte Rye enttäuscht.

Sie saßen auf den Grabsteinen auf dem Friedhof Zum toten Pfennigfuchser. Rye hatte Harmlos wie versprochen Frühstück mitgebracht: ein Stück Brot und einen Teller Haferbrei, den sie langsam über Nacht in der Feuerglut gekocht hatte. Sie hatte außerdem einen Krug mit gegorenem Apfelwein für ihn dabei, um das Essen hinunterzuspülen. Abby war den ganzen Morgen mit anderen Dingen beschäftigt gewesen, und Rye hatte sich ohne große Mühe wegschleichen können.

Harmlos krempelte seine Ärmel hoch und zeigte ihr ein paar glatte, rosa Striemen um seine Ellbogen. »Willst du wissen, was das ist? Da wurde ich angezündet.«

»Das glaub ich nicht«, sagte Rye.

»Doch«, sagte Harmlos. »Und hier?«

Er zog seine Haare über das linke Ohr. Genauer gesagt über sein linkes Ohrläppchen. Der Rest des Ohrs war nicht mehr da.

»Da bin ich von einem Glockenturm auf einen Heuwagen gesprungen«, sagte Harmlos. »Leider hab ich den Wagen verfehlt und bin stattdessen auf den Pflug gefallen.«

Rye verzog das Gesicht.

»Es war ein schönes Ohr. Ich weiß nicht, wo es gelandet ist. Ich hoffe, in einem schönen Obstgarten. Und dann das.« Er hielt den kleinen Finger seiner linken Hand hoch, der einen Zentimeter zu kurz war.

»Was ist damit passiert?«, fragte Rye.

»Grunzfische. Ein ganzer Schwarm. Zum Glück haben sie nicht mehr erwischt.«

»Und was ist damit?«, fragte Rye und zeigte auf die Narbe auf seinem Kinn.

»Breitschwert«, sagte er.

»Und die?«

»Knüppel.«

»Und die?«

»Kupferkessel.«

»Ein Kessel?«, fragte Rye ungläubig.

»Ich habe mich abfällig über die Kochkünste einer jungen Frau geäußert. Den Fehler mach ich nicht noch mal«, sagte

Harmlos. »Übrigens, das Brot und der Haferbrei sind köstlich. Möchtest du nicht mitessen?«

»Ich kann nicht«, sagte Rye. »Meine Mutter geht jeden Augenblick los in den Laden, und ich muss mit.«

Zum ersten Mal hatte Rye keine Lust, mit in den Weidenladen zu gehen. Sie hatte Harmlos Essen gebracht, um ihm zu zeigen, dass sie beabsichtigte, ihren Teil der Abmachung einzuhalten. Und jetzt würde sie keine Zeit haben, ihm die ganzen Fragen zu stellen, die sie sich überlegt hatte. Sie waren ja noch nicht mal alle Narben durchgegangen. Aber Rye hatte gelernt, dass man bei Erwachsenen nicht mit der Tür ins Haus fallen durfte. Man musste mit den einfachen Fragen beginnen, bevor man die schweren Geschütze auffuhr.

»Haben Sie sich schon mal einen Knochen gebrochen?«, fragte Rye.

Harmlos lachte. »Die meisten in meinem Körper. Du nicht?«

»Nein«, antwortete Rye. Nicht dass sie sich erinnern konnte.

»Ich geh immer zu einem Heiler in Glaubrück. Er heißt Blae der Aderlasser«, sagte Harmlos. »Er sagt, ich hätte zumindest alle großen Knochen gebrochen. Beine, Arme, Rippen, meinen Rücken, Hals und Schädel. Blae sagt, es gibt nur neun Knochen in meinem Körper, die noch nie gebrochen, zerschmettert, geprellt oder angebrochen waren.«

»Sie werden wohl oft verletzt«, sagte Rye.

»Was wäre das Leben ohne ein wenig Abenteuer?«, erwiderte Harmlos.

Rye hörte, wie ihre Mutter sie von der anderen Seite des Trollersbergs rief. Ihre Augen schossen Richtung Hügel, und

132

sie trat nervös von einem Fuß auf den anderen. Abby suchte sie immer erst bei Quinn und dann auf dem Friedhof. Sie wandte sich zu Harmlos um, der fragend eine Augenbraue hob.

»Was machen Sie eigentlich genau?«, fragte Rye schnell.

Harmlos kratzte mit dem Löffel den Rest Haferbrei aus der Schüssel.

»Das hängt davon ab, wer mich bezahlt«, sagte Harmlos. »Ich suche Sachen, fange Sachen, hole Sachen zurück und gebe sie ab. Manches tue ich nur zu bestimmten Jahreszeiten. Als Pirat betätige ich mich zum Beispiel nur im Sommer. Im Februar mit fünfzig ungewaschenen Matrosen im Packeis festzusitzen kann ich dir nicht empfehlen. Soll ich dir meine Zehen zeigen, wo ich Frostbeulen hatte …?«

»Haben Sie gerade *Pirat* gesagt?«

»Das ist ein weiter Begriff«, sagte Harmlos. »Die meiste Zeit sammele ich Objekte. Und dann suche ich Leute, die sie mehr brauchen als ich.«

»*Sammeln* Sie Objekte, die anderen Leuten gehören?«

»Du meinst, ob ich stehle? Klaue? Plündere?«

Rye nickte.

»Riley«, sagte Harmlos mit entsetztem Gesichtsausdruck. »Das wäre unrecht.«

Rye sah ihn verblüfft an.

Dann hob Harmlos eine Augenbraue, kratzte sein stoppeliges Kinn und fragte mit dem Anflug eines Lächelns: »Oder nicht?«

Rye war ziemlich sicher, dass er sie aufziehen wollte. Doch

ein kleiner Zweifel blieb, und sie zögerte noch, ob sie ihm von dem Lederbeutel des Nobolds erzählen sollte.

»Ja«, sagte sie bloß. »Wahrscheinlich.«

Rye hörte wieder, wie ihre Mutter sie rief. Diesmal klang es näher. Sie wusste, dass sie Ärger bekam, wenn Abby sie ein drittes Mal rufen musste, aber sie wollte Harmlos noch eine letzte Frage stellen. Sie stand auf und zupfte ihre Leggings zurecht.

»Musst du nicht gehen?«, fragte er.

»Und was machen Sie jetzt?«, fragte Rye und ignorierte seine Frage. »Und ich meine nicht, mit mir frühstücken.«

Die Fröhlichkeit schien aus Harmlos' Stimme zu verschwinden.

»Ich verfolge etwas«, sagte er.

»Sie verfolgen etwas?«, fragte Rye.

Harmlos nickte.

»Was verfolgen Sie denn?«, fragte Rye.

»Er heißt Lederblatt.«

Das verschlug Rye die Sprache, und ihr wurde ganz mulmig zumute. Nach allem, was in der vergangenen Woche passiert war, nach all den seltsamen Begebenheiten wusste sie genau, wovon Harmlos sprach.

»Das ist der Nobold, oder?«, sagte sie ganz leise.

Harmlos nickte und griff in die Falten seines Umhangs, holte einen großen Fischhaken aus Stahl heraus und hielt ihn zwischen den Fingern. Rye fiel die Krähe im Toten Fisch wieder ein und das blutende Loch in der Augenbraue des Nobolds, dessen Gesicht sie wohl nicht so schnell wieder vergessen würde.

»Genau, Riley. Und ganz unter uns: Ich fürchte, er ist noch das geringste Problem, das das Dorf im Moment hat.«

»Riley Willow O'Chanter!«, rief ihre Mutter. Sie stand am Eingang des Friedhofs und hatte die Hände in die Hüften gestemmt. »Du kommst sofort her!«

»Dreckmist«, murmelte Rye vor sich hin. Dann sagte sie zu Harmlos: »Die Schale und den Krug können Sie irgendwann zurückbringen.«

Sie drehte sich um und lief zum Friedhofseingang. Es war schwer zu sagen, wen Abby wütender ansah: sie oder Harmlos.

Auf dem langen Weg zum Weidenladen sagten Rye und Abby kein einziges Wort. Abby sprach weder über Harmlos noch über sonst irgendwas. Für Rye war das Schweigen ihrer Mutter eine viel schlimmere Bestrafung, als von ihr angebrüllt zu werden.

Kaum hatten sie den Laden aufgeschlossen, sah Rye, dass Abby nicht übertrieben hatte. Panik war gut fürs Geschäft. Der Weidenladen füllte sich so schnell, wie sie es noch nie erlebt hatte. Die Dorfbewohner strömten in Scharen herein und traten sich gegenseitig auf die Füße bei dem Versuch, die begehrten Waren zu erhaschen. Die Regale leerten sich schnell. Lakritzwurzel und Friedhofsstaub – die Hauptinhaltsstoffe eines Gebräus zur Abschreckung von Nobolden – waren bald ausverkauft.

Ryes Mutter schickte sie nach hinten, um eine neue Kiste mit Bienenwachs-Püppchen zu holen, einfach geformte Kerzen in Form von Nobolden, die bei Sonnenuntergang angezündet und über Nacht auf die Türschwelle gestellt wurden. Leises Schnarchen kam von einem kleinen Wesen, das auf einem Haufen alter Säcke lag. Lottie hielt ihren Mittagsschlaf. Rye wurde heiß, als sie die schweren Kisten nach vorne schleppte, und sie lockerte ihren Kragen.

Zurück im Laden, sah sie, wie ihre Mutter mit einer Frau sprach, die drei Kinder dabeihatte. Sie waren alle vier ungewaschen und in Lumpen, und ihre Zehen guckten durch die Löcher ihrer Schuhe. Die Frau sah sich die Gläser mit den Libellen an. Im Weidenladen wurden lebende Libellen verkauft, die sie im Moor gefangen hatten. Es hieß, solange die Libelle im Glas überlebte, könne kein Wesen aus dem Moor den Bewohnern des Hauses etwas anhaben. Aber natürlich wusste kaum jemand, wie man eine Libelle am Leben hält, und so kamen die meisten nach ein paar Tagen wieder, um eine neue zu kaufen.

Die Frau hielt ein paar Bronzestücke in der Hand, und Rye sah, wie ihre Mutter die Familie zu einer kleinen Ecke im Geschäft führte, die von den anderen Kunden nicht beachtet wurde. Abby O'Chanter gab der Frau einen Bund mit Salbei und Kiefernnadeln und flüsterte ihr ein paar Anweisungen ins Ohr. Rye wusste, dass der Salbei zum Verwischen da war: Erst verbrannte man ein wenig davon in jeder Ecke des Hauses und verschmierte die Asche dann auf der Eingangstür. Das war einer der wenigen Artikel im Weidenladen, den ihre Mutter auch schon bei ihnen zu Hause benutzt hatte. Die Frau hielt ihr wieder die Bronzestücke hin, aber Abby drückte ihr sanft die Hand zu, ohne das Geld zu nehmen, und schickte die Frau und ihre Kinder weg.

»Ah, gut, Riley«, sagte ihre Mutter, als sie sie sah. »Sei ein Schatz und stell die Puppen auf das Regal dort drüben.«

»Was war das gerade, Mama? Die Frau mit den Kindern?«

Abby lächelte. »Ach, nichts, Schatz. Ich mag es bloß nicht, wenn die Leute ihr Geld zum Fenster hinauswerfen.«

Kurz darauf bediente ihre Mutter einen neuen Kunden, und Rye füllte die Regale mit den Bienenwachs-Püppchen. Währenddessen fragte sie sich, ob sie von allen Leuten, die gerade im Laden ein und aus gingen, die Einzige war, die den Nobold, den Harmlos Lederblatt genannt hatte, tatsächlich gesehen hatte.

Kaum hatte Rye die Kisten leer geräumt, kam Folly durch die Ladentür gerauscht. Sie hatte ganz rote Wangen vom Laufen.

»Hast du ihn schon gesehen?«, fragte sie.

»Wen?«, fragte Rye. »Bist du etwa den ganzen Weg vom Gasthaus gerannt?«

»Graf Longchance«, sagte Folly.

Rye hatte ganz vergessen, dass heute Begutachtungstag war, wahrscheinlich weil der Weidenladen schon letzte Woche beim Besuch des Wachtmeisters einen Haufen Geld bezahlt hatte.

Der Graf kam fast nie von seiner alten Burg hinunter ins Dorf. Rye hatte ihn bisher nur ein- oder zweimal bei großen Anlässen gesehen. Nach seiner fünften Hochzeit war er zum Beispiel mit großem Pomp durch die Stadt gezogen. Doch am Begutachtungstag unternahm er seine jährliche Pilgerreise zur Marktstraße, um die Händler zu überprüfen, die dafür sorgten, dass seine Geldtruhen gut gefüllt blieben. Gelegentlich ließ er sich dazu herab, ein oder zwei Läden zu betreten und mit den Händlern Höflichkeiten auszutauschen. Aber für den Weidenladen hatte er sich bisher noch nie interessiert.

»Dass er überhaupt herkommt, wo doch alle Angst vor dem Nobold haben«, bemerkte Rye.

»Mein Vater sagt, das macht er aus Prinzip«, sagte Folly. »Um den Dorfbewohnern zu zeigen, dass es hier sicher ist und sie unbesorgt ihrem Alltag nachgehen können.«

»Das kann ihm doch egal sein. Meine Mutter sagt, der Graf hätte sich noch nie um das Wohlergehen der Dorfbewohner gekümmert.«

»Mein Vater sagt, es ist wegen der Steuern. Die Leute bleiben im Haus und geben kein Geld mehr aus. Obwohl man das nicht meinen würde, wenn man sich hier umsieht«, fügte Folly schnell hinzu und zeigte auf die Leute, die sich gegenseitig auf die Füße traten. »Ich war kurz bei Quinn. Beim Schmied läuft es auch gut, aber das ist die zweite Ausnahme.«

Folly sah durch eine schmutzige Fensterscheibe. »Komm«, sagte sie. »Wir schauen mal, ob wir ihn zu Gesicht kriegen.«

Rye beschloss, dass ihre Mutter ein paar Minuten ohne sie auskommen konnte, und schlich mit Folly nach draußen. Dort drängten sich bereits die Leute. Sie standen in Hauseingängen und lehnten sich aus den Fenstern. Die Marktstraße war für Pferde und Wagen gesperrt, und ein Dutzend Soldaten in Rüstung hatten an den Straßenecken Stellung bezogen. Rye und Folly standen im Eingang unter der Flagge des Weidenladens. Heute hatte Abby eine pflaumenfarbene Flagge mit einem Hufeisen aufgehängt.

Weiter hinten marschierten Reihen schwer bewaffneter Soldaten auf beiden Seiten der Marktstraße. Als sie näher kamen, sahen Rye und Folly zwei Personen, die lässig mitten auf der Straße gingen. Der Graf war schlaksig und über ein Meter achtzig groß. Er schritt dahin wie jemand, der sich sehr wichtig nahm. Seine glänzenden Lederstiefel gingen ihm bis über die Knie, und seine Kleider waren aus feinsten Stoffen, die man bei keinem Schneider in Moderfurt fand, und in kräftigen Farben gehalten, die an einen Pfau erinnerten und die keiner außer ihm tragen durfte. Vor seinem Bauch prangte eine riesige Gürtelschnalle aus Gold, passend zum Griff seines Korbschwertes. Sein Mantel war aus weichem Fell, das von den sanftmütigen Tieren des Waldes stammte.

Das Mädchen, das neben ihm lief, war nicht viel älter als Rye und Folly. Sie trug ein schwarzes Kleid, dessen Stoff ebenfalls äußerst edel und elegant war. Ihr pechschwarzes Haar thronte, zu einem aufwendigen Gebilde geflochten, oben auf ihrem Kopf. Ihre Haut war so blass wie der Mond in einer Winternacht, und sie schaute derartig verbissen drein, dass man fürchten musste, ihre Lippen würden jeden Moment zerspringen.

Der Graf winkte halbherzig den Gaffern zu, die die Straße säumten, während die Soldaten die Umstehenden mit drohenden Blicken bedachten.

»Der hat gut reden. Natürlich ist es sicher, wenn man von einer ganzen Armee beschützt wird«, sagte Folly. »Aber selbst so würde er sich nicht durch die Scharacken trauen«, fügte sie mit einem Anflug von Stolz hinzu.

»Ist das seine Tochter?«, fragte Rye.

»Das ist sie. Gräfin Malydia Longchance«, antwortete Folly. »Sie guckt, als würde sie auf einer Nadel sitzen.«

Es war allgemein bekannt, dass der Graf zwar fünf Mal verheiratet gewesen war, aber bisher nur ein Kind hatte. Morningwig Longchance zu heiraten schien lebensgefährlich zu sein, denn jede seiner fünf Ehefrauen war entweder verschwunden oder frühzeitig verstorben. Dieser Umstand wurde in einem verbotenen Lied besungen, das im Toten Fisch die Runde machte.

Anna war sein erstes Weib.
Die tötet er zum Zeitvertreib.
Gwendolyn war arrogant.
Sie schnarchte laut und ward verbannt.
Rory war ein guter Fang,
doch die Ehe hielt nicht lang.
Emma hat ein Kind geboren,
ihr eig'nes Leben dann verloren.
Dann kam Grace mit rotem Schopf,
doch die verlor bald ihren Kopf.

Als der Graf und seine Tochter näher kamen, konnte Rye ihn genauer betrachten. Seine Haare waren schwarz wie die seiner Tochter und in einem lockeren Knoten oben auf dem Kopf zusammengebunden. Zwei tiefe Falten verliefen von seinen Nasenflügeln ausgehend am Mund vorbei, und der lange schwarze Bart auf seinem Kinn war in drei kleine Zöpfe geflochten, sodass er aussah wie die Bartfäden eines Katzenfisches. Er tat so, als würde er einen Spaziergang über eine Wiese machen, doch seine nervösen schwarzen Augen schossen hektisch von einer Seite zur anderen wie die einer Eidechse. Rye wunderte sich, dass er überhaupt eine Frau gefunden hatte, geschweige denn fünf.

Die Soldaten waren nun etwa auf Höhe des Weidenladens angekommen. Auf der anderen Straßenseite sah Rye einen Jungen auf dem Bordstein sitzen, der ihr bekannt vorkam. Die Arme um die Knie geschlungen und den Kopf im Nacken, folgte er dem Grafen und seiner Tochter mit dem Blick, ohne auch nur ein Mal zu blinzeln. Jetzt wusste Rye, wo sie ihn schon mal gesehen hatte: Das war die Straßenratte, der Junge mit der Laterne, der sie in der Nacht des Schwarzen Mondes nicht an den Wachtmeister verraten hatte.

Sie wollte gerade über die Straße laufen, um mit ihm zu sprechen, als er von einem Soldaten einen heftigen Tritt bekam.

»Mach die Straße frei, Ratte«, brummte der Soldat, und der Junge stand rasch auf und verschwand in der Menge.

Rye reckte den Hals, um zu sehen, in welche Richtung er gegangen war. Sie war so abgelenkt, dass sie gar nicht merkte, dass die Soldaten und der Graf auf den Weidenladen zukamen.

Rye und Folly schlüpften gerade noch rechtzeitig wieder in den Laden, aber es wurden sowieso alle hinausgeworfen, die nicht dort arbeiteten, einschließlich Folly. Auf jeder Seite der Tür postierten sich vier Soldaten. Rye stellte sich neben ihre Mutter. Sie hatte keine Ahnung, was los war, doch Abby legte ihr eine Hand auf die Schulter, um sie zu beruhigen.

Die Tür ging auf, und der Graf musste sich bücken, um hindurchzugehen. Mit seinen langen Fingern, an denen Silberringe steckten, griff er in einen Beutel, den einer seiner Diener ihm hinhielt, und nahm ein orangefarbenes Stück Frucht heraus. Er saugte den Saft und das Fruchtfleisch von der Schale, sah sich um und nahm dann die Hand seiner Tochter. Rye wusste sofort, dass sie Malydia Longchance nicht leiden konnte. Diese kam hereinspaziert, als würde ihr der Laden gehören, und fing sofort an, den Inhalt der Regale zu inspizieren, ohne auch nur die geringste Notiz von ihr oder ihrer Mutter zu nehmen. Sie lief herum und hielt alles, was sie näher betrachtete, unter ihre spitze kleine Nase, als ob der Laden schlecht riechen würde. Klar, an den Geruch der Alligator-Wurzel musste man sich erst gewöhnen, aber alles andere roch gut.

Wenigstens nahm der Graf die Anwesenheit ihrer Mutter zur Kenntnis, doch als er näher kam, wünschte Rye sich, er hätte es nicht getan.

Er trat vor und griff nach der Hand ihrer Mutter. »Miss …?«, fragte er und zischte dabei wie eine Schlange.

»*Mrs.* O'Chanter, mein Herr«, sagte ihre Mutter und hielt ihm die Hand hin.

Der Graf küsste sie und verharrte dabei für Ryes Geschmack ein wenig zu lange. Ihre Mutter wirkte auch nicht gerade begeistert. Bei seinem komischen kleinen Bart war es sicher so, als würde eine Ziege an ihrer Hand knabbern.

Danach hielt der Graf die abgenagte Obstschale in die Luft. »Ein Stück exotische Frucht, Mrs. O'Chanter? Aus Übersee … und sehr teuer. Die würden Ihnen schmecken. Sie sind außergewöhnlich süß.«

»Ich habe schon Orangen gegessen, mein Herr. Nein danke.«

»Na gut«, sagte Longchance mit gerunzelter Stirn und warf die Schale auf den Boden. Da bemerkte er Rye zum ersten Mal. »Kind«, sagte er, wie um ihre Anwesenheit zu bestätigen und mit weit weniger Begeisterung.

Rye reichte ihm ihre Hand, und der Graf bedachte sie mit einem aufgesetzten Lächeln. Für einen Edelmann hatte er ziemlich gelbe und schiefe Zähne. Er sah auf ihre schmutzigen Fingernägel herab, nahm ihre Hand vorsichtig zwischen Daumen und Zeigefinger und wackelte damit, als würde er einem hungrigen Hund einen Essensrest vom Tisch hinhalten.

»Entzückend«, sagte er und ließ Ryes Hand schnell wieder los. »Vielen Dank für Ihre Gastfreundlichkeit«, fuhr er fort, als hätten sie eine Wahl gehabt. »Gräfin Malydia und ich genießen unseren Tag im Dorf, und sie wollte gerne ein Souvenir kaufen.«

Während der Graf noch sprach, fing er an, im Laden herumzulaufen und sich umzusehen. Rye bemerkte, dass seine grauenvolle kleine Tochter sie anstarrte. Als ihre Blicke sich trafen, wandte Malydia sich schnell wieder ab und richtete ihre Aufmerksamkeit stattdessen auf ein paar Magnetsteine in einem Korb auf dem Regal, die sie grimmig beäugte.

»Wir haben gar nicht mit Eurem Besuch gerechnet, freuen uns aber natürlich sehr«, sagte Abby kühl.

»Ja, nun, welcher Laden wäre geeigneter, um daraus eine kleine Erinnerung mitzunehmen, als Ihr Kuriositäten-Geschäft, Mrs. O'Chanter«, sagte der Graf und sah sich etwas genauer um. »Dieser Krimskrams steht unverwechselbar für den abergläubischen Charakter der Dorfbevölkerung, nicht wahr?«

Malydia nahm eine wunderschöne Glasperlenkette in die Hand – einer der wertvolleren Artikel im Laden. Die Kette fiel auf den Boden und riss, die Perlen rollten in alle Ecken.

»Ups«, stieß Malydia hervor und kicherte.

Rye spürte, wie sich die Hand ihrer Mutter auf ihrer Schulter verkrampfte, doch Abby sagte nur: »Keine Sorge. Wir heben das gleich auf.«

»Diese Insekten hier«, sagte der Graf. »Wie nennen Sie die?«

»Libellen?«, sagte Abby.

Der Graf nahm ein Glas in die Hand und betrachtete die blaue Libelle darin genauer. Von der anderen Seite des Glases erschien sein Auge so groß wie ein Ei.

»Libellen, ja«, sagte er. »Helfen die? Ich meine, tun sie das, was sie tun sollen?«

Er schüttelte das Glas, und die Libelle purzelte hilflos darin herum.

»O ja, mein Herr«, sagte Abby lächelnd. »Die kann ich nur empfehlen.«

Er winkte einen Soldaten zu sich heran.

»Du. Nimm sie alle mit«, sagte er zu ihm. Dann drehte er sich wieder zu Abby O'Chanter um. »Nicht für mich natürlich«, fügte er rasch hinzu. »Aber die Kinder meiner Bediensteten werden sich darüber freuen.«

»Gewiss, mein Herr«, sagte Abby.

Rye sah ihrer Mutter an, dass sie ihm das auch nicht glaubte.

Der Soldat fing an, die Libellengläser einzusammeln, und hatte Mühe, sie nicht fallen zu lassen.

Malydia richtete nun ihre Aufmerksamkeit auf Rye. Sie kam näher, bis sie direkt vor ihr stand, und beäugte Rye eingehend. Rye gefiel es gar nicht, dass Malydia in ihre Privatsphäre eindrang, aber die Hand ihrer Mutter auf ihrer Schulter sagte ihr, dass sie sich lieber nicht rühren sollte.

»Malydia, meine Liebe«, sagte der Graf. »Hast du schon etwas gefunden? Möglichst etwas, das nicht die Farbe von Ruß hat?«

Rye bildete sich ein, dass Malydia kurz die Nase rümpfte, während sie zu ihrem Vater hinübersah, der von ihr abgewandt stand. Doch ihr missbilligender Blick verflog rasch wieder.

»Ja, Vater«, sagte Malydia mit hoher, unangenehmer Stimme. »Ich glaube, ich habe etwas gefunden.«

Malydia stand jetzt nur noch einen Meter von Rye entfernt. Sie war einen halben Kopf größer als sie und sah mit stechendem Blick auf sie herab. Da fiel Rye etwas auf: Malydias Augen waren unterschiedlich. Das eine war braun und das andere hellblau. Und sie betrachteten nicht Ryes Gesicht, sondern ihren Hals.

»Vater«, sagte sie. »Sieh dir dieses Halsband an. So etwas habe ich noch nie gesehen.«

Ryes Hand fuhr unwillkürlich an ihren Hals. Ihr Halsband lugte unter dem Kragen ihres Hemdes hervor, den sie geöffnet hatte, als sie die Kisten aus dem Lagerraum geholt hatte.

»Ich weiß nicht«, sagte der Graf, der eine Bienenwachs-Puppe betrachtete. »Ich finde es ziemlich gewöhnlich.«

»Ich nicht«, entgegnete Malydia. »Ich finde es faszinierend. Was haben die Symbole zu bedeuten?«

Sie streckte die Hand aus, um das Band zu berühren, doch Rye trat einen Schritt zurück. Sie sah zu ihrer Mutter hoch.

Hausregel Nr. 4 ging ihr durch den Kopf:

Ob am Tag oder bei Nacht, nie wird das Halsband abgemacht.

Malydia drehte sich um. »Vater, ich will das, was sie hat. Ich will auch so eins.«

»Gewiss«, sagte der Graf desinteressiert.

»Leider«, wandte Abby ein, »ist dieses Halsband ein Einzelstück. Es ist unverkäuflich. Aber wir haben ein paar ähnliche Stücke, die Euch auch gefallen werden.«

Der Graf steckte sich eine Bienenwachs-Puppe in die Tasche und gab seinem Diener ein Zeichen. Dieser begann, die restlichen Puppen vom Regal zu räumen. Dann trat der Graf vor und widmete Malydia seine ganze Aufmerksamkeit.

»Mrs. O'Chanter«, sagte er. »Wollen Sie wirklich einer Longchance etwas abschlagen?«

Zum ersten Mal löste sich das Runzeln auf Malydias Stirn, und ein kleines, verkniffenes Lächeln erschien auf ihrem Gesicht.

»Tut mir leid«, sagte Abby. »Das Halsband ist nicht zu verkaufen.«

Rye sah Malydia Longchance wütend in die verschiedenfarbigen Augen. Ihre Ohren waren heiß, und sie ballte die Fäuste. Was hätte sie mit ihr nicht alles angestellt, wenn das kleine Monster einfach nur ein normales Mädchen vom Schlammtümpelweg gewesen wäre! Rye war so wütend, dass sie die Unruhe auf der Straße gar nicht mitbekam.

»Natürlich«, sagte der Graf und machte einen Schritt auf Rye zu. Seine Stimme klang ruhig, aber bedrohlich. »Es ist nicht zu kaufen. Ich verstehe. Dann muss die kleine Göre es meiner Tochter eben schenken.«

Die Hand des Grafen schoss vor und griff nach Ryes Halsband. Draußen vor der Tür war lauter Tumult zu hören, während Rye um ihr Halsband kämpfte. Dann flog die Tür des Weidenladens auf.

»Mein Herr!« In der Tür stand ein Soldat. Sein Helm hatte eine Delle und war ihm fast vom Kopf gerutscht. Bei offener Tür war der Lärm von der Straße nicht zu überhören.

»Die Ungeheuerlichen«, keuchte der Soldat und versuchte, Atem zu holen.

»Unmöglich!«, rief der Graf schockiert. Er sah zum Soldaten und dann auf seine Hand, die plötzlich blutete. Mit der anderen Hand hielt er die Wunde zu. Ryes Halsband war noch immer an seinem Platz. Im allgemeinen Tumult war Letzte Warnung schnell wieder unter dem Kleid ihrer Mutter verschwunden, bevor irgendjemand es bemerkt hatte.

»Wo?«, brüllte Longchance seinem Soldaten zu.

»Hier«, japste dieser. »Auf der Marktstraße!«

13

ENTTARNT

Rye drehte sich mit großen Augen zu ihrer Mutter um. Abby schien genauso überrascht wie sie selbst.

»Gibt es hier einen Hinterausgang?«, kläffte Longchance Abby an, ohne weiter auf seine Hand zu achten.

»Die Hintertür führt auf die Gasse hinter dem Haus«, sagte Abby.

»Zeigen Sie sie uns«, verlangte Longchance. »Du«, sagte er zu einem Soldaten. »Nimm das Mädchen mit.«

Der Soldat streckte den Arm nach Rye aus.

»Nicht die, du Idiot«, brüllte Longchance. »Meine Tochter!«

Abby beugte sich herunter und flüsterte Rye ins Ohr: »Du gehst nicht hinaus. Ich hole Lottie. Du bleibst hier.«

Rye nickte.

Ihre Mutter führte den Grafen und seine Leute nach hinten, und Malydia Longchance warf Rye einen letzten bösen Blick zu, bevor sie von den Soldaten hinausgeführt wurde.

Die Ungeheuerlichen auf der Marktstraße? Rye konnte ihre

Neugier nicht bändigen. Sie schlich vorsichtig zur Ladentür und lugte hinaus. Es roch nach Rauch, und auf der anderen Straßenseite stand ein Wagen in Flammen. Zwei Pferde, die offenbar vom Feuer aufgeschreckt worden waren, galoppierten ohne Reiter vorbei. Dorfbewohner liefen durch die Gassen und gingen in Deckung vor den Steinen und Flaschen, die ihnen um die Ohren flogen. Rye sah Gestalten im Umhang, die durch Ladenfenster stiegen und mit Armen voller geplünderter Waren wieder herauskamen. Ein Plünderer kam durch die Tür des unbeaufsichtigten Metzgerladens gepresst, und Rye konnte sein Gesicht sehen, das voller Federn und Glitzersteine war. Er trug eine Maske.

Hausregel Nr. 1 hallte ihr durch den Kopf, während der maskierte Dieb mit einer Blutwurstkette und einer Lammhachse im Arm die Marktstraße entlanglief.

Bring dich nicht um Kopf und Kragen, meide Männer, die Masken tragen.

Den maskierten Wasserspeier vom Dach damals hatte sie nie ganz vergessen können. Vielleicht war er jetzt gerade auf der Straße.

Im Getümmel konnte Rye die Kumpane der Plünderer sehen. Es waren mindestens zwölf. Alle trugen Masken in verschiedenen Farben. Einige von ihnen zeigten ein verzerrtes Grinsen, andere hatten einen überraschten Gesichtsausdruck. Diejenigen unter ihnen, die keine Geschäfte leer räumten, bewarfen die Soldaten mit Steinen, alten Schuhen und Abfall, den sie vom Boden aufhoben. Kaum hatte einer sein Geschoss abgeworfen und war im Schatten verschwunden, trat ein anderer an seine Stelle und hob den Arm, um seinerseits zu werfen. Rye sah fasziniert zu. Das also waren die Ungeheuerlichen.

Die Soldaten hatten sich inzwischen von ihrem Schreck erholt und gingen zum Gegenangriff über, wobei sie auch nicht vor Dorfbewohnern haltmachten, wenn diese ihnen in die Quere kamen.

Rye reckte den Hals nach links und nach rechts und blinzelte durch die rauchige Luft.

Die Dorfbewohner verstopften auf ihrer Flucht die Straßen. Nur eine Person bewegte sich nicht. Ein Junge in zerfetzten, schmutzigen Kleidern stand mitten auf der Marktstraße und wurde von den fliehenden Menschen hin und her gestoßen. Mitten im Rauch, Krach und Getümmel stand er mit ausgestreckten Händen da, als wollte er sich in Sicherheit tasten. Bei ihrem Vorstoß auf eine kleine Gruppe von Ungeheuerlichen, die sie von ihren Kameraden isoliert hatten, liefen die Soldaten direkt auf ihn zu.

Rye rutschte das Herz in die Hose. Es war die Straßenratte.

Sie dachte nicht lange nach und rief ihm vom Ladeneingang aus zu. »Hey! Ratte! Hierher!«

Der Junge musste sie gehört haben, denn er drehte sich um und stolperte in die Richtung, aus der ihre Stimme gekommen war.

»Gut so! Komm weiter!«, rief Rye und winkte ihm zu.

Zwei Ungeheuerliche waren dabei, die Dorfbäckerei zu plündern, und warfen schwere Säcke mit Mehl aus dem zweiten Stock auf die Soldaten unten. Ein Sack verfehlte nur knapp den Kopf der Ratte, als er gerade den Laden erreichte, und zerplatzte vor ihren Füßen mit einem lauten Knall und einer riesigen weißen Wolke. Rye rieb sich das Mehl aus den Augen.

Der Junge war etwas größer als Rye, aber darauf konnte sie jetzt keine Rücksicht nehmen. Sie packte ihn an den Schultern und zog ihn so heftig in den Weidenladen, dass sie übereinanderpurzelten.

Rye sah dem Jungen in die Augen, die jetzt angstgeweitet waren. Sie hatten unterschiedliche Farben, braun und blau, genau wie bei Malydia.

»Es ist alles gut«, sagte Rye.

Der Junge streckte die Hand aus und berührte ihr Gesicht mit den Fingern. Als er sie wieder zurückzog, verrieb er das Mehl zwischen seinen Fingerspitzen und lächelte.

Da fiel es ihr wie Schuppen von den Augen: Die Ratte war blind.

»Wie heißt du?«, fragte Rye.

»Truitt«, antwortete er mit kräftiger Stimme, die Rye überraschte. Sie hätte nicht gedacht, dass eine blinde Straßenratte so selbstbewusst klingen würde.

Die beiden standen vom Boden auf.

Draußen hatten die Soldaten zwei Ungeheuerliche eingekreist. Die anderen waren entkommen und liefen auf der Straße davon. Dabei warfen sie ihre Masken ab.

»Idioten«, sagte jemand streng hinter ihnen. Es war ihre Mutter, und zum Glück sah sie auf die Straße und nicht Rye an.

Die Soldaten zogen zwei maskierte Männer mitten auf die Marktstraße.

Rye sah zu ihrer Mutter hoch. »Sie haben die Ungeheuerlichen gefangen.«

»Nein, haben sie nicht«, flüsterte Abby durch zusammengebissene Zähne. »Die Ungeheuerlichen werfen keine Steine. Diese schwachsinnigen Hochstapler haben einen großen Fehler gemacht.«

Entschlossene Schritte hallten vom Kopfsteinpflaster wider. Graf Longchance kam aus seinem Versteck hervor und stolzierte auf die inzwischen demaskierten Männer zu, die von den Soldaten festgehalten wurden. Wachtmeister Boil kam dazu und schlurfte hinter ihm her. Ein paar neugierige Dorfbewohner lugten aus Fenstern und hinter Türen hervor. Rye war erleichtert, als sie Folly und Quinn aus der Tür der Schmiedewerkstatt schauen sah, gut geschützt von den kräftigen Unterarmen von Angus Quartermast.

Longchance' gehässige schwarze Augen musterten die Gefangenen. Rye sah jetzt, dass einer von ihnen noch nicht erwachsen war. Sein Umhang war viel zu groß und schleifte hinter ihm auf dem Boden. Er sah völlig verängstigt aus. Den Größeren von den beiden erkannte sie als einen Stammgast aus dem Toten Fisch. Er war der hochgewachsene Mann mit dem Bart, der in der Nacht des Schwarzen Mondes Lügengeschichten erzählt hatte. Er sah aus, als hätte er schon Alkohol getrunken.

»Wer sind die?«, fauchte Longchance, ohne den Blick von ihnen abzuwenden.

»Der Hässliche ist Jameson Daw«, sagte der Wachtmeister. »Pferdedieb, Gauner und Taschendieb. Er hat den Kerker schon öfter von innen gesehen.«

Der Pferdedieb machte eine kleine Verbeugung, wedelte dabei mit dem Arm und fiel fast um. Die Soldaten halfen ihm wieder auf die Beine.

»Und das ist der Sohn des Stallmeisters«, fuhr Boil hämisch grinsend fort. »Er ist uns bisher noch nicht aufgefallen, aber offenbar fällt der Apfel nicht weit vom Pferdearsch.«

Boil hielt eine der farbenfrohen Masken in die Höhe, die sie den Gefangenen abgenommen hatten. Er zeigte auf etwa sechs weitere Masken, die die Soldaten von der Straße aufgesammelt hatten.

»Gewöhnliche Festmasken«, sagte er zu Longchance. »Die kann man in der ganzen Stadt kaufen. Sie haben sich bloß einen Streich erlaubt.«

»Oder es sind Hochstapler«, zischte Longchance.

Er zog einen Lederhandschuh an und nahm Wachtmeister Boil die Maske ab.

»Also«, sagte er und sah vom Pferdedieb zum Sohn des Stallmeisters und zurück. »Ihr verkleidet euch also gerne, was? Spielt gerne Streiche?«

Der bärtige Mann zog die Schultern hoch. Dem Jungen zitterten die Lippen.

»Findet ihr es lustig, euch als Verbrecher zu verkleiden? Diese tapferen Soldaten mit faulen Eiern und Abfall zu bewerfen? Euren Nachbarn die Waren aus den Läden zu stehlen?« Er wandte sich an den Jungen und sah ihn an. »Die Waren aus *meinen* Läden zu stehlen?«, wiederholte er mit dröhnender Stimme.

Der Junge kniff die Augen zusammen.

153

»Wart ihr und eure Freunde es vielleicht auch, die mein Dorf verschandelt haben?« Longchance' Stimme wurde wieder freundlicher. Er nickte einem seiner Diener zu, der einen kleinen dampfenden Kessel und einen Pinsel aus dem Laden für Seemannszubehör holte. »Habt ihr Kleeblätter mit Teer an die Mauern geschmiert?«

Jameson Daw war schnell wieder nüchtern. »Nein, das waren wir nicht, mein Herr.«

»Was ist mit euren fröhlichen Freunden?«, fragte Longchance.

Der Diener hielt den Kessel, während Longchance die Innenseite der Maske mit einer klebrigen, dampfenden Masse bestrich. Er führte den Pinsel mit Sorgfalt, so als würde er auf einer Leinwand malen. Rye konnte den heißen Teer riechen und wand sich innerlich.

Daw schüttelte energisch den Kopf. Der Junge hatte die Augen noch nicht wieder aufgemacht.

Longchance beugte sich zum Ohr des Jungen hinab. »Junge«, sagte er sanft. »Junge. Augen auf.«

Dieser machte erst ein Auge auf und dann das zweite.

»Bist du stumm?«

Der Junge schüttelte den Kopf. »Nein, mein Herr«, sagte er leise und sah ängstlich auf die Maske in Longchance' Händen.

»Gut«, sagte Longchance. »Deine Zunge brauchen wir nämlich später noch.«

Rye spürte, wie die Hand ihrer Mutter sie langsam in den Laden zog. Sie schaute, ob Truitt mit ihnen kam, doch er war genauso unmerklich verschwunden, wie er auf der Marktstraße aufgetaucht war.

»Was Sie betrifft, Mr. Daw«, sagte Longchance und begutachtete sein Werk auf der Maske. »Da Sie so gerne Masken tragen, wollen wir sichergehen, dass Sie diese hier nie mehr verlieren.«

Er hob die dampfende Maske in die Höhe und führte sie an das Gesicht des Mannes. Daw keuchte und wehrte sich, konnte sich dem Griff der Soldaten aber nicht entziehen. Nur wenige Zentimeter vom Kinn des Mannes entfernt, hielt der Graf inne.

»Auf der anderen Seite«, sagte er und ließ die Maske sinken, »wollen wir vielleicht noch hören, was Sie zu sagen haben.«

Longchance wandte sich zu den Soldaten um. »Bringt sie zum Peitschblock. Wir werden schon noch herausfinden, wer ihre Komplizen sind.«

Abby und Rye gingen in den Weidenladen hinein und schlossen die Tür hinter sich.

Rye konnte hören, wie die Gefangenen weggezerrt wurden und die Hilferufe des Jungen in der Ferne verhallten.

14

LEDERBLATT

Rye, Abby und Lottie kamen am späten Nachmittag vom Weidenladen zurück. Auf dem Rückweg bemerkte Rye noch mehr frische weiße Farbe auf den Gebäuden im Niederöhr. Doch immer, wenn sie langsamer wurde, um nach vierblättrigen Kleeblättern Ausschau zu halten, trieb Abby sie zum Weitergehen an. Als sie zu Hause ankamen, hatte Folly bereits mehrere Brieftauben geschickt, um ihr den neuesten Klatsch und Tratsch aus dem Dorf mitzuteilen, den sie von den Gästen im Gasthaus aufgeschnappt hatte.

Flaggen an den Türen. Mum sagt, alter Aberglaube.

Soldaten an jeder Ecke. Aber nicht in den Scharacken. Wir sind auf uns allein gestellt.

Befehl des Grafen: Jeder, der in der Öffentlichkeit eine Maske trägt, wird sofort festgenommen.

Rye faltete die Pergamentschnipsel zusammen und steckte sie in die Tasche, bevor sie mit Abby und Lottie zu Abend aß.

»Mama«, sagte sie, als sie nach dem Essen beim Abwasch

half. »Ich dachte, die Dorfbewohner hätten Angst vor den Ungeheuerlichen. Was haben die vierblättrigen Kleeblätter in Schwarz und die Flagge an der alten verfallenen Hütte am Ende der Straße zu bedeuten?«

Abby seufzte und unterbrach ihre Arbeit.

»Vor vielen Jahren, als die Ungeheuerlichen noch unbehelligt durch das Dorf laufen durften, bedeutete ein schwarzes Kleeblatt an einem Wirtshaus oder auf einer Ladenwand, dass sie willkommen waren. Auch wenn sie nicht überall gern gesehen waren, so war es doch ein gewisser Trost für die Dorfbewohner, sie in der Nähe zu wissen. Jedenfalls waren sie ihnen lieber als die Alternative.«

Rye wusste, dass sie damit die Nobolde meinte.

»Ich glaube, das ist jetzt ein ähnlicher Fall«, fuhr Abby fort. »Das Gedächtnis der Dorfbewohner ist kurz, und es ist leicht, etwas herbeizuwünschen, wenn man denkt, dass es einem nützen kann. Und dann gibt es noch die Opportunisten. Leute, die versuchen, die Angst der Bewohner für ihre eigenen Zwecke auszunutzen. Die beiden Männer heute dachten, sie könnten sich hinter ihren Masken verstecken und ungehindert Steine werfen und plündern.«

Rye schauderte, als sie an die Reaktion des Grafen dachte.

»Aber nach der Demonstration des Grafen auf der Marktstraße«, fuhr Abby fort, »glaube ich nicht, dass wir noch mehr Hochstapler zu sehen bekommen.«

Abby räumte die Teller und Becher weg.

»In der Nacht, als der Graf seine Soldaten gegen die Ungeheuerlichen aufmarschieren ließ, haben sie jedes Kleeblatt-Banner zerstört, das sie in die Finger bekamen. Sie haben sie mit ihren Schwertern zerfetzt, damit sie nie wieder aufgehängt werden konnten. Die Flagge auf unserer Straße mit dem zerfetzten Kleeblatt ist die erste, die ich seit Jahren gesehen habe.«

Abby machte eine kurze Pause und kraulte Shady hinter den Ohren. Dieser drehte sich auf den Rücken, damit sie auch an seinen Bauch herankam.

»Riley«, sagte Abby dann. »Solange der Nobold frei herumläuft, will ich nicht, dass du alleine hinausgehst. Nicht einmal zu Quinn.«

»Was?«, rief Rye empört.

»Das soll keine Bestrafung sein, Riley. Aber es ist besser so. Und das bedeutet auch: keine Besuche mehr auf dem Friedhof.«

Rye war stinksauer. »Warum darf ich ihn nicht treffen? Du hast doch gesagt, er wär harmlos.«

»Ich will nicht, dass du mit Fremden auf Friedhöfen herumlungerst«, sagte Abby.

»Mit Fremden? Du hast dich auch weggeschlichen, um ihn im Toten Fisch zu treffen«, erwiderte Rye. »Warum soll es für dich sicherer sein als für mich?«

Abbys Augen funkelten vor Wut. Sie machte den Mund auf, aber offenbar fehlten ihr die Worte. Das passierte nicht häufig. Rye zuckte zurück. Gleich würde es ein Donnerwetter geben. Doch stattdessen stellte Abby ruhig die letzten Teller weg und ging in ihr Schlafzimmer, um sich für die Nacht fertig zu machen. Wieder einmal Schweigen, die schlimmste Strafe von allen.

In dieser Nacht schliefen sie alle in Abbys Zimmer. Nachdem sie sich eine gute Nacht gewünscht hatten, schlief Lottie eingekuschelt zwischen Rye und Abby ein. Rye betrachtete die feinen Gesichtszüge ihrer Schwester und versuchte, sich das Gesicht von Harmlos vorzustellen. So nervig Lottie auch sein konnte, ihr Gesicht war sehr hübsch und – anders als das von Harmlos – frei von Narben. Nach dem verdächtigen Schweigen ihrer Mutter fragte Rye sich unweigerlich, wie gut Abby und Harmlos sich wirklich kannten. Sie war entschlossen, ihre morgendlichen Treffen fortzusetzen. Komme, was wolle.

Shady lag am Fußende auf Ryes Füßen und fing an, leise zu schnarchen. Ob ihre Mutter schon schlief, konnte Rye nicht sagen, aber bald war sie selbst auch eingeschlummert.

Rye wusste nicht, wie lange sie geschlafen hatte, als ein schwerer Druck auf ihrer Brust sie aufweckte. Zwei gelbe Kugeln leuchteten nur wenige Zentimeter von ihrem Gesicht entfernt. Es war Shady. Er stand mit seinem dicken Körper auf ihrer Brust, und seine großen Katzenaugen waren weit aufgerissen.

»Shady«, flüsterte Rye. »Was machst du da?«

Zur Antwort knurrte er leise. Rye setzte sich vorsichtig auf. Ihre Mutter und ihre Schwester schliefen ruhig und fest.

»Warum siehst du mich so an?« Rye glitt lautlos aus dem Bett und setzte ihre nackten Füße auf den kalten Boden auf. Sie versuchte, Shady auf den Arm zu nehmen, doch der wand sich aus ihrem Griff. Offenbar wollte er nichts von Rye selbst. Er kletterte zum Kopfende des Bettes und starrte wie gebannt auf das Fenster.

»Was ist denn los, Shady?«, flüsterte Rye wieder. »Ist da draußen etwas?«

Sie hob die Hand zum Fensterladen. Shady zuckte in unruhiger Erwartung. Doch als sie den Laden öffnete, schien ihr von der anderen Seite des Glases nur die Dunkelheit entgegen. Das Zimmer war ebenfalls dunkel, bis auf die leuchtende Glut im Kamin.

»Siehst du, Shady«, flüsterte Riley erleichtert. »Da ist nichts.«

Shadys Schwanz hörte auf zu zucken, aber dafür machte er jetzt ein mahlendes Geräusch, als würde er mit den Zähnen knirschen. Er schien ihr nicht zu glauben.

»Vielleicht eine Beutelratte oder ein Stinktier«, mutmaßte Rye und drückte die Nase an die Scheibe, wobei sie ihre Augen mit den Händen abschirmte, um besser in der Dunkelheit sehen zu können. Was sie nicht sah, war, dass Shadys Halsband zu leuchten begonnen hatte.

Ein hervorstehendes, tränendes Auge erschien auf der anderen Seite der Scheibe, nur wenige Zentimeter von ihrem eigenen entfernt.

Rye kreischte und fiel vor Schreck fast hintenüber.

Draußen stieß Lederblatt sein ohrenbetäubendes Monsterbaby-Geheul aus.

Danach schlief im Schlammtümpelweg keiner mehr.

Die O'Chanters sahen hinter ihrem Fenster zu, wie Lederblatt die Straße entlangstakste. Der Mond stand am Himmel und schien hell genug, dass sie seinen buckeligen Schatten sehen konnten, aber viel mehr nicht.

Rye bemerkte Kerzen- und Laternenlicht in anderen Fenstern, aber ihre Nachbarn hielten nur Ausschau, und keiner wagte sich nach draußen. Lederblatt hatte bereits zwei Schafe gefressen und ein Huhn, das er einem Nachbarn aus dem Hof geklaut hatte, und auf seiner dicht behaarten Brust klebten Wolle und Hühnerfedern. Vorerst schien sein Hunger gestillt zu sein, und er wandte sich einer weiteren Lieblingsbeschäftigung der Nobolde zu, dem Vandalismus. Erst trat er einen Holzzaun ein. Dann packte er den Stamm von Mrs. Crabtrees Apfelbaum mit beiden Pranken und schüttelte ihn so brutal, dass alle Äpfel auf den Boden fielen. Schließlich hob er sie auf und begann, sie in alle Richtungen zu werfen.

Rye wandte sich vom Fenster ab und sah sich im Haus um. Die Türen und Fenster waren fest verriegelt, aber sie hatte keinen Zweifel, dass Lederblatt sie mit ein oder zwei Schlägen überwinden konnte, wenn ihm danach war. Und im Haus war Shady drauf und dran, sie von innen einzureißen. Er heulte und jaulte und warf sich immer wieder gegen die Tür. Als das nichts brachte, begann er, an der Tür zu kratzen, und ging dabei so entschlossen vor, dass er tiefe Rillen im Holz hinterließ. Abby sah ihm lange zu. Schließlich packte sie das kratzende und zappelnde Wollknäuel, setzte ihn in die Speisekammer und verschloss die Tür.

»Nicht jetzt, kleiner Krieger«, hörte Rye Abby zur Tür sagen, und zwar so leise, dass es kaum zu hören war.

Dann kam sie wieder zu den Mädchen ans Fenster. Lotties Kinn reichte kaum über die Fensterbank, aber auch sie drückte ihre Nase gegen das Glas.

»Mama«, sagte sie. »Bär draußen?«

»Ja, Lottie. Ein Bär.«

Lottie verzog das Gesicht zu einer finsteren Grimasse. »Böser Bär. Oma Cab-Tees Äpfel werfen. Nein, nein, nein«, sagte sie und schüttelte einen Finger.

Abby starrte aus dem Fenster auf die Straße und ließ Lederblatt nicht aus den Augen.

Das Spannendste an der ganzen Sache war das hellblaue Leuchten, das von ihren Hälsen ausging. Die Halsbänder der O'Chanters – und selbst Shadys, bevor er in die Speisekammer gesperrt wurde – leuchteten alle im gleichen Blau.

Da hörten sie einen dumpfen Knall, und ein Apfel prallte von ihrem Haus ab. Alle drei O'Chanters sprangen vor Schreck in die Höhe.

»Böser Bär hat Haus getroffen«, schrie Lottie.

Draußen war Lederblatt dabei, seinen Vandalismus auf die Spitze zu treiben, und war auf das Dach des Nebenhauses geklettert. Sein Gewicht drückte das Stroh- und Schindeldach bereits bedenklich ein. Und jetzt begann er auch noch, mit seinen Klauen ins Dach zu schlagen und Stücke herauszureißen.

»Mama«, sagte Rye. »Das ist das Haus der Pendergills. Sie haben Babys im Haus.«

»Ich weiß«, sagte Abby leise. »Ich weiß.«

»Mama«, sagte Rye. »Wir müssen etwas tun.« Sie tanzte von einem Fuß auf den anderen, was sie immer tat, wenn sie aufgeregt war. Es hieß, dass ihr Gehirn jeden Augenblick aussetzen und sie losrennen würde, um etwas Unüberlegtes zu tun.

Abby packte ihren Arm und hielt sie fest. »Riley«, sagte sie. »Du bleibst hier.«

»Aber, Mama«, quengelte sie. »Die Babys.«

Lederblatt hatte es geschafft, ein Loch ins Dach zu reißen. Er schaute hindurch und schnalzte aufgeregt mit seiner schwarzen Zunge.

»Mama«, sagte Rye, und Tränen stiegen ihr in die Augen. »Er wird ihnen was tun. Bitte, wir müssen ihn aufhalten.«

»Böser Bär nicht lieb«, schnaubte Lottie empört und trat einen Schritt von Abby weg.

Abby drehte sich um und griff nach ihr. Dabei lockerte sich ihr Griff um Ryes Arm.

»Lottie, warte … Riley!«

»Hmpf!«, brummte Lottie, stapfte aus dem Zimmer und schlug wütend die Tür hinter sich zu.

Rye sagte gar nichts, während sie die Haustür entriegelte und in die Nacht hinauslief.

Lederblatt stieß seinen langen, knotigen Arm bis zur Schulter durch das Loch und fischte damit wie eine Katze in einem Topf voller Sardinen. Er grinste breit, als hätte er etwas Zartes und Köstliches erwischt. Aber als er Rye sah, verging ihm das Grinsen. Er kletterte mit leeren Händen vom Dach herunter und ging auf sie zu.

Sie stand am Rand ihres Hofs und hatte keine Ahnung, was sie jetzt tun sollte. In der langen Reihe falscher Entscheidungen, die sie in ihrem Leben schon getroffen hatte, war diese – wie Rye sich eingestehen musste – wohl die falscheste von allen. Sie hatte sich kopfüber in die Gefahr gestürzt, ohne auch nur einen Augenblick nachzudenken. Jetzt stand sie alleine im Dunkeln, vor sich das Ungeheuer, das schon einmal versucht hatte, sie zu verspeisen.

Doch sie war nicht allein. Ihre Mutter schlang von hinten die Arme um sie und zog sie eng an sich.

Lederblatt war weniger als drei Schritte von ihnen entfernt. Mit durchdringendem Blick starrte er sie an und drehte seine triefenden Glupschaugen in verschiedene Richtungen. Er trat einen Schritt vor, zögerte dann und ging wieder einen Schritt zurück. Das tat er mehrmals hintereinander, ging vorwärts und schien es sich dann doch wieder anders zu überlegen.

Rye konnte das Moor riechen. Es roch nach Stinkkohl. Der gleiche Geruch, der von dem Beutel ausging, den sie Lederblatt weggenommen hatte.

Sie spürte, wie Abby sie noch fester umschlang.

Lederblatt knurrte und zog mit einer Klaue an seinem Bart. Er taumelte vorwärts, und Rye wär vor Schreck fast in die Luft gesprungen, doch dann blieb er ruckartig wieder stehen. Abby bewegte sich nicht.

»Bleib ruhig«, flüsterte sie.

Lederblatt stieg von einem Fuß auf den anderen. Er kratzte sich im Gesicht, als gelte es, eine große Herausforderung zu meistern, obwohl Rye keine Ahnung hatte, was sein Problem sein konnte.

Sie sah zu ihrer Mutter hoch.

»Nein, nein«, flüsterte Abby, ohne zu ihr herunterzusehen. »Sieh ihn an.«

Rye bemerkte das Halsband ihrer Mutter, das unter dem offenen Kragen ihres Nachthemds zu sehen war. Es leuchtete noch stärker als im Haus. Rye sah an sich herab. Ihr Halsband strahlte auch.

Lederblatt wurde immer unruhiger. Er scharrte mit den Klauenfüßen wie ein Stier kurz vor dem Angriff und schlug sich selbst auf den knorrigen Kopf. Seine Augen bewegten sich von Abby zu Rye, dann zum Haus der Pendergills und wieder zurück.

Rye spürte, wie die Hände ihrer Mutter zu ihren Schultern hochwanderten und dort liegen blieben.

Lederblatt sabberte, und aus seinen Augen trat Schleim, der seine Wangen hinablief.

Mit den Händen auf Ryes Schultern dirigierte Abby sie einen Schritt zurück Richtung Haus.

Lederblatt warf den Kopf in den Nacken und stieß das furchterregende Geheul aus, das Rye nun schon öfter gehört hatte. Aber anstatt ihnen zu folgen, drehte er sich wütend um und ging zurück zum Haus der Pendergills. Rye riss die Augen auf. Lederblatt hatte es auf das Loch im Dach abgesehen, das er bereits geschlagen hatte. Sie machte den Mund auf und wollte schreien, aber ein anderer Laut ließ Lederblatt wie angewurzelt stehen bleiben.

Es war ein lang gezogener, leiser Pfeifton, der von der Straße her erklang.

Abby ließ Rye los, und sie beide schauten in die Richtung, aus der der Laut gekommen war. Lederblatts Augen schossen nervös hin und her.

Rye musste blinzeln, um etwas zu erkennen, doch ganz weit hinten, am Ende der unbefestigten Straße, wo der Wald begann, sah sie eine einsame Gestalt. Sie war von Kopf bis Fuß in einen dunklen Umhang gehüllt und stand ganz still.

Lederblatt rührte sich nicht. Er beobachtete nur die Gestalt, als hoffte er, dass sie verschwinden würde, wenn er nur lange genug hinstarrte.

Eine lange Zeit bewegte sich keiner von beiden, bis die Gestalt schließlich einen Schritt vortrat. Und noch einen. Langsam, aber sicher näherte sie sich Lederblatt. Je näher die Gestalt kam, desto nervöser und unruhiger wurde der Nobold, doch er ging weder vor noch zurück.

Als die Gestalt die Hälfte des Schlammtümpelwegs hinter sich gebracht hatte, schlug sie ihren Umhang zur Seite, griff nach hinten über ihre Schultern und hielt plötzlich zwei scharfe Klingen in den Händen. Um ihren Hals hing etwas, das blau leuchtete wie Flammen in einem weiß glühenden Feuer.

Was Lederblatt dann tat, hätte Rye niemals erwartet. Er fing an zu laufen. In die entgegengesetzte Richtung.

Die nächsten Minuten bekam Rye nur noch wie durch einen Schleier mit. Kaum hatte Lederblatt das Haus der Quartermasts hinter sich gelassen, umfing ihn ein Netz mit Strängen so dick wie Männerarme, an dessen Enden je ein schwerer Eisenanker hing. Lederblatt versuchte, sich zu befreien, doch jetzt strömten Dutzende von Soldaten in Rüstung auf die Straße. Mit Keulen und Flegeln schlugen sie auf Lederblatts Beine ein, und dieser stieß wieder sein grässliches Geheul aus. Die Soldaten hielten kurz inne, um sich die Ohren zuzuhalten, und schlugen

166

dann weiter auf ihn ein. Je mehr Lederblatt sich wehrte, desto enger zog sich das Netz um ihn zusammen.

Rye schaute in die andere Richtung der Straße. Die Gestalt stand bloß da und tat nichts. Sie schien angesichts der plötzlichen Wendung genauso überrascht wie Rye. Abby nahm Rye am Arm und eilte mit ihr ins Haus.

Dann hörten sie Jubel, und als Rye sich umdrehte, sah sie, wie die Soldaten auf und ab sprangen. Es war ihnen gelungen, Lederblatt zu Boden zu werfen. Doch sie schlugen weiter auf ihn ein. Rye drehte sich zu der Gestalt im Umhang, während Abby sie ins Haus schob, doch sie war verschwunden.

Während der nächsten halben Stunde bereiteten die Soldaten den Nobold zum Transport vor. Lederblatt wehrte sich bis zum Schluss, selbst als er schon am Boden lag, und es gelang ihm, ein paar Soldaten unschädlich zu machen. Doch letztlich schlugen sie ihn fast bewusstlos, und sein Kampfgeist erlosch. Ein riesiger von mehreren Pferden gezogener Karren wurde zum Schlammtümpelweg gebracht, und Ryes Nachbarn trauten sich langsam auf ihre Türschwellen, um die außergewöhnlichen Vorkommnisse zu beobachten.

Abby lehnte sich schweigend aus dem Fenster und betrachtete das Treiben mit leicht verbissenem Blick. Rye fragte sich, auf wen ihre Mutter sauer war. Auf sie, auf Lederblatt oder wegen etwas völlig anderem? Lottie stand neben ihnen. Auf ihrem Kopf trug sie einen Kupfertopf, der als Helm dienen sollte. Der Deckel war ihr Schild und eine kleine Gartenschaufel ihre Waffe. Sie schien enttäuscht, die Schlacht gegen den bösen Bären verpasst zu haben.

167

Rye bemerkte, dass Abby den Kragen ihres Nachthemds festhielt, sodass er ihr Halsband verdeckte.

»Mama«, sagte Rye. »Warum leuchten unsere Halsbänder so?«

»Was sagst du?«, fragte Abby zurück, als hätte sie die Frage nicht verstanden.

»Unsere Runen«, sagte Rye und zog an ihrem eigenen Halsband. »Warum leuchten sie, wenn ein Nobold in der Nähe ist?«

Abby sah zu ihr hinunter. Sie ging auf Rye zu und zog ihren Kragen über ihr Halsband.

»Das ist eine Warnung«, sagte sie schlicht.

»Warnen sie uns, wenn Nobolde in der Nähe sind?«

»So ungefähr, ja«, sagte Abby seufzend. »Aber eigentlich warnen sie eher die Nobolde, nicht näher zu kommen.«

Rye schüttelte ungläubig den Kopf. Wo zum Schiefer waren die Halsbänder bloß hergekommen?

Draußen hörte man lauten Jubel, Gejohle und Scheppern, als sich die Soldaten gegenseitig auf die Schulter klopften. Lederblatt war endlich auf den riesigen Karren gebunden, die Reiter ließen die Peitschen knallen, und die Pferdeflotte setzte sich in Bewegung und schleppte den Karren mitsamt dem besiegten Nobold auf die Dorfmauer zu.

15

ÄRGER IM ANMARSCH

Rye sah zu, wie Harmlos ein Goldstück dreimal gerade in die Luft warf und es mit der rechten Hand wieder auffing. Die Münze glitzerte im Sonnenlicht. Beim vierten Mal warf er sie nach links und fing sie mit der linken Hand auf. Aber als er die Hand öffnete, um sie Rye zu zeigen, war die Hand leer.

Rye schüttelte den Kopf. »Ich verstehe das immer noch nicht. Wo ist sie hin?«

»Nirgendwo. Immer noch in meiner rechten Hand«, sagte Harmlos und zeigte sie ihr. Und tatsächlich: Da war die Münze.

»Aber ich hab doch gesehen, wie Sie die Münze geworfen haben.«

»Das hast du dir nur eingebildet«, sagte Harmlos. »Das war eine Illusion. Hier, schau noch mal zu.«

Diesmal passte Rye genau auf. Und wieder sah sie die Münze von seiner rechten Hand in die linke fliegen. Doch als

Harmlos die Handflächen öffnete, hatte die Münze sich nicht bewegt.

»Der Geist ist ein mächtiges Werkzeug«, sagte Harmlos. »Aber mit ein wenig Übung lässt er sich leicht hereinlegen. Und jemand, der den Verstand von anderen täuschen kann, hat tatsächlich viel Macht.«

Harmlos warf ihr die Münze zu. Rye konnte sie nicht fangen, und sie fiel in das wuchernde Unkraut auf dem Friedhofboden. Doch sie fand sie schnell wieder und hob sie auf.

Harmlos lächelte bloß. »Behalt sie und übe damit. Oder gib sie aus, wenn du willst. Was dir lieber ist.«

Er nahm seine Schüssel und seinen Löffel von dem umgestürzten Grabstein, der ihnen als Frühstückstisch diente. Rye war nach ihrer schlaflosen Nacht völlig übermüdet. Sie nahm an, dass ihre Nachbarn ebenfalls müde waren, auch wenn sie erleichtert wirkten, dass der Nobold gefangen worden war. Doch obwohl ihr fast die Augen zufielen und sie auf dem Hinweg mit den Füßen schlurfte, hätte sie um nichts in der Welt ihr Treffen mit Harmlos verpassen wollen. Es gab zu viele Fragen, die er beantworten musste. Ihre Mutter hatte gesagt, sie dürfte nicht mehr auf den Friedhof, solange der Nobold frei herumlief. Und das tat er ja nicht mehr.

»Das Frühstück ist köstlich«, sagte Harmlos. »Was ist das?«

Rye beäugte ihn skeptisch.

»Maisbrei mit Melasse«, sagte sie.

Harmlos löffelte den Brei mit großem Appetit. Offenbar war er nicht sehr wählerisch, was Essen betraf.

Als er aufgegessen hatte, stellte er die Schüssel wieder auf den Grabstein, streckte sich und rülpste laut. Rye kicherte. Ihre Mutter war nicht begeistert, wenn sie und Lottie versuchten, sich am Tisch im Rülpsen zu überbieten.

»Weißt du«, sagte Harmlos, »an manchen Orten wird es als unhöflich betrachtet, wenn man nach dem Essen nicht rülpst.«

»Wirklich?«

»Ja. Damit bedankt man sich.«

»Wenn das so ist: gern geschehen«, sagte Rye.

Eine Weile saßen sie schweigend nebeneinander. Harmlos würde es ihr nicht leicht machen. Momentan schien er sich damit zu begnügen, einfach nur dazusitzen und die Morgensonne zu genießen.

»Alle sind erleichtert, dass der Nobold gefangen wurde«, sagte Rye schließlich.

»Das kann ich mir vorstellen«, sagte Harmlos.

»Die letzten Tage waren ziemlich aufregend«, sagte Rye.

Harmlos rieb sich das stoppelige Kinn. Er schien über etwas nachzudenken.

»Lederblatts Verhalten war seltsam«, sagte er schließlich. »Ich verstehe nicht, warum er in den Schlammtümpelweg gekommen ist. Das ergibt für mich keinen Sinn.«

»Sie haben gesagt, Sie hätten ihn verfolgt«, sagte Rye. »Sind Sie nicht froh, dass er von den Männern des Grafen gefangen wurde?«

»Ich bin weder froh noch traurig darüber. Aber ich mache mir Sorgen wegen dem, was als Nächstes passieren wird.«

»Als Nächstes?«, fragte Rye.

Harmlos wandte sich zu ihr um. »Ich bin nicht der Einzige, der Lederblatt verfolgt hat. Da gibt es noch andere. Lederblatt ist auf der Flucht.«

»Vor wem denn?«, fragte Rye mit großen Augen.

»Vor seinem Clan«, antwortete Harmlos. »Das ist so was wie seine Familie. Obwohl es keine Familie ist, wie du oder ich sie uns vorstellen.«

»Warum läuft er denn vor seiner Familie weg?«

»Das ist eine traurige und komplizierte Geschichte. Um es einfach zu sagen: Lederblatts Clan ist einer der ältesten und grimmigsten Noboldclans, die es gibt, und das will was heißen. Die Knochenknacker sind extrem bösartig und sehr grausam. Lederblatt war der Zwerg, der Kümmerling des Clans, der Kleinste und Schwächste. Er wurde geschlagen und gnadenlos gequält. Deshalb ist er irgendwann geflohen.«

Der Kümmerling, dachte Rye schaudernd. Wie sahen dann erst die anderen aus?

»Warum sagt dann jeder, die Nobolde wären ausgestorben?«, fragte Rye.

Harmlos lächelte gepresst. »Wir reden uns oft irgendwelche Unwahrheiten ein, um nachts besser schlafen zu können.«

Rye zog die Stirn in Falten und fragte sich, welche Unwahrheiten sie bisher noch für bare Münze genommen hatte.

»Wie dem auch sei«, fuhr Harmlos fort. »Lederblatt war schon mehrere Monate auf der Flucht. Am meisten wundert es mich, dass er sich so lange hier aufgehalten hat.« Er verfiel ins Grübeln. »Es muss einen triftigen Grund dafür geben.«

Rye musste an den Lederbeutel denken. Könnte das der Grund sein? Kannte sie ihn also und Harmlos nicht? Doch Ryes Aufregung machte bald einem schlechten Gewissen Platz. Wenn Lederblatt wirklich wegen des Beutels in der Nähe des Dorfes geblieben war, dann würde sie schuld an seinem Tod sein – und an allem Unglück, das noch drohte.

»Warum verfolgt der Clan ihn denn?«, fragte Rye. Sie fühlte sich, als hätte sie ein faules Taubenei verschluckt. »Warum lassen sie ihn nicht einfach ziehen?«

»Einige deiner Fragen kann ich auch nicht beantworten«, gab Harmlos zu und schüttelte den Kopf. »Ich weiß die Antwort selbst nicht. Ich weiß nur, dass Morningwig Longchance das gesamte Dorf in große Gefahr bringt, wenn er Lederblatt hierbehält.«

»Weil sein Clan ihn hier suchen wird?«

Harmlos nickte. »Ja.«

»Die Männer des Grafen haben Lederblatt gefangen. Vielleicht können sie uns auch vor den anderen Nobolden beschützen«, sagte Rye.

Harmlos seufzte. »Ich sagte ja: Lederblatt ist noch jung und klein. Er ist nicht viel älter als du – in Nobold-Jahren jedenfalls. Außerdem ist er verletzt. Ein gesunder Nobold, selbst wenn er noch jung und schwach ist wie er, hätte sich niemals auf diese Weise von den Soldaten fangen lassen.«

»Wie wurde er verletzt?«, fragte Rye.

»Im Kampf. Letzte Woche. In der Nacht des Schwarzen Mondes, um genau zu sein.«

»Waren Sie das?«, fragte Rye flüsternd.

»Nein.«

»War es der Knochenknacker-Clan, der ihn verfolgte?«

»Nein, diesmal nicht«, antwortete Harmlos.

»Wer dann?«

Harmlos faltete die Hände und beugte sich vor. »Das ist schwer zu erklären. Es gibt uralte Wesen, die im Laufe der Jahrhunderte verschiedene Namen erhalten haben. Heute nennen die Menschen sie *Grimlinge*.«

»Grimlinge …«, wiederholte Rye.

»Genau«, sagte Harmlos. »Die Grimlinge sind die einzigen natürlichen Feinde der Nobolde. Sie haben ein dickes Fell und sind immun gegen ihre giftigen Bisse. Aber ihre eigenen Klauen sondern ein Sekret ab, das für die Nobolde giftig ist. Bei allen anderen Wesen juckt es nur leicht.«

»Aber warum jagen sie Nobolde?«, fragte Rye verwundert. »Ich finde, die sehen nicht sehr appetitlich aus.«

»Grimlinge fressen die Nobolde nicht«, stellte Harmlos richtig. »Sie knabbern ein bisschen an ihnen, aber sie sind nicht ihre Hauptnahrung. Nobolde jagen sie zum Vergnügen. Weil es ihnen Spaß macht. Ein gut genährter zufriedener Grimling hat trotzdem noch das unstillbare Verlangen, Nobolde zu reißen. Sie sind sehr merkwürdige Wesen.«

»Das klingt schrecklich«, sagte Rye. »Und wie sehen sie aus?«

»Sie sind nicht so schlimm, wie sie sich anhören«, beschwichtigte Harmlos sie. »Es sind gutmütige, aber sehr eigenständige Wesen. Unter Menschen sind sie fast unsichtbar und fügen sich in das Alltagsbild ein. Aber wer sich auskennt, findet überall

Hinweise auf ihre Existenz. Man braucht bloß zu wissen, worauf man achten muss.«

»Warum erzählen Sie mir das alles?«, fragte Rye.

Harmlos sah sie überrascht an. »Weil wir eine Abmachung haben. Ich habe vieles getan, worauf ich nicht stolz bin, Riley, aber ich habe noch nie ein Versprechen gebrochen.«

Harmlos wusste wirklich eine ganze Menge über Nobolde. Rye machte eine kurze Pause, bevor sie die nächste Frage stellte.

»Sind Sie ein Grimling?«, fragte sie flüsternd.

Harmlos lächelte und schlug sich aufs Knie. »Nein, nein. Ganz bestimmt nicht.«

»Aber Lederblatt schien gestern Nacht große Angst vor Ihnen zu haben«, sagte Rye.

Harmlos sagte nichts. Er sah sie nur an, und sie konnte nicht einschätzen, ob er überrascht oder verärgert war.

»Das waren Sie doch gestern Abend«, sagte Rye. »Oder nicht?«

»Doch, das war ich«, sagte Harmlos ruhig.

»Und warum hatte Lederblatt solche Angst vor Ihnen? Na ja, ich hab auch ein bisschen Angst vor Ihnen. Aber das Ungeheuer ist vor Ihnen weggelaufen, als ginge es um sein Leben.«

»Sagen wir einfach, dass ich auch meine Erfahrungen mit Wesen seiner Art gemacht habe.«

Als Rye erst mal angefangen hatte, sprudelten die Fragen nur so aus ihr heraus.

»Was haben Sie um den Hals getragen?«, fragte sie weiter.

»Wie bitte?«, fragte Harmlos zurück.

»Gestern Nacht. Sie hatten etwas um den Hals, das geleuchtet hat.«

Doch Rye wartete nicht auf seine Antwort. Sie trat näher an ihn heran, wahrscheinlich näher, als sie sollte. Denn was wusste sie schon über diesen Fremden? Einen Mann, der von Narben und Tätowierungen übersät war, sich als Pirat betätigte und mythische Wesen durch den Wald jagte? Andererseits hatte ihre Mutter gesagt, er sei harmlos und ein Freund. Und sie wusste, dass ihre Mutter sie nie in Gefahr bringen würde.

Als sie nur noch einen Schritt von ihm entfernt war, streckte sie ihre Hand aus und führte sie an seinen Hals. Er bewegte sich nicht. Mit einem Finger schob sie vorsichtig den Kragen seines Umhangs zur Seite. Um seinen Hals lag ein schwarzes Lederband mit Runensteinen.

Rye musste schlucken und sah ihn fragend an.

»Rye!«, rief da jemand.

»Rye, bist du auf dem Friedhof?«

Sie erkannte die Stimmen von Folly und Quinn. Aber sie war noch nicht bereit, Harmlos mit ihnen zu teilen.

»Kommen Sie morgen wieder?«, fragte sie.

»Natürlich. Wir haben doch eine Abmachung«, sagte Harmlos.

Daraufhin rannte Rye zu ihren Freunden.

Düstergrund war eine große Fläche offenen, unbebauten Landes, das westlich des Dorfes lag und es von dem zerklüfteten Hügel trennte, auf dem die Burg des Grafen thronte. Eigentlich hätte man das Land gut für Ackerbau nutzen können, doch Graf

Longchance wollte nicht, dass seine Aussicht durch Getreide oder andere Feldfrüchte verschandelt würde. Düstergrund verdankte seinen Namen der Tatsache, dass es während der Frühlingsschmelze wenig mehr als eine deprimierende Schlammfläche war. An manchen Tagen im April konnte man hüfttief im Matsch versinken. Und im Winter und im Sommer war es nicht viel besser. Da war das Feld entweder unter einer meterhohen Schneedecke begraben, oder es wimmelte nur so von Mücken und Stechfliegen. Im Herbst war es nicht ganz so schlimm, und Rye hatte gehört, dass vor langer Zeit auf Düstergrund Jahrmärkte, Feste und sogar Ritterturniere abgehalten worden waren, als man sich noch für solche Dinge interessiert hatte.

An jenem Tag ging es auf dem Feld wieder geschäftig zu, denn ein paar freiwillige Arbeiter machten sich dort zu schaffen. Die *freiwilligen* Arbeiter des Grafen waren in den allermeisten Fällen Dorfbewohner, die ihre Begutachtungsstrafe nicht zahlen konnten. Diese freiwillige Arbeit war die beste von mehreren unangenehmen Alternativen. Sie errichteten Zelte, schnitten das Gras und jagten Ratten vom Feld.

Rye, Folly und Quinn hatten sich auf den langen Weg vom Schlammtümpelweg gemacht, um zu sehen, was auf dem Feld los war. Und sie waren nicht die Einzigen. Außer ihnen waren noch viele andere Kinder unterwegs.

»Was machen die Arbeiter da?«, fragte Quinn.

»Ich hab gehört, dass Graf Longchance ein neues Fest ins Leben gerufen hat«, antwortete Folly. »Das Fest des Langen Mondes. Es soll in zwei Tagen stattfinden.«

»Des Langen Mondes?«, wunderte sich Quinn.

»Ich glaube, er hat es nach sich selbst benannt«, vermutete Folly. »Damit begeht er den zehnten Jahrestag der *Großen Säuberung*. Zumindest haben sie das bei der Ankündigung gesagt. Aber da hat er sich wohl ein bisschen verrechnet. Jedenfalls soll der Nobold der Ehrengast sein. Der Graf will das Dorf daran erinnern, dass wir keine Ungeheuerlichen brauchen, um uns zu schützen.«

»Was haben sie denn mit dem Nobold vor?«, fragte Quinn.

»Das weiß keiner. Ist wahrscheinlich ein Geheimnis.«

»Glaubt ihr, es gibt auch Jongleure?«, fragte Quinn erwartungsvoll.

»Jongleure sind doch langweilig«, winkte Folly ab. »Ich finde Feuerschlucker besser.«

»Was meinst du, Rye?«, fragte Quinn.

»Ach, ich finde beide gut«, antwortete Rye, die mit den Gedanken ganz woanders war.

Sie dachte an ihr Geheimnis. An eines ihrer vielen Geheimnisse, denn in den letzten Tagen hatten sich einige angesammelt. Das, was sie gerade beschäftigte, roch nach Stinkkohl und befand sich im besten Versteck, das Rye sich denken konnte: in ihrer Sammlung getrockneter Eidechsen, um die ihre Mutter immer einen großen Bogen machte.

Rye starrte noch immer auf ihre Stiefel, als die Nachmittagssonne schon Schatten auf ihre Füße warf. Sie sah auf. Der Schatten stammte von den hohen, spinnenartigen Türmen von Burg Longchance, die wie knochige Finger aus der Erde ragten.

Ganze Gruppen von Kindern und eine Reihe von Erwachsenen gingen den Weg zum Burgfried hinauf.

Ein Junge rief ihnen zu: »Wollt ihr den Nobold sehen? Er ist in einem Käfig vor den Toren der Burg.«

Quinn und Folly waren gleich auf den Beinen.

»Einen Nobold hat vorher noch keiner lebend gefangen«, sagte Folly.

»Und vielleicht war das auch besser so«, bemerkte Rye.

Folly und Quinn sahen einander fragend an.

Rye beugte sich vor. »Überlegt doch mal: Wo ein Nobold ist, sind bestimmt auch andere. Vielleicht hat er ja Freunde.« Oder Feinde, dachte sie bei sich. Sie hatte ihnen noch nicht von ihren Treffen mit Harmlos erzählt.

»Ich kann mir nicht vorstellen, dass die Freunde haben«, wandte Folly ein.

»Komm, Rye«, sagte Quinn. »Wir gehen mal gucken.«

Nach allem, was sie über Lederblatt gehört hatte, war Rye überhaupt nicht danach, sich der Sensationslust der anderen anzuschließen. Sie hatte über das Wort *Monster* nachgedacht. Was war ein Monster? Viele Leute aus dem Dorf dachten noch heute, dass Follys Brüder, die Zwillinge, Monster wären. Nur weil sie anders waren. Wie sie gehört hatte, waren nach ihrer Geburt Soldaten in den Toten Fisch gekommen, um sie abzuholen. Überflüssig zu erwähnen, dass die Floods das nicht zugelassen hatten. Soldaten waren seither in den Scharacken nicht mehr gern gesehen.

Sie hatte auch darüber nachgedacht, was Harmlos gesagt hatte. Was konnte so wichtig für ihn sein, dass Lederblatt hiergeblieben war? Er hatte sicher nicht freiwillig in Moderfurt verweilt. Er war allein, floh vor der unvorstellbaren Grausamkeit

179

seines eigenen Clans, und jetzt saß er in der Falle. Er musste schreckliche Angst haben. Hatte es etwas mit ihr zu tun? Mit dem Beutel, den sie in der Nacht des Schwarzen Mondes an seinem Lager gefunden und mitgenommen hatte?

»Geht ihr mal alleine«, sagte sie schließlich. »Ich muss nach Hause.«

»Na gut«, sagte Folly. »Sehen wir uns morgen?«

»Klar«, antwortete sie, und die drei Freunde trennten sich.

Rye stapfte alleine über den Düstergrund zurück, und Burg Longchance überschattete ihren Rückweg.

Sie durchquerte die Stadt und erreichte den Schlammtümpelweg am späten Nachmittag. Ihre Nachbarn waren immer noch dabei, das Chaos zu beseitigen, das Lederblatt in der Nacht zuvor angerichtet hatte, und Mr. Pendergill reparierte sein Dach. Im Haus schnitt Abby mit Letzte Warnung Möhren in einen Topf. Seine scharfe Klinge eignete sich sowohl dafür, Diebe aus dem Weidenladen zu vertreiben, als auch für die Zubereitung des Abendessens. Abby hatte Rye einmal Lauch damit schneiden lassen. Nur mithilfe einer Angelschnur und einer Nähnadel hatte die Blutung gestillt werden können. Rye hatte noch immer eine halbmondförmige Narbe am Daumen.

Rye half Abby bei einigen der ungefährlicheren Essensvorbereitungen, während Lottie und Shady mit einer Gänsefeder spielten, die sie aus Ryes Kissen gerupft hatten.

Sie wurden von einem unerwarteten und nicht gerade freundlichen Klopfen an der Tür unterbrochen. Abby wischte sich die Hände am Kleid ab und legte Letzte Warnung auf den

180

Tisch. Vorsichtig öffnete sie die Tür und blickte in das unerfreuliche Gesicht von Wachtmeister Boil. Er hatte wieder die beiden stämmigen Soldaten dabei, die ihn offenbar überallhin begleiteten.

Boil hob eine buschige Augenbraue. »Miss O'Chanter«, sagte er zur Begrüßung.

»*Mrs.*, bitte«, korrigierte Abby ihn. »Wie kann ich Ihnen helfen, Wachtmeister?«

Rye und Lottie versteckten sich halb hinter Abby und lugten hinter ihrer Hüfte hervor.

Boil sah Rye mit zusammengekniffenen Augen an, während er mit seinem Anliegen fortfuhr. »Wir würden gerne mit Ihnen sprechen, Mrs. O'Chanter«, sagte er. »Im Haus.«

Er legte seine ledrige Handfläche auf die Tür. Mit Abscheu erkannte Rye das blaue Haarband, das um sein Handgelenk gebunden war. Es war dasselbe, das er ihrer Mutter im Weidenladen abgenommen hatte.

»Natürlich dürfen Sie mit mir sprechen, Wachtmeister«, sagte Abby. »Und zwar gleich hier.«

Sie blieb demonstrativ im Eingang stehen und gab Boil damit zu verstehen, dass er in ihrem Haus nicht erwünscht war. Das schien dem Wachtmeister überhaupt nicht zu gefallen. Auf der anderen Straßenseite unterbrach Mr. Pendergill die Reparatur seines Daches und schaute herüber. Die anderen Nachbarn waren ebenfalls aufmerksam geworden.

Als Boil zu sprechen ansetzte, war seine Stimme laut und streng. »Mrs. O'Chanter, es ist dem Grafen zu Ohren gekommen, dass gestern Nacht während des Zwischenfalls mit dem

181

Nobold ein paar Augenzeugen eine weitere beunruhigende Sache im Schlammtümpelweg beobachtet haben.«

»Tatsächlich?«, sagte Abby. »Wurde berichtet, dass die Soldaten die Hühner meiner Nachbarn gestohlen und auf unserer Türschwelle ein Nickerchen gemacht haben? Denn ich kann Ihnen versichern, dass diese Berichte absolut der Wahrheit entsprechen.«

»Nein, Mrs. O'Chanter«, antwortete Boil ungerührt. »Es wurde berichtet, dass ein Ungeheuerlicher in dieser Straße gesehen wurde.«

»Wie aufregend«, sagte Abby ohne große Begeisterung. Rye dagegen traute ihren Ohren kaum.

»Ganz recht, Mrs. O'Chanter«, sagte Boil. »Und wir haben Grund zu der Annahme, dass es nicht bloß irgendein Ungeheuerlicher war. Wir nehmen an, dass es sich um einen der berüchtigtsten Ungeheuerlichen überhaupt handelte.«

Abby sah den Wachtmeister bloß an.

»Hat es Ihnen die Sprache verschlagen, Mrs. O'Chanter?«, fragte der Wachtmeister hämisch.

Der Großteil der Nachbarschaft hatte sich inzwischen auf der Straße versammelt. Wachtmeister Boil sprach nun mit aller Autorität, die ihm zu Gebote stand: »Mrs. O'Chanter, auf Anordnung des Grafen sind Sie aufgefordert, den Verbrecher auszuliefern, der bekannt ist unter den Namen Grey der Grimmige, Grey der Grässliche, Grey der Ghul oder auch Grey der Grauenhafte –«

»Ich weiß wirklich nicht, von wem Sie sprechen«, unterbrach Abby ihn nüchtern.

»Sohn von Grimshaw dem Schwarzen«, fuhr Boil fort, »Bruder von Lothaire dem Liederlichen und letzter bekannter Oberster Stammesführer der Gesetzlosen, die sich die Ungeheuerlichen nennen.«

»Sind Sie fertig?«, fragte Abby.

»Ich kann noch fortfahren, wenn es weiterer Klärung bedarf«, sagte Boil.

»Ich weiß nicht, von wem Sie sprechen, und kann ihn deshalb auch nicht ausliefern.«

»Wir haben die zuverlässige Information«, sagte Boil, »dass Sie eben genannten Verbrecher in Ihrem Haus verstecken.«

»Ihre Information ist nicht nur unzuverlässig, sondern geradezu absurd.«

»Wenn dem so ist, Mrs. O'Chanter, haben Sie sicher nichts dagegen, wenn wir uns mal in Ihrem Haus umsehen. Um mögliche Missverständnisse auszuräumen.«

»Den Teufel werden Sie tun«, entgegnete Abby und zog Rye näher zu sich heran.

»Mrs. O'Chanter, meine Geduld ist langsam am Ende«, sagte Boil. »Treten Sie zur Seite, sonst werden meine Männer Sie und Ihren hageren Jungen gewaltsam aus dem Eingang entfernen.«

»Hey«, protestierte Rye.

»Sie sind hier nicht willkommen, Wachtmeister«, sagte Abby. »Dies ist immer noch mein Haus.«

Boil lachte und gab den Soldaten ein Zeichen. »Schiebt sie zur Seite … Aaaah!« Boil stieß einen Schrei aus, der durch Mark und Bein ging, und sah auf den Boden.

Abby, Rye und die Soldaten taten es ihm gleich. Lottie O'Chanter hatte Letzte Warnung geholt, das sie dem Wachtmeister nun langsam in den Fuß bohrte.

»Du Böser! Böser! Böser!«, sagte sie.

Boil zog seinen Fuß weg und hielt ihn mit beiden Händen fest. Letzte Warnung steckte noch wie ein Pfahl in seinem Stiefel.

»Packt die rothaarige Sumpfbrut«, brüllte Boil und zeigte auf Lottie. »Wir nehmen sie mit zur Burg und werden ihr eine Lektion erteilen.«

»Ich kein Sumpfbrot, ich Lottie«, stellte Lottie klar, stampfte mit dem Fuß auf den Boden und zog eine Schnute.

Als der erste Soldat Lottie greifen wollte, sprangen Abby und Rye dazwischen. Abby steckte ihm einen Finger ins Auge, und Rye hinterließ Zahnabdrücke auf seiner Schulter, bevor er sie beide mit seinem dicken Arm beiseitestieß.

Er packte Lottie fest an ihrer kleinen Schulter, und ihr Gesichtsausdruck wandelte sich von Wut zu blanker Panik. Ihre Augen füllten sich mit Tränen.

Während Rye sich aufrappelte, sah sie, wie etwas Großes vom Dach fiel und fast lautlos hinter dem Wachtmeister und den beiden Soldaten auf der Erde aufkam.

»Nennen Sie mich einfach Grey«, sagte die Gestalt.

Wachtmeister Boil und die Soldaten drehten sich um. Es war Harmlos. Seine Hände waren leer, und er zeigte mit dem Finger auf Lottie.

»Lass das Kind los«, sagte er.

Der erste Soldat sah Boil an und hielt Lottie weiter fest.

»Das war keine Bitte«, sagte Harmlos und schlug den Soldaten so schnell und so heftig, dass Rye kaum mitbekam, dass er sich überhaupt bewegte. Sie sah nur, wie der Kopf des Soldaten zurückschnellte und er von den Beinen gerissen wurde. Harmlos landete auf seiner Brust, und es krachte, als würden Knochen brechen. Dann setzte er Lottie in Abbys Reichweite ab. Der zweite Soldat ging mit gezogenem Säbel auf ihn los. Plötzlich materialisierten sich Harmlos' zwei Schwerter in seinen Händen, und als er herumwirbelte und um sich schlug, war außer seinem Umhang nicht mehr viel zu sehen. Wenige Sekunden später war der Soldat entwaffnet und lag wie ein jammerndes Häufchen Elend auf dem Boden.

Wachtmeister Boil hatte sich Letzte Warnung aus dem Fuß gezogen, ließ es aber fallen, als er Harmlos' Blick sah, der keine guten Absichten vermuten ließ. Dieser überbrückte die Distanz zwischen ihnen mit zwei großen Schritten und verdrehte den Arm des Wachtmeisters hinter seinem Nacken, sodass es aussah, als würde er gleich abbrechen.

»Zwei Männer?«, zischte Harmlos Boil ins Ohr. »Zu allem Überfluss will mich der Graf auch noch beleidigen? Nächstes Mal bringen Sie zwanzig mit. Oder bleiben Sie direkt zu Hause.«

Er ließ den Wachtmeister los und gab ihm einen Stoß, sodass dieser ins Straucheln geriet. Die Soldaten rappelten sich langsam wieder auf, und alle drei krochen, schlurften und humpelten so schnell den Schlammtümpelweg entlang, wie sie konnten. Die Nachbarn sahen mit offenen Mündern zu.

185

Harmlos klopfte sich den Staub von den Kleidern, die nicht mal eine Knitterfalte abbekommen hatten, und seine Augen funkelten wild. So hatte Rye ihn noch nie gesehen. Aber als sein Blick auf sie fiel, wurde er wieder ganz sanft. Harmlos reichte ihrer Mutter die Hand. Abby ignorierte ihn und half Rye und Lottie auf die Beine. Sie warf ihre Haare zurück und wischte Lottie einen Schmutzfleck von der Wange.

»Riley«, sagte Abby. »Ich weiß nicht, wie ich das erklären soll, deshalb sage ich es einfach: Bitte deinen Vater herein. Er soll mit uns zu Abend essen. Wir haben viel zu besprechen und wenig Zeit.«

16

DIE SPEICHE

Worte konnten nicht beschreiben, was Rye gerade fühlte. Immerhin hatte sie ihr Leben lang geglaubt, ihr Vater wär ein Soldat des Grafen gewesen, der Hinter dem Schiefer verschwunden war. Jetzt stellte sich heraus, dass er ein geheimnisvoller Fremder war, der Harmlos genannt wurde oder der Grässliche oder der Grauenhafte oder noch schlimmer. Er schlich nachts durch das Moor und jagte Ungeheuer, aus Spaß und für Geld. Vom Grafen wurde er Verbrecher und Gesetzloser genannt und schien dieser Bezeichnung alle Ehre zu machen, indem er dessen Soldaten auf der Straße zusammenschlug. Aber er war nicht nur irgendein Verbrecher. Nein, er war der Oberste Stammesführer der berüchtigten Ungeheuerlichen. Das war viel interessanter, als einen Kabeljaufischer oder einen Hufschmied zum Vater zu haben. Aber was hieß das für sie? Das war zu viel auf einmal. In ihrem tiefsten Innern war sie freudig erregt, doch das Gefühl war begraben unter Verwirrung und Frustration.

Lottie dagegen schwang an Harmlos' Armen, als wären es Lianen, und kletterte dann so flink seinen Rücken hinauf wie ein Eichhörnchen. Harmlos lächelte unbehaglich, und seine Augen traten hervor, als Lottie ihre Arme um seinen Hals legte und sich mit ihrem vollen Gewicht hängen ließ.

Shady schloss auch sofort Freundschaft mit Harmlos. Er steckte seinen Kopf in dessen Weinkelch, legte sich dann auf seinen Schoß und schnurrte so behaglich, als wären sie alte Freunde.

Harmlos wischte ihm die Schnurrhaare ab und kicherte. »Shady weiß auch immer noch, was gut ist.«

Nachdem sich alle zum Essen an den Tisch gesetzt hatten, stellte Abby jedem eine Schüssel mit Kartoffelsuppe hin. Sie selbst aber aß nicht mit. Sie lief zwischen Hauptraum und Schlafzimmern hin und her und packte Kleidung und Vorräte in kleine Bündel. Rye hatte noch kein Wort mit ihr geredet, seit sie ins Haus gegangen waren. Soweit sie sich erinnern konnte, war es noch nie die Schuld ihrer Mutter gewesen, wenn ihre Ohren vor Wut heiß geworden waren. Was war noch alles gelogen von dem, was sie ihr erzählt hatte?

Wie immer hatte Harmlos seinen Teller rasch leer gegessen und ebenso rasch ein Kompliment auf den Lippen.

»Abigail«, sagte er, »die Suppe ist köstlich. Du solltest auch was davon essen.«

»Nein, Grey«, sagte sie verärgert. »Ich muss packen. Jetzt.«

»Es ist noch Zeit«, sagte Harmlos und nahm einen Schluck aus seinem Kelch. »Wir haben noch genug Zeit.«

Rye schob mit ihrem Löffel eine Kartoffel hin und her.

»Warum mag der Graf dich nicht?«, fragte sie Harmlos schließlich.

»Meine Familie – das heißt, unsere Familie – und das Haus Longchance verbindet eine lange Feindschaft«, antwortete Harmlos. »Dein Großvater war ziemlich ungestüm, als er jung war, und er und Morningwigs Vater gerieten in Streit – mehrere Streits, genauer gesagt – und, na ja … dann hat dein Großvater das Dorf niedergebrannt.«

»Dieses Dorf?«, fragte Rye.

»Ich fürchte, ja«, sagte Harmlos. »Zwei Mal sogar.«

»Zwei Mal?«

»Ja. Ist dir aufgefallen, dass die neueren Gebäude alle aus Stein und Ziegeln sind? Das hast du deinem Großvater zu verdanken.«

»Worüber haben sie sich denn gestritten?«, fragte Rye.

»In diesem speziellen Streit ging es um deine Großmutter«, sagte Harmlos. »Ascot Longchance sperrte sie in seiner Burg in einen Turm.«

»Grey«, sagte Abby vorwurfsvoll. »Das brauchst du doch jetzt nicht alles zu erzählen.«

Rye verzog mürrisch das Gesicht.

»Das Mädchen hat schließlich ein Recht, die Geschichte ihrer Familie zu erfahren«, sagte Harmlos. »Wir haben sie lange genug vor ihr geheim gehalten.« Er wandte sich wieder zu Rye um. »Longchance hat es nicht besser verdient. Obwohl dein Großvater vielleicht ein wenig überreagiert hat. Vor allem das zweite Mal.«

»Sie nennen dich Gesetzloser und Verbrecher«, sagte Rye. »Warum?«

189

»Weil wir das waren«, gab Harmlos zu. »Das liegt uns im Blut. Der Sohn eines Bauern arbeitet auf dem Feld. Der Sohn eines Fischers wirft sein Netz aus. Und der Sohn eines Ungeheuerlichen wartet, bis es dunkel ist, und stiehlt dann das Korn und den Fisch.«

»Eine schöne erste Botschaft, die du deiner Tochter da mitgibst«, bemerkte Abby trocken.

»Eigentlich ist das ein schlechter Vergleich. Auf Bauern und Fischer haben es die Ungeheuerlichen nie abgesehen«, ergänzte Harmlos und lehnte sich zurück. »Jedenfalls waren die Ungeheuerlichen viele Generationen lang schlimmer als jede Bestie, die jemals Hinter dem Schiefer herumgestreift ist. Als dein Großvater der Oberste Stammesführer wurde, war er furchterregender und bösartiger als alles, was das Schiefertal bis dahin gesehen hatte. Aber als er älter wurde, hat er sich verändert. Die meisten Obersten Stammesführer werden nicht älter als vierzig, weißt du. Die Stellung war damals eine große Ehre, aber auch eine schwere Bürde.«

»Grey«, sagte Abby in noch strengerem Ton.

Harmlos wurde nachdenklich. »Dein Großvater war der Erste, der ein stattliches Alter erreicht hat. Und mit dem Alter wurde er weiser und nachsichtiger. Zwar war er immer noch furchterregend, aber nicht mehr grundlos. Er war bereit, die Zwistigkeiten beizulegen, damit seine Enkel nicht wie er ein Leben im Schatten führen mussten. Warum Longchance uns noch immer wie Gesetzlose behandelt? Weil er will, dass das Dorf uns hasst. Wenn es das nicht tut, schwächt ihn das.«

»Harmlos«, sagte Rye leise. »Wie alt bist du?«

Harmlos lächelte. »In ein paar Tagen werde ich vierzig.«

»Das reicht«, sagte Abby laut, und diesmal blieben sie beide still.

Rye sah, dass ihre Mutter einen Suppenlöffel umfasst hielt und so fest zudrückte, dass ihre Knöchel weiß wurden. Sie sah aus, als wollte sie Harmlos den Löffel ins Auge stechen.

Ein wildes Klopfen an der Haustür ließ Rye von ihrem Sitz springen. Sie erkannte Quinns Stimme auf der anderen Seite.

Abby ging zur Tür und machte sie auf. Quinn war völlig außer Atem.

»Quinn, was ist denn los?«, fragte sie.

»Ich war gerade im Niederöhr«, stieß er zwischen zwei Atemzügen hervor. »Die Männer des Grafen ... sind auf dem Weg hierher ... Ich bin so schnell gelaufen, wie ich konnte, aber ich hab höchstens eine Minute Vorsprung.«

Abbys Gesicht wurde ganz ruhig. »Danke, Quinn.«

»Mrs. O'Chanter«, sagte Quinn und sah Rye an. »Es sind sehr viele.«

Abby legte ihm eine Hand auf die Schulter. »Geh jetzt nach Hause und verriegel die Tür. Und komm nicht hierher zurück.«

Quinn sah sie verwirrt an.

»Geh schon«, sagte sie. »Los.« Sie schloss die Tür hinter ihm.

Harmlos verschränkte die Hände über seinem Bauch. »Du meine Güte«, sagte er. »Die sind ganz schön hartnäckig, was?«

Abby schlug ihm ein Bündel so heftig gegen die Brust, dass es ihm den Atem verschlug. »Ich hab dich gewarnt«, sagte sie. »Du und dein Ego. Du musstest sie ja unbedingt herlocken.«

Sie half Rye, ein Bündel über die Schulter zu nehmen. Für Lottie hatte sie ein kleineres.

»Wo gehen wir hin?«, fragte Rye ihre Mutter und brach damit das Schweigen zwischen ihnen.

»Dorthin, wo wir sicher sind«, antwortete Abby. »Nur für eine Weile.«

»Kommen wir wieder hierher zurück?«

»Ja, natürlich«, sagte Abby, klang dabei aber nicht sehr zuversichtlich. Sie schob sich Letzte Warnung unters Kleid und zog sich ihr eigenes Bündel über die Schulter. »Kommt, wir müssen los.«

»Was ist mit Shady?«, fragte Rye.

»Den können wir nicht mitnehmen. Er wird uns nur weglaufen«, sagte Abby. Als sie das Entsetzen auf Ryes Gesicht sah, fügte sie hinzu: »Keine Sorge. Wir haben Mäuse und ein leckes Dach. Da wird er eine Weile genug zu fressen und zu trinken haben.«

»Warte«, sagte Rye und lief in ihres und Lotties Zimmer.

»Riley!«, rief Abby. »Wir haben keine Zeit. Komm sofort her!«

Rye kam mit Mona Monster zurück und gab Lottie die Puppe.

»Tanke, Rye«, sagte Lottie.

»Gern geschehen«, sagte Rye.

Keiner hatte bemerkt, dass Rye noch etwas anderes eingesteckt hatte.

»Jetzt aber«, sagte Abby und schob sie Richtung Tür.

Harmlos schüttelte den Kopf, nachdem er aus dem Fenster

geschaut hatte. »Zu spät.« Er sah Abby und die Kinder an. »Sie sind schon in der Straße. Der Junge hat nicht gelogen. Es sind bestimmt dreißig.«

»In die Geheimkammer«, sagte Abby und eilte mit den Mädchen zurück in die entgegengesetzte Richtung.

»Sollen wir die Tür verriegeln?«, fragte sie Harmlos.

»Die brechen sie sowieso ein«, antwortete dieser. »Lass sie unverschlossen. Dann brauchen wir sie später nicht zu reparieren.«

Damit ging die O'Chanter-Familie durch die Bilder an der Wand.

Vor ihrem Haus formierten sich die Soldaten. Etwas, das Rye und ihre Familie zwar ahnten, aber nicht mehr sehen konnten. Bei drei rannten sie los und rammten ihre Schultern gegen die Tür. Da sie unverschlossen war, glitt sie leicht auf, und die Soldaten purzelten alle übereinander auf den Boden des Hauses. Hinter ihnen kamen drei weitere herein, die über ihre Schilde lugten und erst in Abbys Schlafzimmer preschten und dann in das Zimmer der Mädchen. Sie suchten unter den Betten und in den Schränken und fanden nichts außer einer riesigen, gelangweilt wirkenden Katze, die es nicht mal für nötig hielt, sich zu verstecken.

Nachdem sie sicher waren, dass das Haus leer war und diese Erkenntnis nach draußen weitergeleitet hatten, duckte sich ein unerwarteter Gast durch die Eingangstür des Hauses. Morningwig Longchance höchstpersönlich trat vorsichtig über die Schwelle und füllte den Raum mit seiner langen Gestalt. Sein

Helm und seine metallbeschlagenen Stiefel glänzten und wiesen weder Kratzer noch Dellen auf. Er hielt ein Schwert in der Hand, das so lang und dünn war wie seine Beine. Mit seinem edelsteinbesetzten Griff und der gravierten Klinge sah es aus, als wäre es Teil eines Wandschmucks über einem herrschaftlichen Kamin.

Longchance sah auf Wachtmeister Boil hinab, der hereingehumpelt war und sich neben ihn stellte. Boil ging am Stock, und sein Fuß hatte einen dicken Verband.

»Sind Sie sicher, dass es das richtige Haus ist?«, fragte Longchance.

»Ja, ja, mein Herr«, sagte Boil. »Ganz sicher.«

Longchance nickte einem Diener zu, der ihm einen Beutel mit Orangenspalten reichte. Er lutschte eine und inspizierte den Raum mit zusammengekniffenen Augen.

Nach ein paar Minuten wurden seine Augen noch schmaler. Er zupfte an einem der dünnen Bartzöpfe, die vor seinem Hals baumelten, und ging von der Tür zum Fenster. Schließlich warf er die Orangenschale auf den Boden und zeigte mit seinem Schwert auf die gegenüberliegende Wand.

»Da«, sagte er und wedelte mit dem Schwert vor einem zerrissenen Bild herum. »Bringt eine Laterne.«

Longchance und zwei Soldaten näherten sich der Wand. Der Graf drückte sein Gesicht dagegen und untersuchte die Ritzen. Er zog einen Handschuh aus, befühlte sie mit seinem Finger und schnüffelte daran. Dann drückte er, und die versteckte Tür sprang auf.

Das Laternenlicht bestrahlte die Wände der fensterlosen

Werkstatt. Der Tisch war übersät mit zahllosen Schmuck-
stücken und Ziergegenständen. Aber davon abgesehen war
nichts – und niemand – darin.

»Jemand hat sie gewarnt«, sagte Longchance zu Boil, der den
geheimnisvollen kleinen Raum durchsuchte. »Dieser Schleich-
weg hat den Unterstützern der Ungeheuerlichen schon immer
als Fluchtweg gedient. Holt die anderen Tümpler aus ihren
Bruchbuden und findet heraus, wer ihnen Bescheid gesagt hat.«

Wenige Augenblicke zuvor hatten Harmlos, Abby, Rye und
Lottie sich in der geheimen Werkstatt gedrängt, und Rye hatte
ihre Mutter besorgt gefragt: »Mama, glaubst du wirklich, dass
sie uns hier nicht finden? Selbst Lottie hat die Werkstatt entdeckt.«

Im Hauptzimmer hörten sie lauten Krach. Es klang, als
würden Soldaten die Eingangstür eintreten.

»Riley«, sagte ihre Mutter amüsiert. »Du glaubst doch nicht,
dass dies die Geheimkammer ist, oder?«

Harmlos hockte währenddessen auf Händen und Knien unter dem Tisch und hantierte mit einem kleinen Werkzeug. Er
hob damit eine quadratische Bodenplatte hoch, die zuvor bei
dem ganzen Staub und Schmutz nicht aufgefallen war. Dann
nahm er die Laterne vom Tisch und sah durch das Loch.

»Abby, du zuerst«, sagte er. »Und dann Riley. Ich reiche
euch Lottie hinunter.«

Rye traute ihren Augen kaum. Eine schmale Holzleiter
führte vom Eingang der Falltür nach unten in eine Art unbefestigten Tunnel.

»Bleib immer bei uns«, flüsterte Harmlos, als er Rye durch die Falltür half. »Das Tunnelsystem ist in den letzten zehn Jahren nicht viel benutzt worden. Mehrere Tunnel sind überflutet, andere sind eingestürzt. Wenn du dich darin verläufst, findest du vielleicht nie wieder heraus.«

Harmlos kletterte als Letzter herunter. Vorher verriegelte er die Falltür hinter sich.

Er eilte mit ihnen ein kurzes Tunnelstück entlang. Als sie an einer größeren Kammer ankamen, sagte er, sie sollten warten, und ging zurück. Es war dunkel und feucht, und es roch nach fauligem Holz und stehendem Wasser. Sie waren alle mucksmäuschenstill. Sogar Lottie.

Als Harmlos zurückkam, sagte er: »Oben ist es ruhig. Sie haben das Haus wieder verlassen, aber sie sind noch nicht weit weg.«

Mit einem Funken von der Laterne zündete er etwas an, das an der Wand hing. Als die Fackel loderte, konnte Rye endlich ihre Umgebung erkennen. Die Kammer war eine Höhle, die in die Erde gegraben worden war. Verfaulende Balken stützten die Lehmdecke, und Wurzeln und Steine schauten durch die Erdwände und Böden. Abby konnte aufrecht stehen, aber Harmlos musste sich ducken. Von der Kammer verliefen dunkle Tunnel in jede Richtung.

»Wo sind wir hier?«, flüsterte Rye.

»Du brauchst nicht mehr leise zu sein, mein Schatz«, sagte Abby. »Hier unten kann uns niemand hören.«

Abby griff in ihr Bündel, holte zwei Stücke Schokolade heraus und gab Rye und Lottie je eins.

»Es wird die Speiche genannt«, erklärte Harmlos. »Es ist ein altes Tunnelsystem, das unter dem Dorf verläuft. Und eure Mutter hat recht. Ich war wochenlang hier unten und bin keiner Menschenseele begegnet. Es sieht so aus, als hätte es jahrelang keiner benutzt.«

»Wo führt es hin?«, fragte Rye und kaute an ihrem Fingernagel. Abby zog Rye sanft den Finger aus dem Mund und steckte ihr stattdessen die Schokolade hinein.

»Zu verschiedenen Stellen im Dorf«, erklärte Harmlos. »Diese Kammer heißt die Nabe oder der Knotenpunkt. Von hier aus kommt man in alle Tunnel, und jeder von ihnen führt in einen anderen Teil von Moderfurt. Leider ist die Hälfte der Tunnel inzwischen unbrauchbar.«

Harmlos zeigte mit seinem Finger. »Hier geht es zurück zum Haus. Hier geht's zum Friedhof Zum toten Pfennigfuchser. Und hier ist der Tunnel zum Keller des Weidenladens.«

Rye sah ihre Mutter mit großen Augen an. Es gab eine Abkürzung, die sie an verschneiten und verregneten Tagen hätten nehmen können?

Abby zuckte nur mit den Achseln.

»Dieser Tunnel hier heißt Der Lange Weg nach Hause«, fuhr Harmlos fort. »Es ist ein weiter Weg, aber er führt zum tiefsten, dunkelsten Verlies von Burg Longchance. Ich brauche wohl nicht zu erwähnen, dass man von hier aus auch an Orte gelangt, die man besser meiden sollte.«

»Der Lange Weg nach Hause? Komischer Name für einen Tunnel«, bemerkte Rye.

»Die Männer, die diese Tunnel gegraben haben, verbrachten

genauso viel Zeit im Kerker wie bei ihren Frauen«, sagte Abby ausdruckslos.

»Der Friedhof, der Keller des Weidenladens, der Kerker von Burg Longchance …«, sagte Rye. »Von all diesen Orten sagt man, dass es dort spukt.«

»So ein Zufall«, sagte Harmlos und zwinkerte.

»Und wer hat die Tunnel gebaut?«, fragte Rye.

»Meine liebe Riley, ich bin froh zu sehen, dass deine Neugier über die Angst gesiegt hat«, sagte Harmlos. »Aber wir sollten uns jetzt wirklich auf den Weg machen und uns in Sicherheit bringen. Der Tunnel, den wir normalerweise nehmen würden, wurde bei einem Gewitter überflutet, deshalb müssen wir den längeren und nicht ganz so malerischen Weg nehmen. Unterwegs können wir uns weiter unterhalten. Und jetzt bleib nahe bei uns. Wenn wir dich verlieren, wird die liebliche Laune eurer Mutter schnell verfliegen.«

Rye sah ihre Mutter an, die Harmlos so lieblich anstarrte wie eine saure Zitrone.

Harmlos schob seine Schwerter zur Seite, nahm Lottie auf den Rücken und trug sie. Er führte sie durch die unterirdischen Höhlen und zündete im Vorbeigehen die Fackeln an den Wänden an. Rye lief hinter ihm, und Abby bildete die Nachhut. Sie hatten Rye in die Mitte genommen, um sie im Notfall besser beschützen zu können. Rye hatte immer Probleme, mit ihren Stiefeln gleichmäßige Schritte zu machen, aber diese engen Gänge mit Steinen und versteckten Wurzeln machten es ihr besonders schwer. Sie fiel mehrmals hin, und die Krusten auf ihren Knien, die auch unter normalen Umständen kaum jemals verheilten, brannten unter ihren Leggings. Bei einem Sturz verlor sie ihr Bündel. Sie hob es auf, bevor ihr jemand helfen konnte, und steckte ihre Hand hinein, um zu sehen, ob Lederblatts Beutel noch da war. Als ihre Eltern Rye unter die Arme griffen, um sie hochzuheben, stöhnte Harmlos laut. Sie hatte Angst, dass er ungeduldig mit ihr wurde.

»Wir müssen dir unbedingt neue Stiefel besorgen«, sagte er. Aber als er sah, was sie an den Füßen trug, veränderte sich sein Blick. Diese Stiefel hatte er selbst vor vielen Jahren getragen.

»Komm«, sagte er. »Ich mach Platz für dich.« Er drückte Lottie Abby in den Arm und nahm Rye auf den Rücken.

Bald kamen sie an eine Stelle, die Harmlos und Abby offenbar lieber hatten vermeiden wollen: ein großes Eisentor mit einem Gitter auf Augenhöhe eines Erwachsenen. Es war mit den stärksten Ketten verschlossen, die Rye je gesehen hatte, und mit mehr Schlössern, als sie zählen konnte. Die Metalltür hatte große Furchen, die von einem Tier stammen mussten, das wesentlich größer war als Shady. In diesem Teil des Tunnels war es viel kälter als in dem Abschnitt, der unter ihrem Haus verlief. Rye konnte ihren Atem sehen. Sie schauderte.

»Was ist das?«, fragte sie Harmlos.

»Das ist das Tor zu Hinter dem Schiefer«, antwortete Harmlos leise. »Dahinter beginnt für die meisten eine Reise ohne Wiederkehr.«

Rye war nicht entgangen, dass Harmlos flüsterte, obwohl ihre Mutter gesagt hatte, dass das nicht nötig sei. Abby lief weiter, ohne ein Wort zu sagen.

Den Rest des Weges fand Rye eher spannend als Furcht ein-flößend. Ab und zu fiel ihnen ein wenig Erde von der Decke auf den Kopf, und mehr als einmal huschte ein unsichtbares Etwas zwischen ihren Füßen hindurch. Hier und da kamen sie an alten Leitern vorbei oder an abgenutzten Steinstufen, die zur Welt über ihnen führten: die geheimen Aus- und Eingänge, von denen Harmlos gesprochen hatte. Nach kurzer Zeit sahen alle Tunnel gleich aus. Sich hier unten zu verlaufen wäre sicher keine gute Idee.

Dann hörte sie auf einmal ein merkwürdiges, anhaltendes Geräusch. Erst ein Rauschen und dann ein Dröhnen. Der Tun-nel wurde größer, und vor ihnen lag eine kleine Seilbrücke, die über einen rasch fließenden Strom führte.

»Ist dieser Tunnel überflutet?«, fragte Rye.

»Nein«, sagte Harmlos. »Das ist ein Nebenarm der Moder, der hier unterirdisch fließt.«

»Müssen wir da rüber?«, fragte Rye ängstlich.

»Keine Sorge«, beruhigte Abby sie. »Halt dich fest, dann kann dir nichts passieren.«

Rye beobachtete, wie das Wasser unter ihnen dahinrauschte und in der Dunkelheit verschwand.

»Gibt es keinen anderen Weg?«, fragte sie, als Abby Lottie absetzte und sie sich alle an die Hände nahmen, um die Seilbrü-cke zu überqueren.

»Das ist der einzige Weg zu unserem Ziel, Riley«, sagte Abby.

»Und was ist unser Ziel?«, fragte Rye und versuchte krampf-haft, nicht nach unten zu schauen.

»Ein Weinkeller«, sagte Harmlos, während er geschickt über das Seil balancierte.

Rye drehte sich zu ihrer Mutter um. »Mama, müsst ihr jetzt unbedingt Wein kaufen?«

Abby runzelte die Stirn. »Riley, mein Schatz. Wir kaufen keinen Wein. Wir gehen zum Toten Fisch.«

17

LETZTE ZUFLUCHT TOTER FISCH

Harmlos musste drei Fässer und ein paar alte Holz-
kisten beiseiteschieben und zahllose Spinnweben
beseitigen, bevor sie von der Speiche in den Weinkeller des Toten Fischs gelangen konnten. Dort lagerte wirklich
eine Menge Wein, außerdem massenweise Bier, Grog und andere Getränke, die bei den Dorfbewohnern beliebt waren. Der
Keller war kalt und nur schwach beleuchtet, und Rye konnte
verstehen, warum die Leute dachten, es würde darin spuken.
Obwohl Folly erzählt hatte, dass ihre Eltern das Gerücht nur
in die Welt gesetzt hatten, um die Kellnerinnen abzuschrecken.

Der Keller-Wachhund war ein alter Köter, dessen Bauch
auf dem Boden schleifte. Er bellte nicht, als er sah, wie die
vier Fremden aus dem Geheimgang in der Wand gekrochen
kamen, doch er kraxelte, so schnell ihn seine kurzen Beine
trugen, die Treppe hoch, wobei er seine langen Ohren hinter
sich herzog. Kurze Zeit später kam er mit Fletcher und Faye
Flood zurück.

Die Floods brachten die O'Chanters rasch die Treppe hinauf in den Schankraum des Gasthauses, wo sie sich am großen Kaminfeuer aufwärmen konnten. Sie waren länger in der Speiche gewesen, als sie gedacht hatten, und die meisten Gäste hatten sich schon auf ihre Zimmer zurückgezogen. Ein paar saßen noch zusammengesunken auf ihren Stühlen an der Bar, und einige wenige spielten *Haken*. Rye erkannte Jonah und ein paar andere Barleute. Auch der unheimliche Mann, der Harmlos und ihrer Mutter aus dem Toten Fisch gefolgt war, als das Schwarzmond-Fest zu Ende ging, war wieder da und spielte mit. Seine Augen sprangen von Jonah zu seinen Karten und dann zu den anderen Spielern. Sein mürrischer kleiner Affe teilte neue Karten aus.

Faye brachte gewürzten Pflaumenwein für Rye und Lottie. Erst als sie gemütlich vor dem Feuer saß und an dem heißen Getränk nippte, merkte Rye, wie erschöpft sie war. Bald hörte sie Lottie schnarchen, die ihren Kopf auf Abbys Schulter gelegt hatte. Rye kuschelte sich unter Abbys anderen Arm, und obwohl sie sich bemühte, die Augen offen zu halten, nickte sie immer wieder ein.

Ihre Träume vermischten sich mit dem Gespräch der Erwachsenen, bis sie beides nicht mehr auseinanderhalten konnte. Sie hatte den Eindruck, als würden Abby, Harmlos und Follys Eltern sich bis in die frühen Morgenstunden bei Wein und Bier beraten. Irgendwann setzten sich Fitz und Flint zu ihnen, die aus vier Bierkrügen tranken, die vor ihnen aufgereiht waren. Und irgendwann setzte sich Lederblatt neben sie auf den Boden. Der Nobold beugte sich über eine dampfende Schüssel

Suppe. Er kippte den ganzen Teller auf einmal hinunter und leckte sich mit seiner schwarzen Zunge die Suppenreste aus dem drahtigen orangefarbenen Bart. Als er fertig war, sah er Rye hungrig an.

Rye zwang sich, die Augen zu öffnen. Ihr Herz klopfte wild. Zum Glück war Lederblatt ihr diesmal nur im Traum erschienen.

»Was ist mit dem Gift?«, fragte Abby die Floods. »Wissen wir, wen Longchance geschickt hat, um Grey zu vergiften?«

»Nicht sicher«, antwortete Fletcher. »Aber wir haben die Liste auf ein paar Verdächtige eingegrenzt und haben ein Auge auf sie.«

Harmlos sah zu dem Tisch mit den Kartenspielern hinüber, und sein Kiefer verkrampfte sich. Trotz ihrer Schläfrigkeit meinte Rye zu bemerken, dass ihm der Mann mit dem Affen ebenfalls einen bösen Blick zuwarf.

»Im Toten Fisch seid ihr sicher«, sagte Fitz.

»Wenn wir erst mal Longchance' Augen und Ohren gefunden haben ...«, sagte Flint.

»... reißen wir sie ihm eigenhändig heraus«, beendete Fitz seinen Satz.

»Jungs«, schimpfte Faye. »Müsst ihr euch immer so brutal ausdrücken?«

»Tut mir leid, Mum«, sagten sie im Chor. Fitz nippte verlegen an seinem Bier.

»Bis dahin ...«, begann Flint.

»... kommt kein neuer Gast hier rein«, sagte Fitz.

»Hier mag es sicher sein, aber das Dorf hat nicht mehr viel

Zeit«, warnte Harmlos. »Der Knochenknacker-Clan steht schon vor der Tür. Ich hab mindestens drei gesehen, die hierher unterwegs sind.«

»Longchance wird eher zulassen, dass wir alle ins Moor verschleppt werden, als dass er noch mal um Hilfe bittet«, sagte Faye wütend.

»Er dachte, er hätte die Nobolde und die Ungeheuerlichen vor Jahren begraben«, sagte Abby. »Wenn nicht dieser unberechenbare Jugendliche aufgetaucht wäre, hätte er sogar recht gehabt«, fügte sie bitter hinzu.

»Nichts bleibt für immer begraben«, sagte Harmlos leise, als würde er nur mit ihr sprechen.

»Er ist verrückt geworden«, sagte Fitz. Rye stellte fest, dass die Stimmen der Zwillinge sogar gleich klangen.

»Dieses Fest ist Irrsinn«, sagte Flint. »Wer einen lebenden Nobold in der Stadt gefangen hält ...«

»... beschwört die Katastrophe geradezu herauf«, ergänzte Fitz.

»Er ist größenwahnsinnig«, sagte Harmlos. »Und das ist seine Gelegenheit. Er will ein für alle Mal beweisen, dass Moderfurt die Ungeheuerlichen nicht braucht. Wahrscheinlich glaubt er es sogar selbst.«

Dann sagte er zu Abby: »Du und die Mädchen solltet keine Probleme haben, wenn ich weg bin. Wenn ich bleibe, bringe ich euch alle in Gefahr.«

Abby setzte ihren Kelch an den Mund und schwieg.

»Wir werden schon damit fertig, egal, was Longchance mit uns vorhat«, sagte Fletcher.

»Ich weiß, mein Freund«, sagte Harmlos und legte Fletcher eine Hand auf den Arm. »Und ich bin ja auch nicht aus der Welt. Aber ich muss noch ein paar andere alte Bekannte sprechen, bevor sich die Lage verschlimmert.«

Fletcher seufzte. »Na gut. Wenn du morgen früh wegmusst«, sagte er und hob sein Glas, »dann trinken wir jetzt.«

Alle hoben ihre Getränke und stießen an. Die Zwillinge hatten genug Krüge, um mit allen gleichzeitig anzustoßen.

Rye tat so, als würde sie schlafen, doch ein Gedanke hielt sie wach. Sie hatte ihren Vater gerade erst kennengelernt, und jetzt musste er schon wieder weg. Sie streckte die Hand aus und legte sie sanft auf seine.

Rye wurde von grellem Sonnenlicht geweckt, das von buntem Glas reflektiert wurde, und ihr ins Gesicht schien. Sie war umgeben von Hunderten Flaschen in allen Formen und Größen. Jemand musste sie in der Nacht in Follys Zimmer hinaufgetragen haben.

Als sie nach unten ging, merkte sie, dass es schon Mittag war. Menschen saßen in kleinen Gruppen an den Tischen und aßen, tranken und unterhielten sich laut. Im Toten Fisch wurde entweder laut gesprochen oder leise geflüstert, dazwischen gab es nichts. Niemand sprach mit normaler Stimme, genauso wenig wie Rye und Lottie zu Hause, obwohl ihre Mutter sie stets dazu anhielt. Rye suchte nach Folly oder ihrer Mutter. Dann hörte sie eine vertraute, aber auch nicht gerade normale Stimme, die sich über die Hintergrundgeräusche des Gasthauses erhob.

»Fieser Affi hat mein Monster!«, kreischte Lottie. »Du Fieser!«

Rye fand ihre kleine Schwester auf dem Boden neben der Theke. Sie veranstaltete ein Tauziehen mit dem kleinen schwarzen Affen, den Rye vorher schon gesehen hatte. Der Affe hielt die Füße von Mona Monster fest, und Lottie zog sie an den Armen. Lottie gewann den Kampf und zog den Affen obendrein noch am Schwanz, woraufhin er kreischend die Wand hochkletterte, um sich in den riesigen Kerzenkronleuchter drei Stockwerke höher zu flüchten. Von seinem Aussichtspunkt aus schimpfte er laut zu Lottie herunter.

»Fieser Affi«, wiederholte Lottie, als sie Rye sah. »Hat Mona genommen. Hmpf«, fügte sie hinzu und stapfte zu ihrer Mutter an den Kamin.

»Deine Schwester scheint sich ja hier schon wie zu Hause zu fühlen«, sagte Jonah mit breitem Grinsen. Er räumte hinter der Theke auf. »Aber sie streitet sich schon den ganzen Morgen mit der haarigen Nervensäge.«

»Oh. Hallo, Jonah«, sagte Rye. »Wo kommt der Affe eigentlich her?«

»Er heißt Schlitzohr. Zumindest nennt *er* ihn so«, sagte Jonah und zeigte auf den finster aussehenden Mann in der Ecke. »Er ist mit dem Affen gekommen. Vor drei Wochen.«

Rye konnte jetzt sehen, dass die Augen des Mannes hellblau waren, so wie Rotkehlchen-Eier. Er schnippelte mit der Spitze seines scharfen Messers an einer verhornten Stelle auf seinem Daumen herum.

»Er heißt Bramble«, sagte Jonah. »Niemand weiß, wo er

herkommt oder wo er hinwill. An deiner Stelle würde ich ihn meiden. Er und sein Affe betrügen beim Kartenspiel. Ich traue ihm nicht über den Weg.«

Bramble schien jemanden zu beobachten. Rye folgte seinem Blick und musste schlucken. Er hatte ihn fest auf ihre Mutter geheftet.

»Danke, Jonah«, sagte Rye und eilte rasch zum Nixenwinkel, wo ihre Mutter saß.

Rye setzte sich mit an den Tisch und schaute dann über die Schulter. Im selben Augenblick wandte Bramble den Blick von ihrer Mutter ab.

»Hallo, mein Schlummerdrache«, begrüßte Abby sie lächelnd.

»Hallo, Mama«, sagte Rye. Lottie spielte zu ihren Füßen, und Rye sah sich nach Harmlos um. »Ist er weg?«, fragte sie.

Abby nickte. »Ja, mein Schatz. Fürs Erste.«

»Kommt er wieder zurück?«

»Ich weiß es nicht«, gab Abby zu.

»Oh«, sagte Rye und senkte enttäuscht den Blick.

Abby nahm ihre Hand. »Du hast sicher viele Fragen«, sagte sie. »Wir sollten uns mal in Ruhe unterhalten.«

Und zum ersten Mal seit langer Zeit taten sie das.

»Ich hab dir erzählt, dein Vater wäre ein Soldat gewesen, der Hinter den Schiefer gezogen ist, um für den Grafen zu kämpfen, weil das gewissermaßen der Wahrheit entspricht«, begann Abby. »Dein Großvater, dein Vater und ein paar andere hatten Jahre zuvor mit Ascot Longchance, dem Vater von Morningwig, einen Friedenspakt geschlossen. Die Ungeheuerlichen erklärten sich bereit, einen nützlichen und ehrenvollen Dienst zu leisten. Nämlich das Schiefertal von Nobolden zu befreien. Das taten sie, um für ihre Verbrechen begnadigt zu werden, damit das Kopfgeld aufgehoben würde und – was das Wichtigste war – damit ihre Kinder eines Tages ein besseres Leben haben würden.«

Abby seufzte und fuhr dann fort: »Ich will das Leid, das Grimshaw einst über dieses Dorf gebracht hat, nicht kleinreden. Aber ich bin ihm dankbar für das, was er für seine Enkel zu tun versuchte – obwohl er dich nie kennengelernt hat. Die Ungeheuerlichen mussten einen hohen Preis dafür zahlen.«

Rye sah die Traurigkeit in Abbys Augen. Es war seltsam, zu hören, dass jemand Opfer für sie und Lottie gebracht hatte, lange bevor sie überhaupt geboren waren.

»Dein Großvater ist kurz nach der Unterzeichnung des Pakts von Sturmquell gestorben, aber dein Vater führte seine Arbeit fort, nachdem er seinem Vater als Oberster Stammesführer nachgefolgt war. Unglücklicherweise starb auch Ascot Longchance, bevor die Aufgabe der Ungeheuerlichen erfüllt war, und sein Erbe Morningwig erwies sich als äußerst unehrenhaft, selbst für Longchance-Verhältnisse.«

Abby erzählte weiter, dass der neue Graf den Ungeheuerlichen ihren Erfolg zu neiden begann. Die Bösewichte waren zwar gefürchtet, aber sie wurden nicht mehr gehasst. Die Barden sangen Trinklieder zu ihren Ehren, die Jungfrauen machten ihnen schöne Augen, und die Kinder im Dorf stellten ihnen in der Nacht zum Schwarzen Mond Streuselkuchen hin. Für Morningwig Longchance backte keiner Streuselkuchen.

Vieles davon wusste Rye schon, dennoch lauschte sie gespannt.

Abby lehnte sich vor, und ihre Stimme klang nun bitter. »Laut der offiziellen Dorfchroniken kamen die Ungeheuerlichen trotz des Paktes nicht gegen ihre Natur an und verschleppten eines Nachts die Ehefrau des Grafen und Mutter seines einzigen Kindes. Tragischerweise ward Gräfin Emma nie wieder gesehen.«

»Sie haben sie an einen Baumstamm gekettet«, sagte Rye leise und mit gesenktem Blick. Das hatte Quinn ihr erzählt.

»Nein«, sagte Abby bestimmt. »Riley, sieh mich an.«

Rye gehorchte.

»Nein«, wiederholte Abby. »Das haben die Ungeheuerlichen nicht getan. Dein Vater hätte das niemals erlaubt. Sie haben keine Skrupel, aber sie leben nach einem unverbrüchlichen Ehrenkodex. Ihre Regeln sind geheim, und selbst ich kenne sie nicht alle. Aber eine wichtige Säule ihrer Überzeugungen ist, dass die Frauen und Kinder ihrer Feinde nicht zu Schaden kommen dürfen.«

Rye spürte, wie die dunkle Wolke, die sich über ihr zusammengezogen hatte, verflog.

»Aber warum hat Longchance diese Lüge verbreitet?«, fragte sie.

»Weil ihm sein Ansehen wichtiger ist als alles andere«, sagte Abby, und ihre Stimme wurde lauter. »Wenn die Ungeheuerlichen das Dorf beschützen konnten – etwas, das ihm noch nie gelungen war –, wie lange würde es dauern, bis das Dorf zu dem Schluss kam, dass es ihn nicht mehr brauchte? Also hat er eines Tages ohne Vorwarnung ihr Kopfgeld verdoppelt, die

Ungeheuerlichen wieder zu Gesetzlosen erklärt und sie aus dem Schiefertal verbannt.«

Abby machte eine Pause und holte tief Atem, um sich zu beruhigen. Ihre Stimme wurde weicher, doch das Funkeln in ihren Augen blieb. »Nicht einmal dein Vater weiß, was aus der unglückseligen Gräfin Longchance geworden ist, aber es reichte aus, dass Morningwig die Ungeheuerlichen dafür verantwortlich machte, um das Dorf gegen sie aufzuhetzen. Wenn sie so dreist waren, seine Frau aus der bewaffneten Burg zu rauben, wie konnten dann die Dorfbewohner in ihren Häusern vor ihnen sicher sein?«

Abby nahm Ryes Hand. Sie hielt sie fest und sah ihrer Tochter in die Augen. »Morningwig Longchance hat keinen Ehrenkodex. Er hätte sicher das Leben jeder einzelnen Frau und jedes Kindes der Ungeheuerlichen als Druckmittel eingesetzt, wenn er sie gekannt hätte. Aber er versprach, dass die Familien, die im Verdacht standen, nicht verfolgt würden, solange kein Ungeheuerlicher jemals nach Moderfurt zurückkehrt.«

Um seinen Worten Nachdruck zu verleihen, erklärte Abby, habe er eine Armee zusammengestellt, die größer war als alles, was das Dorf je gesehen hatte. Er lieh sich Soldaten von seinen adeligen Nachbarn und stellte blutrünstige Söldner in seinen Dienst, denen er versprach, ihnen Gold zu geben und sie vor dem Galgen zu bewahren. Bei Vollmond marschierten sie durch Moderfurt und säuberten das Dorf von allen Ungeheuerlichen, die noch nicht geflohen waren. Einige von ihnen verwüsteten blind vor Wut die Straßen und terrorisierten die Dorfbewohner, ganz gleich, ob sie unschuldig waren oder nicht.

Abby schüttelte den Kopf, als sie sagte: »Aber diese kurzsichtigen Racheakte bestätigten bloß die Lügen, die Longchance im Dorf verbreiten ließ.«

Einen Moment schwieg Abby und schien ihre nächsten Worte mit Bedacht zu wählen. »Die verbliebenen Ungeheuerlichen, die ihr Heimatdorf und ihre Familien verloren hatten, stoben auseinander und flohen in alle Himmelsrichtungen, um sich ein neues Leben aufzubauen. Da sie aber nichts anderes gelernt hatten als die unrühmlichen Dinge, die sie einst gelobt hatten zu unterlassen, machten sie damit weiter.«

Abby starrte in den Schatten, und Rye wusste, dass diese verlorenen Jahre ihren Tribut gefordert hatten. »Aber«, fuhr Abby fort, »nach vielen Jahren ist dein Vater – zu meiner großen Überraschung – zurückgekehrt. Trotz seines verwegenen Wesens sehnte er sich nach der Familie, die er zurückgelassen hatte. Er besuchte mich heimlich und brachte mir exotische Schätze mit, die er auf seinen Reisen gesammelt hatte, damit ich sie im Weidenladen verkaufen konnte.«

Abby zuckte mit den Schultern, als sie erklärte, dass Lottie das Ergebnis eines dieser Besuche war. »Als ich deinen Vater kennenlernte, war ich noch sehr jung«, sagte sie. »Er war schon damals ein rätselhafter Mensch, aber er war auch – und ist es noch – ausgesprochen charmant. Ich wusste genau, worauf ich mich bei ihm einließ, doch lange Zeit glaubte ich, ihn ändern zu können.« Abby schüttelte traurig den Kopf. »Als ich dir erzählte, dass er Hinter dem Schiefer verschwunden sei, war ich fest davon überzeugt, dass wir ihn nie wiedersehen würden. Es war nie meine Absicht, dich zu belügen.«

»Und was war nach seiner Rückkehr?«, fragte Rye.

»Es war zu gefährlich, Riley«, sagte Abby und sah ihr in die Augen. »Solch ein Geheimnis kann man einem Kind nicht anvertrauen. Aber es fiel mir nicht leicht, es vor dir geheim zu halten. Ich wusste, wenn du es je herausfändest, würdest du mir nie verzeihen, dass ich dich angelogen habe.«

»Warum hast du es dann getan?«

Abby legte Rye eine Hand auf die Wange. »Lieber wollte ich, dass du mich für den Rest deines Lebens hasst, als dich auch nur für einen Augenblick einer Gefahr auszusetzen.«

»Ich hasse dich nicht.« Rye knibbelte an ihrem Fingernagel.

Abby griff über den Tisch und nahm ihre Hand wieder in die ihre.

»Und wenn er diesmal nicht zurückkommt? Was ist dann?«, fragte Rye. »Wir können ja nicht für immer hierbleiben, oder?«

Abby schüttelte den Kopf. »Nein. Aber du brauchst dir darüber nicht den Kopf zu zerbrechen. Ich bin dabei, Vorkehrungen zu treffen. Es gibt noch einen anderen Ort, an den wir gehen können, weit weg von hier …« Ihre Stimme verlor sich und klang abwesend. »Wenn wir keine andere Wahl haben.«

Rye nickte. »Na gut.«

»Aber bis dahin musst du die Geheimnisse, von denen du erfahren hast«, sagte Abby leise, »die Existenz der Speiche und alles, was dein Vater dir über die Nobolde erzählt hat, für dich behalten. Du darfst es niemandem weitererzählen. Diese Geheimnisse können nicht nur ihn, sondern uns alle in schreckliche Gefahr bringen.«

»Verstehe, Mama«, sagte Rye. »Ich werde nichts erzählen.«

»Gut«, sagte Abby und küsste sie auf den Kopf.

Rye umarmte ihre Mutter und fühlte sich, als wäre ihr eine große Last von den Schultern genommen worden.

Doch sobald sie Folly gefunden hatte, zog sie sie in ihr Zimmer und erzählte ihr haarklein alles über Harmlos, die Speiche, Lederblatt und den Knochenknacker-Clan und dass die O'Chanters nur knapp vor den Soldaten des Grafen hatten fliehen können. Rye drohte, Folly die Freundschaft zu kündigen, wenn sie es weitererzählen würde, aber sie wusste, dass sie sich auf sie verlassen konnte.

»Warum erzählst du mir das jetzt erst?«, schrie Folly empört.

»Weil ich das meiste auch gerade erst erfahren habe«, sagte Rye.

»Komm, wir gehen in die Speiche!«, schlug Folly vor.

»Auf keinen Fall«, sagte Rye. »Du darfst da nicht rein. Du hast es versprochen.«

»Ach, ich hasse Versprechen«, sagte Folly und biss sich auf die Lippe.

Am nächsten Morgen herrschte im Gasthaus großer Trubel. An diesem Nachmittag sollte das Fest des Langen Mondes auf dem Düstergrund stattfinden, und man rechnete damit, dass fast das ganze Dorf hingehen würde. Zuerst hatte Ryes Mutter ihr rundheraus verboten, mit Folly und ihren Brüdern hinzugehen. Rye hatte argumentiert, dass die Soldaten von Longchance sie gar nicht erkennen würden. Und selbst wenn, würde der Düstergrund so mit Menschen überfüllt sein, dass sie sie wahrscheinlich sowieso nicht sehen würden. Aber Abby erlaubte es trotzdem nicht.

Doch als die Vorfreude der Flood-Kinder wuchs, während sich Ryes Laune immer mehr verschlechterte, lenkte Abby zu Ryes großer Überraschung schließlich ein.

Abby nahm sie zur Seite, und Rye ahnte schon, dass ihrer Mutter noch etwas anderes auf der Seele lag.

»Du darfst hingehen, aber du musst etwas für mich tun«, sagte Abby.

Ein Haken, dachte Rye. Sie wusste, dass ihre Mutter niemals ohne guten Grund nachgab.

»Wirst du Quinn treffen?«, fragte Abby.

»Ich glaub nicht, dass er sich das entgehen lässt.«

»Dann sag ihm bitte, wenn es hart auf hart kommt, wegen der Soldaten oder irgendetwas anderem, soll er mit seinem Vater hierherkommen. Im Gasthaus sind sie in Sicherheit.«

Rye nickte erleichtert.

Abby nahm Rye das Versprechen ab, während des Festes immer in der Nähe ihrer Freunde zu bleiben.

»Versprochen«, sagte Rye.

Abby befahl ihr, beim ersten Anzeichen von Gefahr das Weite zu suchen.

»Schnell wie der Wind«, versicherte Rye ihr und lächelte.

Abby nickte bloß müde, und Rye fragte sich, ob sie ihr glaubte oder ob etwas anderes hinter ihrem Sinneswandel steckte.

»Du bist mehr wie dein Vater, als ich es jemals für möglich gehalten hätte«, sagte Abby.

Später am Tag nahmen Rye und Folly in der Gasse hinter dem Toten Fisch ihre Positionen ein. Am anderen Ende der Gasse stand die Vogelscheuche, die Follys Brüder gebastelt hatten, um Messerwerfen zu üben. Folly nahm ein Fläschchen mit Korken aus dem Bündel über ihrer Schulter. Daran hing ein Band mit einem Etikett.

»Bist du bereit?«, fragte sie und machte Anstalten, die Flasche zu werfen.

»Bereit«, sagte Baron Dusselfeld, der an der Vogelscheue lehnte und an einem Weinglas nippte.

»Was bewirkt das noch mal?«, fragte Rye.

»Es erzeugt einen ohrenbetäubenden Knall und einen blendenden Lichtblitz«, sagte Folly aufgeregt. »Als ich es letzte Woche ausprobiert habe, hat es mich umgehauen.«

»Wird es ihm wehtun?«, fragte Rye.

»Nicht dauerhaft. Es sind ja keine echten Flammen. Der Blitz wird ihn nur betäuben.« Folly betrachtete Dusselfeld, der versuchte, mit geschlossenen Augen auf einem Bein zu balancieren. Sie sah Rye an und hob eine Augenbraue. »Ich glaube, er wird es überstehen.«

»Beginnt mit dem Experiment«, grölte Baron Dusselfeld und hob sein Glas, wobei er sich Wein auf den dicken Bauch kleckerte.

Rye schaute skeptisch. »Na gut, fang an.«

Folly zielte und warf die Flasche auf Baron Dusselfeld zu. Die Flasche fiel zu seinen Füßen auf den Boden, zerbrach, und eine kleine Rauchwolke stieg in die Luft. Kein Knall und kein Blitz.

»Das war faszinierend«, schrie Baron Dusselfeld und hob sein Glas noch mal. »Gut gemacht, kleine Flood!«

»Dreckmist«, fluchte Folly. »Ich versteh das nicht. Ich probier eine andere.« Sie wühlte in ihrem Bündel.

»Seid ihr so weit, Mädels?«, fragte Fifer Flood, der mit Fowler und Fallow, Follys jüngsten Brüdern, auf die Gasse getreten war. »Wir sollten jetzt gehen, wenn wir noch einen guten Platz kriegen wollen.«

Rye wandte sich ab, damit Fifer ihre roten Wangen nicht sah. Sie alle hatten Gläser mit Stechameisen, faule Gänseeier und andere Dinge dabei, mit denen sie Unfug treiben konnten. In den Scharacken vermieden die Jungs solche Streiche, denn wenn man sie erwischte, würde man sie in eine Tonne stecken, den Deckel zumachen und in den Fluss werfen. Im restlichen Dorf konnten sie sich austoben.

»Augenblick«, sagte Rye und knibbelte an den Überresten ihrer Fingernägel, während sie überlegte. Die Bündel der Flood-Jungen hatten sie auf eine Idee gebracht. »Ich muss noch mal nach oben.«

Rye eilte ins Haus und die Treppe hoch, um den kleinen Beutel zu holen, den sie in Follys Zimmer versteckt hatte. Auf dem Weg nach unten lieh sie sich ein Stück Dekoration aus, das sie von der Wand nahm, als niemand hinsah. Dann ging sie zu Folly und ihren Brüdern zurück, die versuchten, ihre Aufregung im Zaum zu halten.

»Jungs!«, erscholl Faye Floods Stimme von oben. »Heute wird nicht geklaut, verstanden?«

Alle sahen hoch. Abby und Faye lehnten aus einem Fenster im dritten Stock.

Die Floods johlten und grölten zur Antwort und begannen

ihren Marsch über die unbefestigte Straße. Rye bildete die Nachhut und sah zu ihrer Mutter hoch. Anders als sonst war ihrer Mutter die Sorge buchstäblich ins Gesicht geschrieben. Rye küsste ihre Fingerspitzen, öffnete sie und ließ den unsichtbaren Kuss zu ihrer Mutter fliegen. Abby tat so, als würde sie ihn fangen. Rye und Folly holten die Flood-Jungs ein, und auch wenn Rye in den Stiefeln ihres Vaters ein paarmal stolperte, hielten die beiden insgesamt gut Schritt.

18

DÜSTERGRUND

Rye und Folly trafen Quinn auf der Seite des Düstergrunds, die dem Westlichen Wald am nächsten war. Bunte Zelte waren überall wie Pilze aus dem Boden geschossen. Rauch erfüllte die Luft und der Geruch von gegrilltem Lamm und Fischeintopf, die bei dem Fest verkauft wurden. Die meisten Bäume hatten ihr Laub bereits verloren, und ein Schwarm schwarzer Krähen saß auf den kahlen Ästen. Die schwarzen Vögel beäugten die Menschenmenge, während die Spätnachmittagssonne am Himmel immer tiefer sank, und warteten auf ihre Gelegenheit, um herabzuschießen und Essensreste vom Boden aufzupicken. Follys Brüder waren bereits in der Menge verschwunden, auf der Suche nach Chaos und Vergnügen.

Nach einigem Zögern erzählte Rye Quinn alles, was sie auch Folly erzählt hatte. Das war nur gerecht. Verständlicherweise war er geschockt, als er die Geschichten über Harmlos, die Speiche und den Knochenknacker-Clan hörte. Rye war ja selbst noch ganz überwältigt, dabei hatte sie schon ein paar Tage Zeit gehabt, es zu verdauen. Aber was noch wichtiger war: Sie überbrachte die Nachricht ihrer Mutter.

»Du und dein Vater solltet lieber in den Toten Fisch kommen. Dort seid ihr sicher.«

»Ja«, sagte Quinn ohne große Begeisterung. »Ich sag es ihm.«

»Quinn, das ist wichtig. Kommt ins Gasthaus. Nur für eine Weile.«

»Ich glaube nicht, dass er scharf darauf ist, sich hinter den Ungeheuerlichen zu verstecken«, bemerkte Quinn.

Irgendetwas stimmte nicht. Seinem Tonfall nach zu urteilen war Quinn selbst nicht scharf darauf, zu ihnen ins Gasthaus zu kommen.

»Ihr versteckt euch hinter niemandem«, warf Folly ein. »Wir sind eure Freunde. Wir wollen euch nur helfen.«

Als die Rede auf die Ungeheuerlichen gekommen war, hatte Quinn dichtgemacht, und Rye beschloss, noch einmal das Thema zu wechseln. Sie bat ihn, ein Auge auf Shady zu haben.

»Rye, warum verlangst du immer solche Sachen von mir?«, fragte er verärgert. Er schien sich nicht wohl in seiner Haut zu fühlen, und Rye fürchtete, dass die Neuigkeiten über Harmlos ihn ganz schön mitgenommen hatten. »Ich kann nicht in euer Haus schleichen. Da stehen den ganzen Tag Wachen vor der Tür.«

»Die Soldaten des Grafen sind faule Deppen«, sagte Rye. »Was machen sie denn den ganzen Tag?«

Quinn dachte einen Augenblick nach. »Na ja, sie spucken. Sie kratzen sich. Schlafen viel. Und würfeln.«

»Du sollst doch bloß nach ihm sehen«, bat Rye ihn. »Ihm was zu fressen bringen. Nachsehen, ob es ihm gut geht.«

»Ich weiß nicht …«, sagte Quinn. »Immer wenn ich dir einen Gefallen tue, werde ich entweder gebissen, gekratzt oder vollgekackt.«

»Bitte, Quinn. Er gehört doch zur Familie.«

Quinn seufzte. »Na gut, ich sehe, was ich tun kann.«

»Danke«, sagte Rye. »Und jetzt muss ich nach vorne. Kommt ihr mit?«

Folly und Quinn sahen einander skeptisch an. Rye hatte sie zuvor in ihren Plan eingeweiht. Aber die beiden hielten ihn für keine gute Idee.

»Rye, musst du das wirklich tun?«, fragte Folly. »Ich meine, selbst wenn du recht hast, ändert es doch sowieso nichts mehr.«

»Ja«, stimmte Quinn ein. »Was ist, wenn der Wachtmeister dich erkennt?«

»Ich werde es tun«, sagte Rye, »weil es das Richtige ist. Lederblatt hatte einen Grund hierzubleiben, und vielleicht war es meine Schuld.«

Rye griff in ihre Tasche und zeigte ihnen den kleinen Lederbeutel, den sie bei Lederblatts Lagerfeuer gefunden und aus ihrem Zimmer geholt hatte, bevor die O'Chanters aus ihrem Haus geflohen waren.

»Der Inhalt hat für uns keine Bedeutung«, sagte sie, »aber für ihn könnte er lebenswichtig sein. Ich hatte kein Recht, ihm den Beutel wegzunehmen.«

»Wahrscheinlich ist es nur Müll«, murmelte Folly.

»Für ihn vielleicht nicht, und dann spielt es keine Rolle, was wir denken«, sagte Rye entschieden. »Wenn ich den Beutel nicht gestohlen hätte, wären die Nobolde bestimmt geblieben, wo sie hingehören.«

Quinn seufzte. »Wenn wir uns nicht vorsehen, müssen wir alle bald verschwinden.«

»Und was den Wachtmeister betrifft …«, fuhr Rye fort und steckte sich den Beutel wieder in die Tasche. »Ich muss eben aufpassen, dass ich ihm nicht über den Weg laufe. Und um sicherzugehen, hab ich das hier mitgenommen.«

Sie zog ihren Umhang über die Schultern, zog die Kapuze über den Kopf und trat einen Schritt von Folly und Quinn weg.

Aus der Tasche ihres Umhangs holte sie die kleine lilafarbene Maske eines Kobolds mit Hakennase, die sie von der Wand im Toten Fisch genommen hatte. Mit der Maske über dem Gesicht war es, als würde sie durch die Ritzen eines Zaunes sehen.

Folly nickte begeistert. »Perfekt.«

»Rye«, sagte Quinn warnend. »Die werden dich verhaften.«

»Sieh dich doch um«, sagte Rye, während sie die Maske abnahm und wieder in den Falten ihres Umhangs verschwinden ließ. »Um ein Mädchen mit Maske wird sich keiner kümmern.«

Und tatsächlich waren die Feiernden den patrouillierenden Soldaten zahlenmäßig deutlich überlegen. Wie es bei solchen Festen im Dorf üblich war, verstieß an diesem Tag jeder Bürger gegen mindestens ein Longchance-Gesetz. Anfangs hatten die Soldaten die dreistesten Übeltäter noch fortgeschleppt. Doch bald erkannten sie, dass es keinen Sinn hatte, und ignorierten die Querulanten einfach.

Quinn schüttelte den Kopf. »Ich tue, was du von mir verlangst.«

»Gehen wir«, sagte Rye. »Wenn etwas schiefläuft oder wir getrennt werden, treffen wir uns hier wieder. Einverstanden?«

»Einverstanden«, sagten Folly und Quinn gleichzeitig.

Die drei Freunde gingen den Hügel hinunter und stürzten sich ins Gewimmel. Sie gingen vorsichtig und konzentriert vor, denn ihr Ziel war es, unentdeckt das andere Ende vom Düstergrund zu erreichen. Sie wollten zum riesigen Eisenkäfig, der neben der großen Bühne und der Festtafel stand. Der Käfig, in dem der Nobold saß.

Longchance' Tafel erstreckte sich über die gesamte Länge der Erhöhung, die auf der Burgseite des Düstergrunds aufgebaut war. Fackeln und behelfsmäßige Feuerstellen brannten an beiden Enden und sorgten dafür, dass der Graf und seine Gäste es an diesem kühlen Herbstnachmittag schön warm hatten. Im Süden, hinter der Bühne und dem Tisch, erhob sich ein steiler felsiger Hügel mit windumtosten Kiefern. Auf der Spitze des Hügels standen die Mauern und Türme von Burg Longchance wie eine hässliche alte Krone.

Morningwig Longchance fläzte sich auf einem vergoldeten Stuhl an der Mitte der Tafel und betrachtete mit kalten Augen die Darsteller auf der Bühne und den mit Dorfbewohnern überfüllten Düstergrund. Anlässlich des Festes hatte er die Stränge seines Bartes zu einem einzigen Zopf zusammengeflochten. Er strich darüber, wie andere den Schwanz einer

Katze streichelten. An seinen Fingern trug er so viele Ringe, dass es jedes Mal klimperte, wenn er seinen Weinkelch hob oder eine Orangenspalte aus der Schüssel neben sich nahm. Er hatte besondere Gäste an seine Tafel geladen: die jüngsten und hübschesten Jungfrauen des Dorfes. Die einzige Ausnahme war seine Tochter zu seiner Linken. Malydia trug zum heutigen Anlass ihr deprimierendstes schwarzes Kleid und den üblichen mürrischen Blick. Sie stocherte in den köstlichen Speisen auf ihrem Teller herum wie eine Henne mit Verstopfung.

Auf der Bühne wechselten sich Tänzerinnen, Jongleure und Narren ab, während eine Wand von Soldaten die Bühne abschirmte, um die Massen vom Grafen fernzuhalten. Doch von viel größerem Interesse für das gemeine Volk war das grausige Geschöpf in dem riesigen Eisenkäfig neben der Bühne, der groß genug war, um eine kleine Familie zu beherbergen. Vor ihn waren mehrere Zugpferde gespannt, die nervös am Gras zupften.

Die meisten Leute aus dem Dorf hatten noch nie einen Nobold aus der Nähe gesehen, und wenn doch, waren sie kreischend geflohen. Hier konnten sie nun ganz nahe an die Holzbarriere heran, die nur wenige Meter vom Käfig entfernt aufgebaut worden war. Das war nahe genug, um die Überreste seiner letzten Mahlzeit unter den Klauen des Nobolds zu erkennen. Und nahe genug, um seinen fauligen Atem zu riechen. Gegen ein geringes Entgelt, das man bei einem Schergen des Grafen entrichtete, durfte man *Hau den Nobold* spielen. Das Spiel hatte kein echtes Ziel, und man konnte auch keinen Preis gewinnen. Es ging nur um die Befriedigung, die man empfand, wenn man den Nobold mit einem Stein bewarf. Der Hass der Dorfbewohner auf das Geschöpf war groß und die Nachfrage enorm. Irgendwann wurde jemand zum trockenen Flussbett geschickt, um neue Steine zu holen. In den Käfig steigen, um die Steine dort herauszuholen, wollte keiner.

Lederblatt saß auf einem Haufen Stroh an der hinteren Wand des Käfigs und hatte seine schmutzigen, haarigen Arme um die Knie geschlungen. Seine Knöchel und Handgelenke waren mit kräftigen Ketten gefesselt. In Gefangenschaft war er gar nicht mehr so furchterregend, sondern wirkte eher in sich gekehrt. Er rührte sich nicht, als die Steine der Dorfbewohner an seinem knorrigen Kopf und den Schultern abprallten. Aber seine hervorstehenden Augen schossen herum und schienen den Horizont nach verdächtigen Schatten abzusuchen, die sich dort bei Sonnenuntergang bildeten. Seine lange, nach oben gerichtete Nase zuckte, als hätte der Wind ihm einen vertrauten Geruch zugetragen.

Rye, Folly und Quinn drängten sich in der Schlange, wo es die Steine gab. Rye verzog das Gesicht, und ihre Ohren wurden heiß. Zum ersten Mal hatte man einen lebenden Nobold gefangen, und den Leuten fiel nichts Besseres ein, als ihn mit Steinen zu bewerfen? Sie sah sich um und vergewisserte sich, dass ihr kein Detail entging. Dann nickte sie und sagte: »Jetzt oder nie.«

»Bist du ganz sicher, dass du das tun willst?«, fragte Quinn. Rye nickte. »Und du?«

»Nein«, sagte Quinn. »Aber keine Sorge. Ich kann immer noch am schnellsten von allen aus dem Schlammtümpelweg laufen.«

»Da ist der Wachtmeister«, sagte Folly und zeigte aufs andere Ende von Longchance' Tafel.

Boil befand sich auf der gegenüberliegenden Seite der Bühne. Er humpelte auf seinem verletzten Fuß und versuchte schlecht gelaunt, Holz aufs Feuer zu legen. Gut. Jetzt wussten sie, wo er war.

»Dann sind wir bereit«, sagte Rye. »Folly, du bleibst hier. Von hier aus hast du einen guten Blick. Quinn, wenn du weglaufen musst, bleib nicht stehen, bis du im Dorf angekommen bist.«

»Okay«, sagte Quinn. Dann beugte er seinen Kopf zu ihr herüber und sagte leise: »Sei vorsichtig, Rye. Du bist keine Ungeheuerliche.« Dann zögerte er. »Und wenn du mich fragst, hoffe ich, dass du es auch nicht wirst.«

Er stellte sich rasch wieder in die Schlange, bevor sie antworten konnte.

Eine Gruppe von Stepptänzerinnen lief in einer perfekt choreografierten Reihe auf die Bühne, und die Musiker stimmten einen fröhlichen Folksong mit Flöten und Dudelsack an. Die Schuhe der Tänzerinnen klackerten und klapperten.

Rye und Folly blieben stehen, während Quinn sich langsam vorarbeitete und darauf wartete, dass er drankam. Als er den Anfang der Schlange erreicht hatte, flüsterte Rye: »Und los geht's!«

Sie hob die Schulter, um ihren Kopf zu verdecken, und setzte sich die Maske auf.

»Ich hätte gerne sechs, bitte«, sagte Quinn und hielt dem Steinverkäufer seine Bronzestücke hin.

»Sechs!«, dröhnte der Verkäufer. »Der junge Mann hier hat einiges vor. Dann zeig mal, was du kannst, Junge. Mach uns stolz.«

Der Steinverkäufer reichte Quinn ein halbes Dutzend Steine mit einem ordentlichen Gewicht. Quinn machte ein Auge zu und maß die Entfernung bis zum Käfig. Er krümmte den Arm und warf mit ganzer Kraft, doch der Stein flog viel zu weit nach links. Er landete auf Longchance' Tafel, warf ein paar Teller um und verspritzte Wein auf den Schoß einer Jungfrau.

»Entschuldigt, bitte«, rief der Steinverkäufer nervös zum Tisch hinauf. »Junge, du musst besser aufpassen.«

»Tut mir leid«, sagte Quinn. »Ich versuch's noch mal.«

Diesmal traf Quinns Stein das Bein einer Tänzerin.

»Das reicht, Junge!«, rief der Verkäufer. »Hör auf!«

Quinn warf noch zweimal, zerbrach drei Kelche und schlug einem Speisenden den Löffel aus der Hand.

Nun waren auch die Soldaten, die in der Nähe standen, aufmerksam geworden und bewegten sich auf den Ursprung des Tumults zu. Quinn lief vor die Bühne, den Verkäufer dicht auf den Fersen, und warf die letzten beiden Steine. Der erste schlug einem Musiker die Flöte aus der Hand, und der zweite verfehlte den Hut von Graf Longchance nur um Haaresbreite. Nachdem er den letzten Stein geworfen hatte, stürzte Quinn sich in die Menschenmenge, und der Steinverkäufer und die Soldaten folgten ihm.

Diese kurze Ablenkung war alles, was Rye brauchte. Noch immer mit Maske und Kapuze krabbelte sie unter einer der Holzabsperrungen durch und arbeitete sich zum Eisenkäfig vor. Als sie ihn erreichte, ging sie in die Knie, rollte darunter und verschwand zwischen den Rädern und dem Käfigboden.

Auf Händen und Knien kroch sie durch das Gras. Im Dunkeln bemerkte sie ein schwaches Leuchten an der Stelle, wo der Kragen ihres Umhangs von ihrem Hals abstand. Sie sah an sich herunter. Ihr Halsband leuchtete blau. Rye blickte hoch. Lederblatt musste ganz nah sein. Sie hatte die Rückseite des Käfigs erreicht. Nur das faulige Stroh und die Eisenstangen trennten sie. Sie atmete tief ein, nahm all ihren Mut zusammen und kroch unter dem Käfig hervor.

Von hier konnte sie die ängstlichen Pferde riechen, die Lederblatt in seinem Gefangenenwagen hatten herziehen müssen. Als sie hochschaute, sah sie vor sich das graue Fleisch von Lederblatts breitem Rücken. Die Wirbel seines Rückgrats ragten heraus wie zackige Steine aus dem Moor. Sein Rücken war voller unverheilter Klauenwunden, die entzündet aussahen und eiterten. Rye fragte sich, ob sie von dem Grimling stammten, von dem Harmlos ihr erzählt hatte. Lederblatt war nahe genug, dass sie ihn berühren konnte. Und was noch schlimmer war: Er war nahe genug, dass er *sie* berühren konnte.

Rye suchte in ihrem Umhang nach dem kleinen Lederbeutel. Ohne Vorwarnung drehte Lederblatt sich in seinem Käfig um und stand ihr gegenüber. Einen kurzen Augenblick lang starrten sich der Nobold und der Kobold mit der Hakennase in die Augen. Rye tat einen Sprung zurück, als Lederblatt sein grässliches Gesicht gegen die Eisenstäbe drückte und laut schnaubte. Sie sah, wie ihm zäher Schleim aus der Nase tropfte. Seine klobigen Augen waren blutunterlaufen und geschwollen, sie zuckten und blinzelten. Rye ging auf, dass Lederblatt sie wahrscheinlich riechen konnte, aber anscheinend Schwierigkeiten hatte, sie zu erkennen. Die Soldaten mussten ihn mit einer Paste aus Zwiebeln und Pfeffer geblendet haben.

Rye sah in Richtung Bühne. Die Tänzerinnen steppten, als hinge ihr Leben davon ab, und die Musiker legten noch einen Zahn zu. Die Leute aus dem Dorf klatschten im Rhythmus. Sie blickte durch die Gitterstäbe hindurch und konnte Follys weißblonden Schopf auf der anderen Seite in der Menge erkennen. Follys Aufgabe war es, nach dem Wachtmeister Ausschau zu halten und ihr ein Zeichen zu geben, wenn er sich näherte.

Rye hatte noch immer die Hand im Umhang und ihre Finger um den Beutel geschlossen. Vielleicht würde es Lederblatt ein wenig Erleichterung bringen, wenn er wenigstens seinen Beutel zurückhätte. Sie könnte ihn einfach in den Käfig werfen und sich davonmachen. Ein Dankeschön erwartete sie sowieso nicht. Sie trat einen Schritt vor.

Da ertönte ein markerschütternder Schrei von der Bühne.

»Nobold!«, kreischte eine Tänzerin.

Die Musik erstarb, und eine beunruhigende Stille trat ein. Keiner rührte sich. Dann breitete sich eine Welle hysterischer Schreie und wild um sich schlagender Arme auf dem Düstergrund aus.

Lederblatt wandte sich zur Menge um. Erst dachte Rye, dass die Menschen wegen Lederblatt schrien, aber dazu gab es keinen Grund. Er war noch immer sicher verwahrt in seinem rollenden Gefängnis. Sie steckte den kleinen Beutel zurück in ihre Tasche und lief an die Seite des Käfigs, von wo aus sie besser sehen konnte. Die Dorfbewohner stoben in alle Richtungen auseinander und machten den Weg frei für ein Geschöpf, das sich mit großen Schritten der Bühne und der Festtafel näherte. Es hatte Ähnlichkeit mit Lederblatt, aber jetzt sah Rye mit Schrecken, was Harmlos gemeint hatte, als er sagte, Lederblatt sei klein und schwach.

Dieser Nobold war noch einen Meter größer als Lederblatt. Seine Arme wirkten mächtig und massiv wie Baumstämme, und seine unteren Zähne waren so lang, dass sie Mund und Oberlippe überragten wie die Hauer eines Wildschweins. Aus seinem Gesicht ragten Nägel und Schrauben, die aussahen wie Warzen aus Eisen, und seine Nase musste im Kampf platt gedrückt worden sein. Sein widerliches orangefarbenes Haar war verfilzt und hing in langen Strängen herunter, in die Knochen eingeflochten waren. Im Gegensatz zu Lederblatts hervorstehenden, zuckenden Augen blickten die pechschwarzen Augen dieses Ungeheuers fokussiert in eine Richtung und strahlten reine Bosheit aus.

Am Tisch des Grafen rafften die Jungfrauen ihre Röcke und liefen kreischend in alle Richtungen davon. Soldaten, die auf dem Düstergrund patrouilliert hatten, kamen zurückgeeilt, um den Bereich vor der Bühne zu schützen.

Der Nobold, der – wie Rye später erfuhr – Eisenwarze hieß, lief weiter zum vorderen Teil des Düstergrunds und blieb erst stehen, als eine kleine Armee von Soldaten, die die Bühne abschirmten, ihre Schwerter und Schilde hob. Bogenschützen bezogen Stellung rund um das Feld und zielten auf den Kopf des Geschöpfs. Eisenwarze musterte die Soldaten gleichgültig und schaute wachsam zu den Schatten am Rand der Westlichen Wälder hinüber. Vorerst schien er beruhigt und blickte hoch zur Festtafel, wo Longchance mit den wenigen Gästen saß, die noch nicht das Weite gesucht hatten. Die Tänzerinnen waren mitten in ihrer Choreografie erstarrt. Rye sah sich auf dem Düstergrund und dahinter um. Harmlos musste da draußen irgendwo sein. Sie fragte sich, ob der Nobold das auch spürte.

Eisenwarze riss sein grässliches Maul auf und stieß einen Gurgellaut aus, der klang, als würde ein alter Mann an einem Hühnerknochen ersticken.

Longchance starrte ihn verblüfft an.

Der Nobold brüllte wie ein Höhlenbär, der von einem Rudel Wölfe zerfetzt wurde.

»Nun, damit habe ich nicht gerechnet«, sagte Longchance laut zu sich selbst. Er rutschte unbehaglich auf seinem Stuhl hin und her. »Boil, kommen Sie her.«

Wachtmeister Boil stolperte über die umgestürzten Stühle, ohne die Bestie aus den Augen zu lassen.

»Ja, mein Herr?«

»Boil«, sagte Longchance, »Sie sprechen doch Noboldisch, oder nicht?«

»Nun ja, nur ein paar Worte.« Boil rieb sich nervös das Gesicht. »Und es ist schon viele Jahre her. Fließend kann ich es nicht.«

»Was hat er gerade gesagt?«

»Ähm, mit dem Dialekt bin ich nicht vertraut …«, stammelte Boil.

»Boil!«, kreischte Longchance und packte Boil hinten am Kragen. »Was hat die Bestie gesagt?«

»Er verlangt, dass wir einen … Übersetzer schicken.« Boil schluckte. »Jemanden, der Noboldisch spricht.«

»Na, dann runter mit Ihnen«, sagte Longchance und gab ihm einen Stoß.

»Aber, mein Herr …«

»Sofort!«, befahl Longchance.

Boil humpelte die vordere Treppe der Bühne hinunter und ließ sich dabei mehr Zeit, als sein verletzter Fuß erfordert hätte. Jeder auf dem Düstergrund hielt die Luft an. Lederblatt hatte das Interesse an Rye verloren. Er kauerte in einer Ecke des großen Käfigs und hechelte.

Die Dorfbewohner schauten zu, wie Boil zur Schutzmauer ging, die die Soldaten errichtet hatten, und stehen blieb. Eisenwarze krümmte seinen Finger mit der scharfen Klaue an der Spitze und bedeutete ihm, näher zu kommen. Boil sah zu Longchance hinüber, der ganz am Rand seines Stuhls saß, als würde er jeden Augenblick das Weite suchen wollen. Der Graf befahl ihm weiterzugehen, indem er beide Hände vorschob. Malydia saß mit gerunzelter Stirn neben ihrem Vater, den Kelch immer noch in ihren erstarrten Händen.

Boil schob sich mit winzigen Schritten langsam an den Soldaten vorbei, bis er im Schatten des Ungeheuers stand. Neben dem gebeugten Wachtmeister wirkte der Nobold noch größer. Rye konnte den Blick nicht abwenden, genau wie alle anderen Dorfbewohner.

Longchance war inzwischen aufgestanden.

»Boil«, rief er mit rauer Stimme. Er räusperte sich und versuchte, besonders wichtig zu klingen. »Sagen Sie der Bestie, dass sie verschwinden soll, sonst wird es ihr genauso ergehen wie …«

Eisenwarze zischte wie ein Schulmeister, der einem kleinen Jungen den Mund verbietet. Auch wenn der Schulmeister dazu ein furchterregendes, sabberndes Etwas mit langen Zähnen und einer Kette aus Menschenfüßen um den Hals hätte sein müssen.

Boil übersetzte: »Er hat *Schhh* gesagt.«

Eisenwarze legte den Kopf schief und lauschte. Auf dem Düstergrund herrschte Grabesstille. Dann sah er wieder zu den Bäumen hinüber. Die Leute aus dem Dorf reckten ebenfalls ihre Hälse, um dorthin zu schauen. Aber es war nichts zu sehen. In den Schatten rührte sich nichts.

Plötzlich packte Eisenwarze Boil beim Hals und hob ihn vor sein Maul. Boils Spinnenbeine zappelten in der Luft. Eisenwarze brummelte etwas und lockerte seinen Griff, damit Boil sprechen konnte.

Boil stieß mühsam die Worte hervor und holte zwischendurch Luft. »Er sagt – und verzeiht mir, mein Herr, aber er besteht darauf, dass ich es wörtlich übersetze: ›Kleiner Prinzling, ich bin nicht hier, um Konversation zu machen. Es schert mich nicht, was du zu sagen hast. Mich interessiert nur, was du tun wirst, und ich hoffe, du wirst es bald tun.‹«

Eisenwarze spuckte noch mehr widerliche Geräusche aus, und Boil übersetzte sie fachmännisch.

»Du hältst etwas in deinem Käfig fest, das mir gehört. Es

ist zwar wertlos und schwach, aber du hast kein Recht dazu. Nur der Knochenknacker-Clan selbst darf seine Mitglieder als Sklaven halten.«

Boils Gesicht war schon ganz rot, weil der Nobold ihn noch immer am Hals in die Höhe hielt.

»Früher oder später wirst du uns den Kleinen ausliefern. Aber wir wissen, dass die Menschen nur langsam aus Erfahrung lernen. Du wirst dir allerlei Gründe ausdenken, warum du meine Forderung nicht erfüllen willst. Wir kommen von weit her und sind müde, aber wir werden dein störrisches Gehabe nicht lange dulden.«

Malydia beugte sich erschrocken zu ihrem Vater vor.

»Nicht jetzt«, zischte er.

»Vater«, sagte sie und zog an seinem Ärmel. »Er hat *Wir* gesagt.«

Longchance schüttelte ihren Griff mit einer wegwerfenden Geste ab.

Mit seiner Stupsnase schnüffelte Eisenwarze an Boils Glatzkopf, als wäre er ein Strauß Wildblumen. Ein paar graue Haarsträhnen tanzten auf Boils Schädel. Er versuchte, nach oben zu schauen, und seine Stimme versagte fast, als er fortfuhr.

»Du hast zwei Nächte, um den Kleinen, den wir Lederblatt nennen, zurückzugeben. Lass ihn am Waldrand frei, wo wir ihn abholen. Wenn du das nicht tust, weil du glaubst, dass wir es nicht ernst meinen, kommen wir in zwei Nächten an diesen Ort zurück.«

Rye versteckte sich noch immer hinter dem Käfig. Nun suchte sie selbst die Schatten ab. Wo zum Schiefer blieb Harmlos? War er nicht deshalb zurückgekommen? Um das Dorf zu retten?

Eisenwarze streckte seine schwarze Zunge raus und berührte damit Boils Ohr. Rye musste an eine riesige Schnecke denken, die einen Felsen erforscht. Boil schauderte und schloss die Augen. Eisenwarze schien sich mitten im Lecken eines Besseren zu besinnen, als hätte er an verbotenen Früchten genascht. Er ließ seine Zunge wieder im Maul verschwinden und kniff die Augen zu einem schmalen Spalt zusammen.

Boil zwang sich, mit der Übersetzung fortzufahren, als Eisenwarze sich wieder im Griff hatte und weitere kehlige Worte ausstieß.

»Als Erstes«, sagte er, »machen wir die Stadtmauer dem Erdboden gleich. Dann plündern wir das Dorf. Dann nehmen wir die Burg ein, und zuletzt ...« Boil musste schlucken, bevor er weitersprechen konnte. »... hacken wir euch die Füße ab.«

Eisenwarze fummelte an seiner Kette herum, während Boil seine letzten Worte übersetzte, um Longchance die halb verwesten Menschenfüße zu zeigen, die um seinen Hals hingen.

»Jetzt reicht es«, brüllte Longchance, obwohl seine Stimme nun alles andere als gebieterisch klang. »So abscheulich du auch bist, du bist alleine ...«

Eisenwarze hob eine Hand und sprach zum ersten Mal, gurgelnd und mit starkem Akzent, aber durchaus verständlich, in Menschensprache.

»Das sind deine Lippen«, sagte Eisenwarze und machte eine abschätzige Geste in Richtung der Soldaten. »Wo sind deine Zähne?«

»Was?«, fragte der Graf verwirrt.

»Ich zeig dir meine …«, spottete Eisenwarze.

»Was? Augenblick …«, stammelte Boil mit weit aufgerissenen Augen.

Da biss Eisenwarze Wachtmeister Boils Arm vom Ellbogen abwärts ab und ließ den Rest des Wachtmeisters auf den Düstergrund fallen.

Die Menschenmenge brach in Panik aus. Die Dorfbewohner schrien und rannten einander über den Haufen, in dem verzweifelten Versuch zu entkommen, während die Bogenschützen des Grafen Eisenwarze mit einem Pfeilregen bedachten. Die meisten der Pfeile landeten allerdings zwischen den auseinanderstiebenden Menschen … mit bedauerlichem Ausgang.

Wer nach Westen auf den Wald zulief, wurde von einem zweiten Nobold aufgehalten, der genauso furchterregend war wie Eisenwarze. Das Untier hatte knorrige Hörner wie ein Widder und einen groben orangefarbenen Bart, der so lang war, dass er ihn sich wie eine Schärpe um die Taille gebunden hatte. Er tauchte hinter hochgewachsenem Gestrüpp auf und packte sich vergnügt gleich einen ganzen Arm voller Dorfbewohner, die das Unglück gehabt hatten, die fliehende Menge anzuführen.

Wer nach Osten auf das Dorf zulief, wurde von einem dritten Nobold abgefangen, der aus einem Kanal geklettert kam und Schwimmhäute an Händen und Füßen hatte. Sein unbehaarter Körper dampfte in der kühlen Abendluft.

Auf der Bühne packte Longchance Malydia und befahl den Soldaten, sich zu sammeln und sie zur Burg zu eskortieren. Wieder einmal waren die Dorfbewohner auf sich allein gestellt.

Hinter Lederblatts Käfig konnte Rye Folly sehen. Sie winkte ihr hektisch zu, dass sie fliehen sollte. Doch Folly stand nur da und sah zu, wie die Menschen panisch davonliefen. Schließlich wurde Rye klar, dass Folly sie suchte. Sie zog ihre Kapuze herunter, lockerte den Umhang und zog die Maske ab. Dann überwand sie ihre Angst vor Lederblatt und kletterte die Gitter des Käfigs hoch, bis sie sich weit über dem Boden befand. Sie baumelte an der Seite des Käfigs und winkte Folly mit ihrem freien Arm zu.

»Folly«, rief sie. »Hier drüben!«

Folly drehte sich um, sah sie und winkte zurück.

»Lauf!«, schrie Rye. »Ich komm klar. Wir sehen uns am Treffpunkt.«

In diesem Augenblick erspähte sie auch Eisenwarze, der das Durcheinander mit großem Vergnügen beobachtete. Jetzt fixierte er plötzlich den Käfig. Er kam auf sie zugelaufen, und Rye fürchtete, dass er Lederblatt ohne viel Federlesens auf der Stelle mitnehmen würde.

Auf einmal waren Trommelschläge zu hören, und alle hielten inne, auch die Nobolde.

Rye sah hoch. Das Licht der Dämmerung wurde verdunkelt von einer sich rasch nähernden Gewitterwolke. Sie schoss in Form eines Trichters auf sie herab, und der Lärm wurde lauter. Aber es waren keine Trommeln. Es waren Flügelschläge. Von Tausenden schwarzen Vögeln. Krähen. Mehr als Rye je auf einmal gesehen hatte. Wenn man den Ammenmärchen glauben durfte, bedeutete das mindestens fünfzig Jahre Unglück. Die Krähen sausten in Massen auf den Düstergrund herab. Lederblatt eilte in eine Ecke des Käfigs, schlang die Arme um den Kopf und stieß sein typisches Monsterbaby-Geheul aus.

Eisenwarze kauerte sich auf den Boden, sein Gesicht war angstverzerrt. Der Vogelschwarm schien ihn zu verschlingen, bevor er wieder aufstieg. Die Tiere stoben auseinander, formierten sich aber sofort neu und stießen wieder auf den Nobold hinab. Eisenwarze brüllte und schlug um sich, während die Vögel ihn umkreisten wie ein Wirbelsturm.

»Zwei Nächte«, knurrte Eisenwarze in kaum verständlicher Menschensprache und schützte seine Augen vor dem Ansturm der grauen Schnäbel und Krallen.

Er zog eine Fackel heraus, die im Boden steckte, und schleuderte sie auf die Bühne, bevor er schnell zum Waldrand zurücklief. Der vergossene Alkohol fing Feuer, und bald darauf stand die Bühne in Flammen.

Die verängstigten Zugpferde, die noch an Lederblatts Käfig angespannt waren, gingen durch und galoppierten panisch los.

Ruckartig setzte sich der Käfig in Bewegung, und Rye verlor den Halt, fiel nach hinten und knallte mit ihrem vollen Gewicht auf den Rücken. Der Aufprall verschlug ihr den Atem, doch sie konnte noch schnell die Arme über ihren Kopf werfen, bevor die Käfigräder haarscharf an ihren Ohren vorbeirollten. Der Käfig jagte hinter den Pferden den felsigen Weg zur Burg Longchance hinauf, dem einzigen sicheren Ort, den die Pferde kannten. Lederblatt stieß ein markerschütterndes Geheul aus, als er mit den Pferden und dem Käfig in der Ferne verschwand.

Rye machte die Augen auf. Sie lag dort auf der Wiese, wo vorher der Käfig gestanden hatte. Zu ihrem großen Glück hatte sie keines der vier schweren Räder erwischt. Durch Rauchschwaden und flatternde Vögel hindurch sah sie, wie Longchance und seine Tochter von den Soldaten von der brennenden Bühne gebracht wurden. Sie gingen die Stufen hinunter, die Rye am nächsten waren. Dabei schaute Malydia nach unten und Rye direkt in die Augen.

Rye tastete im Gras herum und suchte nach ihrer Maske, doch ohne Erfolg. Da sie die Kapuze nicht aufhatte, hing ihr Umhang locker über ihre Schultern, und ihr Halsband leuchtete strahlend blau wie ein Leuchtfeuer.

Sie sah, wie Malydia ihren Vater am Arm packte und auf sie zeigte. Longchance blieb stehen und blinzelte. Er gab den Soldaten ein Zeichen, und zwei von ihnen sprangen von der Bühne und liefen auf Rye zu.

Am Rand des Westlichen Waldes trafen sich Folly und ihre Brüder. Quinn kam auch zu ihnen, denn er hatte nicht bis zum Dorf zurücklaufen müssen. Sie setzten sich in einen Kreis und begutachteten etwas, das im Gras lag. Es waren Teile von Ryes Maske, die Folly auf dem Grund gefunden hatte. Sie hatten sie wieder zusammengesetzt und schauten jetzt auf das zersprungene Gesicht.

Der Düstergrund brannte. Die Zelte brachen zusammen. Die Bühne lag in Schutt und Asche. Nachdem sie die Dorfbewohner zu Tode erschreckt hatten, waren die drei Nobolde so schnell in die Nacht entschwunden, wie sie aufgetaucht waren.

Das Feld war übersät von großen schwarzen Krähen, die mit ihren allesfressenden Schnäbeln auf den Karren der Bauern herumpickten und die schwelenden Essensstände plünderten.

Die Freunde warteten und warteten noch etwas länger, und ihre Herzen wurden schwer. Sie warteten so lange sie konnten. Doch Rye kam nicht zu ihnen zurück.

19

IN DER BURG

Der Esstisch war so lang wie das gesamte Haus der O'Chanters. Rye saß an einem Ende und starrte auf das Essen auf ihrem Teller. Es sah alles köstlich aus – der Käse, die Weintrauben, die Zimtschnecken und die Rosinen –, aber Rye hatte keinen Appetit. Im Kamin des Großen Saals knisterte ein Feuer. Dünne Lichtstreifen drangen durch die Fenster des Saals.

Malydia Longchance saß am anderen Ende der Tafel, zupfte Krumen aus dem Stück Brot in ihrer Hand und steckte sie in den Mund. Dabei ließ sie Rye nicht aus ihren verschiedenfarbigen Augen. Zwischen ihnen standen mindestens zwei Dutzend leere Stühle. Ein Kindermädchen kam immer wieder geräuschlos in den Großen Saal, um Teller abzuräumen und ihre Gläser nachzufüllen. Neben der Tür stand ein Wachmann, der sich nicht besonders wohlzufühlen schien. Er starrte mit leerem Blick an die Decke und trat von einem Fuß auf den anderen.

»Isst du immer alleine?«, fragte Rye mit lauter Stimme.

Sie hatte schon festgestellt, dass sie fast schreien musste, um am anderen Ende des Tisches gehört zu werden.

»Vater isst niemals mit mir zusammen«, antwortete Malydia. »Er ist zu beschäftigt.«

Rye sah auf das riesige Ölporträt von Graf Longchance, das über dem Kamin hing. Der Künstler hatte ein wenig geschummelt, denn der Longchance auf dem Gemälde hatte eine zierliche Nase und viel volleres Haar. Daneben hing ein Bild, das im Vergleich dazu winzig erschien. Sein Rahmen war gerade mal so groß wie ein Buch. Es zeigte einen majestätisch wirkenden Mann mit silbernem Bart und einer Krone.

»Ist das ein Verwandter von dir?«, fragte Rye und zeigte auf das kleinere Bild.

»Du scheinst sehr wenig von der Welt zu wissen«, bemerkte Malydia und strich eine Haarsträhne zurück, die sich aus ihrem engen schwarzen Knoten gelöst hatte. »Das ist natürlich der König.«

Rye wusste zwar, dass sie auf einer Insel lebten – und zwar einer ziemlich großen, mit Wäldern, Feldern und Bergen. So groß, dass die Bewohner mancher Städte nicht ein einziges Mal in ihrem Leben das Meer sahen. Trotzdem gehörte sie zu einem noch größeren Königreich. Das Haus Longchance und ein paar andere adelige Familien hatten die Herrschaft über den Schiefer vor langer Zeit unter sich aufgeteilt, doch theoretisch unterstanden auch sie der Herrschaft eines Königs, der weit weg in Dadrüben regierte. Rye hatte von Dadrüben gehört, aber sie kannte keinen, der jemals dort gewesen war. Es lag auf der anderen Seite des Meeres.

»Wo ist dein Vater eigentlich?«, fragte Rye.

»Wahrscheinlich meditiert er in seinem Gemach«, mutmaßte Malydia und verdrehte die Augen. »Die meisten seiner wichtigen Entscheidungen erfordern viel Wein und Schlaf. Die Dorfbewohner verlangen von ihm, den grässlichen Nobold freizulassen.«

»Warum tut er es dann nicht?«, fragte Rye. »Oder willst du ihn als Haustier behalten? Er würde zu dir passen.«

Malydia warf Rye einen bösen Blick zu. »Du scheinst noch weniger von Führungsstärke zu verstehen als mein Vater. Wenn er tut, was die Nobolde verlangen, kommen sie das nächste Mal mit noch höheren Forderungen.«

»Also wird der Graf tatenlos zusehen, wie das Dorf abgebrannt wird?«, fragte Rye fassungslos.

Malydia tippte sich mit dem Finger ans Kinn. »Wenn es sein muss.«

»Und was ist mit seiner Burg?«

»So weit wird es nicht kommen«, versicherte Malydia.

»Diese Nobolde sahen nicht aus, als ob mit ihnen zu spaßen wäre.«

»Dafür haben wir ja dich«, sagte Malydia mit einem übertriebenen Lächeln. Sie legte das Kinn in die Hände und stützte sich auf ihren Ellbogen ab. »Wir haben dich nicht wegen deiner guten Manieren und faszinierenden Gedanken über den Lauf der Welt mitgenommen. Zwischen dem gesetzlosen Grey dem Grauenhaften und dir scheint eine seltsame Verbindung zu bestehen.«

»Ich hab keine Ahnung, wovon du sprichst«, sagte Rye, die

sich daran erinnerte, wie ihre Mutter auf eine ähnliche Behauptung reagiert hatte.

»Ach, tatsächlich?«, fragte Malydia und nahm sich die Serviette vom Schoß. Rye bildete sich ein, dass sie dabei einen kurzen Blick auf ihren Hals warf. »Etwas sagt mir, dass mir und allen anderen in der Burg nichts Schlimmes widerfahren wird, solange du hier bist.«

Rye sagte nichts mehr. Das erklärte zumindest, warum sie – nach einigem Zerren und Stoßen durch die Soldaten gestern Abend – einigermaßen gut behandelt wurde. Man hatte sie in einem prächtigen Zimmer mit einem bequemen Bett untergebracht, auch wenn sie die ganze Nacht kein Auge zugetan hatte. Und sie durfte durch die Gänge laufen, wenn auch ständig begleitet von einer Wache.

»Komm«, sagte Malydia. »Du bist zwar ziemlich ungehobelt, aber eine Gräfin Longchance lässt sich nicht nachsagen, dass sie nicht gastfreundlich wäre. Ich zeige dir die restliche Burg.«

Rye kniff misstrauisch die Augen zusammen.

Malydias Kindermädchen zog eilig ihren Stuhl nach hinten, doch diese nahm sie überhaupt nicht zur Kenntnis. Dann kam sie zu Rye und zog auch ihren Stuhl weg.

»Danke«, sagte Rye.

Das Kindermädchen nickte nur und richtete den Blick weiter auf den Boden. Sie war sicher jünger als ihre Mutter, doch ihre Wunden und Narben ließen auf eine strenge Behandlung schließen. Es schien ihr unangenehm zu sein, wenn man sie ansprach.

Die Gänge von Burg Longchance waren lang und dunkel, obwohl sie von Fackeln gesäumt waren. Das Leben in einer Burg, die nur von einer Armee von Soldaten und schweigenden Dienstboten bevölkert war, musste sehr einsam sein. Malydia zeigte ihr begeistert Objekte und Details, die sie für interessant hielt. Rye ahnte, dass Malydia nicht oft Besuch bekam. Das Kindermädchen und die Wache gingen ein paar Schritte hinter ihnen. An den Wänden hingen Gemälde in protzig verzierten Rahmen, die so primitiv waren, dass selbst der freche Affe im Toten Fisch sie hätte malen können. Im Vergleich dazu waren Lotties Bilder Meisterwerke.

Rye stolperte über einen gebrochenen Stein am Boden, konnte sich aber gerade noch fangen. Dabei riss sie einen Wandteppich mit kariertem Muster herunter, wodurch ein tiefer Spalt in der Mauer zutage trat. Auf dem Teppich war eine unschöne Szene abgebildet: Ein ängstlicher Mann in Ketten stand knietief im Moor und war umkreist von Gestalten in Kapuzen, die Kerzen hielten. Sie hängte den Teppich schnell wieder auf, allerdings schief.

»Wer hat all diese Bilder gemalt?«, fragte sie.

»Mein Vater«, sagte Malydia. »Dies sind einige seiner besseren Arbeiten.«

Rye hob eine Augenbraue.

»Er hat Stunden bei einem Meistermaler«, sagte Malydia und konnte sich ein Grinsen nicht verkneifen.

Rye lächelte auch. Die Mädchen sahen sich an und fingen an zu kichern.

Dann riss Malydia sich wieder zusammen, und ihr Lächeln

erstarb. Vor einer schweren Doppeltür blieb sie stehen. Darauf war das Wappen des Hauses Longchance mit dem glitschigen Aal-Monster eingemeißelt, dessen spitze Zähne bedrohlich in alle Richtungen standen.

»Hier werde ich unterrichtet«, sagte sie.

Rye fuhr mit dem Finger vorsichtig über die dunkle Oberfläche der Tür.

»Was ist das eigentlich für ein Tier?«, fragte Rye und steckte den Finger zwischen seine großen Zähne. »Eine Seeschlange?«

»Ein Schleimaal«, sagte Malydia, als wäre das offensichtlich. »Sie scheiden Schleim aus, um vor ihren Feinden fliehen zu können, und fressen die verfaulenden Kadaver toter Fische. Sie sind recht anpassungsfähig.«

»Ja«, sagte Rye trocken. »Das müssen ganz edle Geschöpfe sein.«

»Du darfst hineingehen«, sagte Malydia.

Rye zögerte.

»Er wird dich nicht beißen«, sagte Malydia mit einem verschmitzten Funkeln in den Augen. Sie drückte die Tür auf und trat beiseite.

Hinter der Tür lag eine Bibliothek, deren Lesekabinen mit Schreibfedern, Tintenfässern, Papier und Pergament übersät waren. Als Rye die Wände sah, konnte sie ihr Staunen kaum verbergen. Sie hatte noch nie so viele Bücher gesehen. Sie füllten die Regale, die vom Boden bis zur Decke reichten, und verbreiteten einen Geruch von Schimmel und Zauber. Langsam schlenderte sie durch den Raum und starrte fasziniert auf die unterschiedlichen Einbände, durch die die Bibliothek wie eine große Höhle wirkte, die mit einem bunten Flickenteppich ausgelegt war.

»Die meisten davon habe ich gelesen«, sagte Malydia wichtigtuerisch und trat ebenfalls ein.

»Wovon handelt das?«, fragte Rye, die staunend vor einem Buch stand, das in das Leder eines exotischen Reptils eingebunden war.

»Na ja, jedenfalls viele von ihnen«, ergänzte Malydia stirnrunzelnd.

Der Wachposten blieb an der Tür stehen und sah ängstlich drein. Für ihn gab es anscheinend nichts Schlimmeres, als in einem Raum voller Bücher eingeschlossen zu sein. Malydia hatte wohl gedacht, Rye eins auszuwischen, indem sie mit ihr in die Bibliothek ging. Schließlich war es nach den Gesetzen nur den Töchtern aus dem Hause Longchance erlaubt zu lesen. Aber mithilfe ihrer Mutter und Quinn hatte Rye genug gelernt, um wenigstens die Titel auf den Buchdeckeln und -rücken entziffern zu können. Sie entdeckte Bücher mit Landkarten und Märchen und Bücher über die Natur und ihre Kreaturen. Doch sie versuchte, sich nicht anmerken zu lassen, dass sie lesen konnte, was dort stand.

Nachdem sie die Regale eine Weile durchstöbert hatte, stieß sie auf ein Buch, das sie kannte. Auf einem Brett ganz oben in einer Ecke, die ein wenig durcheinander war, stand ein dicker Wälzer mit Ledereinband. Er war in viel besserem Zustand als das Exemplar, das in diesem Augenblick unter Quinns Bett versteckt war, aber es war zweifellos das verbotene Buch: *Tams Buch der Lügen rund um die Moder-Mündung, Teil II.* Rye sah, dass rechts und links neben dem Buch eine Lücke auf dem Regal war, wo Band I und Band III hätten stehen müssen.

Offenbar hatten ihre Augen einen Moment zu lange auf dieser Stelle verweilt.

»Das ist ein ganz interessantes Buch«, sagte ihr eine Stimme ins Ohr.

Rye wirbelte herum und sah, dass Malydia ihr über die Schulter schaute. »Mein Vater beschäftigt sich oft stundenlang damit. Und wenn er es dann endlich weglegt, stapft er missmutig in sein Zimmer und trinkt zum Trost erst mal ein Glas Wein.«

Rye sah sie nur fragend an, als hätte sie keine Ahnung, wovon Malydia da gerade gesprochen hatte.

»Der Autor hat ein paar echt schlimme Sachen gesagt. Über meinen Vater und … über meine Familie. Lügen, sagt mein Vater, alles Lügen! Er hat überall nach ihm suchen lassen, sogar Hinter dem Schiefer, aber ohne Erfolg. Sollte er ihn doch einmal finden, lässt er ihm sicher die Finger abschneiden und bohrt ihm seine Feder in den Hals. Es ist fast so, als wär Tam ein Gespenst … oder noch was Schlimmeres.«

Malydia verschränkte die Arme und beugte sich zu Rye vor. »Ich habe ihm gesagt, dass die Geschichten schon über hundert Jahre alt sind. Wenn Tam nicht längst tot ist, muss er ein klappriger alter Greis sein. Den kann er ruhig dem Zahn der Zeit und den Würmern überlassen.«

Damit ging Malydia an Rye vorbei und reckte ihren Arm so hoch sie konnte. Ihre langen Finger waren mit feinen Silberringen geschmückt, aber ihre Nägel waren komplett abgekaut.

»Die Plappermäuler sagen, dass ein Exemplar ins Dorf gelangt ist.« Sie schüttelte den Kopf und zog *Tams Buch* aus dem Regal. »Mein Vater würde sicher persönlich von Tür zu Tür gehen und in den Schränken der Dorfbewohner danach suchen, wenn er nicht gerade … wichtigere Dinge zu erledigen hätte.«

Rye schluckte. Sie wusste, dass das verbotene Exemplar von *Tams Buch* nicht in einem Schrank lag.

Malydias Augen blitzten, und sie lächelte schwach. Dann legte sie das Buch auf einen Tisch und stützte sich mit beiden Händen rechts und links davon ab.

»Ich habe es gelesen«, verriet sie Rye mit leiser Stimme. »Und weißt du, was ich glaube?«

Rye schüttelte den Kopf.

»Das sind sicher nicht alles Lügen. Ich kenne meinen Vater. Ich weiß, wozu er fähig ist. Und ich glaube, dass es sehr gefährlich wäre, wenn gewisse Informationen den Bewohnern von Moderfurt zu Ohren kommen würden.«

Rye fand Malydias spöttisches Lächeln nicht sehr beruhigend.

»Was glaubst *du* denn, Riley? Sind es wirklich nur Lügengeschichten, oder sind sie wahr?«

Malydias verschwörerischer Tonfall machte Rye nervös. Niemals zuvor war sie einem so rätselhaften Menschen begegnet. Sie sah sie ausdruckslos an und sagte nichts. Diesmal würde sie das *Wer-schweigt-am-längsten?*-Spiel gewinnen.

Malydia fiel auf Ryes Verstellungskünste herein und schien sie tatsächlich für etwas beschränkt zu halten.

Sie lächelte Rye herablassend an. »Natürlich. Woher sollst du das auch wissen?«, sagte sie. »Du kannst ja nicht lesen.« Sie klang fast ein bisschen enttäuscht. »Es ist sicher schwer, so unwissend zu sein«, fuhr sie fort und trommelte mit den Fingern auf den Tisch.

Rye runzelte die Stirn, sagte aber kein Wort, während ihre Ohren immer heißer wurden.

»Aber mein Kindermädchen kann auch nicht lesen und schreiben und lebt trotzdem ganz gut damit«, sagte Malydia nachdenklich. »Du wirst ja eine Weile hier sein. Vielleicht kann sie dir beibringen, meine Kleider zu waschen oder die Hornhaut an meinen Füßen abzufeilen.«

Rye stieg das Blut schneller ins Gesicht, als sie es jemals erlebt hatte. Sie spürte den unwiderstehlichen Drang, auf Malydia loszugehen, obwohl sie wusste, dass der Graf sie dafür sicher aufspießen lassen würde. Malydia hob eine Augenbraue und trat tatsächlich einen Schritt zurück. Rye wusste nicht, ob der Blick des älteren Mädchens Überraschung oder Respekt ausdrückte. Doch er war ohnehin bald wieder von ihrem Gesicht verschwunden.

»Ich habe noch andere Dinge in der Burg zu erledigen«, sagte Malydia herablassend. »Bleib ruhig hier, wenn du willst. Du kannst dir ja die Bilder angucken.« Sie hob ihre Röcke hoch und verschwand aus der Bibliothek, dicht gefolgt von ihrem Kindermädchen. *Tams Buch* blieb auf dem Tisch zurück.

Rye sah zum Wachmann hinüber. Den schien es überhaupt nicht zu interessieren, was sie tat. Als sie den Band aufgeschlagen hatte, wollte sie anfangen zu lesen, aber irgendetwas in ihr sträubte sich dagegen. Ihr fielen die Nachmittage mit Folly und

Quinn wieder ein, an denen sie zu dritt um den Tisch herumgesessen und laut aus *Tams Buch* vorgelesen hatten, hinten in ihrem Haus, das sie vielleicht nie wiedersehen würde. Sie musste an ihre Mutter und ihre Schwester denken. Und an ihren Vater, den sie erst vor Kurzem kennengelernt hatte.

Die Geschichten in *Tams Buch* waren nicht mehr bloß Geschichten. Zum Teil waren es Erzählungen über ihre Familie, die ausgesparten Teile ihrer eigenen Vergangenheit, die sie gerade erst kennenlernte. Rye wollte das nicht alleine in einer Bibliothek lesen. Sie wollte es aus erster Hand von den Menschen erfahren, die es erlebt hatten.

»Ich will in mein Zimmer zurück«, sagte sie zu dem Wachmann.

Dieser führte sie über eine Wendeltreppe in den Turm, wo Malydias Gemach und die Gästezimmer untergebracht waren. Er machte die Tür zu Ryes Zimmer auf, und sie ging zuerst hinein.

Malydia saß auf ihrem Bett. Vor ihr waren der kleine Lederbeutel und sein Inhalt ausgebreitet: die Fußkette aus Eisen, der winzige Schädel, die Holzpuppe und das Band mit dem gelben Zahn. Sie musste sie aus Ryes Umhang geholt haben.

Als Rye hereinkam, sah sie hoch. »Was ist das alles?«, fragte sie.

»Schnüffelst du in meinen Sachen herum?«, fragte Rye. Sie konnte spüren, wie die Wut durch ihre Adern schoss. Ihre Ohren wurden wieder ganz heiß.

»Ich konnte es riechen«, sagte Malydia. »Schlimmer als Stinkkohl.«

251

Rye erinnerte sich, wie sehr sie Malydia gehasst hatte, als sie sie zum ersten Mal im Weidenladen gesehen hatte. Daran hatte sich nichts geändert.

»Igitt«, sagte Malydia angewidert und hob das Band hoch. »Ist das etwa ein Zahn? Wo hast du das alles her? Stammt der Kram aus dem Laden deiner Mutter?«

»Ja«, sagte Rye mit zusammengebissenen Zähnen. »Genauso ist es.«

Malydia warf den Zahn voller Ekel aufs Bett. Dann wischte sie sich die Hände an der Decke ab, stand auf und ging zu Rye.

»Und das Halsband, das du trägst?«, fragte sie und versuchte, einen Blick darauf zu erhaschen. »Ist das auch aus eurem Laden?«

»Ja«, antwortete Rye.

»Beschützt es dich vor irgendwas?«

»Nein, es ist nur eine Kette mit Anhängern.«

»Wirklich?« Malydias Flüstern klang wie das Zischen einer Schlange. Sie hatte den Blick weiterhin fest auf Ryes Hals geheftet. »Deine Mutter hat gesagt, es wär ein Einzelstück.«

»Meine Mutter ist eine gerissene Geschäftsfrau. Sie redet den Leuten ein, dass ihr Krimskrams wertvoll ist.«

Malydia kniff ihre verschiedenfarbigen Augen zusammen. »Ich hab gestern Abend gesehen, dass es geleuchtet hat«, sagte sie argwöhnisch.

»Geleuchtet?«, fragte Rye ungläubig. Sie zog den Kragen herunter, sodass Malydia das Halsband sehen konnte. »Mir gefallen die Steine auch, aber eine besondere Kraft haben sie nicht.«

Malydia inspizierte die Runen. Sie leuchteten tatsächlich nicht.

»Ist es angenehm zu tragen?«, fragte Malydia weiter. »Du nimmst es doch bestimmt ab, wenn du ins Bett gehst.«

»Nein«, sagte Rye. »Ich trage es die ganze Zeit.«

»Aha«, zischte Malydia wieder und machte Anstalten wegzugehen. »Apropos Bett. Ich muss mich jetzt ein bisschen ausruhen. Ich hol dich zum Abendessen wieder ab.«

Malydia drehte sich auf dem Absatz um und verließ das Gästezimmer. Rye hörte, wie sich ihre Schritte auf dem Gang entfernten. Der Wachmann machte die Tür zu, aber ihn hörte sie nicht weggehen. Wahrscheinlich sollte er vor ihrer Tür stehen bleiben.

Rye ging zu den Fenstern. Selbst wenn sie hindurchgepasst hätte, wäre bei den glatten Mauern ein tödlicher Sturz unvermeidlich gewesen. Dünne Schwaden von schwarzem Rauch stiegen vom Düstergrund in den Himmel auf, und die Leute aus dem Dorf durchsuchten, was vom katastrophalen Fest des Langen Mondes übrig geblieben war. In der Ferne sah Rye die Dächer des Dorfes. Der Knochenknacker-Clan hatte gedroht, morgen Abend zurückzukommen. Und wenn sie Malydia glauben konnte, würde Longchance zulassen, dass sie das Dorf niederbrannten. Sie hatte schreckliche Angst um ihre Mutter und Lottie. Und auch um Folly und Quinn. Was würde mit ihnen geschehen, wenn Eisenwarze und die anderen Nobolde zurückkämen? Harmlos hatte sich wieder in die Wälder zurückgezogen. Für weitere zehn Jahre? Oder diesmal vielleicht für immer?

Erst als sie zum Bett zurückging, merkte sie, dass ihr Herz raste. Sie legte die Gegenstände vorsichtig wieder in den Beutel zurück. Aber anstatt ihn zurück in den Umhang zu stecken, stopfte sie ihn in einen ihrer übergroßen Stiefel. Das war zwar nicht bequem, aber es passte. Zum ersten Mal seit langer Zeit war Rye ratlos und wusste nicht, was sie tun sollte. Sie legte sich hin, ließ ihren Kopf im Kissen versinken und machte die Augen zu. Ihr war klar, dass sie kein Gast hier war. Sie war eine Gefangene.

Ihre finsteren Gedanken wurden unterbrochen vom heiseren Krächzen einer Krähe.

20

DER RUF DES SCHWARZEN VOGELS

Rye setzte sich auf und lauschte. Der Vogel musste auf der Spitze des Turms sitzen. Auf sein krächzendes Lied folgten bald laute Stimmen und Geschrei unten im Burghof. Rye ging zum Fenster und sah, dass sich im Hof mehrere Soldaten versammelt hatten.

Die Tore der Burg wurden weit aufgerissen, und ein einzelnes Pferd kam den felsigen Weg zur Burg herauf. Es lief in langsamem Trab. Während das Pferd und sein Reiter näher kamen, erschienen noch mehr Soldaten im Burghof. Irgendwann konnte Rye erkennen, dass der Reiter einen schwarzen Umhang mit Kapuze trug.

Die Soldaten am Tor ließen ihn passieren. Erst als das Pferd stehen blieb, stellten sie sich in sicherem Abstand im Halbkreis um ihn herum auf. Der Reiter stieg vom Pferd, und sein schwarzer Umhang blähte sich auf, als er auf den Boden sprang.

Die Soldaten verfolgten jede Bewegung des Reiters. Ein paar

von ihnen zuckten zusammen, als er dem Pferd aufs Hinterteil klopfte. Das Tier bäumte sich auf und wieherte. Dann galoppierte es in vollem Tempo durch das Tor und den Weg hinunter, auf dem es gekommen war.

Ein paar Soldaten stellten sich hinter den Reiter, um ihm den Rückweg zu versperren. Er war nun völlig von Soldaten umzingelt, die den gesamten Burghof füllten.

Schließlich öffneten sich die inneren Burgtore, und Graf Longchance trat hinaus. Er hatte ein zerknittertes Schlafgewand an, obwohl es mitten am Tag war, und trug sein langes, verziertes Schwert an der Seite. Außerdem lutschte er an einer Orangenspalte, die zwischen seinen Zähnen steckte. Es war das erste Mal, das Rye ihn seit dem vorigen Abend sah. Er stand oben auf der Burgtreppe, gut abgeschirmt durch einen Kreis von Soldaten. Sie öffnete das Fenster, um zu hören, wie es dort unten weiterging.

»Seit Tagen durchsuchen wir vergeblich das Dorf nach dir«, sagte Longchance. »Und jetzt tauchst du einfach an meiner Haustür auf.« Er schnalzte mit der Zunge. »Wer hätte das für möglich gehalten?«

Der Reiter hob beide Hände zum Kopf und zog sich die Kapuze herunter.

Ryes Herz tat einen Sprung. »Harmlos«, flüsterte sie.

»Diese Türme sind voller Bogenschützen«, sagte Longchance. »Ich warne dich. Falls deine Komplizen irgendwo lauern, bekommen sie zur Begrüßung einen Pfeil durch den Kopf.«

Rye ließ den Blick über die Burgmauer schweifen. Tatsächlich sah sie überall Soldaten mit Langbögen und vollen Köchern. Ihre Augen waren auf den Düstergrund und den Bereich dahinter gerichtet.

»Ich habe weder Komplizen mitgebracht, noch habe ich hinterlistige Gedanken«, sagte Harmlos. »Ich will Euch einen Vorschlag machen. Ihr habt Euch und das Dorf in große Gefahr gebracht.«

»Ach, tatsächlich?«, fragte Longchance spöttisch. »Mir scheint, wir haben uns bisher recht gut geschlagen. Auch ohne deine Einmischung. Oder hast du noch nicht gesehen, wen wir gefangen haben?«

»Er ist noch jung«, sagte Harmlos. »Und er ist verletzt.«

»Da du ihn so gut kennst, werde ich dich zu ihm in den Käfig stecken«, sagte Longchance.

»Ihr wisst genauso gut wie ich, dass die Nobolde, die letzte Nacht hier aufgetaucht sind, die wahre Bedrohung darstellen«, fuhr Harmlos fort. »Eisenwarze, Schreckwurz und Mistschlamm. Das sind die Gefährlichsten des ganzen Clans. Selbst wenn Ihr sie besiegen könntet, würde das Dorf dabei zerstört werden.«

»Danke für deinen klugen Ratschlag«, sagte Longchance, ohne es ernst zu meinen. »Zur Belohnung gibt es fünfzig Schläge mit der Bullenpeitsche.«

»Der Knochenknacker-Clan weiß noch nicht, dass Ihr auf unseren Schutz verzichtet. Ich hoffe, Euch ist klar, dass das der einzige Grund ist, warum sie den Jungen gestern Abend nicht sofort mitgenommen haben. Ihr Auftritt gestern auf dem Düstergrund war kein Spaß. Es war ein Test. Bisher waren sie vorsichtig, aber sie werden bald begreifen, wie der Hase läuft.

Ich biete Euch eine letzte Gelegenheit, den Frieden, der einst zwischen uns ausgehandelt wurde, aufrechtzuerhalten. Ehrt den Pakt Eures Vaters und wir werden das Dorf ein zweites Mal retten können.«

»*Wir?*«, spuckte Longchance lachend aus. »Wer sind *wir*? Du und eine Handvoll Verbrecher, die bei einem Grog im verbotenen Gasthaus am Fluss in Erinnerungen an vergangene Heldentaten schwelgen? Jeder weiß, dass du der Letzte deiner Art bist. Die Ungeheuerlichen sind nichts als Gespenster. Schreckgestalten, mit denen man Kindern Angst einjagt. Wann hast du angefangen, deine eigenen Lügen zu glauben?«

Harmlos antwortete nicht. Rye fragte sich, ob Longchance recht hatte. War Harmlos wirklich der letzte überlebende Ungeheuerliche?

»Es war ein Fehler herzukommen, Grey. Aber ich will dir einen letzten Gefallen tun. Du kannst deine Wahnvorstellungen im Kerker ausleben. Dort ist es stockdunkel, und ich habe gehört, die Dunkelheit beflügelt die Fantasie.«

Longchance warf seine abgelutschte Orangenschale in den Burghof, wo sie nur ein paar Zentimeter von Harmlos' Fuß entfernt landete. Er winkte seinen Soldaten zu.

»Ergreift ihn. Lebend«, sagte er und kehrte mit langen, erhabenen Schritten in die Burg zurück.

Harmlos streckte die Arme zur Seite aus, als würde er sich ergeben, und beugte den Kopf. »Wie Ihr wollt.«

Als die Soldaten näher kamen, sahen sie zwei Eisenstangen in seinen Händen, von denen je eine mit Stacheln übersäte Eisenkugel an einer Kette herabhing.

Die Soldaten blieben stehen und sahen einander fragend an. »Morgensterne«, schrie ein Soldat, doch es war zu spät. Eine Eisenkugel traf ihn am Kopf, und er war sofort ohnmächtig.

Die tödlichen Waffen stiegen immer höher und surrten durch die Luft. Harmlos ließ die Ketten um sich kreisen, eine oben und die andere unten. Der erste Schlag der Kette traf die Beine der Soldaten und riss die Hälfte von ihnen zu Boden. Die andere mit scharfen Spitzen besetzte Kugel sauste in Kopfhöhe durch die Luft, und die Soldaten, die noch standen, duckten sich, um nicht getroffen zu werden. Als sie in die Knie gingen, flog die erste Kugel wieder an ihnen vorbei und traf sie im Gesicht.

Die Bogenschützen hielten sich zurück, aus Angst, in dem Durcheinander ihre Kameraden zu treffen oder – was noch schlimmer gewesen wäre – einen Angriff von außerhalb der Burgmauern zu übersehen.

Nachdem er seine Gegner ausgeschaltet hatte, ließ Harmlos die Morgensterne fallen und zog seine beiden Kurzschwerter aus den Scheiden auf seinem Rücken. Die Soldaten, die noch laufen konnten, kamen mühsam wieder auf die Beine. Rye sah ehrfurchtsvoll zu, wie Harmlos in seinem Umhang zu einem tödlichen Wirbelwind wurde. Er tauchte auf und verschwand wieder, rutschte zwischen Beinen hindurch und mähte einen Soldaten nach dem anderen nieder, bis sie in einem stöhnenden Haufen übereinanderlagen. Immer mehr Soldaten strömten in den Burghof, und er wehrte stets zwei oder drei auf einmal ab. Dabei legte er eine Anmut und ein Geschick an den Tag, das jeden Tänzer hätte erblassen lassen.

Dann sah Harmlos nach oben zu Ryes Fenster. Ihre Blicke trafen sich, und plötzlich merkte sie, wie weit sie sich hinausgelehnt hatte. Sie glaubte, Erleichterung in den Augen ihres Vaters zu sehen, und um seine Lippen bildete sich ein schwaches Lächeln.

Harmlos senkte eins seiner Schwerter leicht, sodass ein Soldat seine Verteidigung durchbrechen und seinen Arm zu fassen bekommen konnte. Dann senkte er das andere Schwert, und ein anderer Soldat konnte sein Handgelenk packen. Da stürzte sich ein ganzer Pulk von Soldaten auf ihn. Rye stockte der Atem, und sie trat einen Schritt zurück. Sonst wäre sie wahrscheinlich vor Schreck aus dem Fenster gefallen. Die Soldaten zerrten Harmlos zu Boden, doch er hielt Blickkontakt zu ihr, bis sie ihn vor lauter Rüstungen nicht mehr sehen konnte.

Rye schlug die Hände vors Gesicht, als die Soldaten umgehend Rache übten und begannen, Harmlos mit Fäusten, Stiefeln und Schwertknäufen zu bearbeiten. Nachdem sie sich verausgabt hatten, schleiften sie ihn an den Füßen durch den Hof, die Steintreppe hinauf und durch die schweren Türen der Burg, die sie danach zuschlugen.

Rye stand unter Schock. Sie saß lange Zeit mit dem Kopf in den Händen da. Aber Longchance hatte ja befohlen, dass sie Harmlos lebend fassen sollten. Das hieß, er musste irgendwo in der Burg sein.

Sie nahm die Hände von den nassen Augen. Ihr Vater war ihretwegen zurückgekommen.

Rye schaufelte sich Brotstücke und löffelweise Suppe in den Mund, während Malydia ihr mit gekräuselter Nase zusah. Sie selbst rührte das Essen auf ihrem Teller kaum an. Mit der Erkenntnis, dass Harmlos irgendwo innerhalb derselben vier Wände sein musste wie sie selbst, war auch Ryes Appetit zurückgekehrt. Er hatte bestimmt einen Plan, auch wenn sie sich nicht vorstellen konnte, dass es zum Plan gehörte, halb tot geschlagen und gefangen zu werden.

Rye hatte während des gesamten Essens nicht mehr als ein paar Worte zu Malydia gesagt. Aber das hatte Malydia nicht davon abgehalten, sie über Harmlos auszufragen. Woher kannte Rye ihn? Woher war er gekommen? Rye hatte über die Jahre viel von ihrer Mutter und den Besitzern und Gästen des Toten Fischs gelernt. Wenn man die Identität von jemandem nicht preisgeben wollte, lautete die richtige Antwort stets: »Wer? Kenn ich nicht.«

Je weniger Rye sagte, desto finsterer und schlechter wurde Malydias Laune.

Rye wischte den letzten Rest Suppe mit dem Brot auf und spülte es mit einem Schluck gegorenem Apfelwein hinunter. Als sie alles runtergeschluckt hatte, rülpste sie laut.

Malydia sah sie entsetzt an. Das Kindermädchen senkte den Blick und verkniff sich ein Kichern.

»Ekelhaft«, sagte Malydia angewidert.

»In manchen Kulturen bedankt man sich auf diese Art für ein gutes Essen«, sagte Rye. »Hast du das in keinem deiner Bücher gelesen?«

Malydia schüttelte bloß den Kopf und warf ihre Serviette auf den Tisch.

Nach dem Essen ging Malydia schweigend auf ihr Zimmer, und der Wachmann und das Kindermädchen geleiteten Rye den Gang entlang zum Gästezimmer. Das Kindermädchen schlug ihr Bett auf, während der Wachmann auf dem Gang wartete.

»Lass dich von der Dunkelheit nicht täuschen«, flüsterte sie, ohne Rye dabei anzusehen, als würde sie nur laut denken. »Auf der Burg gehen des Nachts allerlei merkwürdige Dinge vor sich. An deiner Stelle würde ich beim Schlafen immer ein Auge offen halten. Die Tochter des Grafen bekommt für gewöhnlich alles, was sie will.«

»Danke«, sagte Rye. »Aber …«

Doch mehr war das Kindermädchen nicht bereit zu sagen. Kaum hatte sie die Tür hinter sich geschlossen, schaute Rye durchs Schlüsselloch. Wie erwartet hatte der Wachmann sich draußen vor der Tür auf einen Hocker gesetzt.

Rye fühlte nach ihrem Halsband. Sie hatte den Verdacht, dass sie Malydia heute nicht zum letzten Mal gesehen hatte. Sie hatte ohnehin nicht vor, lange zu bleiben. Sie wollte Harmlos suchen gehen.

Rye legte sich den Umhang um die Schultern und zog sich die Kapuze über den Kopf. Dann hockte sie sich in eine dunkle Ecke, von der aus sie die Tür gut im Blick hatte.

Sie blieb wach, solange sie konnte. Das war anfangs nicht schwer. Der Boden war kalt und ungemütlich, und draußen hörte sie das Geheul von Lederblatt, der irgendwo in der Burg eingesperrt war. Ab und zu stand sie auf und sah durchs Schlüsselloch. Jedes Mal war ihr Wächter noch wach, klopfte mit dem Fuß auf den Boden, kratzte sich den Rücken mit seinem Schwert oder hatte den Finger halb in der Nase stecken und popelte.

Eine Stunde hatte sie so verbracht, als ihre Lider langsam schwer wurden und der runde, strahlende Mond am Nachthimmel aufging. Doch dann überwältigte sie die Müdigkeit, und sie nickte ein, mit dem Gesicht auf dem harten Steinfußboden. Sie träumte von einer glitschigen Schlange, die sie als Schleimaal erkannte. Sie saßen lange Zeit friedlich nebeneinander im Moor. Dann streckte sie die Hand aus, und das gemeine Geschöpf ließ das Maul aufschnappen und biss sie. Bevor sie den Arm wegziehen konnte, packte sie etwas am Hals. Ein riesiger Nobold mit einem orangefarbenen Bart sprang aus dem Morast und zerrte Rye und den Schleimaal mit sich hinunter ins Moor.

Rye wachte hustend auf, und das Gefühl von Torf in ihrem Hals war so realistisch, dass sie würgen musste.

Sie machte die Augen auf und sah ein braunes und ein blaues Auge, die sie anschauten, nur wenige Zentimeter von ihrem Gesicht entfernt.

Rye wollte aufspringen, doch ein Finger legte sich sanft auf ihre Lippen, und der nächtliche Besucher sagte: »Pscht.«

Rye blinzelte ein paarmal, um sicherzugehen, dass ihre Augen ihr keinen Streich spielten.

»Truitt?«, flüsterte sie ungläubig. »Bist du das wirklich?«

21

KALTE, DUNKLE ORTE

Truitt ließ Rye erst sprechen, als sie Malydias Zimmer passiert hatten und die verdunkelte Treppe hinunterliefen. Rye hielt sich an seinem Hemd fest, und er führte sie, indem er sich – nur mit seinen Fingerspitzen – an der Burgmauer entlangtastete, als würden ihm die Risse und Ritzen die Richtung weisen.

»Truitt«, sagte Rye. »Was machst du hier?«

»Leise. Bitte.«

»Wo gehen wir hin?«

»Jemand hat mich gebeten, dich zu suchen.«

Bei dem Gedanken hüpfte Ryes Herz. Doch dann wurde sie wachsam. »Wir müssen vorsichtig sein. Vielleicht sucht mich die Tochter des Grafen in meinem Zimmer.«

»Ich glaube nicht, dass sie ihr Zimmer vor dem Morgengrauen verlässt. Die Gänge in der Burg machen selbst ihr Angst, wenn die Nacht angebrochen ist.«

»Hoffentlich hast du recht«, sagte Rye skeptisch. »Ich hätte nichts dagegen, dieses entsetzliche Mädchen nie wiederzusehen.«

»Malydia ist gar nicht so schlimm«, sagte Truitt beschwichtigend. »Sie lebt nur schon zu lange mit dem Grafen zusammen. Das hat ihr Herz äußerlich verhärtet. Aber innen drin hat es einen weichen Kern.«

»Kennst du sie gut?«, fragte Rye überrascht.

»Ja.« Dann machte Truitt eine Pause. »Ich meine, so gut, wie man jemanden unter den gegebenen Umständen kennen kann. Sie ist meine Zwillingsschwester.«

Truitt blieb stehen und sah Rye mit seinem braunen und seinem blauen Auge an. »Die Ähnlichkeit ist dir vielleicht schon aufgefallen.«

Rye blieb der Mund offen stehen. Sie war froh, dass Truitt sie in diesem Augenblick nicht sehen konnte. Ihr angewiderter Blick hätte ihn vielleicht verletzt.

»Longchance ist dein Vater?«, fragte sie.

»Nein«, sagte Truitt. »Für mich ist er kein Vater.«

Bestimmt spürte er Ryes Anspannung, als sie sich an seinem Hemd festkrallte.

»Gehen wir weiter«, sagte er. »Ich erklär es dir unterwegs.«

Ryes Griff wurde lockerer, und Truitt führte sie weiter. Unten an der Treppe blieben sie stehen, und er lauschte, bevor sie ihren Weg fortsetzten.

»Ich versteh das nicht«, flüsterte Rye. »Wohnst du hier in der Burg?«

»Nein. Dies ist ein schrecklicher Ort. Ich komme nur her, wenn ich mit Malydia sprechen will. Mein Zuhause sind die unterirdischen Tunnel unter dem Dorf.«

»Du kennst die Speiche?«, fragte Rye verwundert.

Truitt legte den Kopf schief. »Ich hab gehört, dass die Leute, die von den Tunneln wissen, sie so nennen. Aber davon gibt es nicht mehr viele. Die meisten fänden die Vorstellung, dort zu leben, schrecklich. Aber mir macht die Dunkelheit natürlich nichts aus, und es ist nicht so einsam, wie man meinen könnte. Ich lebe dort mit einem alten Mann zusammen, der mich – und viele andere wie mich – aufgenommen und großgezogen hat. Jetzt ist er krank, und ich kümmere mich um ihn, so gut ich kann. Wenn ich einen Vater habe, dann ist *er* es.«

Sie kamen an eine Stelle, wo der Gang von einem schmaleren Gang gekreuzt wurde. Truitt hielt inne und drückte Rye gegen die Wand.

»Rye, ich kann etwas riechen«, sagte Truitt. »Sieh mal vorsichtig um die Ecke und sag mir, was du siehst.«

»Truitt, wenn ich versuche, vorsichtig zu sein, passieren die schlimmsten Dinge.«

»Schon gut. Schau einfach.«

Rye sah an der Mauer vorbei um die Ecke. Sie hatte ihre Kapuze auf dem Kopf. Mitten auf dem Gang schlief der größte graue Hund, den sie je gesehen hatte. Er war größer als ein Wolf und trug ein schweres Lederhalsband, aber keine Leine. Seine Vorderpfoten lagen auf einem halb abgenagten Knochen von beunruhigender Größe. Rye lehnte sich wieder zurück.

»Was du riechst, ist entweder eine Kalbshachse oder ein nasser Hund. Beides ist schlimm.«

»Also nehmen wir den langen Weg«, sagte Truitt, und sie schlichen in die andere Richtung.

Dieser Abschnitt des Gangs war dunkler und enger. Nach der Beschaffenheit des Steinbodens und der Wände zu urteilen schien er zu einem älteren Teil der Burg zu führen.

»Rye«, sagte Truitt, als sie zu einem Gang kamen, der so steil nach unten ging, als würde er direkt unter die Erde führen. »Wir betreten jetzt den Kerker von Burg Longchance. Ich hab zwar nicht den Eindruck, dass du besonders ängstlich bist, aber hier unten sind Dinge geschehen, die für immer ihre Spuren auf diesen Gängen hinterlassen haben. Nimm eine Fackel von der Wand. Bei Licht ist es nicht ganz so schlimm. Aber du darfst mein Hemd nicht loslassen.«

Rye folgte seinem Ratschlag, und sie gingen weiter.

»Truitt«, sagte Rye mit hoffnungsvoller Stimme. »Du hast gesagt, ein Mann hat nach mir geschickt?«

Truitt nickte. »Ich kenne seinen Namen nicht. Aber er kennt deinen.«

Rye war noch nie zuvor in einem Kerker gewesen, aber er war genauso schrecklich, wie sie es sich vorgestellt hatte. Die Gänge und Zellen waren miteinander verbunden und bildeten ein Labyrinth aus Katakomben, die sich durch die Erde schlängelten. Es war kalt und feucht, und von den Wasserpfützen stieg Verwesungsgeruch auf. Es war keine Menschenseele zu sehen.

»Ich dachte, hier wären Gefangene eingesperrt«, flüsterte Rye, als sie stehen geblieben waren.

»Der Graf hat alle Gefangenen freigelassen«, antwortete Truitt. »Er fand, es wär billiger, die Nobolde auf sie loszulassen, als sie hier durchfüttern zu müssen.«

Er holte einen langen Schlüssel aus seiner lumpigen Tasche, der weiß wie ein verblichener Knochen war. Dann schloss er die Metalltür vor ihnen so leise auf, wie er nur konnte.

Rye hob interessiert eine Augenbraue.

»Alle außer ihm«, sagte er und drückte die Tür auf. »Er ist als Einziger noch übrig. Aber ich glaube, es ist besser, wenn ich draußen warte.«

Rye warf einen Blick hinein. Dort hing ein Mann kopfüber an seinen Stiefeln in der Zelle. Seine langen Haare berührten den Boden. Seine Arme baumelten herunter. Es sah ziemlich unbequem aus, doch der Mann machte nicht den Eindruck, als würde er leiden. Er schwang leicht hin und her. Wie eine Fledermaus.

Als er Rye hereinkommen hörte, wandte er Hals und Schultern herum und versuchte, seinen Körper zu drehen, um sie zu sehen.

»Riley«, sagte Harmlos. »Bist du das?«

Rye zog die Kapuze vom Kopf und trat einen Schritt näher. Harmlos warf ihr ein herzliches, umgekehrtes Lächeln zu und verzog sofort das Gesicht. Seine Wangen waren rot und lila, und ein Auge war fast völlig zugeschwollen.

»Ja, ich bin's, Harmlos. Hast du große Schmerzen?« Rye streckte die Hand aus, um ihn zu berühren, hatte aber Angst, ihm wehzutun.

»Ich hab dir doch mal erzählt, dass ich fast jeden Knochen im Körper schon gebrochen hatte. Jetzt hab ich einen neuen gefunden. Es gibt einen winzigen Knochen hier direkt über dem Ohr«, sagte er und zeigte auf das Ohr, das ihm noch geblieben war.

»Tut mir leid«, sagte Rye. »Das klingt schrecklich.«

»Es gibt Schlimmeres«, sagte Harmlos. »Was viel wichtiger ist: Wie geht es dir? Haben sie dir was getan?«

»Nein. Sie sind nicht gerade nett, aber sie behandeln mich ganz gut. Bis jetzt jedenfalls.«

»Da bin ich erleichtert. Komm, hilf mir mal, ja?«

Rye ging zu Harmlos und hob seine Schultern an, damit er sich von der Taille aus aufrichten konnte. Er bekam die Ketten an seinen Fußgelenken zu fassen und zog sich in eine etwas aufrechtere Position.

»Viel besser«, sagte er. »Von dem ganzen Hängen sehe ich schon doppelt.«

Rye sah zur Tür hinüber. »Woher kennst du Truitt eigentlich?«

»Den Jungen? Den hab ich hier zum ersten Mal gesehen. Genauer gesagt hat er mich gefunden. Er scheint jeden Winkel der Burg zu kennen.«

»Er sagt, er lebt in der Speiche«, fuhr Rye fort.

»Das kann gut sein. Ich bin ihm zwar noch nicht begegnet, aber in manchen Tunneln bin ich seit meiner Rückkehr noch nicht wieder gewesen. Jedenfalls bin ich ihm sehr dankbar dafür, dass er dich hergebracht hat.«

»Harmlos, was ist dein Plan? Warum bist du hergekommen?«

»Nun, erst einmal wollte ich dich finden«, sagte er, und Rye sah, wie seine Augen blitzten. »Zweitens habe ich, wie du sicher mitbekommen hast, versucht, ein letztes Mal das Dorf zu retten.«

Rye ließ den Blick durch die Zelle schweifen. »Und was hast du jetzt vor?«

»Na ja, *dich* hab ich schon mal gefunden. Du hast ja wahrscheinlich Longchance im Hof gehört. Angesichts der Umstände würde ich sagen, wir lassen die Nobolde diesen grauenvollen Ort ein für alle Mal dem Erdboden gleichmachen.«

»Was?«, rief Rye erstickt und ging einen Schritt zurück. »Das meinst du nicht ernst.«

»Keine Sorge«, sagte Harmlos und machte eine beschwichtigende Handbewegung, die aber ihre Wirkung verfehlte, da er an Ketten hing.

»Nein, Harmlos. Das kannst du nicht zulassen.«

»Deiner Mutter und deiner Schwester passiert nichts«, fuhr Harmlos fort. »Und deinen Freunden auch nicht, solange sie im Toten Fisch bleiben. Und was uns betrifft: Wenn die Nobolde die Burg stürmen, ist das unsere Gelegenheit zu fliehen …«

Harmlos verstummte, als er Rye ansah. Er streckte die Hand aus und berührte das Band um ihren Hals.

»Deine Mutter hat dir doch erklärt, was dieses Ding bewirkt. Oder zumindest teilweise.« Harmlos wog seine Worte ab, während er sie eindringlich ansah. »Du darfst diese Runensteine in den nächsten Tagen niemals ablegen, hast du verstanden?«

»Ja, aber –«

»Hör zu.«

»Das Dorf –«

»Riley, hör zu«, sagte er nachdrücklich, und sie blieb still. »Du musst sie hüten, so gut du kannst. Dein Leben hängt davon ab. Verstanden?«

»Verstanden«, sagte Rye. »Aber was ist mit den anderen Dorfbewohnern?«

»Was meinst du?«, fragte Harmlos.

»Du kannst nicht zulassen, dass der Nobold das Dorf zerstört und alle Bewohner tötet.«

»Ich habe keine andere Wahl, Riley. Longchance hat den Pakt vor langer Zeit gebrochen. Was taugt ein Pakt, der nicht eingehalten wird?«

Rye packte ihn am zerfetzten Kragen seines Hemdes. Er verlor den Halt, ließ die Ketten los und fiel wieder mit dem Kopf nach unten.

»Harmlos«, sagte Rye. »Moderfurt ist das einzige Zuhause, das ich kenne. Du hast gesagt, mein Großvater hätte dieses Dorf zwei Mal niedergebrannt, weil er sich mit dem Hause Longchance überworfen hat. Willst du jetzt das Gleiche tun?«

»Da besteht ein Unterschied, Riley ...«

Ryes Ohren wurden heiß, und sie schüttelte ihn am Kragen. Harmlos verzog das Gesicht.

»Nein, tut es nicht. Vor zehn Jahren haben die Ungeheuerlichen – und du – die Brücken abgebrannt und die Dorfbewohner terrorisiert, weil der Graf euch hintergangen hat. Damit war alles, was ihr Gutes getan hattet, dahin.«

»Nicht alle von uns«, verbesserte Harmlos sie und stöhnte vor Schmerz. »Wir sind nicht alle gleich.«

»Du kannst es verhindern. Wir können zusammen aus dem Kerker entkommen, und zwar jetzt. Hast du nicht gesagt, ein Tunnel führt zum tiefsten, dunkelsten Verlies von Burg Longchance? Der Lange Weg nach Hause?«

»Stimmt.«

Rye sah sich in der Zelle um. »Wir finden etwas, womit wir deine Ketten aufbrechen, und dann suchen wir ihn.«

»Hier wirst du ihn nicht finden«, sagte Harmlos. »Dies ist nicht das tiefste, dunkelste Verlies.«

»Was?«, fragte Rye entsetzt. »Es gibt noch schlimmere?«

»Allerdings. Dies ist das obere Verlies. Für einen Kerker ist es eigentlich ganz bequem. Riley, könntest du bitte …«

Harmlos legte seine Hände auf ihre, die sich noch immer um seinen Kragen krampften und ihn dadurch unabsichtlich würgten. Sobald Rye merkte, was sie tat, ließ sie ihn los und betrachtete ihre Hände, als würden sie nicht zu ihr gehören.

»Danke«, sagte Harmlos keuchend und atmete tief durch.

Unter seinem Auge hatte sich eine Wunde geöffnet. Rye versuchte, das Blut mit ihrem zitternden Finger wegzuwischen.

»Tut mir leid«, sagte sie, und Tränen standen ihr in den Augen.

»Riley«, sagte Harmlos und berührte sanft ihre Wange. »Ich gebe es zu: Ich will, dass der Graf kriegt, was er verdient. Wenn diese Burg zerstört wird, werde ich ihr keine Träne nachweinen. Aber deine Argumente sind auch nicht von der Hand zu weisen.«

Er holte tief Luft. »Du bist eine junge Frau mit großer Überzeugungskraft, Riley O'Chanter«, sagte er schließlich und rieb dabei die roten Striemen an seinem Hals. »Du erinnerst mich stark an deine Mutter, als sie noch jünger war. Obwohl ich es für keine gute Idee halte: Vielleicht kann ich das Dorf retten – aber das ist ein großes *Vielleicht*. Es gibt viele unsichere Faktoren, und ich kann es auf keinen Fall alleine schaffen. Bist du bereit, mir zu helfen?«

Rye nickte enthusiastisch.

»Sehr gut«, sagte Harmlos. »Holen wir unseren neuen Freund herein. Seine Hilfe brauchen wir auch.«

Sie riefen Truitt in die Zelle, und er bot ihnen von seiner Beute aus der Speisekammer der Burg an: ein Laib trockenes Brot, das er einer Küchenratte weggenommen hatte, und einen großen Krug Reisbrei. Rye lehnte ab. Harmlos dagegen aß alles vollständig auf. Er schien es gewohnt zu sein, kopfüber mit dem Löffel zu essen.

»Herrliche Zwischenmahlzeit, vielen Dank«, sagte er und wischte sich den Mund mit dem Handrücken ab. Als er fertig war, rülpste er.

»Das heißt Danke«, klärte Rye Truitt auf.

»Oh«, sagte der. »Gern geschehen.«

Rye und Truitt halfen Harmlos hoch, sodass er seine Ketten umfassen konnte und es etwas bequemer hatte.

»Truitt, bist du immer noch mit der Abmachung einverstanden, die wir vorhin getroffen haben?«, fragte Harmlos.

»Bin ich«, sagte Truitt.

Harmlos griff mit seiner freien Hand nach dem Runensteinband um seinen Hals und öffnete es.

»Komm«, sagte er, und Truitt folgte seiner Stimme.

Harmlos drückte Truitt das Halsband in die Hand. Truitt griff seinerseits in die Tasche und reichte Harmlos seinen weißen Schlüssel.

Rye riss die Augen auf.

»Keine Sorge«, sagte Harmlos, der Ryes entsetzten Gesichtsausdruck bemerkt hatte. »Der Knochenknacker-Clan kennt mich, ob ich die Runen trage oder nicht. Aber mit diesem Schlüssel kann ich meine Ketten und die Kerkertüren öffnen, und zwar zu einem Zeitpunkt, zu dem Longchance es am allerwenigsten erwartet.«

Truitt legte das Halsband an und versteckte es unter seinem Kragen.

»Riley, für dich hab ich auch etwas, das du brauchen wirst«, sagte Harmlos und steckte Daumen und Zeigefinger tief in den Mund. Er zerrte und zog und machte eine Grimasse, während er an seinem Zahnfleisch herumhantierte. Mit einem leisen Knacken löste sich schließlich etwas in seinem Mund. Er streckte die Hand aus und reichte Rye etwas Glattes, das feucht glänzte.

»Ist das … dein Zahn?«, fragte Rye entgeistert, als sie zögerlich ihre Hand öffnete.

»Nein, aber ich habe die Zahnlücke als Versteck dafür genutzt. Ich hatte schon Angst, ich hätte es runtergeschluckt, als mir die Soldaten den freundlichen Empfang bereitet haben.«

Rye betrachtete das Objekt, eine kleine Figur aus Metall. Sie schaute genauer hin, um die kleinen Details zu erkennen. Sie war kurz und dick und hatte die Form einer klagenden

Todesfee. Schon beim Anfassen lief es ihr kalt den Rücken herunter.

»Das ist auch eine Art Schlüssel«, erklärte Harmlos ihr. »Oder eher ein Puzzleteil. Auch wenn du solch ein Puzzle sicher noch nie gesehen hast.«

»Für welches Schloss ist es denn?«, fragte Rye.

»Kannst du dich an die verschlossene Tür erinnern, die wir gesehen haben, als wir durch die Speiche liefen?«

»Die Tür zu Hinter dem Schiefer?«

»Ganz genau«, sagte Harmlos.

Einen Augenblick war Rye ganz still.

»Und du sagst mir jetzt, dass ich die aufschließen soll, oder?«, fragte Rye mit zitternder Stimme.

»Ich fürchte, das ist unsere einzige Möglichkeit.«

»Kannst du nicht deine Ketten mit Truitts Schlüssel öffnen?«, fragte Rye. »Und wir gehen zusammen?«

»Können wir tun«, sagte Harmlos leise. »Aber bald geht die Sonne auf, und dann müssen wir uns hier herauskämpfen. Und leider bin ich gerade nicht besonders in Form. Selbst wenn wir unentdeckt entkommen können, wird Longchance schnell merken, dass wir weg sind. Und dann wird er uns verfolgen. Darauf kannst du dich verlassen.«

Rye überlegte, welche Chancen ein Mädchen und ein unbewaffneter, verletzter Mann hatten – Ungeheuerlicher oder nicht –, die versuchten, aus einem Schloss voller Soldaten zu entkommen.

»Die Knochenknacker zu besiegen ist schon ohne seine Einmischung schwer genug«, fuhr Harmlos fort. »Aber wenn wir auch noch gegen die Soldaten des Grafen kämpfen müssen, ist das Dorf dem Untergang geweiht. Nein, wenn wir Moderfurt retten wollen, müssen wir den richtigen Zeitpunkt abwarten. Und ich muss zurückbleiben.«

Rye biss sich auf die Lippe.

»Bis morgen Abend sind wir hier sicher«, sagte Harmlos. »Und dann werden die Soldaten damit beschäftigt sein, sich auf den Angriff der Knochenknacker vorzubereiten. Das wird unsere Chance sein, dich hier herauszuschaffen.«

Harmlos sah die Sorge auf ihrem Gesicht. »Das Dorf zu retten ist nicht die einfachste Lösung«, sagte er und fügte hinzu: »Und es ist keine Schande, seine Meinung zu ändern.«

Rye schluckte und nickte. »Sag mir, was ich tun soll.«

Harmlos lächelte schwach. »Erst einmal musst du in die Speiche gelangen. Das Tor zum tiefsten, dunkelsten Verlies wird rund um die Uhr bewacht. Deshalb führt Truitt dich morgen Abend auf einem anderen Weg dorthin. Der Graf und seine Soldaten werden zu sehr mit ihren Vorbereitungen beschäftigt sein, um dich aufzuhalten. Was die betrifft, die nicht beschäftigt sind ...« Eine Sekunde lang sah Rye ein raubtierhaftes Blitzen in seinen Augen. »Na ja ... Morgen Abend bin ich wieder ausgeruht und kann sie sicher eine Weile ablenken.«

Rye hatte irgendwie das Gefühl, dass Harmlos sich auf diesen Teil schon freute.

»Bist du erst mal in der Speiche, hast du niemanden mehr, der dir den Weg weist. Dann brauchst du eine Karte.«

»Wo bekomme ich die her?«

Harmlos zwinkerte ihr zu. »Wenn es dir nichts ausmacht,

geh rüber zu dem armen Kerl da drüben in der Ecke und sammel seinen Knochenstaub auf.«

»Soll das ein Witz sein?«, fragte Rye angewidert. Die Überreste des Skeletts des früheren Insassen der Zelle lagen in einem Haufen halb zerfallener Kleider auf dem Boden. Rye dachte, sie müsste sich übergeben.

»Mach schon. Ihn kümmert das nicht mehr«, sagte Harmlos. »Und bring die Hose auch mit.«

Nachdem Rye den Stoff in einen behelfsmäßigen Schreibuntergrund zerrissen, einen langen, schmalen Knochen als Feder ausgewählt und ein Häufchen kalkhaltigen Staub gesammelt hatte, dessen Ursprung sie nicht näher hinterfragen wollte, ließ sich Harmlos herunter, sodass er wieder kopfüber und mit dem Rücken zu ihr herunterhing. Er zog sein Hemd aus der Hose und ließ es bis zu den Schultern herunterfallen. Über die großen verblichenen Narben auf seinem Rücken war ein kreisrundes Muster tätowiert, das aussah wie die Speiche eines Schiffssteuerrads. Als Rye genauer hinsah, sah sie, dass es nicht bloß eine Zeichnung war, sondern eine Karte.

»Hier ist alles, was du brauchst, um den Weg zu finden.«

Rye biss die Zähne zusammen und fing an, mit ihrer widerlichen Feder die Karte auf die Hose zu zeichnen.

»Wenn wir sowieso bis morgen warten müssen, warum kannst du dann nicht mitkommen?«, fragte Rye nebenher. »Wir können das doch zusammen machen.«

»Wir können nicht an drei Orten gleichzeitig sein«, sagte Harmlos. »Das Dorf kann nur von hier aus gerettet werden. Und deshalb muss ich bleiben.«

»Ich kann auch nicht an drei Orten gleichzeitig sein«, wandte Rye ein.

»Nein, aber du bist schnell. Und einfallsreich. Und du hast Freunde, wenn du sie brauchst«, zählte Harmlos auf. »Zwei Freunde, denen du dein Leben anvertrauen würdest, oder nicht?«

Rye sah Harmlos in die Augen. Es war eine ernsthafte Frage, die eine ernsthafte Antwort verlangte.

»Ja«, sagte sie und nickte. »Das würde ich.«

»Dann vertraue ich ihnen auch«, sagte Harmlos. »Zeichne sorgfältig, Riley, und ich erkläre dir alles, was du wissen musst.«

Rye zeichnete die Karte so schnell und so detailliert wie möglich und lauschte dabei Harmlos' Plan. Er umfasste drei Teile: die Tür zu Hinter dem Schiefer, die Brücke über die Moder und den Toten Fisch. In dieser Reihenfolge.

Erst sollte sie in der Speiche bis zu der Tür gehen, die Hinter den Schiefer führte. Um die Tür zu öffnen, musste sie das Puzzleteil benutzen, das Harmlos ihr gegeben hatte. Aber das würde nicht so leicht werden. Die Rätselschlösser der Ungeheuerlichen waren extra verzwickt, um andere zu frustrieren und zur Verzweiflung zu bringen. Und der Schlosser, der dieses spezielle angefertigt hatte, war ein besonders gerissener Geselle gewesen. Harmlos warnte sie, dass sie, sobald die Tür auf war, schnellstens das Weite suchen musste. Der Wald Hinter dem Schiefer war unberechenbar. Manche griff er mit gnadenloser Grausamkeit an, und manche lockte er mit Verführung und Versprechungen. Seine Wirkung war bei jedem Menschen anders, aber seine Absichten waren durchweg böse.

Als Nächstes musste sie durch die Speiche zur Brücke über die Moder laufen. Auf der Karte zeigte er auf einen Tunnel, der auf dem Boden eines verlassenen Brunnens endete. Von dort würde sie zu den Glückskesseln oben auf der Brücke gelangen, die sie anzünden musste. Harmlos beschrieb, wie sie aussahen, und sagte, dass sie das mit einer Fackel oder auch nur mit einem Funken bewerkstelligen konnte.

Schließlich sollte sie zum Toten Fisch zurückkehren, um ihrer Mutter und der Flood-Familie zu erzählen, was sie getan hatte und was Harmlos plante. Dann sollte sie mit Abby und Lottie dortbleiben und abwarten, was weiter geschah.

Harmlos sagte, wenn sie seine Anweisungen genau in dieser Reihenfolge befolgte, würde das Dorf am Morgen vielleicht noch stehen. Zuerst fühlte sich Rye von der ganzen Sache völlig überfordert. Aber Harmlos' Stimme klang so ruhig und zuversichtlich, dass Rye schließlich selbst daran glaubte, dass sie eine Chance – eine *kleine* Chance – hatten, es zu schaffen.

Nachdem Rye seine Anweisungen dreimal wiederholt hatte, wandte Harmlos den Kopf zu Truitt und fragte ihn freundlich, ob er sie einen Augenblick allein lassen könne.

»Sicher«, sagte dieser. Mit den Fingerspitzen tastete er sich aus der Zelle heraus.

»Riley«, sagte Harmlos. »Es ist wichtig, dass du alles genau so und in der gleichen Reihenfolge tust, wie ich es dir gesagt habe. Und es muss schnell geschehen, damit wir Aussicht auf Erfolg haben.«

»Verstanden«, sagte Rye.

»Ich wollte das nicht vor Truitt sagen, aber du sollst wissen: Die Glückskessel sind ein Signal. Ein Ruf so alt wie die Ungeheuerlichen selbst. Sind sie erst einmal angezündet, muss jeder Ungeheuerliche, der sie sieht, reagieren und zu Hilfe eilen.«

Rye holte tief Luft. Also stimmte es doch. Die Ungeheuerlichen waren auf dem Vormarsch. Oder doch nicht?

»Aber Longchance hat gesagt, du wärst der Letzte. Gibt es denn noch andere Ungeheuerliche, die reagieren können?«

»Die Kessel sind seit mehr als zehn Jahren nicht mehr angezündet worden. Es stimmt, die Ungeheuerlichen wurden in alle Winde zerstreut, aber es gibt noch welche. Auch ganz in der Nähe. Dort war ich, nachdem ich den Toten Fisch verlassen hatte. Deshalb war ich auch nicht auf dem Düstergrund.«

»Warum haben uns die Knochenknacker nicht alle umgebracht, als sie die Gelegenheit dazu hatten?«

»Zum Glück sind die Knochenknacker ein abergläubisches Völkchen«, erklärte Harmlos. »Sie glauben, dass schwarze Vögel, die nachts fliegen, Unglück bringen. Und zwar schlimmes Unglück.« Er lächelte. »Krähen sind bemerkenswerte Vögel. Behandle sie gut, und sie werden es dir danken.«

Rye war sprachlos. »Du hast den Schwarm geschickt? Wie hast du das gemacht?« Was Harmlos wohl sonst noch für ungeahnte Fähigkeiten besaß?

»Übung«, sagte Harmlos und grinste. »Aber das spielt jetzt keine Rolle. Die Knochenknacker lassen sich nicht noch einmal hinters Licht führen.«

»Ich hoffe, dass die anderen dem Ruf folgen.«

»Davon bin ich überzeugt. Einmal ein Ungeheuerlicher, immer ein Ungeheuerlicher! Bis zum letzten Atemzug.« Harmlos lächelte trocken. »Auf der anderen Seite können Menschen sich mit der Zeit auch verändern. Vielleicht kommen sie, doch wer weiß, welche anderen Probleme der Ruf mit sich bringt. Aber damit befassen wir uns später.«

Rye nickte.

»Bleib so lange wie möglich in der Speiche. Hast du den Toten Fisch erreicht, bleib auf jeden Fall dort. Und komm unter keinen Umständen zur Burg zurück.«

»Und was ist mit dir, Harmlos?« Sie war sicher, der Plan beinhaltete noch mehr, von dem er ihr nichts erzählte. »Ich mache das jetzt schon seit vielen Jahren. Immer wenn ich denke, jetzt reicht es mir endgültig, werden meine Ohren – oder in meinem Fall mein *Ohr* – heiß. Aber dann besinne ich mich eines Besseren und merke, dass ich noch genug Kraft für einen letzten Kampf habe.«

»Ich meinte«, fing Rye an und trat einen Schritt näher, »was passiert hier in der Burg?«

»Das schlimmste Ungeheuer von allen lebt innerhalb dieser Mauern. Wenn er es schafft, die äußere Bedrohung von sich fernzuhalten, werde ich hier drin auf ihn warten, um sein Schicksal zu besiegeln.«

Rye wollte erst fragen, was Harmlos damit meinte. Aber tief im Innern kannte sie die Antwort. Stattdessen fragte sie: »Werde ich dich wiedersehen?«

»Am Morgen meines Geburtstages werden wir auf jeden Fall zusammen frühstücken, ganz gleich, was geschieht. Das ist in drei Tagen. An unserem Lieblingsplatz.« Harmlos berührte Ryes Gesicht mit der Hand. »Du bist eine außergewöhnliche junge Dame, Riley O'Chanter. Es war mir eine große Freude, dich näher kennenzulernen.«

Rye schlang ihre Arme um Harmlos, und die beiden umarmten sich.

»Jetzt geht«, sagte er. »Gleich werden die Wachen kommen. Und du hast ein Dorf zu retten.«

22

DAS LETZTE MITTEL EINER DAME

Rye und Truitt gingen zum Turm zurück und achteten dabei sorgsam darauf, nicht den Wachen über den Weg zu laufen, die in den Gängen der Burg patrouillierten.

»Truitt«, flüsterte Rye. »Was ist das für ein Schlüssel, den du ihm gegeben hast?«

»Er nennt sich Rundumschlüssel«, sagte Truitt. »Damit kann man jedes Schloss in der Burg öffnen.«

»Wo hast du ihn her?«

»Malydia hat ihn mir gegeben«, antwortete Truitt. Er schien Ryes Überraschung zu spüren, denn er fuhr fort: »Ich hab doch gesagt, dass sie gar nicht so schlimm ist.«

»Ich weiß, sie ist deine Schwester«, sagte Rye und schüttelte den Kopf. »Aber besonders großzügig kommt sie mir nicht vor.«

Truitt blieb stehen, als er in der Ferne Schritte hörte. Nachdem sie verklungen waren, lief er weiter.

»Malydia trug den Rundumschlüssel um den Hals«, sagte er. »Bis heute weiß ich nicht, woher sie ihn hatte. Aber eines Tages hat sie ihn mir geschenkt.«

»Warum?«

»Malydia weiß, dass ich kein leichtes Leben habe, und wollte, dass ich Zugang zu den Vorratsräumen und zur Speisekammer habe, wenn ich etwas brauche. Erst später habe ich festgestellt, dass sich damit auch andere Türen in Moderfurt öffnen lassen. Ich benutze ihn, um den Jungen und Mädchen zu helfen, die auf der Straße und in der Kanalisation leben. Straßenratten werden sie genannt.«

Rye schämte sich nun, diesen Ausdruck jemals verwendet zu haben.

»Malydia weiß, wofür ich den Schlüssel benutze, und sie unternimmt nichts dagegen. Du kannst über sie sagen, was du willst, aber wenn es Malydia nicht gäbe, wären die meisten der Straßenkinder längst verhungert.«

»Aber warum schleichst du hier nachts durch die Gänge?«, fragte Rye. »Kannst du nicht mit ihr in der Burg wohnen?«

Truitt blieb stehen und drehte sich zu Rye um. »Als kleines Kind hat mein Vater mich in einen Abwasserkanal geworfen. Er fand, ich sei beschädigt, weil meine Augen nicht funktionierten. Er warf meiner Mutter vor, ihm einen unvollkommenen Sohn geboren zu haben, und was er mit *ihr* gemacht hat, sage ich dir lieber nicht.«

Seine Augen konnten zwar nichts sehen, aber trotzdem spiegelten sie Truitts Gefühle wider. Rye dachte an Gräfin Emma, und ein Teil des verbotenen Liedes ging ihr durch den

Kopf: *Emma hat ein Kind geboren, ihr eig'nes Leben dann verloren.*

Truitt war Longchance' dunkles Geheimnis, eines, das eine Mutter niemals für sich behalten hätte. Ryc musste schlucken. Sie konnte nicht glauben, dass ein Vater so grausam sein konnte.

Den Rest des Weges schwieg Rye. Kurz bevor sie Malydias Zimmer erreichten, blieb Truitt stehen. Als er nichts hörte, winkte er Rye weiterzugehen. Ein Stückchen weiter saß Ryes Wachposten zusammengesunken auf seinem Schemel und schnarchte laut.

»Truitt«, flüsterte Rye. »Du riskierst sehr viel, indem du uns hilfst. Aber was hast du selbst davon?«

Truitt seufzte. »Rye, ich will nicht ewig in den Tunneln und in der Kanalisation leben. Und wenn es für mich an der Zeit ist, zurück ans Licht zu kommen, will ich, dass das Dorf noch steht, in das ich zurückkehre.«

Ihr fiel auf, wie ähnlich Truitt Harmlos war. Seine Worte schienen immer eine tiefere Bedeutung zu haben. Ryes Gefühle ließen sich leichter ausdrücken.

»Danke, Truitt.«

Er verbeugte sich. »Ich treffe dich morgen Nacht in der Kammer der verschollenen Burgherrin«, sagte er und verschwand die Treppe hinunter.

Rye kletterte wieder ins Bett, doch anstatt zu schlafen, starrte sie in die Dunkelheit. Der Vollmond war schon dabei zu sinken und würde bald dem Morgengrauen Platz machen. Sie war viel zu aufgeregt, um einzuschlafen, und ging in Gedanken immer wieder Harmlos' Plan durch. Die einzelnen

Etappen waren recht leicht, aber es gab so viel, das schiefgehen konnte.

Endlich wurde Rye schläfrig, doch da wurde sie von Lederblatt aufgeschreckt. Er heulte lauter, als sie es je gehört hatte.

Am nächsten Tag wachte Rye erst spät auf und wunderte sich, dass der Wachposten nicht mehr neben ihrer Tür war. Doch durch ihr Fenster konnte sie sehen, dass im Burghof mehr Soldaten waren, als sie während ihres gesamten Aufenthalts gesehen hatte. Sie bewaffneten sich und brüllten Befehle.

Rye warf einen Blick auf den Gang. Das Kindermädchen klopfte gerade an Malydias Tür. Sie ging auf, und Malydias mürrisches Gesicht erschien.

»Graf Longchance benötigt heute den Großen Saal, meine Dame«, sagte sie mit gesenktem Blick und reichte Malydia einen Teller.

Malydia inspizierte ihn eingehend und nahm ihn dann entgegen.

Bevor das Kindermädchen sich umwandte und wegging, schenkte Malydia ihr ein schüchternes Lächeln. Das Kindermädchen war angesichts der simplen Geste wie versteinert. Dann sah Malydia, dass Rye sie beobachtete, verzog das Gesicht und knallte dem Kindermädchen die Tür vor der Nase zu.

Dieses kam den Gang entlang zum Gästezimmer. Rye hob eine Augenbraue, und das Kindermädchen tat es ihr gleich.

»Wenn sie sich anstrengt, kann Malydia richtig nett sein«, sagte Rye.

»Es scheint so«, sagte das Kindermädchen kichernd und reichte Rye ebenfalls einen Teller.

»Danke«, sagte diese. »Was ist denn im Großen Saal los?«

»Graf Longchance und seine Berater schmieden Pläne für heute Nacht.«

»Natürlich«, sagte Rye. »Haben Sie auch einen Plan für heute Nacht?«

»Ich fürchte, für mich gibt es keine große Hoffnung«, sagte das Kindermädchen und schüttelte den Kopf. »Mein Schicksal steht und fällt mit dem Hause Longchance.«

»Meinen Sie?«, fragte Rye und hoffte, dass sie in ihrer Begeisterung nicht ihr Geheimnis verraten würde. »Was ist mit den Ungeheuerlichen? Was ist, wenn sie zurückkommen?«

Das Kindermädchen lächelte traurig. »Ich glaube nicht, dass mein Wohlergehen den Ungeheuerlichen mehr am Herzen liegt als dem Grafen. Ich bin alt genug, um mich daran zu erinnern, dass die Ungeheuerlichen nur ihresgleichen beschützen.«

Rye machte ein langes Gesicht.

»Aber«, fügte die Kinderfrau hinzu, »die Hoffnung stirbt zuletzt.«

»Ja«, sagte Rye entmutigt. Sie tendierte dazu, die unrühmliche Vergangenheit der Ungeheuerlichen und ihres Vaters, von der sie gerade erst nach und nach erfuhr, zu verdrängen.

»Machen Sie es gut«, sagte Rye.

»Sie auch, Fräulein«, antwortete das Kindermädchen. Sie verbeugte sich leicht und verschwand auf dem Gang.

Als Rye tagsüber durch die Burg wanderte, wurde ihr klar, warum ihr Wachposten verschwunden war. Jeder Ein- und

Ausgang war schwer bewacht, und auf den Treppen zum Verlies und zu den Türmen patrouillierten die Soldaten. Sie warfen ihr zwar böse Blicke zu, aber es war ihnen anzusehen, dass sie zurzeit andere Sorgen hatten. Ab jetzt durfte niemand mehr die Burg betreten oder verlassen, außer dem Grafen selbst. Rye hoffte, Truitt wusste, was er tat.

Sie verbrachte den größten Teil des Tages damit, am Fenster zu stehen, den Himmel und das Dorf in der Ferne zu betrachten und zu schätzen, wie lange sie wohl brauchen würde, durch die Speiche dorthin zu gelangen. Zu ihrer Belustigung tauchten im Laufe des Tages immer mehr Libellen in Gläsern und Bienenwachs-Püppchen in den anderen Fenstern der Burg auf. Natürlich waren die Libellen alle tot. Rye erkannte, dass es dieselben waren, die Longchance aus dem Weidenladen mitgenommen hatte, als Talismane, die die Nobolde abschrecken sollten.

Malydia hielt sich von ihr fern, doch einmal, als Rye ihren Kopf durch die Tür des Gästezimmers steckte, sah sie, wie sie über den Gang eilte und sich eine tote Libelle ans Kleid heftete.

Am Nachmittag kam Rye gerade von der Speisekammer zurück, wo sie sich ein letztes Mal die Taschen gefüllt hatte, als sie hörte, wie sich im Großen Saal zwei Leute unterhielten. Die eine Stimme gehörte eindeutig Graf Longchance. Die andere kam ihr bekannt vor, doch sie konnte sie nicht einordnen.

»Bist du sicher, dass sie dort sind?«, fragte Longchance.

»Ja«, sagte die vertraute Stimme. »Die Frau und das kleine Mädchen. Die Floods sichern das Gasthaus für die Nacht. Sind

288

sie erst einmal damit fertig, kommt keiner mehr hinein. Es sei denn, jemand lässt einen hinein – von innen.«

»Gibt es eine Hintertür?«, fragte Longchance. »Auf der anderen Seite der Straße, damit sie meine Männer nicht kommen sehen?«

Rye stockte der Atem. Sie sprachen über den Toten Fisch! Das musste Longchance' Spion sein. Der Mann, der das Haifischfleisch vergiftet hatte. Ob es Bramble war?

»Ja«, sagte die vertraute Stimme wieder. »Ich kann mich wegschleichen und die Tür zur Gasse aufschließen. Dann kommen die Soldaten unbemerkt hinein. Drinnen werden sie so damit beschäftigt sein, sich für die Nobolde zu wappnen, dass sie völlig überrumpelt sein werden.«

»Ich warne dich«, sagte Longchance drohend. »Wenn meine Männer vor verschlossenen Türen stehen, werde ich dich persönlich zur Verantwortung ziehen.«

»Ich werde da sein. Und ich garantiere, dass die Tür offen ist.«

Rye musste herausfinden, wer da sprach. Die Tür zum Großen Saal war bewacht, aber sie brauchte ja nur einen kurzen Blick hineinzuwerfen.

»Das will ich hoffen«, sagte Longchance. »Wenn du die Sache mit dem Gift nicht vermasselt hättest, gäbe es jetzt kein Problem. Noch so ein Reinfall und ich werde *dir* ein Glas mit Vipernzunge vorsetzen.«

Rye holte tief Luft und ging auf die Tür zu. Als sie auf Höhe der Wache war, ließ sie absichtlich ein Stück Brot fallen, beugte sich hinunter und schaute durch seine Beine.

Longchance fläzte sich auf seinem Stuhl am Kopf der Tafel und hielt einen Weinkelch in der Hand. Die Haare hingen ihm ins Gesicht, und er hatte dunkle Ränder unter den eingefallenen Augen. Der Tisch war übersät von abgenagten Stücken Orangenschale.

Longchance griff in seine Tasche und warf einen kleinen Beutel über den Tisch. Es klang so, als wäre er gefüllt mit Goldstücken.

Der Mann mit der vertrauten Stimme fing den Beutel auf und schaute hinein.

»Den Rest bekommst du, wenn die Soldaten in den Toten Fisch gelangt sind«, sagte Longchance.

Rye konnte nicht glauben, was sie sah. Der Mann, der den Beutel aufgefangen hatte, war ihr Freund Jonah, der Barmann.

»Hey«, sagte der Soldat an der Tür. Er gab ihr einen Tritt mit dem Stiefel. »Hau ab. Das geht dich nichts an.«

»Entschuldigung«, sagte sie und lief schweißgebadet zu ihrem Zimmer zurück.

Ryes Herz raste noch immer, und in ihrem Kopf jagten sich die Gedanken, als die Sonne unterging. Die Sache mit Jonah änderte alles. Longchance wollte Soldaten zum Toten Fisch schicken. Wenn sie endlich dort ankommen würde, nachdem sie die Tür zu Hinter dem Schiefer aufgeschlossen und die Kessel angezündet hatte, wäre es zu spät. Dann hätten Longchance' Soldaten ihre und Follys Familien längst gefangen genommen – oder Schlimmeres. Dann würde es ihnen nichts mehr nützen zu wissen, dass Jonah der Spion war. Mit Harmlos konnte sie auch nicht noch einmal sprechen, da das Verlies inzwischen streng bewacht war. Alles, was sie tun konnte, war, sich zur verabredeten Zeit mit Truitt zu treffen und aus der Burg zu fliehen.

Als es draußen dunkler wurde, packte Rye nervös alles zusammen, was sie mitnehmen wollte. Sie vergewisserte sich, dass das Puzzleteil und Lederblatts Beutel sicher in ihrem Stiefel verstaut waren. Ihre handgemalte Karte von der Speiche steckte sie in die Tasche ihres Umhangs und berührte das Band um ihren Hals.

In der Burg wurde es langsam stiller, und Rye schaute hinab in den Hof, wo sich eine große Gruppe von Soldaten versammelt hatte. Auf den Mauern hatten sich wieder die Bogenschützen postiert, und an jeder Ecke standen Soldaten Wache. Lederblatt war verstummt, was fast unheimlicher war als sein Geheul zuvor. Die Tore öffneten sich knarrend, als die Soldaten hinausmarschierten, und schlossen sich danach rasch wieder. Im Dorf in der Ferne sah sie Fackeln leuchten. Sie war nicht sicher, aber sie vermutete, dass die Soldaten auf dem Weg zum Toten Fisch waren.

Rye konnte nicht länger warten. Sie warf die Kapuze über und ging hinaus auf den Gang. Es war nicht so ruhig wie in der Nacht zuvor. Sie konnte den Klang von schweren Stiefeln und die Rufe der Wachen hören. Doch die Dunkelheit war ihre Verbündete, während sie zum verabredeten Turm lief. Ganz oben befand sich die Kammer der verschollenen Burgherrin. Truitt hatte ihr in der letzten Nacht davon erzählt. Sie hatte einst Gräfin Rory gehört, und Rye erinnerte sich an den Reim: *Rory war ein guter Fang, doch die Ehe hielt nicht lang.*

Gräfin Rory hatte ein kleines Geheimnis gehabt, das den Frauen von Longchance, die nach ihr kamen, weitergegeben worden war.

Als Rye die Spitze des Turms erreicht hatte, sah sie, dass die Tür weit offen stand. Sie blieb stehen und lauschte dem Streit, der von innen zu hören war.

Vorsichtig näherte sie sich der Tür und schob sie ganz auf. Ein großes Himmelbett, das einer Königin würdig gewesen wäre, war zur Seite geschoben worden und gab den Blick auf ein grobes Loch in der Wand frei, groß genug, dass eine kleine Person hindurchklettern konnte. Die kleine, robuste Tür, die den Durchgang verschlossen haben musste, stand offen. An der Öffnung stand Truitt, ganz wie Rye es erwartet hatte. Aber womit sie nicht gerechnet hatte, war Malydia, die ihrem Bruder den Weg versperrte. Und damit auch Rye selbst.

»Schwester«, flehte Truitt. »Bitte lass sie gehen.«

Malydia drehte sich um und sah Rye böse an. Dann wandte sie sich wieder ihrem Bruder zu.

»Und was wird aus mir?«, fragte sie. »Wer wird *mich* beschützen?«

»Du hast den Grafen und seine Armee«, sagte Truitt.

Malydia ballte die Fäuste und wich keinen Zentimeter zur Seite. »Anstatt gegen die Nobolde zu kämpfen, hat er ihnen unsere Mutter geopfert.«

Malydias Worte schienen die Luft aus dem Zimmer zu saugen, und Truitt wurde blass. Rye war fassungslos.

»Bitte, Malydia«, flehte Truitt. »Lass sie gehen. Um meinetwillen.«

Malydias Blick wanderte von einem zum anderen, doch sie rührte sich nicht. Lange Zeit sagte sie nichts.

»Schwester«, bat Truitt inständig. »Sie hat dir doch nichts getan.«

Malydias Augen blitzten noch einmal auf, doch dann verschwand das Feuer aus ihnen. Schließlich ließ sie die Schultern sinken, als würde sie sich einer Übermacht beugen, und machte den Weg frei.

Truitt winkte Rye heran. »Komm, Rye. Wir müssen gehen.«

Rye lief zu der Öffnung in der Wand, hinter der pechschwarze Finsternis herrschte.

Truitt kletterte als Erster hindurch.

Rye zögerte und drehte sich noch einmal zu Malydia um.

»Viel Glück, Riley«, flüsterte diese mit einem Funkeln in den Augen.

»Danke«, sagte Rye und zwang sich zu einem schwachen Lächeln.

»Du wirst es brauchen«, zischte Malydia und packte Rye an den Hals. Sie riss ihr das Band mit den Runensteinen herunter und gab ihr einen Tritt.

Rye fiel durch das Loch in der Wand. Bevor sie wusste, wie ihr geschah, knallte Malydia die Tür zu und verriegelte sie von außen.

Rye fasste sich an den Hals, wo gerade noch ihre Runenkette gewesen war. Sie und Truitt waren allein im Dunkeln.

23

HAUSREGEL NR. 5

Deine Schwester ist nicht ganz dicht«, schimpfte Rye. »Pass auf«, sagte Truitt. »Hier wird es etwas steil.« »Ich kann nichts sehen.«

»Ich auch nicht«, sagte Truitt und kicherte. »Halt dich einfach an meinem Hemd fest und mach kleine Schritte.«

Die Stufen, wenn man sie überhaupt so nennen konnte, fühlten sich unter Ryes Füßen zerklüftet und uneben an. Außerdem waren sie voller Moos und rutschig. Trotz ihrer schmalen Schultern gelang es Rye nur mit Mühe, sich durch den engen Gang zu quetschen, den sie nicht einmal sehen konnte. Nach einer Weile hatte sie sich aber daran gewöhnt, und sie kamen ganz gut voran, bis Rye auf einer besonders glatten Stufe ausrutschte. Sie fiel auf Truitt, und beide kullerten die unsichtbare Treppe hinunter, die so steil war, dass sie Rye eher wie eine Rutsche vorkam.

Während sie die Treppe hinunterpolterten, wurde es um sie herum heller, und als sie endlich unten ankamen, war es nicht mehr dunkel, sondern nur noch dämmerig. An den Wänden schwelten Fackeln, und die Gänge kamen ihr bekannt vor. Sie waren in der Speiche gelandet.

»Sie ist schrecklich. Einfach nur schrecklich«, fing Rye wieder an. Ihre Ohren waren immer noch ganz heiß vor Wut. »Ich hab noch nie im Leben einen Menschen getroffen, der so widersprüchlich ist wie sie.«

Truitt schüttelte den Kopf und senkte die Augen. »Was sie getan hat, tut mir sehr leid. Manchmal folgt sie inneren Stimmen, die nur sie selbst hören kann.«

Rye sah den Schmerz auf Truitts Gesicht, und der rührte nicht vom Sturz her.

»Mach dir nichts draus, Truitt«, sagte Rye beschwichtigend. »Ihr seid zwar Zwillinge, aber ihr seid grundverschieden.«

Sie befühlte vorsichtig ihre Knie. Sie waren wieder einmal aufgeschlagen.

»Wirst du den Weg finden?«, fragte Truitt.

»Ich hab ja meine Karte«, sagte Rye. »Hoffen wir, dass das Glück auf meiner Seite ist.«

»Ich würde ja mitkommen, aber ich muss zurück zu den Straßenkindern. Sie sind wehrloser denn je, und der Graf überlässt sie einfach ihrem Schicksal. Es wird sicher eine Weile dauern, bis wir uns wiedersehen.«

»Leb wohl, Truitt«, sagte Rye und berührte leicht sein Gesicht, so wie er es einmal bei ihr getan hatte. »Danke für alles, was du getan hast. Ich tue, was ich kann, um dafür zu sorgen, dass das Dorf noch steht, wenn du eines Tages wieder an die Oberfläche kommst.«

»Rye, warte«, sagte Truitt. Er griff sich an den Hals und nahm Harmlos' Halsband ab. »Nimm es. Du brauchst es nötiger als ich.«

Er hielt es ihr hin, doch sie nahm es nicht an.

»Rye? Bist du noch da?«

Sie war noch da, sagte aber nichts. Harmlos hatte betont, dass er vieles getan hatte, worauf er nicht stolz war, aber er hatte nie eine Abmachung gebrochen. Sie wollte nicht, dass er jetzt damit begann. Ohne einen Laut schlich sie tiefer in die Speiche hinein. Sie hoffte, dass sie Truitt eines Tages wiedersehen würde.

Als sie zu einer Gabelung kam, blieb Rye stehen und verschnaufte. Sie wusste, dass sie nur wenige Minuten hatte, um sich zu entscheiden. Harmlos' Anweisungen waren klar gewesen. Sie sollte die Tür zum Wald entriegeln, die Glückskessel anzünden und sich dann zum Toten Fisch begeben, und zwar in dieser Reihenfolge. Jede Abweichung konnte in einer Katastrophe enden. Doch Harmlos hatte nicht wissen können, dass Longchance in diesem Augenblick eine kleine Armee von Soldaten zum Toten Fisch schickte. Hätte er den Plan sonst nicht selbst geändert? In den letzten Wochen war alles, was Rye kannte, auf den Kopf gestellt worden. Sie dachte an die Prinzipien, die sich – seit sie laufen konnte – in ihr Gedächtnis eingeprägt hatten: die Hausregeln.

Hausregel Nr. 1: Bring dich nicht um Kopf und Kragen, meide Männer, die Masken tragen.

Sie hatte erfahren, dass ihr eigener Vater der Oberste Stammesführer der Ungeheuerlichen war, ein berüchtigter Geheimbund, dessen Mitglieder Masken trugen. Sie hatte sogar selbst eine getragen, wenn auch mit verhängnisvollem Ausgang.

Hausregel Nr. 2: Shady darf laufen, schlafen, prassen, aber nie das Haus verlassen.

Auch gegen diese Regel hatte sie verstoßen, und es war nichts Gutes dabei herausgekommen.

Hausregel Nr. 3: Beim Schwarzen Mond am Himmelszelt: Schließ ab die Tür, schließ aus die Welt.

Es zog sich wie ein roter Faden durch die letzten Tage.

Hausregel Nr. 4: Ob am Tag oder bei Nacht, nie wird das Halsband abgemacht.

Dank Malydia hatte sie jetzt auch gegen diese Regel verstoßen.

Es gab noch eine andere Hausregel, an die Rye nicht oft dachte. Ihre Mutter erwähnte sie nur selten, denn wenn Hausregel Nr. 5 erst mal zum Tragen kam, hieß das, dass man schon bis zum Hals in Schwierigkeiten steckte. Trotzdem galt es, sie zu beachten.

Hausregel Nr. 5: Wenn die Runen versagen und Nobolde dich plagen, verletz nicht eine, sondern alle.

Zum ersten Mal hatte Rye alle Hausregeln hintereinander aufgezählt. Wenn man sie zusammennahm, waren sie nicht bloß Regeln, sondern ein Rätsel. Ihr Halsband war weg. Das hieß, sie hatte Hausregel Nr. 4 verletzt. Und dass die Nobolde sie plagten, war ja auch eingetroffen. Hieß das, dass sie jetzt alle Regeln brechen musste? Und waren damit nur die Hausregeln gemeint oder auch die Gesetze von Longchance? Oder alle

Regeln und Gesetze überhaupt? Wenn nötig? Bei dem letzten Gedanken musste sie grinsen.

Sie zog ihre Karte aus der Tasche. Es gab nichts mehr, dessen sie sich noch sicher sein konnte. Sie musste einfach ihrem Instinkt folgen.

Rye kämpfte sich so schnell sie konnte durch die Speiche. Die Tunnel kamen ihr bekannt vor, aber sie hatte ständig Angst, irgendwo falsch abzubiegen. Als sie zur wackeligen Seilbrücke über den unterirdischen Fluss kam, wusste sie, dass sie an der richtigen Stelle war. Doch zunächst zögerte sie und betrachtete ängstlich die schwingende Brücke und das rauschende schwarze Wasser darunter. Dann dachte sie an Truitt, der sich schon sein ganzes Leben lang in der Dunkelheit zurechtfinden musste. Sie überwand ihre Angst, packte die seitlichen Führungsseile und hielt sie so fest umklammert, dass ihr die Fasern in die Hände schnitten. Dann überquerte sie flink die Brücke, ohne nach unten zu schauen.

Rye musste all ihre Kraft aufwenden, um die schweren Kisten beiseitezuschieben, die den Eingang zum Weinkeller versperrten. Als sie endlich nachgaben, fiel sie vornüber zwischen die Regale. Ein kleines Wesen, das in der Ecke gesessen und sich gekratzt hatte, drehte sein haariges Gesicht zu ihr und sah sie mit seinen kleinen schwarzen Knopfaugen überrascht an. Rye war ebenso überrascht, es zu sehen.

Sie schnappte nach Luft. Schlitzohr kreischte und drehte sich im Kreis.

»Warte«, zischte Rye. »Ruhig.«

Der Affe kreischte noch lauter und entblößte seine scharfen, kleinen Zähne. Dann kletterte er auf allen vieren die Treppe hinauf.

Kurz darauf hörte sie schwere Schritte näher kommen. Rye erschrak, als sie sah, dass es Bramble war. Seine milchig blauen Augen starrten sie an. Er schob sich die schwarzen Haare hinters Ohr und hockte sich hin. Rye kam mühsam auf die Beine.

»Gott sei Dank, es geht dir gut!«, sagte Bramble erleichtert. »Alle haben sich große Sorgen gemacht. Komm mit rauf, da ist es warm.«

Rye rührte sich nicht.

Bramble schien ihr Misstrauen zu spüren. »Du bist in Sicherheit, Riley. Ich bin ein Freund«, versicherte er ihr. »Komm mit.«

Woher kannte er ihren Namen? Aber sie hatte keine andere Wahl, als ihm zu folgen, als er die Treppe hochging.

»Komm schnell«, sagte er und hielt ihr die Kellertür auf.

An diesem Abend wurde im Gasthaus nicht gefeiert. Der Hauptraum war fast leer, bis auf eine kleine Gruppe schwer bewaffneter Männer, die neben dem Kamin saßen. Obwohl sie kein Wort sagten, bildete Rye sich ein, dass ihr Blick sanfter wurde, als sie sie erkannten. Aber ihre Mutter sah Rye nirgendwo, ebenso wenig wie Folly und ihre Familie.

»Wo sind die Floods?«, fragte sie.

»Die meisten von ihnen sind an der Brücke. Aber der kleine blonde Feuerteufel muss hier irgendwo stecken. Die Kinder sind schwerer zu hüten als ein Sack Flöhe.«

Rye war nicht sicher, ob sie ihm trauen konnte, aber sie durfte keine Zeit verlieren.

»Es ist Jonah«, sagte sie. »Ihr müsst Jonah aufhalten.«

Sie berichtete, was sie gesehen und gehört hatte und erzählte Bramble von Harmlos' Plan.

Bramble machte ein ernstes Gesicht. »Das sieht deinem Vater ähnlich. Er läuft einfach los, ohne groß nachzudenken, und schon steckt er wieder im Schlamassel. Abby ist so wütend auf ihn.«

Rye sah Bramble verwundert an. Irgendwas schien ihr entgangen zu sein.

»Wo ist Jonah?«, fragte Bramble die Gruppe.

Im selben Augenblick entdeckte Rye ihn hinten im Gasthaus. Er pfiff ein Lied und wischte immer wieder den gleichen Tisch ab. Sie fand, dass er nervös wirkte. Nach Brambles Frage hörte er auf zu pfeifen. Jetzt wirkte er geradezu panisch.

»Ergreift ihn!«, befahl Bramble.

Zwei der bewaffneten Männer standen auf und packten Jonah.

»Nehmt eure Bogen und ein paar Töpfe«, ordnete Bramble weiter an. »Geht damit in den dritten Stock zu den Fenstern. Beeilt euch. Ich hoffe, die Männer des Grafen haben sich warm angezogen. Heute Abend wird es Pfeile und siedendes Öl regnen.«

Bramble drehte sich zu Rye um, als drei Männer mit schweren Töpfen voller Öl die Treppen hinaufeilten und eine Dampfwolke hinter sich herzogen.

»Das hast du gut gemacht, mein Kind«, sagte er freundlich

und nahm ihre Hand in die seine. Sie war warm, und seine Finger drückten ihr sanft etwas in die Handfläche. »Deine Vorfahren sehen heute mit Stolz auf dich herab.«

»Woher wissen Sie, wer ich bin?«

»Entschuldige, dass ich mich noch nicht vorgestellt habe«, sagte er und verbeugte sich leicht. »Als wir uns das letzte Mal gesehen haben, bist du noch durch das Haus deiner Mutter gekrabbelt. Aber sie erzählt mir immer alles von dir, wenn sie mir schreibt. Außerdem hatte ich in letzter Zeit die Gelegenheit, dich und deinen herrlichen Frechdachs von einer Schwester aus der Nähe zu bewundern.«

Bramble war der verblüffte Ausdruck auf Ryes Gesicht offenbar nicht entgangen.

»Ich bin Bramble Cutty von der Insel der Plagen. Wo Abby geboren wurde.«

Rye schüttelte nur den Kopf. »Aha.«

»Wir sind zusammen groß geworden. Und manchmal geht mein Beschützerinstinkt mit mir durch.« Bramble ließ ihre Hand los und ging zur Treppe. »Deine Mutter ist mit den anderen oben auf dem Dach. Sie war ganz krank vor Sorge und hat einen Suchtrupp zusammengestellt, mit dem sie heute Abend losziehen und dich suchen wollte. Aber hier nützt sie uns viel mehr.« Er sah sich zu Rye um und zwinkerte. »Sie kann immer noch genauso gut mit der Armbrust umgehen wie alle anderen auf der Insel der Plagen.«

»Meine Mutter kann mit der Armbrust umgehen?« Langsam überraschte Rye gar nichts mehr.

»Geh zu ihr, Riley«, sagte er.

»Augenblick«, warf Rye ein. »Was ist mit den Glückskesseln? Ihr müsst sie anzünden.«

»Das wird nichts bringen, wenn es uns nicht gelingt, die Soldaten abzuwehren«, sagte Bramble und nahm immer zwei Stufen auf einmal. »Die restlichen Männer sind gerade an der Brücke. Wir schicken einen Läufer zu ihnen, sobald wir können.«

»Was? Aber dann ist es zu spät!«, protestierte Rye.

Doch Bramble hörte ihr nicht mehr zu und lief weiter die Treppe hoch.

Rye machte ihre Hand auf und sah, dass er ihr ein Stück schwarzen Stoff in die Hand gelegt hatte. Sie entfaltete ihn vorsichtig. Der Stoff war schwarz wie ein Haifischauge und hatte die Form eines vierblättrigen Kleeblatts.

»Rye!«, rief da jemand. Es war Folly, die die Treppe heruntergerannt kam. Sie stieß beinahe mit Bramble zusammen, und ihre Umarmung riss Rye auch fast von den Beinen.

»Ich hab gehört, dass du wieder da bist«, sagte Folly, ohne sie loszulassen.

»Folly, wo sind denn alle?«, fragte Rye.

»Mein Vater und die Zwillinge sind auf der Brücke, zusammen mit ein paar anderen. Sie bauen eine Art Blockade, für den Fall, dass die Nobolde sie überqueren wollen«, sagte Folly aufgeregt. »Die anderen sind oben auf dem Dach und halten Ausschau. Komm mit.«

Doch Rye lief auf die schwere Tür des Gasthauses zu. Sie war nicht nur verschlossen und verriegelt, sondern auch zugestellt und von innen mit Holz vernagelt.

»Wo willst du hin?«, fragte Folly.

»Zur Brücke.«

Rye ging zu den Fenstern. Die Läden waren zugezogen und ebenfalls verriegelt. Hier kam so bald keiner rein oder raus.

»Bist du verrückt? Warum?«, fragte Folly entgeistert.

»Weil jemand die Glückskessel anzünden muss«, sagte Rye und erzählte ihr vom Plan ihres Vaters, bis sie innehalten und nach Luft schnappen musste.

»Rye, vor diesen Nobolden hab ich echt Angst. So was wie die hab ich noch nie gesehen.«

»Du brauchst nicht mitzukommen, Folly. Aber du kannst mich auch nicht aufhalten«, sagte Rye. »Hast du irgendwas, womit ich Feuer machen kann?«

Folly biss sich auf die Lippe. »Warte, Rye. Ich komme doch mit. Ich hol nur rasch meine Sachen.«

Schnell liefen sie die Treppe zu Follys Zimmer hinauf, wo diese ihre Regale durchwühlte und ein paar Fläschchen und Zutaten in einen Rucksack warf, während Rye die Strickleiter aus dem Fenster hängte. Sie hielten beide inne, als Fifer, Fowler und Fallow ins Zimmer gestürzt kamen.

»Wo wollt ihr denn hin?«, fragte Fifer vorwurfsvoll.

»Zur Brücke«, sagte Folly.

»Das geht nicht«, wandte Fowler ein.

»Wir müssen aber«, sagte Folly. »Jemand muss die Glückskessel anzünden.«

»Was soll das denn sein?«, fragte Fowler.

»Erklären wir später«, antwortete Folly kurz angebunden.

»Dann kommen wir auch mit«, sagte Fifer.

»Sonst sag ich es Mum«, sagte Fallow.

Folly sah ihn an, als würde sie ihn gleich erwürgen.

»Entscheidet euch, wer hierbleibt und wer mitgeht«, sagte Rye und lief an ihnen vorbei. »In fünf Minuten bin ich wieder da, und dann gehen wir.« Diesmal war sie nicht einmal rot geworden, als sie Fifer sah.

Rye schlich auf Zehenspitzen in ein dunkles Zimmer auf dem Gang. In die Bettdecke gekuschelt lag ein kleiner Körper. Ein abgewetzter pinkfarbener Kobold lag neben ihm auf dem Boden. Rye hob Mona Monster auf und legte die Puppe aufs Kissen. Die kleine Gestalt rührte sich und blinzelte sie mit großen, verschlafenen Augen an.

»Rye«, sagte Lottie. »Bist du wieder Hause?«

»Ja«, flüsterte Rye und legte Lottie eine Hand auf die Stirn. Dann gab sie ihr einen Kuss. »Schlaf gut, Lottie.«

»Lass Nobolde nicht beißen«, sagte diese.

Rye lächelte. Lottie hob die Arme und schlang sie fest um ihren Hals.

»Hab dich lieb«, sagte sie ihr ins Ohr.

»Ich dich auch, Lottie.«

Rye wäre so gerne zu ihrer Mutter gegangen, die sie sicher schon überall im Haus suchte. Aber wenn Abby sie jetzt fand, würde sie niemals erlauben, dass sie den Toten Fisch wieder verließ. Sie würde nicht zulassen, dass Rye zu Ende brachte, was Harmlos ihr aufgetragen hatte.

»Sehen die aus wie Kessel?«, fragte Rye und reckte den Hals, um besser sehen zu können.

»Ich finde schon«, sagte Fifer.

»Die sind ganz schön hoch«, bemerkte Folly.

Rye, Folly und Follys Brüder waren aus dem Fenster geklettert, als die ersten Töpfe mit siedendem Öl und die ersten Armbrustpfeile auf die Soldaten des Grafen hinabregneten. Bei dem ganzen Tumult fielen weder Brambles Männern noch den kreischenden Soldaten die fünf Kinder auf, die um die Ecke schlichen und auf die Kleine Wasserstraße abbogen.

Jetzt standen sie an der Stelle, wo die unbefestigte Straße aufhörte und das Moder-Ufer begann, und sahen hoch zur Brücke. Moderfurt war nicht bekannt für seine imposante Architektur. Seine schiefen Fachwerkhäuser und schmalen Gassen waren kein Augenschmaus. Aber die Brücke mit ihren drei Steinbögen bot einen eindrucksvollen Anblick, wie sie sich majestätisch über den Scharacken erhob und den Fluss an seiner schmalsten Stelle überspannte. Sie war höher als der Tote Fisch, und an guten Tagen tummelten sich dort die Verkäufer mit ihren Ständen. Am diesseitigen Brückenaufgang standen links und rechts zwei runde, dekorative Gebilde, die stark an Kessel erinnerten.

An diesem Abend strahlte die Brücke orangerot. Aber das war nicht normal. Sie stand in Flammen.

»Auch eine Möglichkeit, die Brücke zu versperren«, bemerkte Rye.

»Ich vermute, die Soldaten fanden die Idee nicht so gut«, sagte Folly.

Mitten auf der Brücke lieferte sich ein Teil der Männer aus dem Toten Fisch ein Gefecht mit den Soldaten von Graf Longchance. Rye erkannte sofort die blonden Wuschelköpfe von Follys Vater und ihren älteren Brüdern. Die Zwillinge waren auf ihren zwei Beinen zwar nicht so schnell, doch ihre vier Arme, die alles zerhackten und zerschlugen, was ihnen in die Quere kam, waren für jeden Gegner ein Albtraum.

»Wie kommen wir da hoch?«, fragte Rye.

»Bist du sicher, dass du das willst?«, entgegnete Folly.

»Die Efeuleiter«, schlug Fifer vor und zeigte auf eine grob geflochtene Leiter aus dicken Wurzeln und Efeuranken, die seitlich auf der Säule des Steinbogens wuchsen. Das Problem war, dass sie erst zwei Meter über ihrem Kopf begann.

Rye dachte nach. »Gibt es einen anderen Weg?«

»Wir müssten zurück und durchs Dorf gehen«, sagte Fifer.

»Wir könnten eine Menschenpyramide bilden«, lautete Follys Idee. »Dann wären wir selbst die Leiter. So würden wenigstens zwei von uns hochkommen.«

»Aber das müssten dann wir beide sein«, entschied Rye. »Wir sind leichter als die anderen.«

Folly sah nach oben zum Feuer und holte tief Luft. »Na gut«, sagte sie.

Fifer und Fowler knieten sich auf den Boden, und Fallow kletterte auf ihre Schultern. Dann kraxelte Rye an den drei Jungs empor und kam gerade hoch genug, um die Efeuleiter zu fassen zu bekommen.

»Nicht runtergucken«, schrie Folly von unten. »Ich bin direkt hinter dir.«

Folly zögerte kurz und nahm dann all ihren Mut zusammen. Sie kletterte an ihren Brüdern hoch und schien es sogar zu genießen, Fallow auf den Kopf zu steigen, um nach der Efeuleiter greifen zu können. Ihre Arme und Beine taten den beiden Mädchen vom Klettern weh, als sie das obere Ende des Efeus erreichten, von wo aus sie sich auf die Brücke hievten. Der Rauch vom Feuer blies ihnen ins Gesicht, sodass ihre Augen brannten und sie kaum etwas sehen konnten. Menschen liefen an ihnen vorbei, aber in dem Durcheinander konnten sie nicht erkennen, ob es Soldaten oder Verbündete aus dem Toten Fisch waren.

»Da sind die Kessel«, sagte Rye.

Folly hielt erschrocken inne. »Rye«, sagte sie leise. »Ich glaube, wir sollten uns beeilen.«

Sie zeigte zum Brückenrand.

Rye sah, wie Follys Zwillingsbrüder von der Brücke in den Fluss sprangen. Kurz danach sprang Follys Vater ihnen hinterher. Sie hatten keine Ahnung, dass Rye und Folly auch auf der Brücke waren. Die Soldaten hatten sich umgedreht und liefen jetzt mit gezogenen Schwertern auf Rye und Folly zu.

»Rye! Hier, nimm!«, rief Folly und drückte Rye etwas in die Hand. »Ich werde sie ablenken.«

Rye sah, dass sie zwei kalte Metallstücke in der Hand hielt. »Was ist das?«

»Feuersteine«, sagte Folly. »Schlag sie zusammen, bis Funken sprühen. Damit kannst du die Kessel anzünden.«

Jeder andere wäre ebenfalls von der Brücke gesprungen. Oder hätte die Flucht ergriffen. Doch Folly nahm all ihren Mut zusammen, holte ein Fläschchen aus ihrem Rucksack und stellte sich den Soldaten in den Weg.

»Folly, nein!«, rief Rye. Nicht schon wieder eines ihrer Zauberelixiere.

»Geh, Rye! Los!«

Die Soldaten steuerten mit scheppernder Rüstung und gezogenen Waffen auf Folly zu. Als sie in Wurfweite waren, hob Folly einen Arm, machte die Augen fest zu und warf die Flasche mit aller Kraft in ihre Richtung.

Sie segelte über die Köpfe der anmarschierenden Soldaten, fiel mit einem unspektakulären Knall hinter ihnen auf die Brücke und rollte über die Kante in den Fluss.

»Dreckmist!«, fluchte Folly mit geballten Fäusten. Dann wurde sie von den Soldaten überrannt.

Die Männer schlugen über Folly und Rye zusammen wie eine riesige Welle und stießen sie zur Seite. Aber zu Ryes großer Überraschung war es so, als ob die Mädchen unsichtbar wären. Die Soldaten stürmten einfach weiter und schenkten ihnen keinerlei Beachtung. Sie stießen weiter zum Dorf vor, das auf der anderen Seite der Brücke lag.

Rye schüttelte sich und schleppte sich zum ersten Kessel.

»Folly«, rief sie. »Geh du zum anderen.«

Sie schob den schweren Steindeckel zur Seite und schaute in den Kessel hinein. Er war gefüllt mit dornigen Nesseln und Ästen, so dick wie Seile. Sie schlug die Steine zusammen, wie Folly gesagt hatte. Kaum berührten die ersten Funken die Nesseln, fingen sie rasch an zu brennen und schlugen um sich wie Schlangen, die vom Blitz getroffen waren. Dichte blaue Schwaden stiegen vom Kessel auf und schwebten wie losgelassene Geister in den Nachthimmel. Der blaue Nebel flog weiter, als Rye ihm mit den Augen folgen konnte.

Folly war wieder auf die Beine gekommen und wiederholte den Vorgang mithilfe weiterer Feuersteine aus ihrem Rucksack am zweiten Kessel. Bald erstrahlte der Himmel in einem überirdischen Blau.

Rye stolperte zu Folly, deren wildes blondes Haar zum Teil schwarz angesengt war und an den Spitzen rauchte.

»Was machen wir j–«, setzte Folly an.

Doch dann hielt sie inne und folgte Ryes Blick, die mit weit aufgerissenen Augen in die andere Richtung sah. Weiter vorne auf der Brücke hatte sie durch die Rauchschwaden hindurch einen Nobold gesehen. Es war Mistschlamm mit der graugrünen Haut und den Schwimmhäuten zwischen den Fingern, der beim Düstergrund aus dem Kanal gekommen war und einen Arm voller Dorfbewohner unter Wasser gedrückt hatte. Er war der Grund, warum die Soldaten die Flucht ergriffen hatten.

Rye berührte ihren Hals und verfluchte Malydia stumm. Das vertraute Leuchten ihrer Kette war nicht mehr da.

»Du musst zum Gasthaus zurück«, sagte sie zu Folly.

Sie sah über das Brückengeländer nach unten, wo Follys Vater und die Zwillingsbrüder einander aus dem Fluss halfen. »Da entlang«, sagte Rye und nickte Richtung Flussufer.

»Und was ist mit dir?«, fragte Folly.

»Ich muss dorthin«, sagte sie und nickte zum Ende der Brücke, wo sich die geflohenen Soldaten zusammengerottet hatten. »Und dann komme ich nach.«

In der Ferne betrachtete Mistschlamm die Flammen, schien kurz zu zögern, brüllte dann und lief weiter.

»Jetzt spring schon, bevor ich dich runterstoße«, sagte Rye und packte Folly am Arm. Ihr Blick verriet, dass sie es ernst meinte.

»Nimm das mit«, sagte Folly und warf Rye ihren Rucksack mit den Fläschchen über die Schulter, bevor diese protestieren konnte.

Sie zitterten beide am ganzen Körper, als sie sich zum Abschied umarmten. Dann holte Folly tief Luft, hielt sich die Nase zu und sprang von der Brücke.

Rye hörte das Platschen, hatte aber keine Zeit mehr, um zu warten, bis sie wieder aufgetaucht war. Mistschlamm hatte sie fast erreicht, seine nasse Haut rauchte von den Flammen. Rye blieb nichts anderes übrig, als auf die Soldaten zuzulaufen.

24

EINE HAARIGE SITUATION

Rye vermutete, dass ein erschöpftes, stolperndes, elfjähriges Mädchen eine weitaus geringere Bedrohung darstellte als ein knurrendes, Soldaten fressendes Ungeheuer, das auf einen zugerannt kam. Zum Glück hatte sie recht, denn die Soldaten von Longchance nahmen kaum Notiz von ihr, als sie an ihren Reihen vorbeilief. Sie wartete nicht, um der drohenden Kollision beizuwohnen.

Kurze Zeit später war sie wieder im Tunnelsystem der Speiche. Sie hatte auf ihre Karte gesehen und den Eingang in dem alten Brunnen nicht weit von der Brücke gefunden. Eine Weile lief sie durch die dunklen Tunnel, so schnell ihre Beine sie trugen. Dann spürte sie, wie der Schweiß auf ihren Wangen kälter wurde. Die Temperatur um sie herum begann zu sinken. Sie blieb stehen und atmete aus. Sie konnte ihren Atem sehen. Nur wenige Schritte von ihr entfernt war die große Eisentür mit dem Metallgitter und den schweren Ketten. Die Tür zu Hinter dem Schiefer.

Rye trat vorsichtig einen Schritt vor. Sie steckte ihre Fingerspitze in eine der Klauenspuren, zog die Hand aber schnell wieder zurück. Die Tür war eiskalt.

Dann griff sie in ihren Stiefel und holte das Puzzleteil heraus, das Harmlos sich aus dem Mund gezogen hatte. Jetzt kam der schwierige Teil. Die beiden schweren Ketten waren an zwei Dutzend Stellen mit Schlössern in verschiedenen Größen und Formen versehen. Jedes von ihnen hatte eine Öffnung, die größer war als ein normales Schlüsselloch und in die eine gusseiserne Figur passte. Sie probierte sie nacheinander aus. Die klagende Todesfee passte in manche Schlösser nur zur Hälfte und in manche überhaupt nicht. In einige Schlösser ließ sie sich zwar komplett einführen, aber der Schließmechanismus wurde nicht gelöst. Sie versuchte es zwölf, dreizehn, vierzehn Mal. In das fünfzehnte Schloss ließ sich die Figur leicht einführen. Und als sie den Haken umdrehte, ging das Schloss auf und fiel zu Boden. Doch die Ketten blieben, wo sie waren. Rye bückte sich und betrachtete das Schloss, das heruntergefallen war.

»Das soll wohl ein Witz sein«, flüsterte sie.

Das geöffnete Schloss hatte ein weiteres Puzzleteil freigelegt, das wie eine Tatze mit Klauen geformt war. Rye seufzte und nahm es hoch. Dann begann sie die ganze Prozedur von vorne. Sie probierte es mit sechs, sieben, acht Schlössern. Das neunte Schloss öffnete sich und fiel ab. Und wieder konnte sie ihm ein Puzzleteil entnehmen. Rye wiederholte den Vorgang wieder und wieder.

Beim fünfzehnten Schloss taten ihr die Finger weh. Beim zwanzigsten rutschten die Ketten ein Stück tiefer, und die Tür sah aus, als würde sie sich nach außen auf sie zuwölben. Rye schüttelte den Kopf und dachte, ihre müden Augen würden ihr einen Streich spielen. Das Metall ächzte, als würde es extrem beansprucht. Die Geräusche wurden lauter, und die Ketten fingen an zu rasseln, sobald sie das letzte Puzzleteil in Händen hielt. Es war ein vierblättriges Kleeblatt aus Eisen und schwarz wie die Nacht.

Rye sah sich das einzige verbliebene Schloss an. Die Tür zitterte geradezu in ungeduldiger Erwartung. Rye zögerte. Irgendetwas kam ihr komisch vor. Sie inspizierte das Gitter und stellte sich auf die Zehenspitzen, um hindurchzusehen. Auf der anderen Seite war nichts als Dunkelheit.

Sie atmete tief ein und führte das letzte Puzzleteil ein. Schloss und Ketten fielen laut scheppernd auf den Boden, und Rye sprang erschrocken zurück.

Dann war die Tür still, und Rye fragte sich, ob sie sie nun mit der Hand öffnen musste.

Doch auf die Antwort brauchte sie nicht lange zu warten: Die Tür flog auf, gefolgt von einem kalten Luftzug, der Rye die Kapuze vom Kopf blies. Die Luft stöhnte, als sie herausströmte, als wäre sie Hunderte von Jahren in einer Gruft eingesperrt gewesen. Die Fackeln an den Wänden flackerten und verloschen dann.

Rye erinnerte sich an Harmlos' nächste Anweisung. Er hatte gesagt, danach sollte sie das Weite suchen. Aber als sie sich umdrehte, schien die kalte Luft um sie herum innezuhalten und die Richtung zu wechseln. Die Luft, die aus Hinter dem Schiefer hereingeströmt war, wurde jetzt zu einem noch kräftigeren

Sog hinaus. Wolken aus lockerer Erde stiegen auf und flogen durch den gierigen Schlund hinter der Tür.

Rye versuchte, sich von der Tür zu entfernen, doch der Luftsog war zu stark und zog sie rückwärts. Sie fiel auf Hände und Knie und bohrte ihre Fingernägel in die Erde, um Halt zu gewinnen. Erst als ihre Füße schon von der Dunkelheit jenseits der Tür verschluckt worden waren, gelang es ihr, sich am Türrahmen festzukrallen. Sie zog sich aus der Türöffnung und rollte schnell zur Seite, sodass ihr Rücken an die Wand des Tunnels gedrückt wurde. Follys Rucksack mit den vielen Fläschchen presste sich gegen ihre Wirbelsäule. Als sie an sich herunterblickte, sah sie, dass ihre Füße in der Luft hingen. Der Sog presste sie gegen die Wand wie der Sturm ein Insekt gegen ein Fenster. Ihre Augen tränten, und Speichel floss aus ihrem Mund.

Dann brach der Strudel ab, so plötzlich, wie er begonnen hatte.

Rye fiel auf den Boden und schaute in die undurchdringliche Dunkelheit hinter der Tür.

Jetzt musste sie wieder eine Entscheidung treffen. Sie hatte beide Aufgaben erledigt, die Harmlos ihr aufgetragen hatte, nur in der falschen Reihenfolge. Wenn sie sich an den Plan halten wollte, oder an das, was davon übrig geblieben war, musste sie zum Toten Fisch zurückkehren. Aber die Umstände hatten sich geändert. Mistschlamm war bereits im Dorf, und sie hatte jetzt erst die Tür geöffnet. Quinn war nicht im Toten Fisch gewesen, was hieß, dass er und sein Vater trotz der Warnung ihrer Mutter beschlossen hatten, stur im Schlammtümpelweg auszuharren. Was war wichtiger? Harmlos' Anweisungen zu befolgen oder koste es, was es wolle, die Menschen zu retten, die ihr wichtig waren? Dann fiel ihr Hausregel Nr. 5 wieder ein.

»Ach, was soll's!«, flüsterte Rye, als sie sich aufrappelte. »Verletz sie alle.«

Sie lief so schnell sie konnte den Tunnel entlang zum geheimen Speichenzugang in ihrem Haus.

Wäre Rye nur ein wenig länger vor der Tür geblieben, hätte sie noch die maskierten Gestalten gesehen, die wie Geister aus dem Wald in die Speiche geschlichen kamen.

Nach einem langen Sprint kam sie zu der Leiter, die in die Werkstatt im Haus der O'Chanters führte. Es kam ihr vor wie eine Ewigkeit, seit sie sie zuletzt gesehen hatte. Rye kletterte die Sprossen hinauf und durch die Falltür in die Werkstatt. Mühsam krabbelte sie unter der Werkbank hervor und stieß sich beim Aufstehen den Kopf. Sie kniff die Augen zu und hätte den Tisch verflucht, wenn sie sich nicht gleichzeitig so darüber gefreut hätte, wieder zu Hause zu sein.

Sie zog ihre Kapuze herunter und rieb sich den Kopf. Als sie die Augen wieder aufmachte, war ein spitzes Schwert auf ihr Gesicht gerichtet.

»Quinn«, fuhr sie ihn an. »Nimm das runter. Du hast mich zu Tode erschreckt.«

Quinn ließ das Schwert sinken. »Rye. Ich wusste nicht, dass du es bist. Geht's dir gut?«

»Bisher schon, es sei denn, du hast vor, mich mit dem Ding aufzuspießen.«

Rye musterte Quinn im Licht der Laterne. Er sah müde und ungewaschen aus. Seine Kleidung klebte an seinem hageren Körper.

»Was machst du hier, Quinn?«

»Ich wollte nach Shady sehen, wie du mich gebeten hast«, antwortete Quinn. »Als die Soldaten weg waren, konnte ich mich mit zwei Makrelen und etwas Ziegenmilch reinschleichen. Aber sie kamen zurück, während ich noch da war. Es wird kälter draußen, deshalb halten sie sich lieber im Haus am Kamin auf.«

Rye gefiel es gar nicht, dass eine Gruppe von dreckigen Soldaten in ihrem Haus herumlungerte.

»Das war gestern«, fügte Quinn hinzu.

»Du hast dich zwei Tage hier versteckt? Was hast du denn gegessen?«

»Shady hat mit mir geteilt«, sagte Quinn. Er machte eine Grimasse und zeigte ihr seine Zähne. Sie waren voller silberner Fischschuppen.

»Dein Vater macht sich bestimmt große Sorgen«, sagte Rye.

»Wahrscheinlich.«

Rye biss sich auf die Lippe. Seit dem Vorfall auf dem Düstergrund hatte auch an ihr etwas genagt. Jetzt war der Damm gebrochen, und sie plapperte wie ein Wasserfall.

»Quinn, das alles tut mir sehr leid. Ich weiß, dass du denkst, die Ungeheuerlichen sind schrecklich, und das sind sie auch … Ich meine, das waren sie. Aber du kennst noch nicht die ganze Geschichte –«

»Rye –«

»Die Dorfbewohner wurden getäuscht«, fuhr sie fort. »Die Ungeheuerlichen haben Gräfin Emma nicht entführt. Longchance hat gelogen –«

»Rye, ist gut.«

»Ich weiß, dass es schwer zu glauben ist. Und vielleicht hasst du mich jetzt, weil du weißt, wer mein Vater ist, aber es war nicht seine Schuld. Ich meine, ein paar Sachen schon, aber er hat seinen Teil der Abmachung erfüllt –«

»Rye«, sagte Quinn, nun etwas lauter. »Ich weiß.«

»Was?«

»Ich weiß die Wahrheit. Ich habe es gelesen. In *Tams Buch*. Da steht alles drin. Das Gute, das Schlechte und das dazwischen.«

»Wirklich?«

Quinn nickte. »*Tams Buch* erzählt, was wirklich mit Gräfin Emma passiert ist. Es war Longchance selbst.«

Kein Wunder, dass das Buch verboten wurde, dachte Rye.

»Also hasst du mich nicht?«, fragte sie.

»Natürlich nicht«, sagte er und sah sie lächelnd an. »Aber ich glaube, von eurem Haus hab ich erst mal genug.«

Rye spürte, wie ihr eine große Last von den Schultern genommen wurde, eine Last, die sie erst richtig realisierte, als sie nicht mehr da war. Aber nach einem tiefen Seufzer der Erleichterung trat an die Stelle der alten Last sofort eine neue.

»Komm, ich bring dich nach Hause«, sagte sie.

»Da draußen wimmelt es von Soldaten«, sagte Quinn. »Und vielleicht noch von Schlimmerem.«

»Schlimmerem?«

»Ja«, sagte Quinn und senkte die Stimme. »Ungefähr vor einer halben Stunde hab ich ein Geräusch gehört, ein Brüllen, das aus dem Moor kam. Dann hörte ich, wie die Soldaten hinausliefen, um nachzusehen. Und sie sind noch nicht wieder zurückgekommen. Aber ich wollte noch ein wenig warten, um sicherzugehen, dass sie weg sind.«

»Wir müssen deinen Vater holen und ihn mitnehmen«, sagte Rye. Sie erzählte ihm alles, was sich in der Nacht zugetragen hatte. Von den Anweisungen, dem Sprint durch die Speiche, von den Glückskesseln auf der Brücke und von der Tür zu Hinter dem Schiefer.

Quinn versuchte, alles zu verarbeiten. »Und was hast du da?«, fragte er und zeigte auf ihren Rucksack.

»Elixiere. Von Folly.«

»Die würde ich an deiner Stelle nicht trinken.«

Da mussten beide grinsen.

»Du hast gesagt, sie sind seit einer halben Stunde weg?«, fragte Rye und ging zur Tür.

»So ungefähr.«

Rye drückte ihr Ohr an die Werkstatttür. Es war alles ruhig. »Komm, wir gehen. Du zuerst.«

»Ich?«

»Du hast das Schwert.«

Sie drückten die Geheimtür auf und schauten in den Hauptraum des Hauses. Rye spürte einen Kloß im Hals, als sie die Stühle sah, die um den Familientisch herumstanden, und Lotties Bilder an der Wand. Es war noch nicht so lange her, dass sie ihr Zuhause hatten verlassen müssen, aber sie hatte

318

gefürchtet, dass sie es nie wiedersehen würde. Dann sah Rye, welches Durcheinander die Soldaten angerichtet hatten, und ihre Ohren wurden rot vor Wut. Schmutzige Töpfe und Pfannen waren hoch übereinandergestapelt. Auf dem Boden lagen fettige, abgenagte Hühnerknochen, die vermutlich von ihren eigenen Hühnern stammten. Wenigstens schien im Augenblick kein Soldat im Haus zu sein.

»Ich glaube, die Luft ist rein«, flüsterte Rye. »Sieh du mal im Zimmer meiner Mutter nach. Ich schau in meins.«

»Bist du sicher?«

»Ja, mach schon.«

Kurz darauf trafen sie sich im Wohnzimmer wieder. Das Haus war leer, aber Rye spürte auch eine wachsende Leere in der Magengegend. Irgendetwas fehlte.

»Quinn, wann hast du Shady zum letzten Mal gesehen?«

Quinn dachte nach. »Letzte Nacht habe ich in der Werkstatt ein paar Stunden geschlafen. Zumindest glaube ich, es waren ein paar Stunden. Da hat er sich noch mit mir unter der Werkbank zusammengerollt.«

»Du hast ihn seit letzter Nacht nicht mehr gesehen?«

Quinn eilte zurück in die Schlafzimmer. Rye konnte hören, wie er auf die Knie fiel, Shadys Namen rief und unter den Betten nachsah. Ohne große Hoffnung half Rye ihm, Shadys Lieblingsplätze abzusuchen. Dabei wurde sie immer bedrückter.

»Die Soldaten haben ihn sicher mitgenommen«, sagte sie schließlich und musste sich die Tränen verkneifen.

»Vielleicht finden wir ihn noch«, sagte Quinn, doch auch er klang nicht sehr zuversichtlich.

Die beiden schauten durch die Ritzen in den Fensterläden. Die Straße war ruhig.

»Tut mir leid«, sagte Quinn mit gesenktem Blick.

»Ach, komm«, sagte Rye und nahm Quinns Hand in die ihre, damit er wusste, dass sie ihm keinen Vorwurf machte. Gemeinsam traten sie durch die Eingangstür.

Der Schlammtümpelweg war völlig verlassen. Auf beiden Seiten der Straße lagen die umgestürzten Karren der Bauern, und etwas weiter entfernt waren große Regenfässer aus Holz zu Barrikaden übereinandergestapelt. Rye und Quinn hockten sich ins hohe Gras neben der Tür.

»Sieh mal«, flüsterte Quinn. »Da. Und da.«

Rye spähte in die Dunkelheit. Hinter den Wagen und Fässern bewegte sich etwas.

»Soldaten«, sagte Quinn.

Auch in den Bäumen hockten sie. Selbst auf dem Dach von Mrs. Crabtree saß ein Soldat. Mit Pfeil und Bogen bewaffnet beobachteten die Männer des Grafen den Wald am Ende der Straße.

»Was machen die da?«, fragte Quinn.

»Sie warten«, antwortete Rye.

Mitten im Schlammtümpelweg beleuchtete eine einzelne Fackel einen rechteckigen Eisenkäfig, in den gerade mal ein Biber passte. Darin raschelte etwas. Es war dunkel, pelzig und so dick, dass es sich nicht um die eigene Achse drehen konnte.

Rye und Quinn versuchten, in der Dunkelheit zu erkennen, was es war.

»Shady«, sagte Quinn schließlich.

Der Kater leckte sich eine Pfote und putzte sich damit die Ohren.

Rye und Quinn sahen sich zu den Soldaten um, die in ihren Verstecken ausharrten. Die Männer hatten sie nicht einmal bemerkt, so konzentriert waren sie auf das dunkle Ende des Schlammtümpelwegs.

»Sie benutzen ihn als Köder«, sagte Rye zornig.

Jetzt wussten sie genau, worauf die Soldaten es abgesehen hatten.

»Unsere Hühner und Ziegen haben sie gestern abgeholt und in die Burg gebracht«, sagte Quinn. »Sie nannten es eine Sonderabgabe. Shady war wahrscheinlich das letzte Tier, das sie hier noch finden konnten.«

»Wir müssen ihn befreien«, sagte Rye.

»Ich renn weg und lenk sie ab«, schlug Quinn vor. »Und während sie versuchen, mich zu fangen, holst du Shady.«

»Die Soldaten verwandeln dich mit ihren Pfeilen in ein Nadelkissen.«

»Ich bin schnell. Und wenn sie sehen, dass ich ein Junge bin, schießen sie nicht auf mich. Das hat doch früher schon funktioniert.«

»Diese Wüstlinge würden ihre eigene Mutter erschießen«, brummte Rye wütend.

»Wir schaffen das, Rye«, sagte Quinn. »Setz deine Kapuze auf. Und los geht's.«

Er lief auf Zehenspitzen im Schatten der Häuser, sprintete mitten auf den Schlammtümpelweg, ein schönes Stück von Shady entfernt, und lief dann auf den Wald zu. Der erste Pfeil flog nahe an seinem Kopf vorbei. Er musste sich verdrehen, springen und hüpfen, um den nächsten dreien auszuweichen.

»Wartet!«, schrie er und hielt sich die Hände vors Gesicht. »Ich bin nur ein Kind!«

Die Soldaten kamen aus ihren Verstecken, senkten die Bogen und blinzelten in seine Richtung. Das Ablenkungsmanöver funktionierte. Die Soldaten sahen einander verwirrt an. Rye lief auf die Straße und hob Shadys Käfig mit beiden Händen hoch.

Quinn spähte durch die Schlitze zwischen seinen Fingern und versuchte zu lächeln.

»Seht ihr«, rief er und hob beide Arme, wie um sich zu ergeben. »Nur ein Junge.«

Die Soldaten waren außer sich und schimpften laut. Sie hoben ihre Bogen und zielten wieder auf Quinn.

Er sah es mit Entsetzen und schützte seinen Kopf mit den Händen. »Bitte nicht!«

Doch bevor die Soldaten ihre Pfeile abschießen konnten, wurde Quinn vom Boden hochgehoben. Es sah aus, als würde er in der Luft schweben, aber als Rye genauer hinschaute, sah sie eine Hand mit langen Klauen, die ihren Freund am Nacken gepackt hatte. Mit einer raschen Bewegung wurde Quinn mit dem Po zuerst in einen riesigen Mund befördert. Niemand hatte bemerkt, wie sich der gehörnte Nobold namens Schreckwurz leise hinter Quinn aus dem Wald herangeschlichen hatte. Rye stockte der Atem, als sie sah, wie ihr Freund verzweifelt versuchte, sich zu befreien, während seine Arme, Beine und sein Oberkörper aus dem Mund des Geschöpfs heraushingen.

Schreckwurz sah von einer Seite zur anderen, wie auf der Suche nach einem schmackhaften Leckerbissen, und sein langer Bart streifte dabei den Boden. Dann biss er fest in Quinns Po.

Quinns Schmerzensschrei ging Rye durch Mark und Bein. Sie rief seinen Namen und lief mit dem Käfig in der Hand zu ihm.

Offenbar mundete Schreckwurz Quinns Po nicht, denn er spuckte ihn mit dem Kopf zuerst wieder aus, direkt neben Rye auf den Boden.

Die Soldaten schossen einen Schwarm von Pfeilen auf den Nobold ab, die aber entweder von seiner knorrigen Haut abprallten oder im Schlamm landeten. Rye und Quinn hatten großes Glück, dass sie nicht von den Pfeilen aufgespießt wurden. Rye ließ Shadys Käfig fallen und half Quinn auf.

Schreckwurz zog sich einen Pfeil aus dem Unterarm, als wäre es ein Splitter, und warf ihn weg. Er richtete den Blick auf Rye und den Eisenkäfig, in dem es wild rappelte, weil Shady versuchte zu entkommen. Wieder einmal griff Rye vergeblich nach ihrem Halsband und schrie frustriert auf. Mit seiner langen, schwarzen Zunge leckte Schreckwurz sich die Lippen. Er griff nach unten, nahm den Käfig hoch und schaute hinein.

»Halt!«, dröhnte eine Stimme durch die Nacht, und eine große Gestalt kam, mit einer Axt über der Schulter, über den Schlammtümpelweg zu ihnen gelaufen.

Der Nobold ließ den Käfig fallen.

Die Stimme gehörte Angus Quartermast. Er stellte sich mit seinem kräftigen, runden Körper wie ein Schild zwischen

Schreckwurz und Rye und Quinn. Auf dem Boden hatte Shady den Käfig auf die Seite geworfen und hüpfte mit ihm Stück für Stück weiter, indem er immer wieder mit dem Kopf gegen das Gitter stieß. Sein Halsband leuchtete so blau, dass es schon fast weiß war.

Schreckwurz' Augen wurden immer größer, während er zusah, wie der Käfig herumwirbelte. Plötzlich raste er los, sprang über sie alle hinweg und lief den Schlammtümpelweg entlang aufs Dorf zu. Zu Ryes großem Entsetzen schepperte der Käfig hinter ihm her. Er hatte sich in seinem langen verfilzten Bart verfangen.

»Shady!«, rief Rye hilflos in die Nacht.

Die Soldaten schossen eine weitere Salve von Pfeilen ab, als Schreckwurz an ihnen vorbeilief und dabei die Bogenschützen von den Bäumen und Dächern riss. Wer unverletzt blieb, nahm die Verfolgung auf.

Angus ging in die Hocke und nahm Quinn in die Arme. »Quinn, mein Junge, ist alles in Ordnung?«

»Mir geht's gut«, sagte Quinn mit schmerzverzerrtem Gesicht. So richtig nahm man ihm das nicht ab.

Rye fiel wieder ein, dass die Bisse der Nobolde giftig waren. Quinns Gesicht war schon ganz grau, aber seine Augen funkelten, als er sagte: »Papa, das war toll. Du hast den Nobold in die Flucht geschlagen.«

Angus hob Quinn hoch. »Riley, komm mit uns, wo es sicher ist.«

»Quinn, ist wirklich alles in Ordnung?«, fragte Rye, hin- und hergerissen zwischen ihrem Freund und ihrem Haustier.

»Ja, alles in Ordnung«, versicherte Quinn ihr mit schwacher Stimme. »Geh nur.«

Sein Vater protestierte.

Aber Rye hörte nicht hin. Bevor Angus sie aufhalten konnte, lief sie los, hinter dem Nobold, dem Käfig und den Soldaten her.

25

DIE UNGEHEUERLICHEN

Die Verfolgung führte Rye durch das Niederöhr und das Alte Salzkreuz, wo die verlassenen Straßen und zugenagelten Fenster den Eindruck erweckten, als wär man in einer belagerten Stadt. Rye staunte, wie viele zerfetzte schwarze Flaggen mit Kleeblättern sie im Vorbeirennen sah. Schreckwurz und die Soldaten waren schnell. Zwar konnte sie weder den einen noch die anderen sehen, aber an jeder Ecke hörte sie ihre Rufe. In der Ferne stieg Rauch auf.

In der Gasse, die zur Marktstraße führte, wurde Rye langsamer. Sie legte eine Hand auf Follys Rucksack, damit die Fläschchen darin nicht so klirrten. Verschiedene Männerstimmen drangen an ihr Ohr. Einige gaben Befehle, andere riefen um Hilfe, und wieder andere schrien vor Schmerz. Das Gebrüll, das durch die Nacht schallte, war aber weitaus schauriger. Rye war nicht sicher, aber es klang, als ob es von mehr als einem Nobold stammte.

Sie trat von der Gasse auf die Marktstraße, wo sich ihr eine

grauenhafte Szene bot. Auf der linken Seite schlug Schreckwurz mit seinen Fäusten auf Soldaten ein und knackte ihre
Helme wie Nussschalen. Shadys Käfig sah sie nicht und vermutete, dass der Nobold ihn abgeschüttelt haben musste. Zu
ihrer Rechten packte Mistschlamm gerade einen Soldaten an
den Füßen und schlug ihn mehrmals auf den Boden wie einen
großen toten Fisch. Er hatte die Soldaten an der Brücke sicher
mühelos überrannt.

Die Soldaten, die noch nicht verletzt oder tot am Boden lagen, versuchten, die Nobolde zu umzingeln. Doch es war vergeblich. Als sie sie in eine Ecke gedrängt hatten und angriffen,
ließ die knorrige Haut der Geschöpfe ihre Klingen einfach ab-
prallen. Rye wollte sich in die Gasse zurückziehen, doch eine
Horde von Soldaten kam ihr von dort entgegen und versperrte
ihr den Weg.

Trotz des Rauchs, der die Luft erfüllte, war Rye im hellen
Mondlicht den Blicken aller schutzlos ausgeliefert und fühlte
sich ganz nackt inmitten der drohenden Gefahren. Sie musste
Schutz suchen. Bis auf den Weidenladen auf der anderen Seite
der Marktstraße, die sie wegen der Kämpfe gerade nicht erreichen konnte, waren alle Geschäfte verrammelt. Sie sah zu den
Dächern hinauf. Das hatte schon einmal funktioniert.

Rye rannte zu den Hausmauern und suchte nach Löchern,
die groß genug waren, um ihr Gewicht zu halten, wenn sie die
Wand hinaufkletterte. Direkt neben ihr brach ein Soldat zusammen. Als sie sah, was der Nobold mit ihm gemacht hatte,
wurde ihr übel. Endlich fand sie einen Spalt für ihre Finger und
ein Loch für ihren Fuß und begann den Aufstieg.

Über ihre Schulter hinweg sah sie, wie Schreckwurz den Soldaten auf der Marktstraße den Garaus machte. Mistschlamm spielte mit dem letzten Soldaten auf seinem Straßenabschnitt. Das Kopfsteinpflaster war von schwarz-blaukarierten Uniformen übersät.

Rye kletterte nach oben, vorbei an Fenstern und Türrahmen. Sie konnte den Nobold riechen, bevor sie ihn sah. Im Mondlicht suchte sie die Mauer nach weiteren Kletterhilfen ab, als plötzlich ein großer Schatten auf die Wand fiel.

Sie schaute hinter sich, und tatsächlich stand er da. Schreckwurz betrachtete sie so interessiert, wie Rye einen Laubfrosch betrachten würde, der auf einem Zaun saß. Sie geriet in Panik, befühlte hektisch die Mauer und hangelte sich weiter hoch, bis ihre Finger blutig waren. Lauthals verfluchte sie Malydia, aber keiner hörte ihr zu.

Schreckwurz fuhr seine lange, schwarze Zunge aus und leckte an ihren Füßen. Sie trat ihn mit dem Stiefel, aber das schien ihn bloß zu amüsieren.

»Hau ab!«, kreischte sie und kletterte höher. Sie war noch lange nicht beim Dach angekommen. Plötzlich stoppte sie etwas, und sie kam nicht mehr von der Stelle. Schreckwurz stieß ein Geräusch aus, das wie schadenfrohes Gelächter klang.

Dann wurde ihr klar, warum sie nicht weiterkam: Schreckwurz hielt den Rucksack auf ihrem Rücken fest.

»Hör auf!«, schrie sie. »Lass los!«

Er lachte nur noch hämischer. Rye klammerte sich an der Wand fest, um nicht hinunterzufallen, doch ihr Fuß verlor den Halt. Sie spürte einen Ruck an der Schulter, und danach konnte sie sich wieder freier bewegen. Ein Riemen von Follys Rucksack war gerissen. Schreckwurz hielt ihn in der einen Hand, und mit der anderen packte er ihren Fuß. Rye hatte keine Wahl. Sie musste eine Hand von der Mauer lösen, um den Rucksack abzuschütteln. So würde sie sich nicht lange halten können, aber das würde ihr zumindest ein kleines bisschen Zeit verschaffen. Als sie den freien Arm senkte, rutschte ihr der Rucksack von der Schulter. Schreckwurz versuchte, ihn zu fangen, bekam ihn aber nicht zu fassen, und der Rucksack fiel auf den Boden.

Auf der Marktstraße gab es einen lauten Knall, begleitet von einem blendenden weißen Blitz, und Rye fiel vor Schreck von der Mauer.

Sie kam hart auf dem Boden auf. Im ersten Augenblick funktionierten weder ihre Augen noch ihre Ohren. Ihre Sehkraft kehrte als Erstes zurück, aber sie sah alles durch einen weißen Nebel, der in ihren Augen brannte. Hören konnte sie weiterhin nichts, bis auf das Klingeln in ihren Ohren.

Die Soldaten, die noch lebten, hatte es auch zu Boden gerissen, und sie versuchten, wieder auf die Beine zu kommen, allerdings ohne Erfolg. Schreckwurz taumelte geblendet umher und fasste sich abwechselnd an Augen und Ohren. Er torkelte wie ein Tänzer, der zu viel Wein getrunken hatte, und stieß mit Mistschlamm zusammen, der die Hände an seinen kahlen Kopf presste.

Auf dem Boden zu Ryes Füßen floss der Inhalt von Follys Rucksack zischend auf die Straße.

»Gut gemacht, Folly«, sagte Rye laut oder auch nur in Gedanken, da war sie nicht sicher. Jedenfalls musste sie breit grinsen.

Doch ihr Grinsen hielt nicht lange an. Die Nobolde erholten sich langsam und wandten ihr wieder ihre Aufmerksamkeit zu. Rye versuchte aufzustehen, konnte aber ihr Gleichgewicht nicht halten. Deshalb krabbelte sie auf Händen und Knien weg, auch wenn sie wusste, dass sie niemals schnell genug sein würde. Sie hielt die Augen gerade nach vorne gerichtet, während sie auf den Weidenladen zukroch. Immerhin war der Weg dorthin jetzt frei.

Rye dachte an ihre Mutter und Lottie, an ihren wiedergefundenen Vater und an ihre ältesten, treuesten Freunde. Diese Bilder wollte sie im Kopf haben, wenn das Ende kam.

Die Nobolde waren nun dicht hinter ihr. Über das laute Klingeln in ihren Ohren konnte sie sie zwar weiterhin nicht hören, aber sie spürte die Erschütterungen ihrer Schritte auf dem Kopfsteinpflaster unter sich. Sie drehte sich nicht um. Auf keinen Fall sollte eine fiese schwarze Zunge das Letzte sein, was sie sehen würde.

Dann sah sie wie durch einen Schleier in der Ferne ein hellblaues Licht kurz über dem Boden. War das Shady? Jetzt verschwand es wieder hinter einer Wolke aus Rauch und Asche.

Rye spähte blinzelnd durch die Dunkelheit. Das Licht war weg, aber sie sah drei Gestalten auf sich zukommen.

Sie zwinkerte, um besser sehen zu können, doch der weiße Nebel hielt sich hartnäckig. Die Gestalten kamen näher. Sie trugen Umhänge und Kapuzen in einer Farbe, die man am besten als *Schwarz wie die Nacht* bezeichnen konnte. Falls ihre Stiefel ein Geräusch machten, konnte Rye es jedenfalls nicht hören.

Sie hielt den Atem an. Alle drei blieben stehen, als sie bei ihr angekommen waren.

Die Gestalt, die ihr am nächsten stand, trat einen Schritt vor und legte den Kopf schief. Sie konnte nur einen Teil des Gesichts unter der Kapuze sehen. Glatte dunkellila Haut, eckige schwarze Augen und eine lange spitze Nase, die aus dem Gesicht ragte wie ein frecher Schnabel. Der grellbunte Mund war voller zackiger Zähne aus Metallsplittern.

Eine Maske.

Doch diese Masken waren nicht mit Federn oder Edelsteinen besetzt. Sie waren auch nicht lustig.

Plötzlich hörten die Erschütterungen auf dem Boden unter ihr auf.

Rye lief es eiskalt den Rücken herunter.

Die Gestalt reichte Rye ihren Arm, und sie hielt sich vorsichtig an deren Ellbogen fest. Die behandschuhte Faust hatte Klauen aus Nägeln und Glassplittern.

Nachdem sie ihr auf die Beine geholfen hatte, beugte die Gestalt sich zu ihr herunter, sodass sie auf Augenhöhe waren. Ihre seltsamen schwarzen Augen musterten sie. Ihre schreckliche schnabelhafte Nase berührte ihre eigene.

Rye musste schlucken. *Strahl Selbstbewusstsein aus und benimm dich, als würdest du dazugehören ...* Und jetzt gehörte sie tatsächlich dazu.

»Danke«, sagte Rye so gefasst, wie sie nur konnte.

Die Gestalt hob ihren Arm, als wäre er der Flügel einer großen Krähe, und hüllte sie mit in ihren Umhang.

Alles wurde dunkel, und Rye spürte, wie der schwere Stoff

über ihren Körper fiel. Sie machte die Augen zu und fragte sich, ob die Gestalt sie jetzt packen und wegschleppen würde. Doch der Umhang fiel über ihren Kopf, und sein Gewicht glitt an ihr herab. Als sie die Augen wieder aufmachte, waren die drei schwarzen Gestalten verschwunden.

Sie wirbelte herum und entdeckte sie auf der anderen Seite des Marktplatzes, hinter Schreckwurz und Mistschlamm.

Im selben Augenblick nahm Rye eine Bewegung wahr und schaute hinauf zum Dach.

Jetzt kamen die Wasserspeier. Sie kletterten an den Wänden der Häuser herunter wie riesige Spinnen.

Rye wandte sich zum alten Brunnen um. Dort kamen noch mehr maskierte Gestalten hervor, schwarz und tropfend wie Schlangen aus einem Loch.

Zum ersten Mal konnte Rye nachvollziehen, warum die Ungeheuerlichen den Nobolden Angst und Ehrfurcht einflößten. Die legendären Bösewichter umzingelten die beiden Ungeheuer wie Albträume im Mondlicht. Schreckwurz und Mistschlamm standen dicht aneinandergedrängt wie zwei Krieger, die sich für die letzte Schlacht wappnen. Sie wussten, dass ihr Ende nahte.

Die Ungeheuerlichen waren nach Moderfurt zurückgekehrt.

Rye fand den Käfig, verbogen und verbeult, aber noch immer fest verschlossen, in einer Gasse nicht weit von der Marktstraße. Als sie Shady wohlbehalten im Käfig sitzen sah, fing sie vor Erleichterung fast an zu weinen. Der Kater leckte genüsslich seine Pfoten, und seine scharfen Krallen waren voller grober orangefarbener Haare, wo er nach Schreckwurz' Bart geschnappt und sich dadurch unabsichtlich einen Transport ins Dorf verschafft hatte. Sein Halsband leuchtete in dem Rye inzwischen so vertrauten Blau. Sie war sicher, dass sie einem von Harmlos' Geheimnissen auf die Spur gekommen war. Es war nicht Angus Quartermast, der Schreckwurz im Schlammtümpelweg so in Angst und Schrecken versetzt hatte.

Einen Augenblick lang leuchtete Shadys Halsband stärker, als sie es je gesehen hatte. Dann verblasste der überirdische Schein, und es sah wieder ganz normal aus. Hieß das, die Ungeheuerlichen hatten Schreckwurz und Mistschlamm den Garaus gemacht? Vielleicht. Aber Rye wusste, dass noch einer übrig war.

Eisenwarze hatte sich noch nicht gezeigt.

Harmlos hatte ihr erzählt, dass das schlimmste Ungeheuer innerhalb der Mauern von Burg Longchance lebte, und sie wusste, dass er damit den Grafen gemeint hatte. Er war nur in der Burg geblieben, um Moderfurt ein für alle Mal von ihm zu befreien.

Mit Eisenwarze rechnete Harmlos wahrscheinlich nicht.

Rye zog den Käfig durch die Gasse hinter dem Weidenladen. Dann hob sie einen losen Ziegelstein vom Pflaster auf.

»Tut mir leid, Mama«, sagte sie leise und warf den Stein durchs hintere Fenster des Ladens.

»Komm«, sagte sie und hob Shadys Käfig hoch, während sie ein letztes Mal zu den dunklen Schatten auf der Marktstraße hinüberschaute. »Jemand braucht dich jetzt mehr als die Ungeheuerlichen.«

Rye saß alleine im Dunkeln, ohne ein vertrautes Geräusch, außer dem ihres Atems und ihres rasch schlagenden Herzens. Shady war zwar auch noch da, aber der hatte schon seit Längerem keinen Ton mehr von sich gegeben. Im Weidenladen hatte sie mithilfe von zwei Ledergürteln und ein paar alten Leggings eine Art Gurt gebastelt, mit dem sie sich den schweren Eisenkäfig auf den Rücken geschnallt hatte. Wirren kamen ihr nicht in die Quere, als sie den Keller nach dem Eingang zur Speiche durchsuchte. Shady hatte ihre Mühe nicht zu schätzen gewusst und auf dem Weg durch die Tunnel die ganze Zeit miaut und gejault.

Der letzte Marsch durch die Speiche hatte sie wieder an ihren Ausgangspunkt zurückgebracht. Sie befand sich irgendwo unter der Burg. Zum Tunnel der verschollenen Burgherrin kehrte sie nicht zurück, weil sie wusste, dass Malydia den Zugang fest verschlossen hatte. Jetzt gab es nur noch eine Möglichkeit, in die Burg zu gelangen. Sie hatte die Karte gründlich studiert. Hier endete Der Lange Weg nach Hause, und über ihr, hinter einer unverschlossenen Eisenluke mit einem runden Griff, lag das tiefste, dunkelste Verlies.

Harmlos hatte ihr verboten zurückzukommen. Doch das war gewesen, bevor alles auf den Kopf gestellt worden war. Sie hatte die Anweisungen nicht in der richtigen Reihenfolge befolgt. Auch wenn sie keine andere Wahl gehabt hatte, wurde sie das ungute Gefühl nicht los, dass ihre Entscheidungen Harmlos in große Gefahr gebracht hatten. Der Tote Fisch war verschont geblieben, aber durch die Verzögerung hatte es der letzte Nobold womöglich geschafft, durch das Dorf in die Burg zu gelangen. Sie ging davon aus, dass Harmlos mit dem Grafen und seinen Schergen allein fertigwerden würde. Doch Eisenwarze als Zugabe war wohl auch für einen Obersten Stammesführer mehr, als er bewältigen konnte.

Rye musste unbedingt weitergehen, sonst würde sie bald nicht mehr die Kraft dazu aufbringen, so erschöpft war sie.

Sie griff nach oben und zog an der Luke. Die ließ sich überraschend leicht öffnen, und eine Reihe von harten, stumpfen Gegenständen fiel ihr auf den Kopf. Staubwolken hüllten sie ein und füllten ihre Lungen. Als nichts mehr nachkam, griff sie nach einem Ding, das aus der Luke gefallen war. Es war ein alter Knochen, und sie warf ihn rasch zur Seite. Rye stellte ihre Laterne hoch in das Verlies und zog sich selbst hinauf.

Das Verlies war der dunkelste Ort, den sie je gesehen hatte – oder besser: *nicht* gesehen hatte. Dunkler als der Schlammtümpelweg beim Schwarzen Mond. Es war so dunkel, dass das Licht ihrer Laterne die Finsternis kaum durchdringen konnte. Rye hatte keine Ahnung, wie sie von hier aus ins obere Verlies gelangen würde. Es fühlte sich an, als würde die Stille sie gleich verschlingen. Das Kratzen von Shadys Krallen im Käfig war in der allgemeinen Abwesenheit von Klang und Licht regelrecht ohrenbetäubend.

Rye streckte die freie Hand aus und tastete sich in der Hoffnung auf irgendeinen Anhaltspunkt durch die Dunkelheit. Dabei machte sie kreisförmige Bewegungen, ohne zu wissen, ob sie die kalten Hände eines Gespenstes, die Klauen einer Kerker-Wirre oder – was das Allerschlimmste wäre – überhaupt nichts spüren würde. Doch beim vierten oder fünften Versuch ertastete sie grobe Fasern. Es war ein Seil, das von oben herabhing und an dem dicke Knoten waren, die den Aufstieg erleichtern sollten.

Rye zog sich durch eine Luke ins obere Verlies hinauf. Das Seil war an dem Metallgitter festgebunden, als hätte man sie erwartet – oder vielleicht auch jemand anderen. Oben angekommen, entfernte Rye sich so schnell wie möglich von dem Loch, das in die Tiefe führte. Shady zuckte ängstlich und rumorte im Käfig auf ihrem Rücken herum.

Rye lief so schnell sie konnte zu Harmlos' Zelle. Die Tür stand offen, und drei Wachen lagen reglos am Boden. Jemand hatte ihnen die Waffen abgenommen. Sie ging an ihnen vorbei und schaute in die Zelle. Harmlos' Ketten hingen noch dort, aber er selbst war nirgends zu sehen.

Rye folgte der Karte aus dem Verlies heraus auf den langen Hauptgang. Hatte die Burg bei Einbruch der Nacht noch von Schritten und Unterhaltungen widergehallt, so war jetzt alles mucksmäuschenstill. Sie eilte den Gang entlang. Die Burg wirkte, als wäre sie belagert worden. Longchance' Gemälde hingen schief an den Wänden oder lagen mit zerbrochenem Rahmen auf dem Boden, und die Treppe war mit Rüstungs- und Waffensplittern übersät. Rye hoffte, dass Malydias Kindermädchen sich in Sicherheit hatte bringen können.

Kurz vor dem Großen Saal hörte sie vor sich jemanden laufen. Genauer gesagt klang es wie ein kleines galoppierendes Pferd. Es kam auf sie zu. Als sie den riesigen, grauen Wachhund sah, der mit gefletschten Zähnen und fliegender Zunge auf sie zugerannt kam, blieb Rye stehen. Sie hatte keine Zeit, sich eine Verteidigungsstrategie zu überlegen. Doch der Hund lief einfach an ihr vorbei und wimmerte dabei.

Rye sah zu den Türen des Großen Saals hinüber. Von dort kam ebenfalls ein Wimmern.

Rye ging hinein. Das Wimmern stammte in diesem Fall nicht von einem Hund, sondern von einem Menschen. Malydia saß mit dem Gesicht zu Rye auf dem Boden und hatte den Rücken an den umgestürzten Esstisch gelehnt, den sie offenbar als Schutzwall benutzt hatte. Ihr schwarzes Kleid war zerrissen, sie hatte ihre Schuhe verloren, und die Haare klebten ihr im Gesicht. Der Große Saal war völlig verwüstet. Stühle waren zerbrochen und Tische zerstört. Rye vermutete, dass alle Soldaten unter den Trümmern begraben waren.

Doch etwas bewegte sich noch. Etwas, das man nicht übersehen konnte. Es war Eisenwarze, der grässliche Nobold, der Wachtmeister Boil den Arm abgebissen hatte. Er stakste durch den Großen Saal und schleuderte alle Hindernisse aus dem Weg. Wahrscheinlich hatte er Malydia gerochen.

Während Eisenwarze Malydias Versteck näher kam, sah diese Rye an.

»Hilf mir.« Malydia formte die Worte lautlos mit den Lippen.

Rye machte eine Bewegung zur Tür. »Lauf weg«, flüsterte sie zurück.

Malydia schüttelte den Kopf.

Rye wedelte noch stärker mit dem Arm. Eisenwarze stand fast schon vor dem Tisch.

Malydia schüttelte wieder den Kopf. Ihre weißen Knöchel krampften sich um Ryes Halsband, das sie nun trug.

Rye sah, dass das Band nicht leuchtete.

»Malydia!«, schrie Rye, so laut sie konnte. »Lauf weg, du dumme, sture …«

Da streckte Eisenwarze die Hand aus, packte Malydia bei den Haaren und zog sie daran hoch. Malydia kreischte.

Rye lief zu ihnen und stellte Shadys Käfig ab. Sie hoffte inständig, dass sie richtiglag. Dann machte sie den Käfig auf und ließ Shady das tun, wozu er geboren wurde.

26

DER GRIMLING

Rye hielt den Atem an, als Shady langsam aus dem Käfig stieg.

Harmlos hatte ihr auf dem Friedhof Zum toten Pfennigfuchser von den Grimlingen erzählt.

Unter Menschen sind sie fast unsichtbar und fügen sich in das Alltagsbild ein. Aber wer sich auskennt, findet überall Hinweise auf ihre Existenz. Man braucht bloß zu wissen, worauf man achten muss.

Als sie auf der Suche nach Shady vom Schlammtümpelweg zur Marktstraße gelaufen war, hatte sie viel Zeit gehabt, um über das Rätsel nachzudenken.

Ihre Klauen sondern ein Gift ab, das für die Nobolde giftig ist. Bei allen anderen Wesen juckt es nur leicht.

Rye sah auf ihre Handgelenke und Arme mit den verblassten Narben von Shadys Kratzspuren. Die Kratzer hatten immer mehr gejuckt als wehgetan.

Es sind gutmütige, aber sehr eigenständige Wesen.

Shady war ein sehr lieber Kater, aber er verbrachte auch gerne viel Zeit an abgeschiedenen Plätzen, wo er seine Ruhe vor der Familie hatte, und er schien stets darauf erpicht, das Haus zu verlassen.

Sie jagen Nobolde zum Vergnügen. Weil es ihnen Spaß macht.

Nie hatte sie Shady so aufgeregt gesehen wie in der Nacht, als Lederblatt in den Schlammtümpelweg gekommen war. Und erst in der Nacht zum Schwarzen Mond! Lederblatt war im Kampf mit einem Grimling verletzt worden. Und Shady war Richtung Moor gelaufen. Inzwischen hatte Rye den leisen Verdacht, dass Shady sie gerettet hatte und nicht Harmlos oder ihre Mutter.

Deshalb hatte Abby immer wieder gesagt, dass sie in ihren Betten am sichersten seien. Weil sie das Geheimnis der mörderischen Bestie kannte, die jede Nacht an ihrem Fußende schlief.

Shadys dicker Schwanz wurde noch buschiger als sonst, als er Eisenwarze erblickte. Er drehte den Kopf und sah Rye an, als könnte er sein Glück nicht fassen. Er hatte die Ohren angelegt, und sie konnte seine scharfen Zähne sehen. Grinste er etwa?

Abby hatte Rye immer gesagt, dass Shady nicht hinausdurfte, weil es zu gefährlich war. Nun wurde Rye langsam klar, für wen. Für die O'Chanters nämlich, die in Gefahr wären, wenn Shady sie jemals verlassen würde.

Shadys gelbe Augen glänzten, und er schlich langsam und lautlos in den Großen Saal. Sein Schwanz zuckte in freudiger Erwartung.

Malydias Schreie hallten von den Wänden wider, als Eisenwarze sie sich nahe ans Gesicht hielt und hungrig ihre Füße betrachtete. Dann hob er den Kopf und hielt schnüffelnd die Nase hoch.

»Dolfordaun!«, befahl eine Stimme in einer Sprache, die Rye noch nie gehört hatte.

Sie riss den Kopf herum und sah Harmlos in der Tür stehen. Auch Shady hatte den Kopf gedreht. Harmlos trug verschiedene Waffen, die er auf dem Weg durch die Burg eingesammelt haben musste. Er hob eine Hand und wiederholte den Befehl für Shady. Shady hielt widerwillig inne und hockte sich hin, bereit, bei der nächstbesten Gelegenheit anzugreifen.

»Riley, es geht dir gut!«, sagte Harmlos erleichtert. »Ich hab das Feuer und den Rauch im Dorf gesehen. Hast du die Tür zu Hinter dem Schiefer geöffnet?«

»Ja, aber leider musste ich zwischendurch einen kleinen Umweg machen.«

»Macht nichts«, sagte Harmlos, während er Eisenwarze im Auge behielt wie ein wachsamer Wolf. »Ich sollte böse sein, weil du zurückgekommen bist, obwohl ich gesagt habe, dass du das nicht sollst … Aber ich kann mich nicht beschweren. Und wie ich sehe, hast du Dolfordaun mitgebracht oder Shady, wie du ihn nennst. Und genau rechtzeitig. Ich hatte gefürchtet, ich müsste allein mit Eisenwarze fertigwerden. Es ist schön, den alten Freund wieder an meiner Seite zu haben.«

Jetzt bemerkte Eisenwarze Harmlos und warf Malydia weg. Sie landete auf einem Haufen zerbrochener Stühle und herabgefallener Wandteppiche.

»Ist Shady ein … Grimling?«, fragte Rye. Der Kater schlich lautlos durch die Schatten und bezog unter Longchance' zerstörtem Thron Stellung. Er ließ Eisenwarze nicht aus den Augen.

»Allerdings«, bestätigte Harmlos. »Und zwar ein sehr eindrucksvolles Exemplar. Aber Eisenwarze ist der Stärkste aus dem Knochenknacker-Clan, und Shady und ich müssen uns sehr anstrengen, um die Sache heute Nacht hier zu Ende zu bringen. Leider sind wir beide etwas aus der Übung.«

Eisenwarze hob sein knorriges, von Schrauben durchbohrtes Kinn zu den Deckenbalken und röhrte, dass einem das Blut in den Adern gefror.

»Ah, Eisenwarze will spielen«, sagte Harmlos und lächelte bösartig. Er zog zwei Schwerter und rief einen neuen Befehl. Shady schoss unter dem Thron hervor und fing an, den Nobold zu umkreisen wie ein Raubtier seine Beute.

Harmlos fiel auf ein Knie und flüsterte Rye ins Ohr: »Geh. In den Burghof.«

»Aber –«, protestierte Rye.

»Bitte, Riley. Geh. Dein Vater und dein geliebter Kater werden jetzt Dinge tun, die nicht für deine Augen bestimmt sind.« Harmlos gab ihr einen Kuss auf den Kopf und stand wieder auf. »Du hast alles getan, was ich von dir verlangen konnte, und noch mehr. Warte am Burgtor auf mich. Es ist schon fast Morgen. Wenn ich bei Sonnenaufgang nicht da bin, geh ohne mich zum Toten Fisch zurück. Bei drei nimmt das Schicksal seinen Lauf.«

Rye nickte.

342

Harmlos trat einen Schritt vor und begann zu zählen. »Eins, zwei …«

Dann rannte er los und sprang auf den umgestürzten Tisch, um sich in die Luft zu schwingen. Seine Schwerter blitzten im Licht der Fackeln. Shady war noch schneller als er, ein schwarzer Blitz wie der Schatten eines Hais, der durch das Wasser schießt. Er lief los und sprang hoch wie eine Kanonenkugel aus Krallen, Fell und Zähnen. Eisenwarze brüllte und riss die Arme hoch, um sich vor dem Angriff zu schützen.

Rye lief durch die Türen des Großen Saals, ohne sich noch einmal umzuschauen. Kurz überlegte sie, nach Malydia zu sehen, aber das Mädchen war nun in guten Händen. Besser könnte sie selbst es auch nicht beschützen. Da Rye nicht wusste, was sie am Burgtor erwartete, nahm sie einen Seitengang, der zum hinteren Bereich führte. Sie öffnete eine Tür und trat hinaus in die Nacht. Die Außengänge waren eng und verschlungen und boten wenig Platz zwischen der Burg selbst und der hohen Außenmauer. Sie nahm einen Gang, von dem sie glaubte, dass er in einer Schleife verlief und schließlich an der Hauptpforte auskam. Doch er endete in einer Sackgasse mit einem Haufen verdorbener Früchte, verfaulendem Heu und Haushaltsabfällen. Sie hatte den Komposthaufen gefunden.

Dann roch sie etwas, das ihr die Haare zu Berge stehen ließ. Es war nicht der Kompost. Das war der Geruch des Moors. Rye drehte sich ganz langsam um.

Dort stand Lederblatt und versperrte ihr den Fluchtweg.

Er betrachtete sie eindringlich, und seine vorstehenden Augen rotierten. An Handgelenken und Knöcheln trug er noch

Ketten, aber sie hingen jetzt locker an ihm herab. Seine Arme und Beine waren rot und geschwollen. Er musste lange erbittert an den Ketten gezerrt haben, um sich aus dem Käfig zu befreien. Sein Blick konzentrierte sich auf Ryes Hals. Aber da war nichts mehr.

Lederblatt kam näher und beugte sich herunter, bis er fast auf Augenhöhe mit Rye war. Seine triefenden Augen waren voller Wut und Verwirrung. Er fletschte die Zähne. Speichel rann ihm das Kinn herunter und spritzte Rye ins Gesicht.

Sie wusste, dass Harmlos und Shady ihr nicht so bald zu Hilfe kommen würden. Folly, Quinn, ihre Mutter und alle anderen, die ihr hätten helfen können, waren weit weg.

»Warte«, sagte Rye ruhig und streckte eine Hand aus. Mit der anderen griff sie nach ihrem Stiefel.

Lederblatt schnaubte und schlug wütend nach ihr aus.

»Nein, warte!«, rief Rye beschwörend und hob ihre Hand wieder. »Ich hab hier was, das dir gehört.«

Sie zeigte ihm den kleinen Lederbeutel in ihrer Hand. Lederblatts Gesicht verzog sich zu einer Grimasse.

»Sieh mal«, sagte Rye. Sie öffnete den Beutel und schüttete den Inhalt auf den Boden. »Es ist noch alles da.«

Das eiserne Fußkettchen, der winzige Schädel, die Holzpuppe und der gelbe Zahn kullerten auf den Steinboden.

Lederblatt riss die Augen weit auf und begutachtete die Sachen.

»Es tut mir leid«, sagte Rye. »Ich hätte dir das nicht wegnehmen dürfen.«

Lederblatts wütender Blick schoss von Rye zu den Gegenständen auf dem Boden und dann wieder zurück zu Rye. Er schnappte sich etwas und hielt es sich an die Brust.

Rye wartete und hielt den Atem an, während Lederblatt sie beäugte. Dann drehte er sich um, ging drei Schritte durch den Gang und kletterte die Burgmauer hoch, indem er die abstehenden Steine mit seinen Klauen umfasste. Oben angekommen, drehte er sich noch einmal um und sah Rye an, als wollte er sich ihr Gesicht einprägen. Dann verschwand er auf der anderen Seite.

Von jenseits der Burgmauer konnte Rye das Monsterbaby-Geheul hören. Lederblatts Schrei wurde schwächer und schwächer, bis er völlig in der Ferne verklungen war.

Als sie seine Rufe nicht länger hören konnte, atmete Rye erleichtert aus. Ihre Beine zitterten, und sie setzte sich auf den kalten Steinboden. Vor ihr lagen noch immer drei Gegenstände aus dem Lederbeutel. Die Eisenkette, der kleine Schädel und die Holzpuppe. Lederblatt hatte nur den Zahn mitgenommen.

Als Rye sich dem Burghof näherte, begann der Nachthimmel schon heller zu werden. Sie trat aus dem Seitengang und sah einen Mann mit Umhang im Schatten des Tores sitzen. Er hielt den Kopf in den Händen und schien von Gram gebeugt zu sein.

»Harmlos?«, rief Rye und rannte zu ihm. »Alles in Ordnung?«

Der Mann sah hoch, und seine grausamen, dunklen Augen blitzten auf, als er sie erkannte. Es war nicht Harmlos, sondern Longchance. Sein Gesicht wirkte im frühen Morgenlicht blass und knochig.

»Du«, spuckte er aus und stand auf. »Du und deinesgleichen habt dieses Unheil über mich gebracht.«

Longchance erhob sich, und seine Gestalt ragte hoch auf. Mit seinem Umhang und seinem zerzausten Haar sah er aus wie eine zum Leben erwachte Wirrenscheuche. Drohend zog er sein langes Schwert und richtete es auf sie.

»Ich habe alles verloren«, brüllte er und kam mit langen Schritten auf sie zu gelaufen.

Rye stolperte rückwärts und flüchtete sich unter einen Wagen mit Weinfässern.

»Komm da raus!«, kreischte Longchance und hob sein Kinn und seine Fäuste zum Himmel. »Oder ich zerr dich da raus wie eine Ratte aus ihrem Loch!«

Er fuchtelte mit seinem Schwert unter dem Wagen herum und ritzte Ryes Umhang an, aber ihre Haut blieb unverletzt.

Dann steckte er den Arm unter den Wagen. Seine Fingernägel gruben sich in ihre Knöchel, und sie wurde unsanft über den Boden geschleift.

Da wurden die großen Eingangstore der Burg aufgetreten, und Harmlos trug einen reglosen Körper in einem schwarzen Kleid heraus. Die Gestalt in seinem Arm wirkte klein und zerbrechlich.

Er legte sie sanft auf den Boden. Seine Haare waren schweißnass, und auf seinen Wangen und Armen waren blutende Wunden.

»Malydia«, flüsterte Longchance. Der Name sog alle Luft aus seinen Lungen. Er ließ Ryes Bein los, und sie kroch zurück unter den Wagen. Sein Schwert fiel zu Boden.

Harmlos sah Longchance mit finsterer Miene an. Mit drei Schritten, so schnell, dass Rye die Bewegung kaum wahrnehmen konnte, hatte er die Distanz zwischen sich und dem Grafen überwunden und sich auf ihn gestürzt. Longchance fiel auf den Rücken, und Harmlos stieg auf seine Brust, sodass er sich nicht mehr bewegen konnte, und zog einen Dolch.

»Ich bringe Euch Eure Tochter heute wohlbehalten zurück. Sie ist zu Tode erschrocken, aber ich bin sicher, dass sie sich erholen wird – was sie nicht Euch zu verdanken hat«, zischte er. »Ich weiß, dass Ihr für mich nicht das Gleiche getan hättet.«

Longchance reckte den Hals, um nach Malydia zu sehen, die sich tatsächlich langsam regte.

Rye sah unter dem Wagen hervor. Harmlos machte ein Gesicht, das bedrohlicher nicht hätte sein können. Beim Sprechen fletschte er die Zähne wie ein Wolf.

»Ihr habt meine Familie zum letzten Mal in Gefahr gebracht. Bei Euch werde ich nicht Gnade vor Recht ergehen lassen. Moderfurt kann seinem wahren Ungeheuer Lebewohl sagen.«

Harmlos ließ seinen Dolch von Longchance' Kinn bis zum Adamsapfel auf seinem Hals gleiten. Dann drückte er zu.

Rye holte laut Luft. Und zwar so laut, dass Harmlos es hörte und zu ihr herübersah. Rye hielt seinem Blick stand, und etwas veränderte sich in seinem Gesicht. Er sah über seine Schulter. Malydia hatte sich aufgesetzt und rieb sich die Augen.

Harmlos schaute auf den Dolch in seiner Hand. Er packte Longchance' langen, geflochtenen Bart, und der Graf kniff die Augen zu. Mit einem flinken Streich aus dem Handgelenk schnitt Harmlos den Bart ab.

Die Haare hingen in seiner Faust wie der schwarze Schwanz einer Beutelratte. Er fuchtelte damit vor Longchance' Augen herum.

»Ich werde Eure Zotteln behalten. Und wenn Ihr jemals wieder den Ungeheuerlichen oder ihren Familien Unannehmlichkeiten bereitet, werde ich die Haare persönlich zu den Knochenknackern bringen, damit sie Euch immer und überall aufspüren können. Und ich werde ihnen zu verstehen geben, dass die Ungeheuerlichen das Haus Longchance nicht länger beschützen.«

Longchance rieb sich das wunde, nackte Kinn.

»Auch wenn du noch so ein gerissener Krieger bist, Grey, bist du doch nur ein einzelner Mann«, sagte Longchance giftig. »Deine Tage sind gezählt.«

Harmlos stieg von Longchance herunter und lachte laut in den Morgen hinein. »Da liegt Ihr falsch, Morningwig.« Er hob sein Schwert in den Himmel, der immer heller wurde, und zeigte damit auf die Mauern von Burg Longchance. »Als Ihr sie am nötigsten gebraucht hättet, haben Eure Soldaten Euch im Stich gelassen. Meine dagegen sind wieder einmal dem Ruf gefolgt.«

Rye war unter dem Wagen hervorgekrochen, um besser sehen zu können. Auf den Mauern und Türmen von Burg Longchance waren – wie ein Schwarm Raben – ein Dutzend Gestalten in Umhang und Kapuze erschienen. Unter den Kapuzen schauten spitze Zähne, schwarz bemalte Augen und verzerrte Fratzen hervor. Die Ungeheuerlichen. Sie schauten in den Burghof hinunter. Ein Ungeheuerlicher war kleiner als ein

Kind. Er kletterte am Bein eines der anderen hoch und hockte sich auf dessen Schulter. Rye meinte, einen Affenschwanz unter seinem winzigen Umhang hervorblitzen zu sehen.

Longchance schluckte und sagte nichts mehr.

»Passt genau auf, was Ihr tut«, sagte Harmlos mit einem Unheil verkündenden Lächeln. »Ob von den Dächern, aus den Abwasserkanälen oder aus den dunkelsten Ecken Eurer eigenen Gemächer – wir werden Euch beobachten.«

Harmlos hob Riley hoch und steckte ihr etwas in die Hand. Es war ihr Halsband.

»Komm«, flüsterte er. »Unsere Lieben im Toten Fisch sind sicher schon ganz krank vor Sorge. Shady wird irgendwann zu uns stoßen. Ich hoffe, er hat sich nicht überfressen.«

Rye machte die Augen zu und legte ihren Kopf auf Harmlos' Schulter. Dann gingen die beiden im Licht des Morgenhimmels durch das Burgtor.

Die maskierten Ungeheuerlichen verschwanden so geheimnisvoll von den Türmen, wie sie aufgetaucht waren.

Eine dunkle, pelzige Gestalt schoss durch den Burghof und lief Rye und Harmlos hinterher.

Das Morgenlicht breitete sich langsam über der Burg aus und beleuchtete die Umrisse eines zackigen schwarzen Kleeblattes, das jemand auf die Steinmauern geschmiert hatte.

27

DER GLÜCKSBEUTEL

Rye rührte in den Kochtöpfen, die im Haus der O'Chanters über dem Feuer hingen, und sah aus dem Fenster in die Morgensonne. Abby schälte und entkernte die letzten Äpfel des Jahres. Das Haus war still, denn Lottie schlief noch und die beiden sagten nicht viel. Das brauchten sie auch nicht. Es war gut, wieder zu Hause zu sein.

Abby legte die Äpfel in eine Schüssel und wischte Letzte Warnung mit einem Tuch ab. Dann hielt sie es an den Mund, hauchte darauf und polierte es an ihrem Kleid.

Rye lächelte und sah wieder aus dem Fenster, bevor sie weiter in ihren Töpfen rührte.

»Riley«, sagte Abby, und diese sah hoch.

Abby fasste Letzte Warnung an der Klinge und hielt Rye den Griff hin. »Nimm. Es gehört dir.«

Ryes Augen funkelten. »Wirklich?«

»Du bist so weit«, sagte Abby. »Das hast du bewiesen.«

Aber Rye zögerte noch.

»Um mich brauchst du dir keine Sorgen zu machen«, sagte Abby mit einem Blitzen in den Augen, das Rye einen kurzen Augenblick lang an Harmlos erinnerte. »Ich habe größere.«

Rye nahm Letzte Warnung vorsichtig in die Hand.

»Aber versprich mir, dass du vorerst nur Gemüse damit schneidest«, sagte Abby. Sie griff unter ihren Rock und löste die Scheide des Dolchs von ihrem Oberschenkel. Die gab sie Rye auch.

»Danke, Mama«, sagte Rye und wollte sie sich über die Leggings schnallen. Kleider trug sie nur ganz selten. Aber über der Hose hätte jeder den Dolch sehen können.

»Hm«, sagte Abby nachdenklich. »Dafür überlegen wir uns noch was.«

Rye legte Letzte Warnung auf den Tisch und zog etwas aus ihrer Tasche. »Mama«, sagte sie und streckte ihre Hand aus. »Was ist das?«

Abby sah ein zackiges schwarzes Kleeblatt auf einem Stück Stoff zwischen Ryes Fingerspitzen. Sie lächelte wissend. »Hat dein Vater dir das gegeben?«

»Nein«, antwortete Rye.

Abby hob eine Augenbraue. Sie stand langsam auf und legte ihre Hände auf Ryes Schultern. »Ein Fremder? Mit einem ungewöhnlichen Haustier vielleicht?«

Rye nickte.

»Das«, fuhr Abby mit Blick auf Ryes Kleeblatt fort, »kann verschiedene Dinge bedeuten. Meistens heißt es, dass ein Ungeheuerlicher dir einen Gefallen schuldet.«

Rye betrachtete das Kleeblatt mit ganz neuen Augen.

351

»Aber tu mir auch einen Gefallen«, sagte Abby. »Sag deinem Vater noch nichts davon. Ich weiß nicht, wie er es aufnimmt.«

Rye sah ihre Mutter fragend an.

»Keine Sorge, ich verheimliche dir nichts mehr. Ich werde dir alles über Bramble Cutty erzählen. Aber es ist nicht so, wie du vielleicht denkst.«

Rye hätte noch weitergebohrt, wenn sie nicht im selben Moment vertraute Stimmen auf der Straße gehört hätte. Sie sah wieder aus dem Fenster.

»Geh ruhig«, sagte Abby. »Ich mach das hier fertig.«

»Wirklich?«

»Ja, geh schon.«

Rye lächelte und umarmte ihre Mutter. Abby drückte sie fest an sich.

Rye dachte an Malydia, wie sie jeden Abend alleine an der riesigen Tafel zu Abend gegessen hatte. Und sie stellte sich vor, wie Lederblatt alleine und furchtsam durch den Wald lief. Man sollte eine liebevolle Umarmung nicht als selbstverständlich betrachten. Deshalb hielt sie Abby noch lange fest.

Rye, Folly und Harmlos waren auf dem Friedhof Zum toten Pfennigfuchser und saßen auf den Grabsteinen. Quinn war auch da. Sein Po tat immer noch vom Nobold-Biss weh, und er stand lieber, obwohl er sich bemerkenswert schnell erholt hatte. Im Schlammtümpelweg konnte sich keiner erinnern, dass sich überhaupt jemals einer von solch einem schweren Nobold-Biss erholt hatte, geschweige denn in so kurzer Zeit. Angus führte es auf die robusten Quartermast-Gene zurück.

Aber Rye wusste es besser, denn Harmlos hatte ihr dazu etwas erzählt.

Neben anderen beachtlichen Eigenschaften waren Grimlinge auch gegen giftige Nobold-Bisse immun. Und diese Immunität konnten sie durch Beißen und Kratzen an andere weitergeben. Harmlos, Abby, Rye und Lottie hatten alle über die Jahre Narben von Shadys Kratzern zurückbehalten. Wie sich herausstellte, war der Kater der O'Chanters weniger launisch als fürsorglich. Und zu dessen Glück hatte Shady auch Quinn gekratzt, als dieser während der Nacht des Schwarzen Mondes auf Lottie aufpasste.

Besagter Grimling rollte sich gerade im hohen Gras des Friedhofs und war an einer langen Lederleine angebunden. Er schien die Morgensonne zu genießen und blieb friedlich auf dem Rücken liegen, während ihm seine kratzige Zunge aus dem Mund hing. Eines Nachts hatte er auf Ryes Bett eine Schraube aus Eisenwarzes Gesicht hervorgewürgt. Aber davon abgesehen benahm er sich wieder wie eine normale Katze. Es gab nichts, das an die jüngsten Ereignisse erinnerte.

Shady, so sagte Harmlos, war mindestens siebzig Jahre alt, wahrscheinlich sogar noch älter. Er hatte zu Harmlos' Familie gehört, als dieser so alt war wie Rye, und auch schon zur Familie ihres Großvaters. Damals hatten sie ihn Dolfordaun genannt. Aber Rye war sicher, dass ihm Shady besser gefiel. Grimlinge waren sehr selten, und aufgrund ihrer Ähnlichkeit mit Katzen konnte es geschehen, dass ahnungslose Menschen ihr ganzes Leben nicht merkten, dass sie einen besaßen. Natürlich konnte man einen Grimling nie richtig *besitzen*, denn manchmal gingen sie einfach weg und kamen nie wieder. Deshalb war er den O'Chanters so wichtig, und deshalb ließ Abby ihn nie frei herumlaufen, es sei denn, die Umstände erforderten es.

Rye, Folly und Quinn tranken den Apfeltee, den Rye von zu Hause mitgebracht hatte, und sahen zu, wie Shady im Gras einschlief. Rye war erleichtert zu sehen, dass er langsam wegdöste. Es sah so aus, als würde er erst einmal bei ihnen bleiben.

Nachdem sie ausgetrunken hatten, setzten sich die Kinder um einen länglichen flachen Stein, auf dem Harmlos den Inhalt des kleinen Lederbeutels ausgebreitet hatte.

»Nobolde sind sehr abergläubisch«, erklärte er. »Mechanische Geräte faszinieren sie, aber sie sind zu einfältig, um ihre Funktionsweise zu verstehen. Deshalb brauchen sie Talismane. Um zu begreifen, was sie nicht verstehen.«

Er nahm den leeren Lederbeutel in die Hand. »Viele Nobolde tragen Glücksbeutel mit Gegenständen bei sich, die ihnen am Herzen liegen oder von denen sie glauben, dass sie ihnen Glück bringen. Der Zahn hatte sicher einen ideellen Wert für Lederblatt. Vielleicht war es sein eigener, oder er gehörte seinem Vater oder seiner Mutter. Die meisten Dinge im Glücksbeutel haben eine ähnliche Funktion und eigentlich nur für den betreffenden Nobold selbst einen Wert.«

Rye, Folly und Quinn hörten Harmlos schweigend zu. Dann zeigte dieser auf die Fußkette, den Schädel und die Holzpuppe.

»Aber diese Gegenstände sind anders«, fuhr er fort. »Über die Jahrhunderte hinweg haben die Knochenknacker zahlreiche Schätze geplündert. Neben Gold und Juwelen haben sie dadurch ein paar außergewöhnliche Objekte in ihren Besitz gebracht. Dies sind solche Objekte, auch wenn sie auf den ersten Blick ganz gewöhnlich aussehen. Vielleicht haben die Knochenknacker Lederblatt sogar ihretwegen gejagt.«

Rye hob die Augenbrauen und betrachtete fasziniert die drei Gegenstände, die sie so lange in ihrem Stiefel mit sich herumgetragen hatte.

»Dies«, fuhr Harmlos fort, »sind antike Talismane, die dem Besitzer außergewöhnliche Fähigkeiten verleihen. Die Nobolde haben sie den Ungeheuerlichen vor vielen Jahren gestohlen, und es ist ein großes Glück, dass wir sie jetzt zurückbekommen haben.«

Er sah die Kinder bedeutungsvoll an. »Aber diese mächtigen Objekte in der Obhut einer einzelnen Person zu belassen ist nicht ratsam. Wärt ihr bereit, mir einen großen Dienst zu erweisen? Die Ungeheuerlichen und ich wären tief in eurer Schuld.«

Alle drei sahen ihn mit offenem Mund an und nickten eifrig.

Harmlos nahm die Holzpuppe in die Hand. »Das ist die Puppe des Strategen. In kommenden Generationen werden nicht diejenigen die größten Führer sein, die das mächtigste Schwert oder die schwerste Rüstung tragen, sondern die Denker. Anführer, die andere inspirieren. Strategische Köpfe, deren Führungsstärke darin besteht, dass sie anderen ein Vorbild sind. Und wer wäre besser geeignet, die Puppe des Strategen aufzubewahren, als du, Quinn? Du hast dich als selbstloser und mutiger Freund erwiesen.« Er legte ihm die Holzpuppe in die Hand.

»D-danke«, stotterte Quinn.

»Das ist der Knochen des Alchemisten. Das Studium der Wissenschaften und chemischen Stoffe beherrschen nur die gelehrtesten Männer. Selbst in unserem Dorf gibt es Leute, die glauben, dass Mädchen zu solchem Denken nicht fähig sind. Du, Folly, hast – ohne jemals eine Schule besucht zu haben – bewiesen, dass man durch harte Arbeit, Beharrlichkeit und mithilfe der Gesetze der Wissenschaft Magie entstehen lassen kann. Der Knochen des Alchemisten gehört dir.« Harmlos gab Folly den winzigen Schädel. Ihre Wangen nahmen die Farbe von reifen Äpfeln an, und ihre Augen funkelten hocherfreut.

Zum Schluss nahm Harmlos das eiserne Fußkettchen in die Hand. »Zu guter Letzt habe ich hier die Fußkette des Schattenwenders. Die Trägerin dieser Kette wird die Fähigkeit haben, den Gesetzen der Dunkelheit und des Lichts zu trotzen und im Schutze der Nacht Mauern zu erklimmen und über Dächer zu laufen. Wer kann diese Fußkette besser tragen als ein Mädchen, das bis vor Kurzem zwei linke Füße hatte, deren schnelle Beine aber jetzt ein ganzes Dorf gerettet haben. Riley, die Fußkette ist für dich.«

Rye nahm die Kette entgegen und sah, dass in die Eisenelemente der Spange vertraute Runen eingeprägt waren.

»Ihr müsst gut auf diese Objekte achtgeben«, fuhr Harmlos fort. »Aber ich warne euch. Diese Glücksbringer sind keine Wundermittel. Ihre Kraft entfaltet sich erst im Laufe der Zeit, mithilfe von Übung, Geschick und Hingabe. Vielleicht dauert es Jahre, bis sie die Fähigkeiten verleihen, von denen ich gesprochen habe. Ein Amulett allein lässt ein faules Kind nicht hervorstechen. Aber ein Kind, das Größe anstrebt, wird dadurch außergewöhnlich.«

»Danke, Harmlos«, sagte Quinn. »Ich werde die Puppe immer bei mir tragen.«

»Ja, danke«, sagte Folly und betrachtete die winzigen Augenhöhlen ihres kleinen Schädels.

Keiner von ihnen konnte die Augen von seinem Geschenk lassen.

»Harmlos«, sagte Folly schließlich, »ich muss zurück in die Scharacken. Meine Eltern halten im Gasthaus ein großes Frühstück ab, zur Feier von … Na ja, einfach um zu feiern. Möchtest du mitkommen?«

»Danke für die Einladung, aber ich habe heute Morgen schon etwas anderes vor.«

»Okay«, sagte Folly. »Komm, Quinn. Was ist mit dir, Rye?«

»Ich bleibe noch ein bisschen hier.«

»Dann bis bald«, sagte Folly.

Rye lächelte, und Folly und Quinn gingen zusammen den Trollersberg hinauf.

Harmlos lehnte sich zurück und streckte sich in der warmen Sonne. Das meiste Laub war schon von den Bäumen gefallen, und es war ein ungewöhnlich warmer Tag für diese Jahreszeit. Wahrscheinlich der letzte schöne Tag, bevor die Kälte einsetzen würde.

Rye zog einen Stiefel aus und legte sich ihren Glücksbringer um das Fußgelenk.

»Deine Füße wachsen«, sagte Harmlos.

»Aber für die Stiefel sind sie immer noch nicht groß genug.«
Rye schüttelte das Stroh aus dem Stiefel.

»Das brauchen sie auch nicht zu sein«, sagte Harmlos. »Du
wirst bald deine eigenen Stiefel tragen.«

»Haben die Glücksbringer wirklich Zauberkräfte?«, fragte
sie. »Die Fußkette, der Schädel und die kleine Holzpuppe?
Oder hast du ihnen das nur erzählt, damit sie sich besser fühlen?« Sie erinnerte sich daran, was Harmlos über das Manipu-
lieren anderer Leute gesagt hatte.

Harmlos lächelte. »Magie kann man auf verschiedene Weise
deuten, Riley«, sagte er und fügte nichts weiter hinzu.

Rye kaute auf ihrer Lippe. »Und was ist mit unseren Runensteinen?«, fragte sie.

Rye berührte ihr Halsband, das wieder an seinem alten Platz
war. Dann schaute sie auf die Lederkette mit den Runensteinen,
die um den Hals ihres Vaters gebunden war. Auf dem Rückweg
von der Burg hatte Harmlos Rye erzählt, dass er mit Truitt eine
Abmachung getroffen hatte. Wenn sie beide die Nacht überleb-
ten, würden sie die Objekte, die sie ausgetauscht hatten, an einem geheimen Ort wieder zurücktauschen. Der Rundumschlüssel war nun wieder in Truitts Besitz. Auch er hatte überlebt. Als
Rye das gehört hatte, war ihr ein Stein vom Herzen gefallen. Die
Straßenkinder hatten ihren Beschützer also nicht verloren.

Rye dachte darüber nach, welch großen Wert der Rundumschlüssel für Harmlos und die Ungeheuerlichen hätte haben
können. Sie musste Harmlos nicht fragen, warum er ihn zu-
rückgegeben hatte. Sie kannte die Antwort bereits. Stattdessen
sprach sie eine andere Sache an, die sie verwirrt hatte.

»Warum hat mein Halsband nicht geleuchtet, als Malydia es getragen hat?«

Harmlos beugte sich vor, und Rye kam es vor, als würde er – nur ganz kurz – auf seine Hände schauen, die zwischen seinen Knien ineinander verschlungen waren.

»Das Halsband hat nicht geleuchtet, um Malydia zu beschützen, weil sie es nicht von mir hatte. Man kann sich die Runensteine nicht einfach nehmen. Sie sind ein Geschenk, das nur der Oberste Stammesführer der Ungeheuerlichen vergeben kann.«

»Mama hat mir erzählt, dass die Runen den Nobolden eine Warnung sein sollen«, sagte Rye. »Was hast du denn getan, dass sie solche Angst vor dir haben?«

»Alles, was damals nötig war«, antwortete Harmlos. Rye glaubte, aus seinen Worten Bedauern herauszuhören.

Sie legte das Kinn in die Hand und schüttelte den Kopf. »Ich habe so viele Fragen.«

Harmlos lächelte. »Keine Sorge, ich werde noch genug Zeit haben, sie zu beantworten. Ich glaube, heute bleibe ich noch hier und genieße den Tag. Es ist der schönste Tag, den wir den ganzen Herbst über gehabt haben.«

»Und was ist morgen und übermorgen?«, fragte Rye.

Harmlos sah zur Sonne hoch. »Es gibt hier noch viel zu tun. Du weißt ja jetzt, dass uns die Glückskessel als Signal dienen. Unser Code besagt, dass jeder Ungeheuerliche, der die brennenden Kessel sieht, dem Ruf folgen muss. Aber es gibt noch andere Signale, mit denen man Ungeheuerliche aus dem ganzen Schiefertal herbeirufen kann. Die haben wir zu meinen Lebzeiten allerdings noch nicht einsetzen müssen.«

Harmlos sah Rye wieder an. »Jedenfalls habe ich dich die Tür zu Hinter dem Schiefer öffnen lassen, damit die Ungeheuerlichen durch die Speiche ins Dorf gelangen konnten. Ich habe sie inzwischen wieder geschlossen, aber es sieht so aus, als wären andere, weniger willkommene Bewohner von Hinter dem Schiefer ebenfalls mit hindurchgekommen.«

Harmlos sah Rye ihre Sorge an und lächelte beruhigend. »Im Augenblick braucht dich das nicht zu kümmern«, sagte er. »Aber ich bleibe noch eine Weile im Dorf, um sicherzugehen, dass sie keinen Ärger machen.« Harmlos zwinkerte. »Außerdem ist der Winter eine schlechte Jahreszeit für Abenteuer.«

Zwei Gestalten erschienen auf dem unbefestigten Weg, der den Trollersberg herunterführte. Shady spitzte die Ohren, hielt die Nase in den Wind und schnüffelte.

Lottie O'Chanter kam mit Mona Monster unter dem Arm den Weg heruntergehüpft. Neben ihr ging Abby O'Chanter. Sie trug ein rotes Kleid und lächelte. An ihrem Arm hing ein großer Korb.

»Was meinst du, was sie da drin hat?«, fragte Harmlos.

»Dein Geburtstagsfrühstück natürlich«, sagte Rye. »Und mach ihr ja viele Komplimente dafür. Sie stand die ganze Nacht in der Küche.«

Harmlos lächelte und legte einen Arm um Ryes Schulter. »Ich glaube wirklich, heute ist der schönste Tag, den wir seit Langem hatten.«

EPILOG

WAS DER TAG MORGEN BRINGT

Ist das Schnee?«, fragte Rye.

»Nur ein paar Flocken«, sagte Harmlos.

Rye sah zu, wie die ersten Schneeflocken des Winters erst an ihrer Nase und dann an ihren Füßen vorbei auf das Kopfsteinpflaster der Marktstraße fielen.

»Ist es nicht zu gefährlich, wenn es schneit?«, fragte sie.

»Nur schwieriger«, sagte Harmlos.

Rye und Harmlos standen am Rand eines Daches. Um sie herum ragten die spitzen Dächer der Geschäfte und Behausungen in die Höhe. Zackige Schornsteine, Regenrinnen und Zierbögen waren an Stellen, wo man sie gar nicht vermutet hätte.

Harmlos zeigte auf den Horizont aus Dächern. »Es gibt einen Weg da hindurch. Und wenn du ihn erst kennst und oft genug genommen hast, werden deine Beine und Füße von ganz allein immer neue Wege finden. Irgendwann brauchst du deine Augen gar nicht mehr.«

Rye warf ihm einen skeptischen Blick zu.

»Du hast so viel dazugelernt, seit ich dich zuletzt hier oben gesehen habe«, sagte Harmlos und bestätigte damit endgültig, was Rye schon seit Längerem vermutet hatte. Ein gewisser maskierter Wasserspeier hatte die ganze Zeit über sie gewacht.

»Aber wir können warten, wenn du noch nicht so weit bist«, fügte er hinzu. Seine Stimme klang geduldig und gleichzeitig herausfordernd.

Rye antwortete nicht sofort.

Schließlich fragte sie: »Wo fangen wir an?«

»Genau da.« Harmlos zeigte auf ein Ziegeldach auf der anderen Straßenseite.

Rye sah hinunter. Dorfbewohner und Händler eilten vier Stockwerke tiefer vorbei, ohne zu ahnen, was über ihnen vorging.

»Gibt es eine Leiter?«

»Die Speiche ist nicht die einzige Möglichkeit, das Dorf im Geheimen zu durchqueren«, sagte Harmlos. »Du hast gelernt, durch ihre Tunnel zu kriechen. Findest du nicht, dass es jetzt an der Zeit ist, fliegen zu lernen?«

Rye starrte mit großen Augen auf die offene Kluft zwischen ihrem und dem gegenüberliegenden Dach.

»Harmlos, immer wenn ich solche Sachen mache, passiert etwas Schlimmes.«

»Trägst du dein Fußkettchen?«, fragte Harmlos.

»Ja.«

»Vertraust du mir?«

Rye zögerte. »Ja.«

362

»Das Schlimmste, was passieren kann, ist, dass du fällst«, sagte Harmlos. »Und wir wissen beide, dass du immer wieder aufstehst.« Er lächelte und zog sich seinen Umhang über den Kopf. »Kapuze hoch.«

Rye tat es ihm gleich.

Dann ging er fünf Schritte vom Dachrand weg, und Rye folgte ihm. Er streckte die Hand aus. Für den Bruchteil einer Sekunde sah es so aus, als würde die kleine grüne Tätowierung auf seiner Handfläche tanzen.

Rye hob den Arm und nahm seine Hand. Die Wärme seines Griffs durchfuhr ihren ganzen Körper.

»Bei drei«, sagte Harmlos. »Eins, zwei …«

Dann rannten sie los. Als Rye ihre Füße von der Dachkante abstieß, breitete sich ein Lächeln auf ihrem Gesicht aus. Und Harmlos grinste noch mehr als sie.

Die O'Chanters sprangen vom Dach ab und durch die Luft – und möge das Glück ihnen eine sichere Landung bescheren.

Tams Taschenwörterbuch
für Moderfurter Gossensprache

Die Begutachtung: die von den Dorfbewohnern meistgehasste Zeit im Jahr. Während der Begutachtung inspizieren die Beamten von Graf Longchance alle Geschäfte und Handwerksbetriebe und bestrafen diejenigen, die gegen die Gesetze von Longchance verstoßen haben. Durch die Begutachtung hat das Dorf (und der Graf) immer volle Kassen und ist für harte Zeiten gewappnet. Im Moment sind die Reserven des Grafen so üppig, dass er einen zehn Jahre anhaltenden Monsun überstehen könnte.

Dadrüben: der reiche und wohlhabende Mittelpunkt des Königreichs, der weit entfernt auf der anderen Seite des Ozeans liegt. Keiner aus Moderfurt ist je dort gewesen, aber es heißt, selbst die Abwasserkanäle würden dort nach Aprikosen duften, die Männer trügen alle Schuhe und die Jungfrauen hätten noch alle ihre Zähne.

Dreckmist: ein schlimmes Wort. Wer das benutzt, kriegt die Zunge mit Seife und der Pferdebürste abgeschrubbt.

Gackerball: nichts Besonderes, nur ein normales Hühnerei. Außerdem Lottie O'Chanters Lieblingsspeise.

Grimlinge: Diesen Geschöpfen begegnet man – wenn überhaupt – am ehesten in der Dämmerung, wenn sie ihrer ahnungslosen Beute auflauern. Grimlinge sind geniale Verstellungskünstler und sehr intelligent, können aber auch zu blutrünstigen Killern werden, wenn sie einen Grund dafür sehen. Glücklicherweise finden sie die Menschen recht amüsant und halten sich häufig einen oder mehrere als Haustiere.

Haken: ein beliebtes Kartenspiel, bei dem den Mitspielern durch Einsatz von Bluffs, Überredungskunst und Drohungen die Karten abgejagt werden, bis sie »den Haken schlucken« und ausscheiden. Geschickte Hakenspieler können ziemlich reich werden, vorausgesetzt, sie finden andere, die mit ihnen spielen. Es ist allgemein bekannt, dass die besten Betrüger bei diesem Spiel am erfolgreichsten sind.

Hinter dem Schiefer: Viele Leute aus dem Dorf sehnen sich nach der Ruhe der Wälder und einem Nickerchen unter den Bäumen, umgeben von zahmen Waldtieren. Doch wer unter den düsteren Kiefern dieses Waldes einschläft, macht die Augen nicht wieder auf, weil sie ihm von einem Bussard ausgehackt wurden.

Nobolde: ein schlüpfriger Dorfwitz lautet: »Was hat Mundgeruch, ein Auge und frisst gern Kinder?« Antwort: »Ein Nobold mit Augenklappe.« Der Dorfhumor ist verbesserungswürdig.

Der Pakt von Sturmquell: Nach der Legende wurde der Friedensvertrag zwischen den Ungeheuerlichen und dem Hause Longchance so genannt, weil Grimshaw der Schwarze (damaliger Oberster Stammesführer der Ungeheuerlichen) in einem letzten trotzigen Akt des Widerstandes den Hut von Graf Ascot Longchance gepackt und in einen Brunnen geworfen haben soll, bevor er unterschrieb.

Schüttelfieber: Von dieser ansteckenden Krankheit sind weder Ursache noch Heilung bekannt. Doch schließt man nicht aus, dass Nobold-Bisse, Spaziergänge im Regen ohne Hut oder Toilettengänge in nächster Nähe zum städtischen Wasserreservoir für ihren Ausbruch verantwortlich sind.

Die Scharacken: Das übelste Viertel im Dorf befindet sich am Ufer der Moder und ist rund um die Uhr in einen Dunst aus Grog, Bockmist und Matrosenschweiß gehüllt. Hier steht das Gasthaus Zum Toten Fisch, »wo keiner deinen Namen kennt«, und so wollen es die Gäste auch haben.

Straßenratte: Straßenratten und Stinktiere sind im Dorf gleichermaßen unbeliebt. Aber eine geschickte Straßenratte kennt jede Ecke, jeden Winkel und jedes Versteck in Moderfurt. Für einen Dorfbewohner, der untertauchen will, sind die Dienste der Straßenratten unentbehrlich.

Die Töchter aus dem Hause Longchance: Sie können nicht kochen, haben keinen Humor und verschrecken Hunde und kleine Kinder mit ihren hohen, kreischenden Stimmen. Aber aufgrund ihres hohen gesellschaftlichen Status ist es nützlich, sie während der Begutachtung in der Nähe zu haben, weshalb sie heiß umworbene Bräute sind.

Der Topf: Lottie O'Chanters Töpfchen. Beim jüngsten Mitglied der O'Chanter-Familie hat das Töpfchen-Training noch nicht angeschlagen, und sie hockt sich lieber auf einen Kissenbezug, einen Stiefel oder in Abby O'Chanters Kräutergarten.

Truthahnhintern: noch ein schlimmes Wort. Wenn man jemanden so nennt, kann es gut sein, dass man einen Fußtritt in den seinigen bekommt.

Die Ungeheuerlichen: Wer? Nie gehört! Wirklich nicht. Ich hab keine Ahnung, wovon du sprichst.

Wirre: ein boshafter Geist oder ein Gespenst. Angeblich spuken Wirren in Kellerräumen, auf Dachböden, Friedhöfen und anderen Orten, an denen Kinder nichts zu suchen haben.

Wirrenscheuchen: Die Holzpuppen wurden ursprünglich von Bauern gebaut, um Wirren, Nobolde und andere Fieslinge abzuschrecken, die in der Nacht ihr Unwesen treiben. Im Laufe der Zeit aber wurden die Wirrenscheuchen zu beliebten Dekorationen beim Schwarzmond-Fest und erschrecken heute nur noch Feiernde, die zu viel Wein getrunken haben.

367

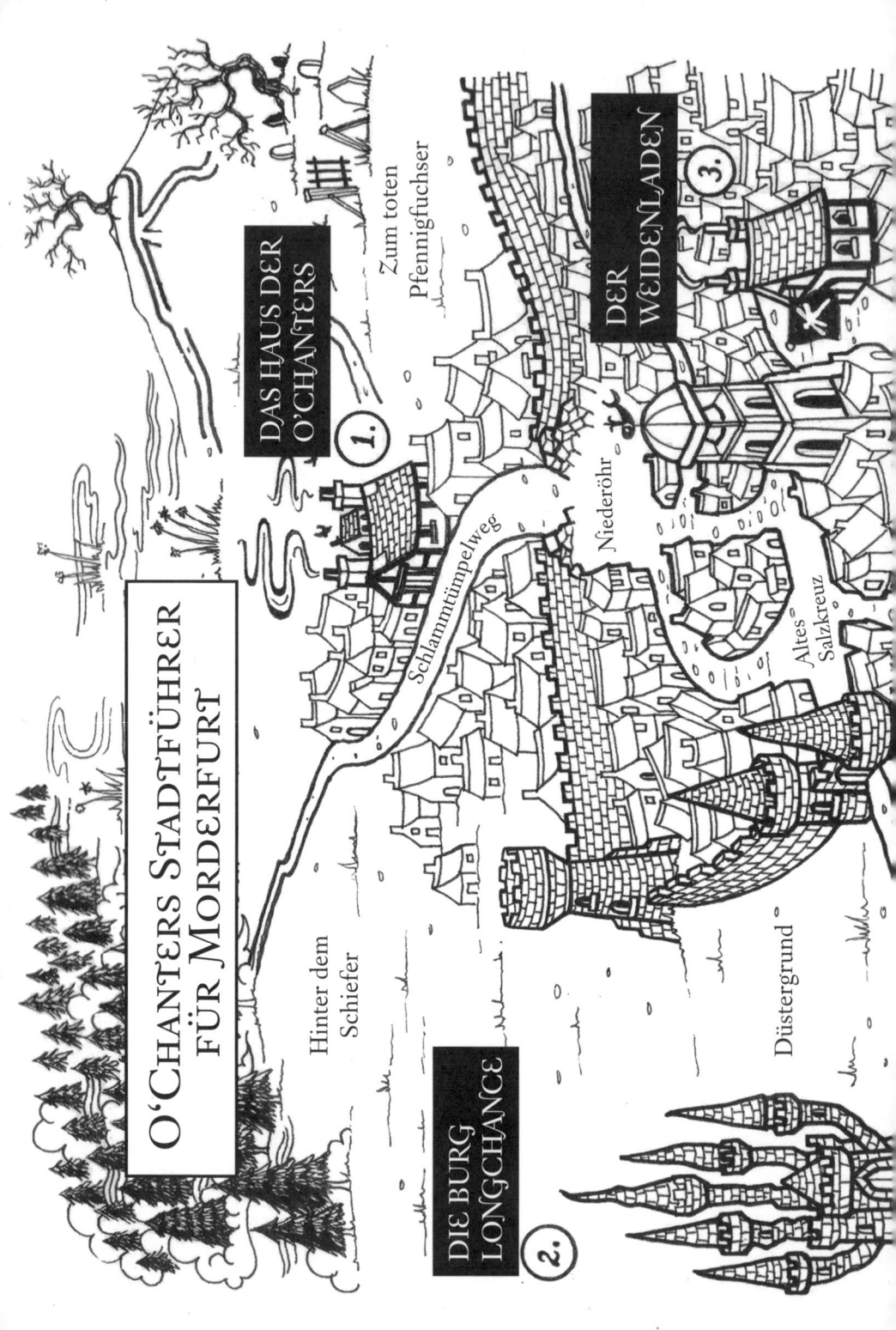